KATHERINE CENTER

Hinter den Wolken die Sterne

GOLDMANN
Lesen erleben

Buch

Maggie und Chip. Sie sind schön, jung, erfolgreich: das perfekte Paar. Als Chip Maggie überredet, in eine kleine Cessna zu steigen, und er ihr hoch über den Wolken einen Heiratsantrag macht, glaubt sie sich am Ziel ihrer Träume. Doch bei der Landung gibt es Turbulenzen, die kleine Maschine überschlägt sich und fängt Feuer. Schwer verletzt kommt Maggie im Krankenhaus zu sich und muss feststellen, dass nichts mehr so sein wird wie zuvor. Langsam und schmerzlich kämpft sie sich ins Leben zurück. Bis sie schließlich erkennt, dass das wahre große Glück nicht unbedingt perfekt sein muss …

Autorin

Katherine Center wuchs in Houston, Texas, auf, wo sie auch heute noch mit ihrem Mann und den gemeinsamen Kindern lebt. Nach dem Studium arbeitete sie als Lehrerin und Buchhändlerin, bevor sie sich ganz dem Schreiben widmete. Ihre Romane sind bittersüße Geschichten darüber, wie wir wieder aufstehen, wenn uns das Leben auch mal zu Boden wirft.

Mehr zu Katherine Center unter
www.katherinecenter.com

Katherine Center

Hinter den Wolken die Sterne

Roman

Deutsch von
Uta Hege

GOLDMANN

Die amerikanische Originalausgabe erschien 2018 unter dem Titel
»How to Walk Away« bei St. Martin's Press, New York.

Dieses Buch ist auch als E-Book erhältlich.

MIX
Papier aus verantwortungsvollen Quellen
FSC® C014496
FSC www.fsc.org

Verlagsgruppe Random House FSC® N001967

1. Auflage
Deutsche Erstveröffentlichung Juni 2019

Dieses Werk wurde im Auftrag von St. Martin's Press durch die
Literarische Agentur Thomas Schlück GmbH, 30161 Hannover, vermittelt.
Umschlaggestaltung: UNO Werbeagentur, München
Umschlagmotiv: FinePic®, München
Redaktion: Ele Zigldrum, Kerstin von Dobschütz
An · Herstellung: ik
Satz: KompetenzCenter, Mönchengladbach
Druck und Bindung: GGP Media GmbH, Pößneck
Printed in Germany
ISBN: 978-3-442-48819-3
www.goldmann-verlag.de

Besuchen Sie den Goldmann Verlag im Netz

Für meine Mom, Deborah Detering,
die meine ganz private Superheldin ist.

Und in Erinnerung an ihren Bruder und Freund,
meinen Onkel, Herman Detering.
Wir werden dich immer vermissen, Bubsie.

»Man hat nur ein Leben,
und das bewegt sich immer vorwärts.«

Wesley Branch

»Es gibt verschiedene Formen von Happy Ends.«

Eve Lapin

1

Die größte Ironie an der Sache ist, dass ich schon immer Angst vor dem Fliegen hatte.

Immer. Seit ich denken kann.

Ich konnte es einfach nicht begreifen, ja, fand es sogar ein bisschen arrogant. Warum sollte man sich in die Luft erheben, wenn einen die Schwerkraft ganz eindeutig auf der Erde halten wollte?

Während meiner Highschool-Zeit haben meine Eltern einmal mit mir und meiner großen Schwester Kitty Urlaub auf Hawaii gemacht, und meine Angst wegen des Hin- und Rückflugs hat sich erst gelegt, als wir wieder zu Hause waren. »Wir fliegen nach Hawaii« war für mich gleichbedeutend mit: »Wir werden im Ozean ertrinken«. Also legte ich mir vorsichtshalber in der Woche vor der Reise eine Reihe von Überlebensstrategien zurecht.

Ich selbst war damals noch in der Mittel-, Kitty aber bereits in der Oberstufe, also hatte sie automatisch mehr Ahnung. Ich krabbelte zu ihr ins Bett und sah sie fragend an.

»Hast du schon einen Plan?«

Meine Schwester hatte ihr Gesicht im Kopfkissen vergraben. »Einen Plan? Wofür?«

»Für den Fall, dass das Flugzeug abstürzt.«

»Wie, abstürzt?« Endlich öffnete sie die Augen.

»Ins Meer. Wenn wir nach Hawaii fliegen.«

Sie sah mich an. »Wir stürzen ganz bestimmt nicht ab.«

»Mein Gefühl sagt mir was anderes.«

»Jetzt beschreist du es.«

»Das ist mein voller Ernst. Wir brauchen eine Überlebensstrategie.«

Sie tippte mir mit ihrem Zeigefinger an die Stirn. »In solchen Fällen gibt es keine Überlebensstrategie.«

»Aber es muss doch eine geben.«

»Nein.« Sie schüttelte den Kopf. »Denn wenn wir nicht abstürzen, brauchen wir auch keine Überlebensstrategie. Und falls wir doch abstürzen …« Sie sprach nicht weiter, aber ich verstand sie auch so.

»… brauchen wir auch keine Überlebensstrategie.«

Sie nickte knapp. »Ja, denn dann sind wir tot.« Sie schnippte mit den Fingern.

»Du tust so, als wäre das ganz einfach.«

»Sterben *ist* ja auch einfach. *Nicht* zu sterben, das ist das große Kunststück.«

»Wahrscheinlich hast du recht.«

Sie machte ihre Augen wieder zu. »Natürlich habe ich recht. Deswegen bin ich ja auch die Schlaue in der Familie.«

»Ich dachte immer, ich bin die Schlaue.« Ich versetzte ihr einen sanften Stoß.

Kitty rollte sich zur Wand. »Du bist die Hübsche, das weißt du doch.«

Unglaublich, aber wahr: Wir haben den Hawaii-Trip überlebt.

Genau wie ich danach noch viele andere Flüge überlebt habe. Ich kannte die Statistiken, dass das Flugzeug das sicherste Verkehrsmittel ist, sicherer als Autos, Züge und selbst Gondeln. Ich hatte sogar einmal ein Praktikum bei einem Unternehmen gemacht, das direkt neben einem internationalen Flughafen gelegen war. Dort konnte ich von früh bis spät zusehen, wie die Flugzeuge ohne das geringste Problem starteten und landeten. Man könnte also meinen, dass ich meine Flugangst schon lange überwunden haben sollte.

Trotzdem blieb mir das Gefühl, dass »fliegen« und »abstürzen« dasselbe waren.

Bis heute – und ausgerechnet ich war mit jemandem zusammen, der gerade seinen Pilotenschein machte. Es war etwas Ernstes zwischen uns. So ernst, dass ich das Gefühl hatte, dass wir uns an diesem speziellen Samstagabend nicht nur trafen, um meinen noch nicht offiziellen, doch so gut wie sicheren neuen Traumjob zu feiern. Sondern ich rechnete fest damit, dass er mir einen Heiratsantrag machen würde, und hatte deshalb extra ein trägerloses schwarzes Sommerkleid angezogen.

Vermutlich hätte ich mich irgendwann mal fragen sollen, ob Charles Philip Dunbar, dieser sportliche, charmante junge Mann, trotz seiner Flugbegeisterung tatsächlich der perfekte Partner für mich war. Er stürzte sich enthusiastisch auf die Fliegerei und andere Risikosportarten wie Tauchen oder Bungeejumping. Er glaubte unerschütterlich an eine feste Ordnung aller Dinge, an die Prinzipien der Physik und das Recht des Menschen, die Naturgesetze seinem Willen zu unterwerfen.

Ich hingegen befürchtete, dass das Chaos immer stärker als die Ordnung war. Und ich war mir sicher, dass im Wettstreit Mensch gegen Natur es nicht die Natur sein würde, die am Ende den Kürzeren zog.

»Du hast anscheinend in Physik nie wirklich aufgepasst«, erklärte Chip mir jedes Mal, als hätte ich mich nicht genügend über diese Dinge informiert.

Was sicher stimmte. Aber das war noch lange kein Gegenbeweis.

Chip war der festen Überzeugung, dass er meine Ängste heilen würde, wenn er selbst fliegen lernte. Denn bei einem so vertrauenerweckenden, fantastischen Piloten würde mir nichts anderes übrig bleiben, als mich zu entspannen und die Reise zu genießen.

Also haben wir uns darauf geeinigt, dass wir uns in diesem Fall nicht einig waren.

»Ich werde niemals mit dir fliegen«, hatte ich ihm schon vor seiner ersten Flugstunde erklärt.

»Das denkst du jetzt, aber eines Tages wirst du mich auf Knien anflehen, dich mit raufzunehmen.«

Ganz sicher nicht. »Ich bin noch nie vor einem anderen Menschen auf den Knien rumgerutscht.«

»Noch nicht.« Inzwischen hatte er, gründlich wie er war, das Doppelte der vorgeschriebenen Übungsstunden, den Alleinflug und den Solo-Überlandflug absolviert, und das Einzige, was ihm noch fehlte, war der abschließende Testflug mit einem erfahrenen Piloten, der ihn absichtlich in »Stresssituationen« bringen würde, um zu sehen, wie er damit umging.

»Keine Details!«, hatte ich gebeten. Natürlich umsonst.

»Zum Beispiel setzt mit einem Mal der Motor aus, und dann musst du den Flieger abfangen, bevor er auf die Erde kracht«, hatte er eine der verschiedenen Möglichkeiten aufgezählt, voller Selbstbewusstsein, jede Krise auf beindruckende Weise zu meistern. »Oder sie verlangen eine Kurzlandung, bei der der Platz nicht reicht, oder einen Nachtflug, bei dem du nicht einmal mehr die Hand vor Augen siehst.«

Der Testflug war für die nächste Woche angesetzt. Und sicher würde alles laufen wie geschmiert. Chip war so ein Typ, der immer ruhiger wurde, je größer das Chaos um ihn herum war. Er würde sicher einen ausgezeichneten Piloten abgeben, und von mir aus durfte er dann gerne fliegen, so viel er wollte. Allein.

Aber zuerst würden wir uns verloben. Hoffte ich zumindest. Vielleicht sogar heute Abend, schließlich war heute Valentinstag – und irgendwie lag etwas in der Luft.

Als ich in Chips Jeep stieg und mich anschnallte, war ich mir darüber hundertprozentig sicher.

Wir waren seit drei Jahren zusammen, und ich kannte seine Mimik, seine Gestik und jeden Zentimeter seines Körpers. Ich wusste, wann sein Lachen vorgetäuscht war, wann er Blödsinn redete, oder ob er Menschen, die er kennenlernte, nett fand oder nicht. Vor allem aber merkte ich sofort, wenn er versuchte, etwas zu verheimlichen – ganz besonders dann, wenn er deshalb aufgeregt war. Und obwohl das Date, das wir an diesem Abend hatten, ganz genauso angefangen hatte wie die unzähligen Dates der letzten Jahre, wusste ich, dass irgendetwas anders war als sonst.

Ich nahm an, er würde mit mir zu dem kleinen italienischen Lokal mit den funkelnden Lichterketten fahren, wo wir uns das erste Mal verabredet hatten. Doch statt der Schnellstraße in Richtung Innenstadt nahm er die Autobahnauffahrt.

Das Verdeck des Jeeps war offen, und ich presste mir die Haare mit den Armen an den Kopf und schrie: »Wo fahren wir denn hin?«

»Das wird eine Überraschung!«, schrie er zurück.

Mir rutschte das Herz in die Hose. Denn auch ohne einen Hinweis war mir klar, was Chip im Schilde führte. Das war unser Problem: Ich kannte ihn einfach viel zu gut. Wir fuhren nicht zum Italiener, auch zu keinem anderen Restaurant; wir fuhren zum Flugplatz.

Eine gute Viertelstunde später lagen auch die Vororte von Austin hinter uns, und Chip stellte den Jeep neben einem Hangar auf einem privaten Flugplatz mitten in der Pampa ab.

Ich sah mich um. »Das kann doch nicht dein Ernst sein.«

»Also, bist du überrascht?«

»Nicht wirklich.«

»Könntest du bitte trotzdem so tun, als ob. Ich hätte dich nämlich echt gern zumindest einmal im Leben überrascht.«

»Also gut. Ich bin erschüttert. Ich weiß nicht, was ich sagen soll.«

»Derart zu übertreiben brauchst du aber auch nicht.«

Er umrundete den Wagen, nahm meine Hand, schob mich hinter sich und schlich in geduckter Haltung auf den Hangar zu.

Reichlich verunsichert folgte ich ihm, denn mir war völlig klar, was er da tat, während mein Gehirn genauso klar darauf bestand, dass das vollkommen ausgeschlossen war.

»Du schmuggelst mich hier doch nicht etwa rein?«, flüsterte ich.

»Kein Problem. Mein Kumpel Dylan hat das letzte Woche mit seiner Freundin auch gemacht.«

Ich zog an seiner Hand. »Bitte, Chip. Ich kann das nicht.«

»Und ob du kannst.«

»Ist das nicht … verboten?«

»Ich will dir doch nur mein Flugzeug zeigen.«

»Deins?«

»Okay, nicht ganz, aber beinah.«

Ich hatte keinerlei Interesse daran, mir den Flieger anzusehen. Weniger als null. Ich hatte Lust auf Wein und Vorspeisen und Kerzenlicht. Ich hatte meinen Traumjob praktisch in der Tasche, und ich wollte feiern. Wollte mich wohlfühlen, nicht Angst haben.

»Können wir nicht einfach essen gehen?«

Er schaute sich nach allen Seiten um und wandte sich mir wieder zu. »Essen gehen kann doch jeder.«

»Na und? Ich mache gern, was jeder so tut.«

»Ich nicht.«

Noch einmal blickte er sich um. Die Luft war rein, und eilig zog er mich über die Landebahn und blieb vor einer kleinen weißen Cessna stehen. Mit ihren Flügeln, der rotierenden Propellernase und den rot-weiß-blauen Streifen sah sie wie ein Flugzeug aus einem Comic aus.

»Niedlich«, sagte ich und nickte kurz zum Zeichen, dass die Sache damit für mich abgeschlossen war.

Doch er fasste mich an den Schultern und schob mich auf das Cockpit zu.

Eilig trat ich einen Schritt zurück. »Was machst du da?«

»Ich werde eine Runde mit dir fliegen.«

»Ich habe Angst vorm Fliegen. Schon vergessen?«

»Höchste Zeit, dass du die überwindest.«

»Von dem Geschaukel wird mir übel. Ich werde mich übergeben.«

»Wenn du mit mir fliegst, nicht.«

»Es geht hier nicht um dich, sondern um die Fliegerei.«

»Nicht mit einem Piloten wie mir.«

Ich schüttelte halb ungläubig, halb ablehnend den Kopf. »Du hast noch nicht mal den Pilotenschein.«

»Aber so gut wie. Die Stunden, die ich dafür nehmen musste, habe ich schon alle absolviert.«

»Aber der Testflug fehlt dir noch.«

»Bei dem es nur darum geht zu zeigen, was man bereits alles kann.«

»Chip? *Auf keinen Fall.*«

»Margaret? *Oh doch.* Und zwar jetzt gleich, bevor uns irgendwer erwischt.«

Seine Beharrlichkeit war beinah körperlich zu spüren, wie ein starker Wind, der mir entgegenblies. Er wollte unbedingt mit dieser Cessna fliegen, und er wollte unbedingt, dass ich mit ihm flog – als Zeichens meines Vertrauens. Er wollte mich damit vielleicht nicht wirklich auf die Probe stellen, aber mir war klar, dass er es als Versagen auslegen würde, wenn ich kniff.

Und ich versagte *nie*.

Ich war ein Mensch, der *alles* mit links schaffte.

Plötzlich kam es mir so vor, als stünde ich vor der größten Entscheidung meines Lebens. In diesem Moment ging es um Mut, Vertrauen und Abenteuerlust – und über etwas

Grundlegendes über mich und meine Zukunft. Als würde ich durch meine Weigerung zu fliegen auch zu allen anderen Möglichkeiten, die sich mir noch bieten würden, Nein sagen. Wollte ich tatsächlich jemand sein, der jedes Wagnis scheute und sich von der Angst beherrschen ließ?

Im Grunde hatte ich von Anfang an keine echte Wahl, denn Chip war Chip, und seit dem Tag, als er und seine Eltern während unserer Collegezeit in unser Nachbarhaus gezogen waren, wusste ich, dass er der rundherum perfekte Mann für mich war. Unsere Mütter waren schnell beste Freundinnen geworden, die sich fast täglich zu einem Schwätzchen und einem Glas Wein auf der Terrasse trafen, aber Chip hatte ich stets nur in den Ferien gesehen. Im Sommer hatte er daheim den Rasen mähen müssen, und ich hatte ihm durchs Fenster meines Zimmers dabei zugeschaut, bis meine Mom mich eines Tages bat, ihm eine Flasche Wasser rauszubringen, die er ebenso entschlossen und ohne auch nur einmal abzusetzen ausgetrunken hatte, so wie er alles andere auch tat. Der Anblick hatte sich mir unauslöschlich eingeprägt.

Richtig kennengelernt hatten wir uns aber erst, nachdem wir beide zufällig in Austin auf derselben Wirtschaftshochschule gelandet waren. Ich leitete dort eine Studiengruppe, und er war einer meiner Schüler, was gut so war.

So haben wir uns verliebt.

Ich hätte ihn schon nach dem ersten Kuss geheiratet, wenn er mich darum gebeten hätte. Wie wahrscheinlich jede Menge anderer Mädchen auch, denn er war hochgewachsen, glatt rasiert, mit weizenblondem Haar, sportlich, ehrgeizig und selbstbewusst, kurz: ein Traum. Und er brachte die Menschen immer dazu, das zu tun, was ihm gefiel. Ich hielt ihn für einen absoluten Glücksgriff und hatte schon öfter »Margaret Dunbar« vor mich hin gekritzelt, als ich jemals zugeben würde. Einmal habe ich mich sogar durch Dutzende Hunderassen gegoogelt, um unser zukünftiges Haustier auszusuchen. Eines Abends, als ich eigentlich etwas völlig anderes bei einem Onlineshop bestellen wollte, habe ich ein Pop-up-Fenster mit Werbung für Palisadenzäune angeklickt. Nur um nachzusehen, wie viel sie für unseren zukünftigen Garten kosten würden.

Inzwischen waren wir beide mit dem Studium fertig und würden bald unseren ersten echten Job annehmen. Chip als Analytiker auf Probe bei einer Investmentbank, bei der ein Freund von seinem Vater arbeitete. Ich als Chefin der Abteilung für Geschäftsentwicklung bei Simtex Petroleum, einem großen Öl- und Gaskonzern. Chips Job war gut, doch meiner war erheblich besser, und ich fand es wirklich sportlich und großherzig von ihm, dass er deswegen nicht neidisch auf mich war.

Vor allem, da ich eigentlich nicht einmal annähernd qualifiziert genug für diesen Posten war. Ich hatte weder »fünf Jahre Erfahrung in Geschäftsentwicklung« noch »besondere Kenntnisse im Handelsrecht« noch »Berufserfahrung auch im Ausland« vorzuweisen. Doch mein Mentor an der Uni hatte einen Freund, der ihm was schuldig war, und der verfasste ein fantastisches Empfehlungsschreiben für mich, in dem er mich als »leidenschaftlich und energisch vorwärts denkend, lösungsorientiert« und obendrein als »exzellente Kommunikatorin mit hervorragendem Teamgeist sowie ausgeprägten unternehmerischen Fähigkeiten« pries.

Ich hatte laut gelacht, als er mir vorschlug, mich auf diese Stelle zu bewerben. »Dafür fehlt mir jede Qualifikation.«

»Die meisten Leute haben irgendwelche Jobs, für die sie gar nicht qualifiziert sind.«

Noch einmal sah ich auf die Stellenbeschreibung. »Sie verlangen nachweislich strategisches Engagement auf höherer, operativer Ebene im Logistikbereich.«

»Damit sind Sie die Topkandidatin.«

»Damit bin ich die Toploserin.«

»Jetzt denken Sie wie ein Mädchen.«

»Ich *bin* ein Mädchen.«

»Tja, daran müssen wir was ändern.«

Entsetzt starrte ich ihn an.

»Wenn Sie zu dem Gespräch gehen, geben Sie sich wie ein Mann.«

»Ich soll so tun, als wäre ich ein Mann?«

»Und zwar ein Mann mit Eiern.« Er nickte. »Ein knallharter Typ, der nicht nur gut genug, sondern viel zu gut ist für den Job.«

Während ich den Kopf schüttelte, fuhr er bereits fort: »Gegen ein gesundes Selbstbewusstsein kommen nicht einmal die besten Qualifikationen an.«

»Wenn Sie es sagen«, erwiderte ich, glaubte jedoch nicht eine Sekunde daran.

Ich ging zu dem Vorstellungsgespräch in der sicheren Erwartung, mich dort völlig lächerlich zu machen, befolgte jedoch seinen Rat und spielte mich furchtbar auf. Im Grunde wollte ich ihm nur beweisen, dass sein Ratschlag lächerlich war. Doch zu meiner Überraschung wurde ich tatsächlich eingestellt. Na ja, nicht ganz, aber der Personalmanager raunte mir, während er mich zur Tür brachte, zu: »Es ist zwar noch nicht offiziell, aber Sie haben den Job.«

Ich bekäme jährlich fünfzig Riesen mehr als Chip, auch wenn meine Mutter mich eindringlich davor warnte, ihm das zu verraten. Aber das war nicht wichtig. Wichtig war, endlich fing unser eigenes Leben an. Alles fügte sich perfekt zusammen.

Und hier auf dem Flugplatz wollte ich ganz sicher nicht diejenige sein, die sich als Einzige nicht fügte.

Chip drückte mir die Hand. »Du vertraust mir doch, nicht wahr?«

»Natürlich.« Oder jedenfalls zum größten Teil.

Dann zog er mich an seine Brust und küsste mich auf typisch männliche, Wir-schaffen-alles-Baby-Art, die sicher auch erotisch sein sollte, aber das eisige Entsetzen, das mich überkommen hatte, machte alle anderen Gefühle zunichte.

Aufmunternd tätschelte er mir das Hinterteil und wies mich an: »Steig ein.«

Was soll ich sagen? Ich stieg ein.

Während ich mich mit zitternden Fingern anschnallte, ermahnte ich mich selbst: *Du tust das Richtige!* Darum ging es doch in der Liebe, oder nicht? *Ja* zu sagen – nicht nur, wenn es einfach, sondern auch oder gerade dann, wenn es schwierig war.

Natürlich hätte jede Therapeutin, die ihren Abschluss nicht in der Lotterie gewonnen hatte, genau entgegengesetzt argumentieren können: Nämlich, dass ich auf mein Gefühl hören und mich nicht von meinem Partner zu Dingen drängen lassen sollte, die ich gar nicht tun wollte. Und dass die Missachtung, die er meinem Unbehagen hinsichtlich seiner *Top-Gun*-Fantasien entgegenbrachte, nicht gerade ein gutes Licht auf unsere gemeinsame Zukunft warf.

Aber darüber wollte ich jetzt nicht nachdenken, denn gleich würde ich fliegen.

Chip schnallte sich nun ebenfalls an und gab mir einen schwarzen Kopfhörer. Ich fühlte mich vollkommen ausgeliefert, doch Chip schlüpfte sofort in die Rolle des Piloten. Er setzte seine Pilotenbrille auf, schob das Mikro seines Kopfhörers so dicht vor seinen Mund, dass seine Lippen es berührten, und funkte den Tower in einer derart speziellen Sprache an, dass es für mich keinen Sinn ergab. »Fort Bend erbittet Freigabeerteilung – Cessna drei zwo sechs Tango Delta Charlie an Juliet – fliege auf Sicht nach Texas City. Flughöhe 3300.«

In meinen Ohren klang das aufgesetzt und albern. Wer redete so? Aber dann knisterte es im Kopfhörer, und vom Tower kam die Antwort: »Cessna drei zwo sechs Tango Delta Charlie – Fort Bend erteilt die Freigabe – Squawk zwo drei eins vier, Startfrequenz eins zwo null Komma neun.«

Oh, verdammt. Jetzt ging es wirklich los.

Als Chip die Instrumente und die Skalen überprüfte, sah er wie ein echter Profi aus. Fähig. Vollkommen entspannt. Vertrauenswürdig. Machomäßig. Und, verflucht, obermegacool.

»Ich habe meine Checkliste vorhin schon zweimal abgehakt. Bevor ich losgefahren bin, um dich abzuholen.« Während seine Stimme in meinen Ohren knisterte, drückte er meine Hand. »Sonst hättest du vielleicht noch Zeit gehabt, es dir anders zu überlegen.«

Schlau von ihm.

Doch ich hatte mich ja ohnehin entschieden. Mitgefangen, mitgehangen, sozusagen.

Also wandte Chip sich wieder wichtigeren Dingen zu. Nach wie vor im sexy Pilotenmodus bestätigte er mit einer neuen unverständlichen Botschaft an den Tower, dass er auf die Starterlaubnis wartete. Ich hatte nie zuvor im Cockpit eines Flugzeuges gesessen, und diese Cessna schien nur aus Cockpit zu bestehen. Es gab zwar noch zwei Sitze hinter uns, im Grunde aber fühlte es sich an, als wären wir in einem Matchbox-Auto eingezwängt.

Bevor wir starten konnten, musste noch ein anderer Flieger landen, und ich nutzte die Gelegenheit, mir all die Knöpfe, Skalen und Messgeräte anzusehen. »Ist diese Instrumententafel nicht ein bisschen groß?« Sie war so hoch, dass ich kaum darüber hinwegsehen konnte.

Er nickte zustimmend. »Das ist ein bisschen anders als beim Autofahren«, klärte er mich auf. »Man verlässt sich eigentlich mehr oder weniger auf die Instrumente.«

»Heißt das etwa, dass du gar nicht aus dem Fenster siehst?«

»Schon, aber meistens behalte ich die Instrumente und die Anzeigen im Auge, weil Fliegen vor allem reine Mathematik ist.«

Der andere Flieger war inzwischen gelandet, drosselte sein Tempo und rollte gemächlich dicht an uns vorbei. *Siehst du?*, machte ich mir selber Mut. *Sie haben überlebt.*

Chip bat abermals um Starterlaubnis und brachte uns in Startposition. Der Propeller drehte sich so schnell, dass seine Blätter nicht mehr zu erkennen waren. Das Flugzeug summte und vibrierte, und ich setzte mich auf meine eiskalten Hände, damit ich sie nicht zu Fäusten ballen konnte.

»Mach bitte keine Purzelbäume oder so.«

Er sah mich fragend von der Seite an. »Purzelbäume?«

»Saltos, Loopings oder irgendwelches anderes angeberisches Zeug.«

»Ich habe es nicht nötig, vor dir anzugeben«, stellte er fest.

»Da hast du völlig recht.«

»Du weißt schließlich bereits, was für ein toller Hecht ich bin.«

»Stimmt, und außerdem wird mir sonst vielleicht schlecht.«

Wir nahmen Tempo auf, gewannen an Schwung, und als wir abhoben, sagte ich mir, dass sich der Start im Grunde nicht vom Start eines normalen Fliegers unterschied. Außer, dass die Cessna vielleicht etwas wackeliger war. Dass ich das Geschehen aus nächster Nähe mitbekam. Und dass ich das Gefühl hatte, wir wären Meryl Streep und Robert Redford in *Jenseits von Afrika.*

Unter uns wurde der Flugplatz immer kleiner.

Chip war konzentriert und völlig ruhig, und irgendwie kam es mir seltsam vor, dass unser Schicksal jetzt allein in seinen Händen lag. Nachdem wir abgehoben hatten, fing er an, mir jeden seiner Handgriffe genauestens zu erklären, als gäbe er mir Unterricht. Er erzählte mir, die Cessna 172 wäre das mit Abstand populärste Leichtflugzeug der Welt. Ein echter Klassiker. Wir würden raufgehen auf gut 3000 Fuß, hätten eine Fluggeschwindigkeit von 125 Meilen in der Stunde, und hier oben in der dünnen Luft müsse er Gas geben, denn sonst ginge der Motor aus. Dazu müsse er auf dem Radar nach anderen Flugzeugen Ausschau halten.

Dann brachte er mich etwas aus dem Gleichgewicht, denn er erwähnte, dass der Treibstoff in den Flügeln untergebracht war.

»Das erscheint mir nicht besonders klug«, stellte ich fest. »Was, wenn die Flügel abbrechen? Dann kriegst du doch den ganzen Treibstoff ab.«

»Die Flügel brechen ganz bestimmt nicht ab«, gab er zurück. »Das gibt es nicht.«

»Aber *wenn sie abbrechen würden*?«

»Dann hätten wir ganz andere Probleme als nur eine Treibstoffdusche.«

Ich zog meine Hände wieder hervor und legte sie scheinbar total entspannt in meinen Schoß.

Das Flugzeug war sehr laut – deshalb die Kopfhörer – und die Vibrationen, die hier oben in der Luft erheblich stärker als noch auf dem Boden waren, nahmen, wenn wir direkt unter einer Wolke flogen, noch ein bisschen zu. Chip erklärte mir daraufhin, dass Wolken auf den Säulen aufsteigender Luft ruhten, weshalb es, wenn man eine solche Luftsäule durchschnitt, zu Turbulenzen kam. Bisher hatte ich gedacht, dass Wolken einfach schwebten, statt auf irgendwas zu sitzen, aber die Erklärung ergab selbstverständlich einen Sinn. Und je sinnvoller die Dinge klangen, die er mir erzählte, umso sicherer fühlte ich mich.

Grinsend sah er mich von der Seite an. »Wahnsinn, oder?«

Hmm. »Wahnsinn.«

»Und, hast du noch immer Angst?«

Natürlich! »Nein.«

»Dann bist du also froh, mitgekommen zu sein?«

»Nicht ganz so froh, wie wenn wir wieder auf der Erde wären.«

»Ich wusste, dass es dir gefallen würde. Ich wusste, dass du mutig sein kannst, wenn du es versuchst.«

Was für ein blödes Kompliment! Als hätte es mir bisher stets an Mut gefehlt. Als hätte er bisher bezweifelt, dass ich überhaupt mutig sein konnte.

Aber für einen Moment fühlte ich mich tatsächlich mutiger, und ich weiß noch, dass ich mir dachte, das Schlimmste sei überstanden.

Nach einiger Zeit wurde mir klar, dass ich keinen blassen Schimmer hatte, wohin wir flogen.

»Wo fliegen wir denn hin?«

»Ich will dir nur kurz was zeigen«, antwortete Chip, »dann machen wir kehrt und fliegen wieder zurück.«

Plötzlich nahm ich vor uns eine ausgedehnte, dunkle Wasserfläche wahr.

»Ist das die Horseshoe Bay?«, erkundigte ich mich. Dort hatten meine Großeltern ein Haus, in dem ich unzählige Male gewesen war, aber aus dieser Perspektive hatte ich die Bucht bisher noch nie gesehen.

Chip nickte. »Du hast es erraten!«

»Was willst du mir denn zeigen?«

»Wart es einfach ab.«

Er flog einen Bogen, und als er etwas tiefer ging, konnte ich Häuser und kleine Autos auf der Straße ausmachen. Wir gingen noch ein bisschen tiefer, sodass sogar das Spiel der Wellen zu erkennen war.

»Augen auf den Strand«, wies er mich an.

Ich lugte aus dem Seitenfenster und nahm einen schmalen Sandstreifen, ein paar Leute und Picknicktische auf der Rasenfläche in der Nähe wahr. Jetzt erkannte ich den Ort. Es war ein öffentlicher Strand an dem Ufer des Sees, das dem Häuschen unserer Familie direkt gegenüberlag.

Nach ein paar Minuten zeigte er aus dem Fenster. »Da!«

Ich blickte in die Richtung, die sein Zeigefinger wies. »Wo?«

»Kannst du es lesen?«, fragte Chip.

»Kann ich *was* lesen?«

Er spähte durch das Seitenfenster auf den Strand. »Mist. Wir sind noch zu hoch.«

Aber als wir noch tiefer gingen, leuchteten die Lichter des Radarbildschirms rot auf.

Chip wandte sich mir zu und sagte: »Dort unten steht etwas im Sand geschrieben.«

Doch ich konnte immer noch nichts sehen. »Und was?«

»Dort steht: ›Willst du mich heiraten?‹«

Mein Herz schlug einen kleinen Purzelbaum, aber ich gab mich weiter möglichst cool. »Ach ja?«

»Ich habe es gestern in den Nachrichten gesehen. Ein Typ hat seiner Freundin einen Antrag dort gemacht, indem er die Worte mit riesigen Steinen in den Sand geschrieben und sie dann am Seeufer zu einem Picknick eingeladen hat.«

»Cool«, warf ich so beiläufig ein, als hätte das Ganze nichts mit mir zu tun. Wovon redeten wir überhaupt?

»Dabei wollte ich so gern, dass du es siehst.«

»Ach ja?«

»Ach ja.« Er sah mich abermals an. »Denn ich wollte dir dieselbe Frage stellen.«

Es ist eine Sache, etwas zu erwarten oder zu erhoffen,

aber etwas völlig anderes, wenn es tatsächlich passiert. Ich presste eine Hand auf den Mund und spähte erneut durch das Fenster, um doch noch einen Blick auf die Nachricht im Sand zu erhaschen.

»Und da wäre noch etwas. Schau mal ins Handschuhfach.«

Direkt vor mir war ein Fach im Armaturenbrett, in dem eine mit grünem Samt bezogene kleine Schachtel lag.

Schlagartig war ich überglücklich, dass ich mich gezwungen hatte mitzufliegen. Manchmal lohnt es sich auf jeden Fall, trotz drohender Übelkeit und Schlimmerem, ein großes Wagnis einzugehen.

»Soll das ein Heiratsantrag sein?«

Seine Antwort ging im Knistern der Kopfhörer unter. Aber in der Annahme, dass er mir die entscheidende Frage gestellt hatte, sagte ich strahlend: »Ja!«

»Du hast das Kästchen doch noch gar nicht aufgemacht.«

»Das brauche ich auch nicht. Ich sage trotzdem Ja!«

Chip verzog den Mund zu einem breiten Lächeln, das mich seine makellosen Zähne sehen ließ. Als ich mich selbst und mein zerzaustes Haar in seiner Spiegelsonnenbrille sah, unterdrückte ich den Wunsch, es mit den Händen glatt zu streichen, um in diesem Augenblick so gut wie möglich auszusehen. Genauso unterdrückte ich den Wunsch, ihm auf den Schoß zu klettern und ihm meine Lippen auf den Mund zu pressen, denn auch wenn es seltsam war, ihn nicht zur Feier dieses ganz besonderen Augenblicks zu küssen, hätte ich mich niemals abgeschnallt. Vor allem hätte ich in dem Moment wahrscheinlich nicht mal mehr gewusst, wie der verflixte Schultergurt zu öffnen war.

Also reckte ich als Zeichen meiner Zustimmung die Daumen in die Luft.

»Es ist erst offiziell, wenn du den Ring ansteckst«, erwiderte er.

Ich öffnete die Schachtel und blickte auf einen schnörkeligen, diamantverzierten, goldenen Verlobungsring.

»Der hat meiner Großmutter gehört«, erklärte er mir stolz.

Vorsichtig schob ich den Ring auf meinen Finger, doch er war etwas zu groß. Tatsächlich war er sogar so groß, dass der Diamant, als ich die Hand ausstreckte, um das Schmuckstück zu bewundern, auf die Seite rutschte und nach unten hing.

»Er ist perfekt.«

»Gefällt er dir?«

»Oh ja!« Es war nicht ganz mein Stil, aber wen kümmerte das schon?

»Und, habe ich dich überrascht?«

Ja und nein. Ich nickte. »Ja.«

»Dann freust du dich jetzt also doch, dass du mitgeflogen bist?«

»Ja, sehr.« Ich war tatsächlich mehr als froh.

Zumindest für den Augenblick.

Die Schrift im Sand haben wir nie gesehen. Aber das war in Ordnung. Wir brauchten sie nicht.

Die Zeit, die wir für den Rückflug brauchten, brachten wir mit gutmütigen Streitereien über unsere Hochzeit zu.

Wir kamen darin überein, die Trauung an genau jenem Strand zu feiern, und fingen an, die Brautjungfern und

Trauzeugen, die wir uns wünschten, aufzuzählen. Die Trauzeugen waren klar – sein Bruder und natürlich seine besten Kumpel, Woody, Statler, Murphy, Harris –, aber dann kamen wir auf meine Schwester Kitty zu sprechen, und das machte uns etwas ratlos.

Ich hatte Kitty seit drei Jahren nicht mehr gesehen oder mit ihr gesprochen. Ihre Entscheidung, nicht meine.

»Du musst sie trotzdem einladen«, meinte Chip.

Im Grunde aber wollte ich das nicht. Bei ihrem Fortgang hatte sie erklärt, sie bräuchte etwas Abstand von der Familie, würde sich jedoch bestimmt mal melden. Was nie geschehen war.

Trotzdem wussten wir, dass sie noch lebte. Unser Vater hatte ab und zu Kontakt zu ihr und hatte uns erzählt, sie wäre in New York und käme prima dort zurecht, aber aus welchem Grund auch immer wäre sie auch weiterhin nicht bereit zurückzukommen. Nicht mal für einen kurzen Besuch.

Es hatte mir das Herz gebrochen, sie auf diese Weise zu verlieren, von ihr so abgewiesen zu werden. Aber inzwischen war es mir egal. Sie konnte mich nicht leiden? Meinetwegen. Dann konnte ich sie eben auch nicht leiden. Sie gab vor, ihre Familie existiere nicht? Auch gut. Dann würden wir auch so tun, als existiere sie nicht.

Chip meinte, wir müssten ihr trotzdem eine Einladung zu unserer Hochzeit schicken und sie womöglich zur Ehrenjungfer machen. Was ich anders sah.

»Erstens wird sie sowieso nicht kommen, und zweitens wird sie alles ruinieren, falls sie doch erscheint.«

»Das kannst du nicht wissen.«

»Für mich wäre der Tag bereits durch ihre pure Anwesenheit ruiniert. Es ist bestimmt seltsam, sie nach so langer Zeit wiederzusehen, das würde mir die ganze Freude an dem Tag vermiesen. Statt dass ich mich auf den schönsten Tag meines Lebens freuen würde, hätte ich dann ihretwegen Angst davor.«

»Und wie wäre es, wenn du sie einfach vorher triffst? Dann hätte sich dein seltsames Gefühl doch sicher bis zu unserem großen Tag gelegt«, schlug er mir vor, aber ich war nicht in der Stimmung, um auf den gut gemeinten und durchaus klugen Vorschlag einzugehen.

»Selbst wenn es dann nicht mehr seltsam wäre, wäre sie auf alle Fälle *da*. Und dann bestünde die Gefahr, dass sie sich hoffnungslos betrinkt und in die Bowleschüssel klettert, einen deiner Freunde beißt oder die Bühne stürmt, sich dort das Mikro schnappt und irgendwelche Schnulzen singt.«

Das war nicht nur so dahergeredet. Alle diese Dinge hatte Kitty schon getan.

Schulterzuckend meinte Chip: »Aber du hast nur diese eine Schwester.«

»Ist das etwa meine Schuld?«

»Es würde seltsam wirken, wenn sie nicht zu deiner Hochzeit käme.«

»Und genauso wenig ist es meine Schuld, dass wir uns nicht mehr nahestehen.«

»Da hast du recht.«

»*Sie* ist diejenige, die abgehauen ist.«

»Das stimmt.«

»Und schließlich werde ich nur einmal heiraten, und wenn sie kommt, vermiest sie mir bestimmt den Tag.«

Natürlich sollte es die wunderbarste Hochzeit aller Zeiten werden, doch das Einzige, woran die Leute sich am Schluss erinnern würden, wäre meine sturzbetrunkene Schwester. Wenn sie sich überhaupt dazu herabließ zu erscheinen.

So war es immer schon gewesen. Ich bemühte mich, alles richtig zu machen, während Kitty wild entschlossen alles vermasselte.

Der Flugplatz kam in Sicht, und Chip erwähnte, dass er ganz besonders gut im Landen war. Er hatte ein Talent dafür, genau wie für das Seitwärts-Einparken von seinem Jeep.

Der Grund, warum er das sagte, war deutlich zu erkennen. So dunkel und so stürmisch hatte der Himmel vorhin noch nicht ausgesehen.

»Das kommt ein bisschen unerwartet«, meinte Chip.

»War das schlechte Wetter denn vorhergesagt?«

»Nicht, seit ich das letzte Mal nachgesehen habe.«

»Aber du kannst doch sicher auch bei Regen fliegen, oder?«

»Nicht wirklich. Normalerweise weicht man Regen besser aus oder wartet, bis er weiterzieht.«

Der Ring an meinem Finger stimmte mich so milde, dass ich nur nickte. »Okay.«

»Wobei wir langsam landen sollten.«

»Weil du mich zur Feier unserer Verlobung noch zum Essen ausführen willst?«

»Eher, weil der Treibstoff sonst ausgeht.«

Ich betrachtete den Horizont. Der Himmel hinter uns war leuchtend blau, vor uns aber wurde er inzwischen immer grauer. Mit purpurnen Streifen. Und mit einem Hauch von Rabenschwarz.

»Das ist eindeutig Regen – aber weit hinter dem Flugplatz. Stimmt's?«

Er nickte. »Stimmt.«

Am Horizont zuckte der erste grelle Blitz.

Vielleicht hatte das Unwetter ja Einfluss auf die Luft, durch die wir flogen, denn inzwischen ruckelte die Cessna deutlich stärker als zu Anfang unseres Fluges, und mir wurde übel.

Im Anflug auf die Landebahn gab Chip mit seiner offiziellen Fliegerstimme, die ein bisschen tiefer war als beim Start, unsere Koordinaten an den Tower durch und manövrierte uns in Position. Wir machten einen Schwenk nach links, flogen parallel zur Landebahn, machten einen U-Turn. Chip war hochkonzentriert, und ich spürte – mehr als dass ich es sehen konnte –, wie wir uns dem Boden näherten.

Ein willkommener Gedanke, bis urplötzlich etwas Seltsames geschah.

Mit einem Mal fingen die Tragflächen heftig an zu wackeln. Sofort spürte ich Panik in mir aufsteigen.

Nach einer Sekunde war es wieder vorbei, aber diese Sekunde änderte alles. Irgendetwas stimmte nicht.

Ich sah zu Chip, doch sein Gesicht war völlig ausdruckslos.

»Chip?«

»Der Wind hat gedreht.«

»Und, ist das schlimm?«

»Wir haben jetzt Seitenwind«, war alles, was er mir zur Antwort gab.

Seitenwind? Was hieß das, Seitenwind? Das klang nicht gut.

Mit starrer Miene kontrollierte Chip die Instrumente, und er hielt die Cessna ziemlich ruhig. Ich blieb still, wünschte uns nur sehnlichst ein bisschen Glück.

Wir waren vielleicht noch zwanzig Fuß über der Erde, als die Landebahn mit einem Mal zur Seite glitt. In einem Augenblick war sie noch da, und wie durch Zauberhand erschien auf einmal statt des Asphalts eine Baumgruppe vor uns.

»Verdammt«, zischte Chip und beugte sich über den Steuerknüppel.

Er manövrierte uns zurück in Position und überflog erneut die Landebahn.

»Chip?«

Aber er sprach jetzt mit dem Tower. »Cessna drei zwo sechs Tango Delta Charlie. Landeanflug fehlgeschlagen, starker Seitenwind.« Und dann versagte seine Pilotensprache, und er fuhr in normalem Englisch fort: »Ich zieh die Kiste noch mal rauf und versuche es erneut.«

Es knisterte in meinem Kopfhörer. »Verstanden, Cessna drei zwo sechs Tango Delta Charlie, fahren Sie fort.«

Und dann kippte die Erde wieder weg. Unvermittelt klang der Motor übertrieben laut, und wir schossen abermals in die Luft, gingen in Position und setzten wiederholt zum Landeanflug an. Im Süden war der Himmel blau, im Norden violett. Und irgendwo zuckte ein zweiter greller Blitz.

»Haben wir wegen des Gewitters Seitenwind?«

Chip antwortete nicht, und mir fiel auf, dass hinter seinem Ohr ein dünnes Rinnsal Schweiß unter den Kragen seines T-Shirts lief.

Er startete den Landeanflug etwas weiter hinten, um im Notfall Platz zu haben und den Kurs korrigieren zu können. Tatsächlich sah es noch zweimal aus, als ob die Landebahn zur Seite kippen würde, und in beiden Fällen richtete er den Flieger mühsam wieder auf.

»Das machst du toll«, versuchte ich ihm Mut zu machen, während ich verzweifelt hoffte, dass er nicht noch einmal durchstarten würde, weil mir – auch wenn das in diesem Moment keine Rolle spielte – inzwischen wirklich hundeübel war.

Ich wünschte mir nichts sehnlicher, als dass wir endlich wieder auf der Erde wären.

Es fühlte sich wie der längste Landeanflug der Fluggeschichte an. Ein letztes Mal korrigierte Chip den Kurs, dann konnte ich sehen, wie wir der Landebahn tatsächlich näher kamen, und versuchte, uns mit reiner Willenskraft dazu zu bringen, sie endlich zu berühren.

Schließlich erreichten wir den Teil der Landebahn, neben dem der Flugzeughangar stand. Die Größe und die Breite des Gebäudes boten etwas Schutz, als wir in einer Höhe von zehn Fuß so dicht daran vorüberflogen, dass der Wind nicht mehr zu spüren war. Sofort wurde es ruhiger, und sogar der Motor dröhnte nicht mehr ganz so laut.

Chip lockerte den Griff um den Steuerknüppel, und mit einem Mal war die Landebahn zum Greifen nah.

Wir haben es geschafft, schoss es mir durch den Kopf.

Doch dann verließen wir den Windschatten des Hangars, eine starke Bö ergriff den Flügel auf der Seite, wo ich saß, riss ihn nach oben, der andere Flügel krachte auf den Asphalt. Die Cessna begann sich wie wild zu drehen, und die Zeit blieb stehen.

Ich weiß noch, dass ich so hart gegen meinen Gurt geschleudert wurde, dass es sich anfühlte, als wäre er aus Holz. Die Flügelspitze schrammte mit so lautem Kreischen über die Landebahn, dass mir fast die Trommelfelle platzten.

Ich hörte, wie Chip panisch »Festhalten!« schrie, obwohl ich keine Ahnung hatte, woran ich mich überhaupt hätte festhalten sollen. Ich selbst schrie so laut, dass ich nur noch diesen Schrei spürte, und wir starrten uns entgeistert an. *Das konnte doch nicht sein.*

In irgendeinem kleinen Winkel meines Hirns war tatsächlich noch Raum für eine lächerliche philosophische Betrachtung – nämlich, dass es völlig sinnlos war zu schreien, denn uns war ohnehin nicht mehr zu helfen –, bevor mir ein Gedanke von erheblich größerer Bedeutung kam:

Wir würden beide sterben, und zwar jetzt und hier.

Es war nicht zu bestreiten, was in diesem Augenblick geschah, und wir konnten nichts dagegen tun. Wir waren völlig hilflos, und mir kam die Erkenntnis, dass all das, worauf ich mich gefreut hatte, vorüber wäre, noch bevor es überhaupt begann. Chip und ich, die Hochzeit am Strand, der Beagle aus dem Tierheim, den wir hätten adoptieren, und die wunderhübschen Babys, die wir hätten bekommen wollen.

Es heißt, dass man im Augenblick des Todes noch einmal das Leben wie im Zeitraffer Revue passieren lässt, vor meinen Augen aber lief das Leben, das ich hätte leben wollen, ab. Das Leben, das ich sehnsüchtig erwartet hatte, und für das jetzt keine Zeit mehr blieb.

Meine Zukunft rann mir durch die Finger. Eben war sie noch zum Greifen nah gewesen, jetzt hatte ich sie um ein Haar verpasst.

Plötzlich stieg glühend heißer Zorn in mir auf. Ich dachte nicht an meine Eltern oder meine Freunde oder daran, dass sie um mich trauern würden. Nein, ich dachte nur an mich – und daran, dass dies alles verdammt noch mal alles gewesen sein sollte.

Natürlich weiß ich nicht, wie viele Drehungen genau wir absolvierten, aber diese Art von Unfall wird nicht grundlos »Radschlagen« genannt. Die Flügel waren wie die Speichen eines riesengroßen Rades, und wir waren die Achse in der Mitte eines sich wild drehenden Höllenkarussells. Ich wusste schon lange nicht mehr, wo oben und wo unten war, und irgendwann hatte ich das Gefühl, als wiegten wir uns, statt uns wild zu drehen, nur vor und zurück.

Ich konzentrierte mich nur noch darauf, mich nicht zu übergeben, weil mir die Kontrolle über alles andere längst entglitten war, und vielleicht drei Sekunden ehe ich begann, mir wie der *Exorzist* die Seele aus dem Leib zu kotzen, brach der Flügel, unter dem ich saß, mit einem unwirklichen, lauten Knacken ab, und mit einem lauten *Wusch*, als führen wir mit einem Auto durch die Waschstraße, ergoss sich ein dicker Strahl Treibstoff über die Windschutzscheibe, und wir rutschten in den Graben neben der Landebahn.

Meine Seite landete unten, der Flügel auf Chips Seite ragte in die Luft.

Die Cessna lag vollkommen reglos da, und es war totenstill.

2

Gefühlte tausend Jahre später fragte Chip mit atemloser Stimme: »Margaret? Alles in Ordnung?«

»Mir ist schlecht geworden«, erwiderte ich nur, ohne die Dringlichkeit in seiner Stimme wahrzunehmen.

»Margaret – der Treibstoff –, wir müssen hier raus. Bist du verletzt?«

»Ich glaube nicht.«

Chip nestelte an seinem Gurt, schnallte sich ab und versuchte, die Tür wie eine Luke nach oben zu drücken. Seine Seite wirkte deutlich weniger verbeult als meine, trotzdem gab die Tür nicht sofort nach. Also stemmte er sich gegen seinen Sitz, um sie gewaltsam aufzutreten, aber dann sprang sie doch auf und hing mit laut quietschenden Angeln in der Luft.

Eilig kletterte er aus der Cessna, beugte sich zu mir herunter und befahl mit eindringlicher Stimme: »Los!«

Ich hatte mich bisher noch nicht mal abgeschnallt. Irgendwie kam es mir vor, als liefe alles gleichzeitig in Zeitlupe und Zeitraffer vor meinen Augen ab. Meine Hände fühlten sich so an, als wären sie gar kein Teil von mir. Ich schaute ihnen dabei zu, wie sie versuchten, meinen Schultergurt zu lösen, und in dem Moment wurde mir klar, dass er bereits geöffnet war. Als Nächstes griff ich nach dem Beckengurt, aber im Gegensatz zu meinem Schultergurt hatte das Ding sich offenbar verklemmt.

Im Grunde aber war das vielleicht auch egal. Meine Flugzeugseite war total zerquetscht, und statt auf meinem Platz zu *sitzen*, hing ich zwischen meinem Sitz und dem Armaturenbrett fest.

Ich versuchte, mich herauszuwinden, doch ohne Erfolg. Dann versuchte ich, die Beine zu bewegen, aber sie waren wie in einem Schraubstock eingeklemmt.

Chip spähte durch die Luke und schrie: »Nun komm schon, Margaret! Jetzt!«

»Ich kann nicht!«, antwortete ich. »Ich stecke fest.«

Er streckte einen Arm nach unten aus. »Gib mir die Hand, dann ziehe ich dich raus.«

»Das geht nicht. Meine Beine sind eingeklemmt.«

Ich wusste nicht, ob er eine Sekunde oder eine Stunde still blieb, doch schließlich meinte er: »Ich werde Hilfe holen.«

Sofort bekam ich Angst. Ich wollte nicht, dass er mich alleine ließ. »Nein! Bleib hier!«

»Die Kiste kann jeden Moment hochgehen!«

»Aber ich will nicht alleine sterben!«

»Ich hole die Feuerwehr!«

»Ruf sie über dein Handy an!«

Vor Panik wurde seine Stimme schrill. »Ich weiß nicht, wo es ist!«

»Du darfst nicht gehen, Chip! Bleib hier! Bleib hier!« Auch meine Stimme klang seltsam ungewohnt, als würde da irgendeine fremde hysterische Frau panisch um Hilfe schreien.

Trotzdem machte Chip sich auf den Weg. »Ich muss Hilfe holen. Halt durch. Ich bin in zwei Minuten wieder da.«

Und dann war er weg.

Ich war allein in einem zerquetschten Flugzeug und atmete Luft ein, die schwer vom Treibstoff war. Sie war so giftig, dass sie meine Lungen zu verätzen schien.

»Zwei Minuten«, flüsterte ich wie ein Mantra vor mich hin. »Zwei Minuten. Zwei Minuten. Zwei Minuten.«

Dann ließ ein lauter Donnerschlag die Instrumente klirren, und einen Moment später fing es zu regnen an. Wie wild trommelten die Tropfen auf die Metallhülle des Flugzeugs. Chips Tür stand noch immer offen, weshalb sich ein fieser Schwall eiskalten Wassers über mich ergoss.

Ich wusste nicht, wie lange Chip bereits verschwunden war, die zwei Minuten aber waren längst vorbei. Möglich, dass er schon vor zehn Minuten, einer halben Stunde oder Stunde aufgebrochen war.

War es eher gut oder eher schlecht, dass es regnete? Würde der Regen verhindern, dass ein Feuer ausbrach – oder machte er die Angelegenheit vielleicht noch schlimmer? Alles, was ich wollte, war, dass die gesamte Welt aufhörte sich zu drehen, bis ich sicher aus der Kiste rausgekommen war. Inzwischen herrschte eine solche Dunkelheit um mich herum, als hätte der verfluchte Regen alles Licht gelöscht.

Ich fing an unkontrolliert zu zittern. Neben meinem eigenen Atem hörte ich die Regentropfen, die wie Kieselsteine auf die Blechhülle der Cessna prasselten, und dann ein leises, tickendes Geräusch. Ich fragte mich, wie lange es wohl dauern würde, bis der Graben sich mit Wasser füllen und ich elendig ertrinken würde – bei einer Bruchlandung.

Immer wieder versuchte ich mich zu befreien. Ohne Erfolg.

Ich hatte mich in meinem Leben schon des Öfteren auf gute und auf schlechte Art einsam gefühlt, doch niemals *so* einsam. »Komm zurück«, flüsterte ich. »Bitte, bitte, komm zurück.« Mein Flehen ging im Lärm des Gewitters unter.

Doch unversehens drang das herrlichste Geräusch an mein Ohr, das ich je gehört hatte.

Das Heulen einer Sirene.

Erst weit weg, doch langsam, aber sicher, immer näher.

Endlich kam die Feuerwehr.

Chip war nicht zurückgekommen, doch er hatte mir etwas viel Besseres geschickt. Ich war überglücklich, letztes Jahr den Feuerwehrkalender auf dem Weihnachtsmarkt gekauft zu haben. Die besten zwanzig Dollar, die ich je ausgegeben hatte.

Und dann, als hätte er die Feuerwehr auch gehört, verebbte der Wolkenbruch und machte einem leichten Nieselregen Platz.

Die Akustik in der Cessna war sehr gut. Als die Sirene ausgeschaltet war, konnte ich hören, wie fünf oder sechs Leute draußen miteinander sprachen und sich Anweisungen gaben. Einer nannte einen anderen Schwachkopf, und außerdem drangen noch eine Reihe von Geräuschen, deren Ursache ich nicht erkennen konnte, an mein Ohr: Klirren, Quietschen, Bohren.

Trotzdem zog sich die Zeit endlos in die Länge und ich fragte mich, warum niemand kam, um mich herauszuholen.

Dann hörte ich ein anderes Geräusch. Ein lautes *Wusch*, wie wenn man auf einem Gasherd eine Flamme entfacht.

Und dann kamen die Flammen. Ich hatte gerade noch genügend Zeit, mich etwas weiter vorzubeugen und die Arme vors Gesicht zu schlagen, bevor ein Gemisch aus Lärm und Wind und Hitze auf mich niederging.

Ich hielt den Kopf gesenkt, denn etwas anderes konnte ich nicht tun. Dann verbrannte irgendetwas mir den Hals, aber der Schmerz ließ sofort wieder nach, und Sekunden später war das Feuer aus.

Das Cockpit war von dichtem Rauch erfüllt und stank nach Barbecue und verbranntem Haar.

Das Nächste, was ich hörte, war das Klirren und gongähnliche Dröhnen von Metall. Lautes Hämmern, Stimmen, einen Motor und ein surrendes Geräusch. Und dann wurde im Handumdrehen das Dach der Cessna – das infolge unserer Landung eher als Seitenwand zu sehen war – zurückgeklappt, und einer meiner Retter kniete sich in voller Ausrüstung mit Maske neben mich. Hinter ihm war alles voller Schnee, und auf einmal fiel mir auf, dass auch das Cockpit voller weißer Flocken war.

Er nahm die Maske ab und entpuppte sich als Frau.

Das war eine Neuigkeit für mich. Offenbar gab es auch Frauen bei der Feuerwehr! Als Erstes nannte sie mir ihren Namen, aber ich verstand sie nicht. Manchmal grübele ich noch heute nachts, wenn ich nicht schlafen kann, darüber nach. Wie hatte sie geheißen? Karen? Laura? Jenny?

Ihre nächsten Worte aber haben sich mir unauslöschlich eingeprägt.

»Sie lebt.«

Es kam mir vor, als hörte ich Überraschung in ihrer Stimme.

Während zwei ihrer Kollegen weiter am verbogenen Dach der Cessna zerrten, schaute sie mich fragend an. »Was tut Ihnen am meisten weh?«

»Mir tut nichts weh.«

Sie tastete nach meinem Puls und sah mich zweifelnd an.

»Überhaupt nichts?«

»Mir geht's gut. Ich stecke einfach nur fest.« Dann schaute ich sie fragend an. »Woher kommt plötzlich all der Schnee?«

»Das ist kein Schnee«, erklärte sie. »Das ist Schaum. Wegen der Flammen.«

Schaum! Flammen! Das Feuer war mir kurzfristig entfallen, aber jetzt nahm ich das Brennen an Arm und Hals wahr. »Vielleicht habe ich ein paar Verbrennungen.«

Sie lächelte mich an. »Sie haben wirklich großes Glück gehabt. Das Feuer ist erst ausgebrochen, als die Schläuche bereits angeschlossen waren. Wir hatten es in weniger als einer Minute wieder gelöscht.«

»Das klingt nach wirklich großem Glück.«

»Und außerdem …«, sie schwenkte eine winzig kleine Taschenlampe vor meinen Pupillen hin und her, »… ist ein Graben, in dem man auch noch mit dem Gesicht nach unten liegt, der beste Ort, wenn einen die Flammen überrollen.«

»Ich hatte also doppelt Glück.«

»Machen Sie Witze? Das war ein Sechser im Lotto. Es wundert mich, dass Sie in dem Inferno nicht zu Holzkohle verbrannt sind.«

»Mich auch.«

»Wir fixieren Ihren Oberkörper jetzt erst mal auf einem kurzen Brett«, kündigte sie mir an.

»Aber mir geht's gut. Ich bin nur eingeklemmt.«

Sie drückte mir eine Maske aufs Gesicht. »Das ist Sauerstoff. Damit Ihnen das Atmen leichterfällt.«

Sauerstoff. Wie nett. »Aber es geht mir wirklich gut.«

»Trotzdem sollten wir auf Nummer sicher gehen.« Sie zwinkerte mir zu. »Das ist Vorschrift, und Sie wollen doch sicher nicht, dass ich in Schwierigkeiten komme.«

Nein, natürlich nicht. Wahrscheinlich hatten Frauen es bei der Feuerwehr auch ohne zusätzlichen Ärger schon schwer genug.

Also hielt ich still, sog kühlen Sauerstoff in meine Lunge, und sie fixierte mich, sodass ich mich nicht mehr rühren konnte. Dazu bekam ich eine Halskrause verpasst, obwohl die meiner Meinung nach bestimmt nicht nötig war.

Und schließlich kam der letzte, langwierigste Schritt: das Auseinanderspreizen des zerdrückten Armaturenbretts, um meine Beine zu befreien. Für das Projekt waren drei ihrer Kollegen nötig, die anscheinend nicht in Eile waren.

Aber ich war dankbar für die Sorgfalt, die sie bei der Arbeit walten ließen. Niemand überstürzte irgendwas, und niemand war in Eile heimzukommen, um den Valentinstag mit seiner Freundin zu feiern. Sie gingen meine Rettung vorschriftsmäßig an. Die ganze Zeit blieb meine namenlose Retterin an meiner Seite und beruhigte mich mit netter Plauderei. Zum Beispiel sagte sie, beim Absturz eines Jets hätten sie die schwere Rettungsausrüstung gebraucht, aber die Hüllen dieser kleinen Flieger gingen »leicht wie Alufolie« auf.

Bevor ich draußen war, hörte ich einen Hubschrauber.

»Da kommt Ihr Taxi«, klärte meine neue Freundin mich mit einem breiten Lächeln auf.

»Es geht mir wirklich gut«, versuchte ich ihr nochmals klarzumachen, aber sie ging nicht auf meine Worte ein.

»Das wird Ihnen gefallen. Flüge im Hubschrauber machen echt Spaß.«

»Wo ist Chip?«, erkundigte ich mich.

»Ist das Ihr Freund?«

»Verlobter«, sagte ich zum allerersten Mal.

»Er ist hinten bei unserem Löschfahrzeug.«

»Ist er verletzt?«

»Er wird noch untersucht, aber ich würde sagen, dass er nicht mal einen Kratzer abbekommen hat.«

Als sie mich endlich draußen und auf einer Bahre hatten, rollten sie mich schnellstmöglich zu einem Krankenwagen, schnitten mir mit der Bemerkung, dass die Rettungsflieger die Patienten gerne nackt sähen, alle Kleider auf und hängten mich an einen Morphiumtropf.

Das Gewitter hatte sich verflüchtigt, und der Himmel war inzwischen wieder völlig wolkenlos. Ich konnte über meinem Kopf Millionen Sterne sehen und dankte ihnen allen. Ich dankte ihnen für mein Glück, die Feuerwehr, Sirenen, Löschschaum, Gräben, Bolzenschneider, gutes Timing, Sauerstoff, Hoffnung, Wunder und dafür, dass ich nicht vollkommen verbrannt war.

Die Sanitäter arbeiteten hart. Jedes Mal wenn ich sagte, dass mir eigentlich nichts fehlen würde, meinten sie mit einem gleichmütigen Schulterzucken, dass alles nur reine Routine sei.

Und genauso war es Routine, dass ich mit dem Krankenwagen die knapp sechzig Meter bis zum Rettungsflieger fuhr. Ohne dass mich Chip begleiten durfte, obwohl jede Menge Platz neben der Trage war.

»Ich brauche dich«, erklärte ich, als sie mich fortrollten.

»Ich darf nicht mit.«

»Steig trotzdem ein!«

»Wir treffen uns im Krankenhaus«, rief er mir hinterher, wobei er unglücklich die Schultern hängen ließ.

Wenn wir flogen und er fuhr, müsste er sich sputen. Doch er sputete sich nicht. Als ich in den Hubschrauber geladen wurde, stand er immer noch wie angewurzelt da.

Ich konnte das ganze Theater um mich eigentlich nicht fassen. Ehrlich – viel Lärm um nichts.

Na ja, vielleicht nicht nichts. Ein kurzes Date mit dem Tod. Ein wahr gewordener Albtraum. Die Bruchlandung, das Feuer. Vermutlich würde ich nie wieder aufhören zu zittern.

Doch wir hatten überlebt.

Trotz meiner Aufregung fielen mir im Hubschrauber die Augen zu. Ich fragte mich, ob das vielleicht die Folge meiner Panik war. Oder vielleicht lag es auch an dem Morphium oder einem Übermaß an Sauerstoff. Bevor ich wegtrat, fragte ich mich noch, ob ich die Nacht etwa im Krankenhaus verbringen müsste. Hoffentlich nicht. Wenn sie mich schnell genug entließen, könnten Chip und ich ja vielleicht doch noch etwas essen gehen.

Denn Flugzeugabsturz oder nicht, wir hatten immer noch jede Menge zu feiern.

3

Ich kam wieder zu mir, als die Hölle in der Unfallchirurgie losbrach. Wobei das nicht das Erste war, was ich bemerkte. Nein, als Erstes fielen mir die fürchterlichen Rückenschmerzen auf. Und sobald ich diese Schmerzen wahrnahm, wurde mir bewusst, dass sie bereits am Unfallort zu spüren gewesen waren.

Ich weiß, das klingt total verrückt, doch erst als ich die Rückenschmerzen jetzt *bemerkte*, konnte ich mich wieder an sie *erinnern*.

»Mir tut der Rücken weh«, meinte ich zu niemand Bestimmtem, da ich keine Ahnung hatte, wer von den zwei Dutzend Leuten, die ich aus den Augenwinkeln hin und her rennen sah, mein Ansprechpartner war. Und sie riefen sich so hektisch irgendwelche Anweisungen zu, dass alles, was sie sagten, nur als undeutlicher Lärm an meine Ohren drang. Die Dinge, die ich in dem Raum zu sehen und zu hören bekam, haben sich wie lauter kleine Nadelstiche in meine Erinnerung gebohrt – Bilder und Geräusche, deren zeitlicher Ablauf mir entfallen ist. Menschen in blauen OP-Kitteln, die sich zielstrebig bewegten; Körper, Arme, Beine, die beständig in Bewegung waren; das Piepsen der Gerätschaften, an die ich angeschlossen war. Die Neonröhren, die unter der Decke hingen, tauchten die Umgebung in ein unwirkliches Licht, in dem ich alles nur verschwommen sah. Man hängte mich an einen neuen Tropf, jemand forderte einen Katheter, und es fielen die Worte »Röntgen« und »CT«.

Die Halskrause war unbequem, also bat ich einen Pfleger, dessen freundliches Gesicht mir aufgefallen war, sie abzunehmen.

»Erst wenn wir wissen, dass sie nichts an der Halswirbelsäule hat«, rief irgendwer.

»Behalten Sie sie noch ein bisschen, Schätzchen«, bat der Pfleger sanft.

Hatte ich eine Medikamentenallergie? *Nein.*

Litt ich unter irgendwelchen Krankheiten, die von Bedeutung waren? *Nein.*

War ich schwanger? *Nein, ich hoffte nicht.*

»Ich bin kerngesund«, stellte ich fest.

Dann erschien ein Mann – den ich später als Neurochirurg wiedererkannte – und klärte mich darüber auf, dass sie mit dem Nadeltest die Reaktionen meiner Nerven testen würden und dass ich ein Steroid bekommen würde, um eine eventuelle Schwellung zu verhindern, weil die Vorteile des Mittels deutlich größer als die potenziellen Nebenwirkungen wären.

»Okay«, stimmte ich zu, doch erst als er wieder verschwunden war, kam ich auf den Gedanken zu fragen: »Was für eine Schwellung?«

Aber wie gesagt, er hatte sich schon wieder entfernt.

Erst nach dem Nadeltest und dem CT tauchte er wieder

auf und erzählte irgendwelche Dinge, die ich nicht verstand. »Das CT hat einen Trümmerbruch Ihres L1 gezeigt. Wir schicken Sie in den OP und beseitigen die Splitter. Der Nadeltest weist auf verschiedene Defizite hin, wobei ein Teil der Reizleitung über den Spinalkanal offenbar erhalten geblieben ist. Die gute Nachricht ist, dass Ihr Lenden-Darmbeinmuskel noch zu funktionieren scheint, deshalb gehen wir vorläufig von einer inkompletten Verletzung aus. Wobei wir natürlich Genaueres erst wissen werden, wenn wir operieren.«

»Eine inkomplette Verletzung von was?«

Er blinzelte, als hätte er gedacht, das wäre klar. »Ihres Rückenmarks.«

Ich hielt einen Augenblick den Atem an. »Tut mir deswegen der Rücken weh?«

Aber während ich die Frage stellte, hatte er sich einer Schwester zugewandt, und als er mich wieder ansah, meinte er: »Sie haben wirklich großes Glück gehabt. Der L1 ist regelrecht zertrümmert, hat aber weder den Spinalkanal noch das Rückenmark durchtrennt. Und jetzt bringen wir Sie in den OP, um Sie zu stabilisieren und wieder in Ordnung zu bringen.«

»Jetzt?«

Er nickte. »Jetzt. Und wenn Sie im OP sind, holen wir einen plastischen Chirurgen, der sich Ihr Gesicht, den Hals und den Bereich oberhalb Ihres Trapezmuskels ansieht und schon mal eine erste Wundtoilette durchführt. Aber er wird mit dem Eingriff warten müssen, bis wir Sie stabilisiert haben. Das ist vorerst das Wichtigste. Die anderen Dinge haben Zeit.«

»Von was für einem Eingriff reden Sie?«

»Von den Hauttransplantationen. Wegen der Verbrennungen.«

Von den Hauttransplantationen. Wegen der Verbrennungen.

Der Chirurg war offenbar bereit, in den OP zu gehen. »Haben Sie noch irgendwelche Fragen?«

Ich wollte nicken, doch ich konnte mich nicht rühren. Ja, natürlich hatte ich noch Fragen. Jede Menge. Aber leider fielen sie mir in dem Augenblick nicht ein.

Also fragte ich das Einzige, worauf ich kam: »Könnte bitte jemand meine Mutter informieren?«

Erinnerungen spielen sich im Normalfall chronologisch ab. Selbst wenn einem Einzelheiten der Geschichte irgendwann entfallen, bleibt die Reihenfolge der Geschehnisse bestehen, und man weiß noch, wie die Dinge zueinander geführt haben. Meine Erinnerungen an die Intensivstation jedoch sind nur ein Haufen Bilder, Laute und Gefühle, die dasselbe Durcheinander bilden wie die Stäbchen bei einem Mikado-Spiel.

Es heißt, auf der Intensivstation verliert man jegliches Zeitgefühl. Man fühlt sich wie in Vegas, nur dass die Tänzerinnen und die Glücksspielautomaten fehlen. Zum Beispiel gibt es keine Fenster, und die Räume sind rund um die Uhr in bestenfalls etwas gedämpftes Neonlicht getaucht. Ärzte, Schwestern, Pfleger, Laboranten, Ergotherapeuten und Sozialarbeiter, Fallmanager von Versicherungen, Angestellte der Verwaltung, Freunde und Verwandte sowie alle anderen, denen danach ist, laufen dort Tag und Nacht herum. Geräte stoßen laute Piep- und Zischgeräusche aus, neben allen Betten stehen Rollwagen mit Computern oder Monitoren, Telefone schrillen, und Schuhe quietschen auf dem Linoleum.

Der eigene Schlaf-Wach-Rhythmus wird praktisch völlig ausgelöscht.

Und dann ist man selbst ja auch noch da. Man schläft oder ist wach und nimmt die Welt aufgrund der Schmerzen oder der Medikamente nur verschwommen wahr. Dazu wird man jederzeit geweckt – um etwas einzunehmen, um gedreht zu werden, weil man sich sonst wund liegt, oder einfach nur, weil irgendjemand eine Frage hat. Man ist ein medikamentös umnebeltes, passives Element eines gespenstischen Systems, das ständig in Bewegung ist, um einen am Leben zu erhalten – auch wenn man dem Leben nirgends ferner ist.

Auf einer Intensivstation ist man so gut wie tot.

Ich weiß von meiner Mutter, die, nachdem man mich in den OP verfrachtet hatte, in Begleitung meines Dads im Krankenhaus erschienen und im Warteraum auf den »am Boden zerstörten« Chip gestoßen war, dass man zwei Stunden lang an mir herumgeschnitten hatte und dass ich seither zur Stützung meiner Wirbelsäule Stäbe links und rechts von meinen Lendenwirbeln trage.

Am nächsten Tag war ich stabil genug für die Hautverpflanzungen gewesen, und auch über diesen Eingriff wurde ich von meiner Mom nachträglich ausführlich informiert. Mit dem ihr eigenen Eifer hatte sie in ihrer ordentlichen Schreibschrift alles mitgeschrieben und mir dann anhand der Aufzeichnungen die Geschichte meines Lebens erzählt und mir dazu noch unzählige neue Wörter beigebracht.

Sie erläuterte mir, im Grunde wäre es ein Glück, dass die Verbrennungen so stark gewesen waren, denn da alle Nerven mitverbrannt wären, täte es nicht ganz so weh. Außerdem erklärte sie, der Wirbelsäulen- und der plastische Chirurg hätten sich extra im OP getroffen, um mich dort gemeinsam auf den Tisch zu legen, damit man die Halswunden behandeln konnte, ohne dass mein Rücken dadurch zusätzlichen Schaden nahm. Dann hatte mir der plastische Chirurg die schwarz verbrannte Haut entfernt, Haut von zwei Spenderstellen unterhalb von meinen Schlüsselbeinen (dem »Supraklavikulärbereich«) für ein Vollhauttransplantat an meinem Hals entnommen und die neue Haut mit Zickzackstichen wie beim Nähen eines Quilts dort festgemacht.

Zur Erholung von den beiden Eingriffen behielten sie mich sieben Tage auf der Intensivstation, und während dieser ganzen Zeit war mein Hals mit dicken Mullbinden umwickelt. Durch einen Schlauch wurde die Wundflüssigkeit von den Transplantaten abgesaugt, während die Ärzte darauf warteten zu sehen, ob sie abgestoßen würden oder nicht. Mein Mom machte mit ihrem iPhone ein Bild von mir, kam dann aber zu dem Schluss, dass das geschmacklos wäre, und ließ mich die Aufnahme erst Wochen später, bevor sie sie ein für alle Mal löschte, sehen. Ich sah auf dem Foto aus, als fiele ein mutiertes, riesiges Albino-Neunauge über mich her.

Anscheinend war der erste Mensch, nach dem ich nach der Wirbelsäulen-OP und nach der Hautverpflanzung fragte, Chip. Auch wenn ich mich nicht mehr daran erinnern konnte, muss er nach dem ersten Eingriff da gewesen sein, aber nach dem zweiten war er heimgefahren, um zu schlafen, und stattdessen schickten sie mir meine Mom.

Andere Dinge, die ich weiß, auch wenn ich mich nicht mehr an sie erinnern kann: Ich entleerte meine Blase über einen »Foley-Dauerkatheter« in einen Beutel, und mein Darm wurde von einer armen Klinikangestellten »manuell geräumt«. Da die Reste meiner Haare sich in dem Verband verfingen, schnitt sie jemand, ohne mich zu fragen, einfach ab, während ich schlief. Ich nahm in einer Woche mehr Medikamente als zuvor in meinem ganzen Leben – unglaubliche Mengen Paracetamol, Valium, Ciprofloxacin, Nizatidin, Oxytocin, Clonidinhydrochlorid, Maaloxan und das fantastische Midazolam, das mich alles vergessen ließ. Besucher durften höchstens zehn Minuten bleiben, und die meiste Zeit war ich, umgeben von Maschinen und von Scharen Fremder, mutterseelenallein.

Von einem der Schmerzmittel wurde mir immer schlecht. Das weiß ich noch genau.

Genauso, wie ich mich daran erinnere, dass ich die Gesichter einer Reihe Menschen über mir aufblitzen sah. Das von meiner Mutter, die sich mit vom vielen Weinen rot verquollenem Gesicht zu mir herunterbeugte. Das von meinem Vater, der die Lippen aufeinanderpresste und die Daumen reckte, wie um mir zu irgendwas zu gratulieren. Das von Chip, der still wie eine Statue direkt neben meinem Bett stand, aber in Gedanken ganz eindeutig vollkommen woanders war.

Die seltsamste Erinnerung jedoch ist die an eine Reihe von Physiotherapeuten, die in ihren blauen Kitteln an mein Bett traten, um meine Beine für mich abwechselnd zu strecken, zu beugen oder zu drehen. Ich konnte sehen, was sie taten, aber spüren konnte ich es nicht.

Es war alles wie ein seltsamer, nicht enden wollender Traum. In dem ich mich oft übergab.

4

Erst als ich die Intensivstation verließ, erwachte ich langsam aus diesem Traum. Und erst als ich allmählich wieder zu mir kam, wurde mir klar, wie schlimm es wirklich um mich stand.

Am Tag meiner Verlegung auf die andere Station dauerte es beispielsweise fast den ganzen Morgen, bis ich endlich in dem verdammten Rollstuhl kauerte. Dazu wurde das Kopfteil meines Betts von einer Schwester namens Nina in winzigen Schritten hochgefahren, bis ich endlich aufrecht saß. Ich hatte so lange gelegen, dass mein Blutdruck durch das Aufrichten meines Oberkörpers derart abzufallen drohte, dass das Risiko zumindest einer Ohnmacht und im schlimmsten Fall eines Herzinfarkts bestand. Außerdem verliert man, wenn man sich nicht rühren kann, im Handumdrehen jede Menge Muskelmasse, und nachdem ich innerhalb von einer Woche fast zehn Kilo abgenommen hatte, sah ich so gebrechlich und zusammengefallen wie eine alte Dame kurz vor ihrem hundertsten Geburtstag aus.

Ich weiß noch, dass ich mir Gedanken machte, weil es für den armen Chip ein Schock sein würde, mich so zu sehen, und dass ich froh war, dass er an diesem Morgen nicht im

Krankenhaus erschienen war. So, als würden ein, zwei Tage ausreichen, um mich wiederherzustellen.

Trotz meiner Sorge aber hätte ich natürlich gern gewusst, warum er nicht an meiner Seite war.

»Wo ist Chip?«, fragte ich meine Mutter mindestens dreimal, bis sie mir endlich eine Antwort gab.

»Er fühlt sich heute nicht so gut, Schätzchen«, erklärte sie.

»Er fühlt sich nicht so gut?«

»Irische Grippe«, mischte sich mein Vater ein, woraufhin ihm meine Mutter kraftvoll in die Schulter boxte.

»Cliff!«, fuhr sie ihn an und wandte sich mir wieder zu.

Nina hätte mich problemlos aus dem Bett heben und in den Rollstuhl setzen können, doch so laufen diese Dinge bei der Reha nicht. Es geht dabei die ganze Zeit darum, einen zu etwas zu zwingen, noch ehe man dazu bereit ist, es zu tun. Also quälte ich mich, noch bevor ich überhaupt die Intensivstation verlassen hatte, geschlagene drei Stunden damit ab, mich zentimeterweise aus dem Bett in das Gefährt zu hieven.

»Können Sie mich nicht rüberheben?«, stieß ich irgendwann total ermattet aus.

»Ich helfe Ihnen gern dabei, es selbst zu tun«, erwiderte sie.

Meine Eltern standen dicht nebeneinander neben meinem Bett und beugten sich mitfühlend zu mir vor. Ich hatte Cliff und Linda oft so dicht nebeneinanderstehen sehen, aber so ängstlich und besorgt hatten sie dabei bisher nie gewirkt. Es juckte ihnen in den Fingern, mir zu helfen, aber Nina stand ihnen im Weg. Millimeterweise musste ich mich auf ein Holzbrett schieben, obwohl es schon an ein Wunder grenzte, dass es mir überhaupt gelang, mich aufzusetzen, während ich am Katheter und an all den anderen Schläuchen hing, verschiedene Verbände trug und mir entsetzlich schwindlig war.

Und meine Unterschenkel? Waren nach wie vor nicht zu spüren, und als Nina sie über den Rand des Betts schob, baumelten sie wie mutierte Bandnudeln an meinen Knien.

»Was meinen Sie, wann das Gefühl in meinen Beinen wiederkommt?«, erkundigte ich mich.

»Diese Frage müssen Sie den Ärzten stellen.«

Bis ich endlich in dem Rollstuhl saß und sie die kleinen Fußstützen herunterklappte, um dort meine Beine abzustellen, war ich erschöpfter und atemloser als nach einem kilometerlangen Sprint.

»Bravo, Kleines!«, rief mein Dad. Das hatte er auch jedes Mal gerufen, wenn ich bei den Wettläufen an unserer Schule vor den anderen im Ziel gewesen war.

Ich wagte nicht, ihn anzusehen.

Nina nahm die Griffe meines Rollstuhls, schob mich durch die Tür und weiter durch ein kilometerlanges Labyrinth aus Gängen, bis wir irgendwann in meinem neuen Zimmer zwei Gebäudeflügel weiter ankamen. Es war ein Doppelzimmer, aber beide Betten waren leer, das hieß, ich konnte wählen, wobei am Ende wie auch sonst immer meine Mutter die Auswahl für mich traf. So läuft es jedes Mal. Sie fragt mich, was ich will, wartet meine Antwort ab, erklärt mir dann, warum es so nicht laufen kann, und zwingt mich, das zu tun, was ihrer Meinung nach das Beste ist.

Ich entschied mich für das Bett direkt neben dem Bad,

doch meine Mutter meinte, in einem Artikel aus dem *Reader's Digest* hätte sie gelesen, dass es »äußerst heilsam« wäre, aus dem Krankenbett in die Natur hinauszusehen, und dass ich deshalb doch wahrscheinlich eher am Fenster liegen wollte.

Es war wie immer. Ich bekam das Gegenteil von dem, was ich mir wünschte.

An meinem neuen Bett vollführten wir den ganzen Rollstuhl-Zirkus noch einmal andersrum. Diesmal dauerte es zwar nur eine Stunde, aber am Ende war mir trotzdem schlecht und ich nass geschwitzt. Und abermals standen meine Eltern während der gesamten Zeit reglos wie Statuen am Fußende des Betts und sahen zu.

»Wo ist Chip noch mal?«, hakte ich nach.

»Er schläft seinen Rausch aus«, klärte mich mein Vater auf, und diesmal sagte meine Mutter nichts.

»Wann werde ich den dämlichen Katheter endlich wieder los?«, fragte ich Nina, als sie die Decke über meine Beine schob, wobei ich meinen Kopf gegen das rissige Krankenhauskissen sinken ließ.

»Auch diese Frage müssen Sie den Ärzten stellen.«

Ich hatte das Gefühl, als wäre dies die Standardantwort, die sie den Patienten gab.

Dann wandte Nina sich zum Gehen, Dad ging Kaffee holen, und meine Mutter fing mit der Verschönerung des Krankenzimmers an, denn schließlich war das Teil von ihrem Job. Meine Eltern hatten eine Baufirma, und während Dad die eigentlichen Bauarbeiten überwachte, kümmerte sich meine Mutter ums Design und fühlte sich deshalb beruflich, aber auch privat verpflichtet, alles zu verschönern, was nach ihrer Meinung zu verschönern war.

Zu diesem Zweck hatte sie einen blau-weiß karierten Quilt und einen flauschig weichen Überwurf von zu Hause mitgebracht, dazu all die Genesungskarten, die in der vergangenen Woche von Verwandten und von Freunden für mich eingegangen waren, samt einer Rolle Tesa, um diese an den Wänden aufzuhängen. Außerdem hatte sie eine Reihe Zeitschriften gekauft, die sie fächerförmig auf das Tischchen in der Zimmerecke legte, und hielt mir sogar mein Lieblingsstofftier (ein fusseliger Hase mit dem zutreffenden Namen Fusselhase) hin, das schon vor Jahren auf dem Dachboden gelandet war. Als ihr nichts mehr zu tun blieb, setzte sie sich auf den Stuhl an dem kleinen Tisch und kritisierte das Dekor des Raums.

»Was haben sie sich nur dabei gedacht, Vorhänge in einem so fürchterlichen Malventon aufzuhängen? Das war vielleicht vor vierzig Jahren mal modern.«

Ich hatte gerade eine Bruchlandung überlebt, da war es sicher vollkommen normal, dass meine Mutter über das verunstaltete Krankenzimmer sprach. Für Linda Jacobsen gab es eben nichts Schlimmeres als hässliche Dekors.

»Mauve und Grau sind einfach ungesund«, fuhr sie entrüstet fort. »Sie vergiften einen visuell.«

»So schlimm ist es doch gar nicht«, erklärte ich in einem versöhnlichen Ton. »Schließlich ist das hier ein Krankenhaus.«

Aber sie reckte herausfordernd das Kinn und verkündete mit einer Miene, als würde sie angesichts eines solchen Grauens nur mühsam ihre Haltung wahren: »Denjenigen, der dieses Zimmer und den Rest des Krankenhauses eingerichtet hat, sollte man einsperren.«

Ich atmete tief durch.

»Du könntest ja die Vorhänge aufziehen«, schlug ich ihr schließlich vor.

Sie drehte ihren Kopf, als hätte sie vergessen, dass es überhaupt ein Fenster im Zimmer gab.

»Ja, natürlich.« Sie marschierte los, wobei die Absätze ihrer Schuhe genauso klapperten wie schon mein Leben lang, und riss die Vorhänge zurück.

Ich weiß nicht, welchen Ausblick wir erwartet hatten, aber abgesehen vom Lüftungsschacht der Tiefgarage war nicht viel zu sehen.

Meine Mutter drehte sich zu mir um. »Mit offenen Vorhängen ist es noch schlimmer.«

Allerdings.

In diesem Augenblick wurde die schwere Zimmertür geöffnet, und ein Arzt, den ich noch nie gesehen hatte, schnappte sich den Rollwagen mit dem Computer und schob ihn in Richtung meines Betts.

»Und, wie fühlen Sie sich?« Er beugte sich ein wenig vor, um sich meine Halsverbände anzusehen.

Ich hatte keine Ahnung, was ich antworten sollte. »Trostlos. Seltsam. Surreal.«

»Schmerzen?«, präzisierte er.

Oh. »Ich weiß nicht so genau.«

»Das liegt an den Medikamenten. Sie verwirren ein wenig. Aber wir fahren die Dosis langsam herunter, sodass Sie uns morgen sicher sagen können, wie weh es tut.«

»Ich bin mir nicht ganz sicher, ob ich Ihnen das überhaupt sagen können will.«

Das war ein ziemlich schwacher Scherz, und er meinte

schulterzuckend: »Das kann ich gut verstehen.« Dann zog er seinen Ausweis durch den dafür vorgesehenen Computerschlitz und rief verschiedene Grafiken dort auf. »Die gute Nachricht ist, dass die verpflanzte Haut gut anzuwachsen scheint. Bisher sieht's nicht so aus, als ob etwas von dem Gewebe abgestoßen wird.«

Oh! Dann hatte er mich also operiert. Wir hatten uns also vielleicht doch schon mal gesehen.

»Wir haben zwei Hautstücke direkt unter den Schlüsselbeinen entnommen.« Er zeigte auf die riesengroßen Pflaster, die mir bisher gar nicht richtig aufgefallen waren. »Diese Verbände bleiben noch fünf Tage dran, danach lassen wir die Stellen weiter an der Luft trocknen. Sie werden Schorf bilden und dann verheilen. Natürlich werden Narben davon bleiben, aber wenn die Haut erst nachgewachsen ist, gibt es Salben, die sie mit der Zeit verblassen lassen, und in zehn, elf Jahren werden Sie wahrscheinlich nichts mehr davon sehen.«

In zehn, elf Jahren? Wenn ich in dem Moment etwas getrunken hätte, hätte ich es garantiert in hohem Bogen wieder ausgespuckt.

Mit ungerührter Stimme fuhr er fort: »Wir haben vorne am Hals ein durchgehendes Stück Haut und auf der Rückseite Ihrer Trapezmuskeln verschiedene Hautstücke verpflanzt, das heißt, dass Ihnen auch an diesen Stellen Narben bleiben werden, die etwas fleckig aussehen werden. Aber einen Teil davon können Sie sicher unter Ihrem Haar verstecken«, schlug er lächelnd vor. »Das bedeutet, die Zeit der Pferdeschwänze ist vorbei.«

»Und warum sind diese Stellen nicht verbunden?«, fragte ich.

»Es ist besser, wenn man Luft an die verpflanzten Hautstellen lässt und sie mit Silbersulfadiazinsalbe bestreicht. Sie abzudecken ist nicht nötig, und am besten bleiben Sie auf dieser Seite erst mal eine Zeit lang ärmellos. Am besten legen Sie sich ein paar Billig-T-Shirts zu, vergrößern den Halsausschnitt und schneiden den einen Ärmel ab.« Er lachte leise auf. »Wie bei Tarzan und Jane.«

Meine Mom war alles andere als amüsiert. »Und ihr Gesicht?«

Ich riss die Augen auf. Was meinte sie mit: *ihr Gesicht*? Ich erinnerte mich nicht, dass mit meinem Gesicht etwas nicht in Ordnung war.

Der Arzt blickte sie an, als hätte er sie gerade erst bemerkt, und sagte dann zu mir: »Aber es ist bestimmt schön, dass Ihre Mutter hier ist.«

»Hmm.«

Mit übertrieben lauter Flüsterstimme fuhr Mom fort. »Ich kann sie gar nicht ansehen«, meinte sie, und überraschend wurde mir bewusst, dass sie es tatsächlich die ganze Zeit vermied, mich direkt anzuschauen.

»Dort hat sie nur Verbrennungen zweiten Grades«, klärte sie der Doktor auf. »Sie werden Blasen bilden und verschorfen und entsetzlich jucken – aber wenn sie sich nicht kratzt, werden wohl keine Narben bleiben. Es wird circa drei Wochen dauern, bis die Heilung abgeschlossen ist.«

Doch diese ungefähren Angaben genügten meiner Mutter nicht. »Können wir uns darauf verlassen, dass keine Narben bleiben werden?«

Auf Spekulationen wollte sich der Arzt aber nicht einlassen. Er beendete die Durchsicht der Computercharts und rollte den Computerwagen wieder fort. »Wir geben unser Bestes, und wir müssen einfach hoffen, dass das reicht.«

Mit diesen Worten ließ er uns allein, und Totenstille senkte sich über den Raum. In diesem Zimmer herrschte kein betäubendes Geräuschchaos wie auf der Intensivstation. Abgesehen vom monotonen Surren der Belüftung hallten hier nur noch die verstörenden Bemerkungen meiner Mutter nach.

Und dann holte sie mit einem Mal zitternd Luft und brach in Tränen aus.

Sie hatte sich dem Fenster zugewandt und ihre Arme vor der Brust verschränkt.

»Mom, hör auf.«

»Du wirst auf alle Fälle wieder ganz gesund«, betonte sie, auch wenn ihr jäher Gefühlsausbruch das Gegenteil vermuten ließ.

»Reiß dich zusammen, bitte, Mom.« Ich schloss kurz die Augen, denn plötzlich war ich abgrundtief erschöpft.

»Du warst einfach perfekt«, fuhr meine Mutter fort. »Kein Wunder, dass der arme Chip es nicht erträgt, dich so zu sehen.«

Sie hatte das erstaunliche Talent, die Dinge noch schlimmer zu machen, als sie ohnehin schon waren. Sie konzentrierte sich bei allem immer auf die negativen Seiten, und sobald sie sie gefunden hatte, wies sie gnadenlos auch alle anderen darauf hin.

»Weißt du was?«, stieß ich mit matter Stimme aus. »Ich bin ziemlich müde.«

Aber offenbar kam sie jetzt erst richtig in Fahrt. »Du hattest noch dein ganzes Leben vor dir.«

Falls sie mich hatte trösten wollen, erreichte sie mit ihren Worten das genaue Gegenteil.

»Ich habe die Statistiken gelesen. Darüber, was so was aus einer Beziehung macht.«

»Mom …«

»Und weißt du was? Auch wenn die meisten Frauen dann weiterhin zu ihren Männern stehen, suchen andersherum die meisten Männer das Weite.«

»Chip wird nicht das Weite suchen, Mom.« Allein die Vorstellung war lächerlich.

»Nein«, stimmte sie zu und drehte sich mir zu. »Nein, das wird er nicht. Denn wir bringen alles wieder in Ordnung.«

Sie setzte ihre kämpferische Miene auf.

»Gott hat mir nicht umsonst so viel Kraft gegeben. Du wirst dich wieder vollständig erholen, mein Schatz. Mit unserer Hilfe bist du bald wieder so gut wie neu. Ich habe bereits einen dicken Ordner voll Artikel über Wunderheilungen und Leute, die trotz grauenvollster Diagnosen wieder ganz gesund geworden sind.«

War meine Diagnose so grauenvoll? Etwas riet mir, diese Frage nicht zu stellen.

»Du wirst es schaffen, diesen Schicksalsschlag zu überwinden, und es allen zeigen«, klärte sie mich etwas theatralisch auf. »Wir suchen dir die besten Schönheitschirurgen auf der ganzen Welt. Wir suchen alle Kontinente ab, damit du in den allerbesten Händen bist. Und wenn wir dafür alles geben müssen, was wir je besessen haben, werden wir das tun. Zur Not verkaufen wir sogar das Haus«, versicherte sie mir, und dabei hätte ich's bewenden lassen sollen.

Ich hätte schweigend nicken sollen, aber irgendwas in

mir musste sie davon überzeugen, dass all diese Opfer gar nicht nötig wären. »Chip wird mich nicht verlassen«, wiederholte ich, »weil er mich nämlich liebt.«

»Vielleicht dein altes Ich. Aber die Margaret, die du jetzt bist?« Meine Mutter runzelte die Stirn. »Doch das werden wir nicht zulassen. Ich habe jeden Abend stundenlang im Internet recherchiert, wie andere mit so etwas umgegangen sind. Das Wichtigste dabei ist offenbar Entschlossenheit. Ein Mädchen, von dem ich gelesen habe, ist bei ihrem Junggesellinnenabschied in einen zu flachen Pool gesprungen und hat sich den Halswirbel gebrochen. Eigentlich hätte sie sterben müssen, aber sie hat sich zurückgekämpft und unterrichtet jetzt Wasserballett. Eine andere Frau wurde von einem Laster überfahren und hatte keinen heilen Knochen mehr im Leib, aber jetzt verdient sie in San Bernardino als Aerobic-Lehrerin ihr Geld. Und ein anderes Mädchen wollte nur die Straße überqueren, wurde dabei jedoch von einem betrunkenen Autofahrer erfasst, und arbeitet jetzt als Dessous-Model.«

»Verstehe, Mom«, versuchte ich, den Redefluss zu unterbrechen, aber sie ließ sich nicht stoppen.

»Und was haben alle diese Frauen gemeinsam? Stärke. Mut. Entschlossenheit. All diese Eigenschaften hast du auch – die hattest du schon immer –, und außerdem hast du noch etwas anderes, nämlich mich.«

Es war keine uninteressante Rede, und es tat mir wirklich gut zu wissen, dass sie für mich da war, denn sie hatte tatsächlich großes Durchhaltevermögen. Trotzdem riefen ihre Worte gleichzeitig auch ein Gefühl der Sorge, wenn nicht sogar Panik, in mir wach. Wie immer gab mir meine Mutter alles, nur das nicht, was ich mir wünschte. Ich wollte ihre Stärke ohne ihre Angst, ihre Entschlossenheit ohne den Wunsch, mich vollkommen zu kontrollieren, die aufbauende Rede ohne das Dessous-Model.

Vor allem aber wollte ich in diesem Augenblick die Augen schließen und erst einmal nichts mehr hören.

Zum Glück kam kurz darauf Dad mit dem Kaffeetablett zurück und nahm sofort die angespannte Atmosphäre zwischen mir und meiner Mutter wahr.

»Wahnsinn«, sagte er in dem Versuch, uns beide abzulenken. »Linda, du bist wirklich eine Zauberin. Was hast du nur aus diesem Raum gemacht?«

Aber meine Mutter ging nicht auf den Themenwechsel ein. »Der Arzt war hier und hat gesagt, es gäbe keine Garantie, dass sich ihr Gesicht vollständig von den Verbrennungen erholen wird.«

»Hat er nicht gesagt, es würden keine Narben bleiben?«, warf ich ein.

»Wisst ihr was?«, meinte Dad. »Ich nehme an, dass unser Mädchen erst mal etwas Ruhe braucht.« Er war mit Mom seit dreißig Jahren zusammen und hatte sich in dieser Zeit diverse Strategien angeeignet, um sich selbst oder andere aus der Schusslinie zu ziehen.

»Und was ist mit dem Kaffee?«, protestierte sie.

»Den können wir auch im Auto trinken.«

Er kam an mein Bett, blickte mir mit einem warmen Lächeln direkt ins Gesicht und drückte mir die Hand. »Ruh dich ein bisschen aus, mein Schatz.«

»Dad?«

»Ja?«

»Wo ist Chip?« Anscheinend hatte Mom mich doch etwas nervös gemacht.

Er schmunzelte. »Ich nehme an, er schläft sich einfach erst mal aus. Wir alle können etwas Schlaf gebrauchen, und für dich wird es die erste ruhige Nacht seit einer halben Ewigkeit.« Als er sah, dass ich die Stirn in Falten legte, wusste er, was ich in Wahrheit hatte von ihm wissen wollen. Aufmunternd tätschelte er mir die Hand. »Manchmal brechen wir Männer genau dann zusammen, wenn ihr uns am dringendsten an eurer Seite braucht.«

»Ich habe nie erlebt, dass du zusammengebrochen wärst.«

Er blickte meine Mutter von der Seite an. »Das heißt noch lange nicht, dass das nicht irgendwann einmal passieren kann.«

In Ordnung, dachte ich, nachdem die zwei gegangen waren. *Mein Dad hat mir eine Gute Nacht gewünscht. Das kann ich schaffen.* Wenn ich mich schon auf sonst nichts freuen könnte, dann zumindest auf die erste erholsame Nacht in einem ruhigen, dunklen Raum.

So einfach wurde es dann jedoch nicht. Auch weiterhin gingen Schwestern bei mir ein und aus, sahen auf die Monitore, leerten den Katheterbeutel oder drehten mich von einer auf die andere Seite, was, da ich auf Anweisung des Arztes kein Korsett trug, ziemlich mühsam für sie war. Ich war gerade eingeschlafen, als besagter Arzt noch einmal nach mir sah, und war gerade wieder eingenickt, als eine Sozialarbeiterin mich weckte, um zu fragen, wie es mir ginge.

»Es geht mir gut«, antwortete ich.

»Keine Depressionen?«

»Depressionen?«, wiederholte ich benommen, denn ich war noch nicht ganz wach.

»In Situationen wie der Ihren kommen Depressionen ziemlich häufig vor. Aber davor muss man keine Angst haben, und wenn nötig, gibt es Medikamente, um die Stimmung wieder aufzuhellen.«

»Oh. Nein.«

»Selbstmordgedanken?«, fragte sie.

»Hm«, entgegnete ich in einem Ton, als dächte ich darüber nach. »Noch nicht.«

Wobei ich mich fortwährend fragte, wo zum Teufel mein Verlobter blieb.

Im Grunde fühlte ich fast gar nichts – wenigstens, solange meine Mom nicht in der Nähe war. Es war, als stünden all meine Gefühle auf Standby. Als läge nur ein Teil von mir in diesem Bett. Um mich herum geschahen Dinge oder wurden mit mir angestellt, aber die Schmerzen, die Beschwerden nahm ich wie aus weiter Ferne wahr. Als säße ich ein Stück neben dem Bett und sähe mir von dort aus ohne wirkliches Interesse all die Dinge an, die mit mir geschahen. Und selbst wenn ich versucht hätte, mich mehr darauf zu konzentrieren und zu verstehen, was das alles zu bedeuten hatte, hätte es wahrscheinlich nicht funktioniert. Es gab keine Geschichte zu den Dingen, die passierten, ich nahm jeden Augenblick für sich, ohne zu versuchen, den Gesamtzusammenhang zu sehen oder zu erkennen, welche Richtung all das nahm.

Vermutlich stand ich unter einer Art von Schock. Mein Gehirn weigerte sich zu verstehen, womit es nicht zurechtgekommen wäre, und versuchte, mich durch diese fortgesetzte Taubheit davor zu bewahren. Ich sah mir immer nur die Einzelteile dieses Puzzles an und hatte das Gefühl, als ob sie eigentlich nicht weiter von Interesse für mich wären.

Oh? Ich habe Brandwunden auch im Gesicht? Aha.

Ich kann meine Beine erst mal nicht bewegen? Kein Problem.

Meine Mutter krempelt hier in meinem Krankenzimmer alles um wie Shirley MacLaine in Zeit der Zärtlichkeit*? Im Grunde ist es wirklich schöner so.*

Ich weigerte mich rundweg zu begreifen, dass mein Leben nie wieder dasselbe wäre wie zuvor.

Jedenfalls funktionierte das, bis ich einschlief.

Das Schlimmste daran, wenn man schläft, nachdem man etwas Schreckliches erlebt hat, ist, dass man es im Schlaf vergisst. Was vollkommen okay ist, bis man wieder zu sich kommt. In dieser Nacht aber hatte ich meinen ersten Albtraum von dem Absturz, saß in einem Hochzeitskleid mit langem Schleier selbst am Steuerknüppel, und wir schossen direkt auf die Erde zu, bis Chip mich anschrie: »Zieh die Kiste wieder rauf! Um Gottes willen, zieh die Kiste wieder rauf!« Aber alle Knöpfe auf dem Armaturenbrett klemmten, und bevor wir auf die Erde prallten, riss ich keuchend die Augen auf und dachte: *Gott sei Dank, es war nur ein Traum. Wir sind nicht abgestürzt.*

Aber wir *waren* abgestürzt.

Der Traum verblasste, und ich blieb allein im Dunkeln mit der Wirklichkeit, die deutlich schlimmer als mein Albtraum war, zurück. Mit vor Panik wild klopfendem Herzen und aufgerissenen Augen starrte ich die Decke an und rang nach Luft.

Zumindest war ich nicht gestorben, sagte ich mir immer wieder.

Aber was, wenn das hier noch viel schlimmer war?

Zum ersten Mal versuchte ich, die Einzelteile dieses Puzzles miteinander zu verbinden, aber es gelang mir nicht. Mein altes Leben war vorbei, und das genügte schon, um mich die ganze Nacht lang wach zu halten, denn ich hatte keine Ahnung, was von meinem alten Leben übrig war, was ich erwarten sollte oder ob es vielleicht Grund zur Hoffnung gab. Ich lag stundenlang alleine dort im Dunkeln, atmete voller Angst ein und aus und überlegte, ob ich nach der Schwester rufen sollte, doch was hätte die schon machen sollen? Ich brauchte jemanden zum Reden, aber mir fiel einfach niemand ein. Meine Gedanken überschlugen sich und fanden keinen Trost. Und während dieser endlos langen, dunklen Stunden kämpfte ich dagegen an, in meinem Elend zu ertrinken, denn unvermittelt brach sich das Bewusstsein, was mit mir passiert war, Bahn und ließ in meinem Kopf für nichts anderes mehr Raum.

5

Ich lag noch wach da, als Schwester Nina in der Früh um sechs mit einem Pfleger kam.

Sie wollten mich gemeinsam wenden, denn ich war derart unbeweglich, dass ich mich auf Dauer wund gelegen hätte, hätten sie mich nicht gelegentlich in eine andere Position gedreht. Sie machten alle Lichter an und unterhielten sich mit mir über das Wetter und den grässlichen Berufsverkehr, als wäre auch in meinem Leben in der letzten Zeit nichts Wichtiges passiert. Sie verabreichten mir Schmerzmittel, verbanden die zwei Spenderstellen unterhalb von meinen Schlüsselbeinen neu und trugen mit einem Spachtel Silbersulfadiazinsalbe auf meine frei liegenden Wunden auf. Sie waren auffallend gut gelaunt, und Nina sprach mich oft als junge Dame an und fragte beispielsweise: »Na, junge Dame, wie haben Sie geschlafen?«

Ich wusste nicht, wo ich hätte beginnen sollen, also nickte ich nur knapp.

»Sie fangen heute mit der Ergo- und der Physiotherapie in unserem Reha-Fitnessstudio an.«

»Und wo ist da der Unterschied?«

Sie sah auf den Computermonitor. »Bei der Ergo geht es

darum, die Dinge des Alltags zu bewältigen, und bei der Physiotherapie trainiert man die Muskulatur.«

»Oh.«

»Die Ergotherapie macht Priya und – oje.«

Jetzt hatte sie mich neugierig gemacht. »Oje?«

»Das muss ein Fehler sein.«

»Was für ein Fehler?«

»Sie haben hier den falschen Physiotherapeuten eingetragen. Aber das werde ich klären.«

Ehe ich sie fragen konnte, was ein falscher Physiotherapeut sein sollte, wurde abermals die Tür geöffnet, und Chip kam hereingestolpert.

Wir alle starrten ihn mit großen Augen an. Seine blonden Haare sahen strähnig aus, er hatte sich seit einer halben Ewigkeit nicht mehr rasiert, auf seinem Polohemd prangte ein brauner Fleck – vielleicht Blut, vielleicht aber auch nur Sojasauce. In seiner Jeans klaffte ein Riss, und der Schnürsenkel von einem seiner Turnschuhe war offen.

Er kam direkt auf mich zu, beugte sich über mich und gab mir einen feuchten Schmatzer auf den Mund. Sein Kuss schmeckte nach Bier und ungeputzten Zähnen, und noch während ich den Atem anhielt, wurde mir klar, wo er die ganze Zeit gewesen war.

In einer Bar.

Unsanft stieß ich ihn fort. »Bist du betrunken?«

Blinzelnd dachte er darüber nach. »Ich denke schon.«

»Es ist sechs Uhr morgens.«

Statt auf meinen Vorwurf einzugehen, sah er mir forschend ins Gesicht. »Du warst so wunderschön – und jetzt siehst du aus wie eine Pizza.« Er musste über seinen eigenen

Scherz lachen, beugte sich kichernd vor, hielt sich den Bauch, und Nina und ich starrten uns entgeistert an. Dann riss er sich zusammen, richtete sich wieder auf und prostete mir mit einem imaginären Sektglas zu. »Und trotzdem habe ich dich gerade auf den Mund geküsst. Weil du die Liebe meines Lebens bist.«

Nina fragte mich durch Hochziehen ihrer Brauen, ob sie bleiben solle, doch ich winkte möglichst lässig ab. »Schon gut. Sie können gehen.« Was auch immer er mir zu sagen hatte, ich wollte nicht, dass sie es hörte. Ich wollte es noch nicht einmal selbst hören.

Nina reichte mir einen Summer. »Drücken Sie den Knopf, wenn Sie mich brauchen«, wies sie mich an und verließ das Zimmer.

Ich wandte mich erneut an Chip. »Wo in aller Welt hast du die ganze Zeit gesteckt? Ich warte schon seit einer Ewigkeit darauf, dass du dich endlich hier blicken lässt.«

Ich hasste die Verzweiflung, die in meiner Stimme lag. Ich hatte schon bei seinen Vorgängern gelernt, dass ich mit Jammern oder Wehklagen nicht weiterkam. Man kann von niemandem verlangen, dass er einen liebt, für einen da ist oder tut, was richtig ist – und man kann keinen Menschen zwingen, nur aus Schuldgefühlen heraus eine Beziehung aufrechtzuerhalten, wenn er das im Grunde gar nicht will. Entweder er tut es oder eben nicht.

Ich hätte geschworen, dass Chip die Art von Mann war, die für alle Zeiten zu mir stehen würde, ganz egal, was auch geschah. Bis zu unserem Absturz.

Jetzt war ich mir auf einmal nicht mehr ganz so sicher.

»Weißt du, dass ich bei dem Absturz nicht einmal den

allerkleinsten Kratzer abbekommen habe?«, fragte er und stieß ein bitteres Lachen aus. »Du und die verfluchte Cessna, ihr seid total im Eimer, aber ich? Für mich haben sie nicht einmal ein Heftpflaster gebraucht.«

»Chip, was soll das?«

Er ließ sich auf die Knie fallen, umklammerte das Seitenteil von meinem Bett und brach in hemmungsloses Schluchzen aus.

Es war ein schockierender Anblick, denn in meinem ganzen Leben hatte ich noch keinen Mann so weinen sehen. Mein Vater weinte nie. Auf Beerdigungen bekam er manchmal feuchte Augen, behielt davon abgesehen aber eine möglichst ausdrucklose Miene bei. Wogegen Chip in diesem Augenblick am ganzen Körper zitternd auf dem Boden meines Krankenzimmers saß und so laut heulte, dass ich ihm sanft über die Haare strich.

Nach einer Weile ebbten seine Schluchzer ab, und ich sagte: »Hey, am besten fährst du vielleicht erst mal nach Hause und schläfst dich aus.«

»Ich kann nicht schlafen«, schniefte er. »Seit dem verdammten Unfall kriege ich kein Auge zu.«

»Wenn du es versuchen würdest, könntest du das ganz bestimmt.«

Er stieß sich von der Kante meines Bettes ab, rappelte sich mühsam wieder auf und stapfte durch den Raum. »Verdammt, sei nicht so nett zu mir.«

»Du bist einfach durch den Wind und brauchst erst mal ein bisschen Ruhe.«

»Erklär mir nicht, was ich brauche!«, fuhr er mich wütend an.

»Es war ein Unfall, Chip.«

Er funkelte mich böse an und stieß mit rauer Stimme aus: »Ich habe dein Leben ruiniert!«

»Das hast du nicht. Das war das Wetter! Der verfluchte Wind!«

»Du gibst dem *Wind* die Schuld?«

Ich hatte schließlich keine andere Wahl.

»Ich bitte dich. Hast du dich seit dem Unfall überhaupt schon mal gesehen? Hast du irgendwann mal dein *Gesicht* gesehen?«

Nein, das hatte ich nicht. Mom hatte den Badezimmerspiegel mit einem Kopfkissenbezug verhüllt. Nicht dass ich hätte aufstehen können, um hineinzuschauen.

»Du siehst aus wie was aus einem Horrorfilm! Und das ist meine Schuld! Das habe ich angerichtet.«

Wow. Okay. »Der Doktor sagt, dass kaum Narben bleiben werden.«

»Aber an deinem Hals schon. Das waren Verbrennungen *dritten Grades.* Diese Narben werden nie richtig verheilen. Du wirst bis an dein Lebensende aussehen, als hätte jemand Knetmasse auf deinem Hals verteilt. Wofür du dich bei mir bedanken kannst – bei mir und meinem Ego und bei meinem beschissenen Selbstwertgefühl«, er raufte sich die Haare, und sein grünlichgrauer Teint verriet, dass er den Alkohol nicht wirklich vertrug.

»Es war ein Unfall«, wiederholte ich.

Er blickte auf und sah mir direkt ins Gesicht. »Ich bin schuld, dass du einen gebrochenen Lendenwirbel hast. Das ist dir doch wohl klar? Das haben sie dir doch wohl gesagt? Du wolltest gar nicht mit mir in die Luft. Ich habe dich gezwungen, was zu tun, was du im Grunde niemals hättest machen wollen. Du hast mir vertraut. Und deshalb ist es meine Schuld, dass du …«

Noch immer sah er mich an, und wahrscheinlich zum allerersten Mal, seit wir uns kannten, wurde ich von etwas, was er sagte, wirklich überrascht.

»*… nie wieder laufen können wirst.*«

Für den Bruchteil einer Sekunde dachte ich, ich hätte mich verhört. Aber genauso schnell wurde mir klar, dass er die Wahrheit sagte.

Mit einem Mal schien es nicht mehr genügend Sauerstoff im Raum zu geben. Ich versuchte einzuatmen, aber es gelang mir nicht. Für mehr als nur ein leichtes Flattern meiner Lungenflügel reichten meine Kräfte nicht.

Chips Miene wurde ernst. »Sie haben es dir noch nicht gesagt?«

Mir wurde schwindelig, und der ätzende Geschmack von Galle füllte meinen Mund.

Chip machte einen Schritt zurück. »O Gott. Du bist gelähmt, und sie haben dir noch nichts davon gesagt.«

Auch diesen Satz hatte ich nicht vorausgeahnt.

Ich übergab mich auf den Boden, auf das Seitenteil des Betts und auf mein Nachthemd aus dem Krankenhaus und sparte nur Moms Quilt, der auf dem Bett lag, aus.

Wie aufs Stichwort trat in diesem Augenblick mein Vater herein. Wie ein Kellner balancierte er eine Schachtel vom Konditor über seinem Kopf und verkündete mit gut gelaunter Stimme: »Hier, mein Schatz, zum Frühstück gibt es heute …« Er brach ab, als er uns beide sah, und endete mit einem kaum verständlichen »Croissants.«

Zornig fuhr Chip zu ihm herum. »Es hat ihr noch keiner die Wahrheit gesagt?«

Eilig rief mein Vater in den Flur: »Kann uns mal jemand helfen?« Dann warf er die Konditorschachtel auf den Stuhl, der in der Ecke stand, und beugte sich zu mir. Ich hing nach wie vor schlaff über dem Rand meines Bettes, denn ich wusste nicht, ob ich mich noch mal übergeben müsste, und vor allem wagte ich es plötzlich nicht mehr, mich zu rühren. Verschlechterte mein Zustand sich noch dadurch, dass ich mich zur Seite beugte? Hatte ich ihn durch das Würgen verschlimmert? War ich nun aus Versehen *noch mehr* gelähmt als vorher?

Mein Vater schnappte sich ein Handtuch und wischte mir das Gesicht ab.

Chips Wut schien Entschuldigung genug, sich um nichts kümmern zu müssen. Er blieb in sicherer Entfernung auf der anderen Zimmerseite stehen.

»Sie ist *gelähmt* – und niemand hat es ihr gesagt?«, schnauzte er meinen Dad mit schwerer Zunge an.

»Klingt, als hättest du das gerade übernommen.« Zärtlich schob Dad mein Haar hinter mein Ohr.

»Sie hat das Recht, es zu erfahren, oder etwa nicht?«

»Natürlich«, pflichtete ihm Dad mit angespannter Stimme bei und wandte sich ihm zu. »Aber nicht auf diese Art. Wir haben auf den richtigen Moment gewartet.«

»Und wann wäre der gewesen?«, raunzte Chip ihn an. »Vielleicht an Thanksgiving, wenn der Truthahn angeschnitten wird? Oder Weihnachten, bevor es die Geschenke gibt?«

»Du selbstgerechter kleiner Clown …«

Mein Vater war bei den Marines gewesen und ein Bär von einem Mann, wohingegen Chip eher schlank und drahtig war. Wir alle wussten, dass Dad ihn mühelos hätte erwürgen können – und mit einem Schlag wurde mir klar, dass Chip ihn deshalb derart reizte, weil er *wollte*, dass mein Dad ihm an die Gurgel ging.

»Dad!«, rief ich entsetzt. »Er ist betrunken. Er weiß nicht, was er sagt. Ich möchte, dass du ihn nach Hause bringst.«

»Ich kann dich nicht alleine lassen.«

»Mir geht's gut.«

»So sieht's für mich aber nicht aus, mein Schatz.«

»Schaff ihn einfach aus dem Zimmer. Bitte, Daddy!« Seit Jahren hatte ich ihn nicht mehr »Daddy« genannt.

Dad stieß einen tiefen Seufzer aus, und während er meinen Verlobten Richtung Tür bugsierte, tauchte Nina mit frischem Bettzeug und einem neuen Nachthemd auf. Ein Pfleger folgte ihr mit Mopp und Putzeimer.

Ich ließ mich von Nina säubern und umziehen, und noch während ich mich fragte, ob der Pfleger wohl den dicken Fleck Erbrochenes in der Zimmerecke sehen würde, kam es mir so vor, als wogten plötzlich feine Nebelschwaden durch den Raum. Die Wirklichkeit war mehr, als ich in diesem Augenblick ertragen konnte, deshalb blendete mein Hirn sie einfach aus. Ich hörte Stimmen und Geräusche – hörte, wie Dad und Chip sich leise weiterstritten und wie meine Zimmertür geöffnet und geschlossen und dann abermals geöffnet und geschlossen wurde. Doch all die Dinge, die ich wahrnahm, ergaben überhaupt keinen Sinn.

Für eine lange Zeit versuchte ich nur, mich möglichst nicht zu rühren. Ich hatte Angst, die Dinge zu verschlimmern, wenn ich mich bewegte. Als ich es endlich wagte, meinen Kopf zu heben und mich umzuschauen, war die einzige Person, die noch im Zimmer war, ich selbst.

Der Nebel umwaberte mein Hirn noch eine ganze Weile.

Nie mehr laufen. Was bedeutete das überhaupt? Wie konnte irgendjemand so etwas behaupten? Wie konnte jemand eine so endgültige Aussage über mein ganzes restliches Leben machen? Steckte der menschliche Körper nicht voller Wunder und Geheimnisse, von denen bisher nur ein winzig kleiner Teil ergründet worden war? Konnten mir die Leute einfach so ein solches Schicksal prophezeien und es mir dann selbst überlassen, mich damit zu arrangieren?

Ja, natürlich konnten sie, denn meine Wirbelsäule war verletzt, und mit einer verletzten Wirbelsäule brachte man den Rest seines Lebens entweder im Bett oder im Rollstuhl zu. Ich hatte letztes Jahr einen Dokumentarfilm über eine Gruppe taffer Jungs gesehen, die nach waghalsigen Rennen mit Motorrädern und Autos oder Kopfsprüngen in flaches Wasser bis ans Lebensende an den Rollstuhl gefesselt waren. Und jetzt spielten sie zusammen Basketball und nahmen mit ihrem Team sogar an Meisterschaften teil. Ein tröstlicher Gedanke, aber leider war ich eine absolute Null in Basketball.

Gelähmt. Mein Kopf wollte diesen Gedanken partout nicht zulassen.

Unmöglich.

Ausgeschlossen.

Trotzdem hatte Chip die Diagnose wie selbstverständlich hingenommen, und mein Vater hatte ihn nicht korrigiert. Anscheinend war es eine Tatsache, die bereits allen bekannt gewesen war – außer mir. Wobei auch ich in irgendeinem Winkel meines Gehirns nicht wirklich überrascht von diesem Urteil war. Schließlich hingen meine Beine schon seit über einer Woche schlaff herum. Aber früher oder später würden sie wieder gesund. So war es jedes Mal, wenn irgendetwas nicht mit mir in Ordnung war. Ich war schon oft verletzt gewesen, aber sämtliche Blessuren, die ich bisher davongetragen hatte, waren irgendwann wieder verheilt.

Gelähmt. Ich konnte mir nicht vorstellen, was das hieß. Wie sollte ich mit tauben Beinen Auto fahren? Wie das Abendessen kochen? Duschen? Einkaufen? Auf die Toilette gehen? Mit Freundinnen und Freunden ausgehen? Eine Arbeit haben? Was für Teams auch immer leiten oder irgendwelche Mitarbeiter führen?

Mein Schädel rauchte, und ich konnte deutlich spüren, dass er Funken schlug, bevor es einen hirnmäßigen Kurzschluss gab.

Ich bemühte mich, tief ein- und wieder auszuatmen, fing dann aus Versehen an zu hyperventilieren, und noch während ich zu Atem zu kommen versuchte, erschien mein Physiotherapeut.

Er trug die blassblaue Krankenhausuniform sowie Turnschuhe und hatte kurzes, sorgfältig geschnittenes Haar, das vorne leicht abstand. Als er hereintrat, sagte er: »Ich heiße Ian Moffat und bin Ihr Physiotherapeut.«

Dabei drangen jedoch nur fremd klingende Silben an mein Ohr.

Er zerrte seine Karte durch den Schlitz meines Computers, schaute auf die Grafiken und wandte sich mir wieder zu. »Sie sind also Margaret.«

Wieder hörte ich nur Silben ohne jeden Sinn.

Als ich nicht reagierte, wedelte er mir mit einer Hand vor dem Gesicht herum. »Hallo?«

Das war das erste Wort, das ich verstand.

»Zeit für Ihre Physiotherapie.«

»Was?«

»Was was?«

»Ich kann Sie nicht verstehen.« Ich schüttelte mir einen Schwall imaginären Wassers aus den Ohren.

»Mich versteht hier niemand, weil ich Schotte bin.«

Wow. Natürlich. Jetzt war alles klar. Ich hatte Angst gehabt, mein Gehirn hätte die Arbeit vollends eingestellt, aber es hatte nicht an mir gelegen, sondern an der Art, wie er redete. Er war der Prototyp eines Schotten. Derart schottisch, dass er sprach, als hätte er den Mund voller Salzbrezeln.

»Sie werden sich daran gewöhnen«, meinte er und sah mich fragend an. »Können wir los?«

O nein. Wir konnten ganz bestimmt nicht los. Ich schüttelte den Kopf.

»Dann also nicht?« Er zog das letzte Wort deutlich in die Länge, und dabei fiel mir auf, dass seine untere Zahnreihe auf durchaus niedliche Art nicht völlig ebenmäßig war.

Ich schüttelte erneut den Kopf.

»Warum nicht?«, fragte er, wobei das »T« am Ende nicht zu hören war.

Mein betrunkener Verlobter hat mir gerade offenbart, dass ich nie wieder laufen kann. »Ich hatte einen anstrengenden Morgen.«

»Viele Vormittage sind anstrengend. Trotzdem müssen wir jetzt los.«

»Nein.«

»Nein was?«

»Nein. Ich kann jetzt nicht zur Physiotherapie.«

»Hören Sie.« Er stemmte seine Hände in die Hüften und sah mich aus zusammengekniffenen Augen an. »Mit jedem Tag – mit jeder Stunde –, die Sie hier im Bett verbringen, bilden sich Ihre Muskeln weiter zurück. Nichts wird Sie kränker machen, als den ganzen Tag bewegungslos herumzuliegen, also kommen Sie gefälligst mit. Ob Sie Lust haben oder nicht. Sie müssen jeden Tag mit mir ins Trainingszentrum kommen – nicht, weil Sie es wollen oder weil Sie sich dazu inspiriert fühlen, sondern weil Ihre Gesundheit durch die Weigerung, sich zu bewegen, ernsthaft in Gefahr gerät.«

Es war schwer, die Silben, die er ausstieß, zu verstehen. Statt dass sie sich zu auch nur annähernd normalen Sätzen aneinanderreihten, purzelten sie durcheinander oder türmten sich zu meterhohen Säulen auf. Als wäre das nicht bereits verwirrend genug, klang das »R« im letzten Wort aus seinem Mund wie lautes Donnergrollen. Doch auch wenn wahrscheinlich kein Amerikaner jemals in der Lage wäre, dieses »R« zu imitieren, hatte ich das Wesentliche mitbekommen.

»Vielen Dank für Ihre aufmunternden Worte. Aber nein.«

»Sie kommen mit.«

»Tue ich nicht.«

»O doch.«

»O nein.«

Ich weiß nicht, wie der Streit geendet hätte, denn er kam mir nicht wie jemand vor, der sich so leicht geschlagen gab, und auch ich selbst war ungewöhnlich kämpferisch gestimmt.

Doch dann kam Nina herein, um vor Ende ihrer Schicht ein letztes Mal nach mir zu sehen, und auch wenn ich keine Ahnung hatte, ob sie etwas von der Auseinandersetzung mitbekommen hatte, sagte sie zu Ian: »Oh, sie fängt erst morgen an. Das war anscheinend falsch notiert.«

Ungläubig sah er zwischen mir und Nina hin und her.

»Fragen Sie meinetwegen Myles. Sie hat noch einen Tag.«

Er sah uns an, als hätten wir uns gegen ihn verschworen, aber schließlich meinte er: »Okay, dann sehen wir uns morgen früh«, und stapfte aus dem Raum.

»Nein, nein, nein, nein, nein.« Im Takt der Worte tippte Nina irgendwas in den Computer ein. »Sie schicken Ihnen ganz bestimmt nicht diesen Kerl. Ich hab ihnen deutlich zu verstehen gegeben, dass sie Ihnen jemand anderen zuteilen sollen.«

»Warum denn das? Ist er nicht gut?«

»Er ist nicht schlecht. Aber er ist nicht der Richtige für Sie.«

»Nicht der Richtige für mich?«

Ohne ihren Blick vom Monitor zu lösen, erwiderte sie: »Er ist nicht nett genug. Er ist unerbittlich, gnaden- und gedankenlos. Für manche Leute ist seine Art genau das Richtige. Nur eben nicht für Sie. Wir besorgen Ihnen jemand anderen. Schließlich haben Sie auch so bereits genug am Hals.«

An einem anderen Tag hätte ich Nina vielleicht nach ihm ausgefragt. Aber wer interessierte sich im Grunde schon für einen Typen, der angeblich völlig herzlos war? Das hieß, wer interessierte sich für überhaupt etwas?

»Nina?«, fragte ich.

Ohne aufzusehen, tippte sie weiter. »Ja, Schätzchen?«

»Heute früh ist mein betrunkener Verlobter aufgetaucht und hat gesagt, dass ich nie wieder laufen kann.«

Jetzt blickte sie auf.

»Ist das wahr?«, hakte ich nach.

Ich konnte ihrer Miene deutlich ansehen, wie die Antwort ausfallen würde, hoffte aber trotzdem auf ermutigende Worte. Doch sie seufzte nur und wartete mit ihrer Antwort so lange, bis ich auch so Bescheid wusste.

Im Chor sagten wir: »Diese Frage müssen Sie den Ärzten stellen.«

6

So seltsam, wie der Tag für mich begonnen hatte, sollte er auch weitergehen.

Ich sehnte mich genau nach dem, was ich am wenigsten ertrug.

Ich brauchte dringend Zeit für mich alleine, um Chips Neuigkeiten zu verdauen, aber ebenso verzweifelt wollte ich in meinem ganzen Leben niemals wieder nachdenken und nie wieder alleine sein. Ich brauchte unbedingt eine emotionale Atempause, hatte aber gleichzeitig auch Todesangst davor. Also keuchte ich gedanklich vor mich hin, und meine Seele schrie nach Luft, weil mein Gehirn mir die normale Atmung weiterhin verbot. Mir war schwindlig, und ich dachte voller Schrecken an die nächste Nacht, denn ohne jede Ablenkung von außen würde ich in diesen dunklen Stunden jenem unmöglichen Gedanken, den ich mir bisher verboten hatte, hilflos ausgeliefert sein.

Bevor ich merkte, dass der Vormittag vergangen war, erschienen meine Eltern und brachten mir etwas von meinem Lieblingsmexikaner mit. Beide lächelten erwartungsvoll, als würde durch Fajitas alles wieder gut.

Von den Medikamenten, die ich nehmen musste, war

mir übel, also dankte ich den beiden, ließ die Leckereien aber stehen. Nicht mal der Gedanke an ein gutes Essen war tröstlich für mich.

Als Dad erzählte, dass sich Chip »dem Tagesmotto folgend« auf der Fahrt nach Hause zweimal – einmal aus dem Fenster und beim zweiten Mal über das Armaturenbrett – hatte erbrechen müssen, ehe er von seinen Eltern an der Haustür in Empfang genommen und sofort ins Bett verfrachtet worden war, warf meine Mutter ein: »Der arme Chip. Wobei ich hoffe, dass dir seine Eltern angeboten haben, die Innenreinigung des Wagens zu bezahlen.«

Armer Chip? Galt unser aller Mitgefühl jetzt etwa ihm?

»Die Sache macht ihm schwer zu schaffen«, pflichtete mein Vater meiner Mutter bei.

Mit einem vielsagenden Blick in meine Richtung meinte sie im Plauderton: »Mitunter kommt es mir so vor, als würden sich die Leute mehr Gedanken über Chip machen als über dich.«

»Über mich muss sich niemand Gedanken machen«, antwortete ich. Das schaffte ich bereits allein.

»Er hätte das heute früh nicht sagen dürfen«, merkte mein Vater an.

»Er hat gesagt, ich sähe aus wie eine Pizza. Ist das wahr?«

»Nein, mein Schatz«, erwiderte mein Vater, aber meine Mutter sah weg.

»Ich würde gerne selbst sehen, ob er übertrieben hat«, sagte ich und fing den Blick meiner Mutter auf. »Kannst du mir deinen Taschenspiegel leihen?«

Sie schüttelte den Kopf auf die ihr eigene, besondere Art, auf die sie mir bereits als kleines Mädchen zu verstehen gegeben hatte, dass an eine weitere Diskussion nicht zu denken war. »Dazu bist du noch nicht bereit.«

Okay. Vielleicht hatte sie recht. Vielleicht hatte ich genug für einen Tag erfahren. Also würde ich zur nächsten Frage übergehen – die ich im Grunde gar nicht stellen wollte. Trotzdem holte ich nach einer langen Pause Luft und stieß mit rauer Stimme aus: »Und dann hat er behauptet, ich wäre gelähmt.«

Meine Mutter setzte sich ein bisschen gerader hin.

»Stimmt das?«

»Nun …« Mein Vater zuckte traurig mit den Schultern. »Sagen wir einfach, es ist gut, dass du noch über uns versichert bist.«

Obwohl die Prämien nach Ende meines Studiums angestiegen waren, hatte Mom darauf bestanden, dass ich weiter über sie versichert bliebe, bis mein erstes Gehalt auf meinem Konto wäre.

Und auch wenn ich es nur ungern zugab, hatte sie mal wieder recht gehabt.

»Was heißt das?«, fragte ich Mom, weil sie die Mutigere von den beiden war.

Sie seufzte. »Nach allem, was die Ärzte uns gesagt haben, müssen wir jetzt erst einmal abwarten. Es dauert ungefähr sechs Wochen, bis die Schwellungen in deinem Lendenwirbelbereich weit genug zurückgegangen sind, dass man sehen kann, wie groß der dauerhafte Schaden ist. Es könnte sein, dass im Moment die Schwellung selbst die Nervenbahn blockiert. Es wäre also möglich, dass nichts mehr blockiert ist, wenn die Schwellung erst zurückgegangen ist, und dass du deine Beine dann wieder normal bewegen kannst.«

»Möglich«, sagte ich, als ich die ausdruckslosen Mienen meiner Eltern sah. »Aber nicht wahrscheinlich.«

»Nicht sehr wahrscheinlich, nein«, räumte mein Vater ein. »Die Reaktionen deiner Nerven sind nach Aussage des Arztes teilweise ermutigend, teilweise aber auch nicht. Aber er hat auch gesagt, dass diese Arten von Verletzungen nur sehr schwer einzuschätzen sind. Er hat erzählt, es würde Leute geben, die aus Sicht der Fachleute nie wieder einen Schritt alleine hätten machen können und am Ende einen Marathon gelaufen sind.«

»Oder Karriere als Dessous-Models gemacht haben«, setzte ich die Aufzählung mit dumpfer Stimme fort.

»Richtig.« Meine Mutter nickte zustimmend, als hätte ich mein Leben lang genau von so etwas geträumt.

»Wir warten also einfach ab«, erläuterte mein Vater mir. »Tun alles, was die Ärzte uns empfehlen, und warten ab.«

Meine Mutter schaffte es noch immer nicht, mir zwei Sekunden lang ins Gesicht zu sehen. »Die Sache ist die«, setzte sie an und richtete ihren Blick wieder auf den Salatteller in ihrem Schoß. »Es geht vor allem um die Einstellung, die man zu diesen Dingen hat.«

Ich blinzelte. *Ach wirklich?* »Für mich klingt es eher so, als würde es vor allem um Schwellungen und Nervenschäden gehen.«

Aber sie ließ sich nicht beirren und fuhr entschlossen fort: »Du musst nur daran glauben, dass es dir am Ende wieder besser gehen wird. Du musst hart an dir arbeiten und darfst nie aufgeben. Ich habe heute früh Chips Mutter vor dem Haus getroffen und versprochen, dass du spätestens im Sommer wieder ganz die Alte bist.«

Mein Dad und ich starrten sie an.

»Das hast du nicht«, fuhr er sie an.

Sie setzte sich tatsächlich noch ein bisschen gerader hin. »Erst heute Morgen habe ich mir ein Video über einen jungen BXM-Rennfahrer angesehen …«

»BMX«, verbesserten Dad und ich sie sofort.

»… der sich geweigert hat zu akzeptieren, dass er gelähmt sein soll. Er hatte sich den Hals gebrochen, Margaret!« Sie hob die Hand an ihren eigenen Hals, jedoch ohne mir ins Gesicht zu sehen. »Sie haben ihm gesagt, dass er nie wieder ohne Hilfe würde essen können, und jetzt fährt er mit dem Fahrrad quer durchs Land, sammelt Geld für wohltätige Zwecke und nimmt bald auch noch ein Country-Album auf.«

»Das ist sehr inspirierend«, stimmte ihr mein Vater zu. »Aber dies ist mehr als nur ein Kampf zwischen dem Gehirn und der Materie. Wenn du dir das Bein brichst, Linda, reicht es nicht, dir einzureden, dass es nicht gebrochen ist.«

»Aber der menschliche Körper *kann* genesen«, sagte Mom und hielt ihm den Zeigefinger vors Gesicht.

»Ja, aber das Rückenmark ist etwas anderes«, klärte mein Vater sie geduldig auf. »Wie hat der Arzt es formuliert? Kaputte Nerven wachsen nicht mehr nach.«

»Nun, ich wüsste nicht, warum sie das nicht tun sollten.«

Dad und ich sahen uns an, schüttelten unmerklich die Köpfe, und an mich gewandt betonte er: »Es könnte durchaus sein, dass sie gar nicht kaputtgegangen sind. Deine Aufgabe ist es jetzt, dich auszuruhen, deine Medizin zu nehmen und zu tun, was man dir sagt. Noch fünfeinhalb Wochen lang.«

»Fünfein*halb*?«

»So lange zahlt die Versicherung«, erklärte er. »Eine Woche auf der Intensivstation und danach fünfeinhalb Wochen Krankenhaus.«

»Das ist aber sehr genau abgezählt.«

Er nickte knapp.

»Und was passiert nach den fünfeinhalb Wochen?«

Schulterzuckend meinte er: »Dann hören sie auf zu zahlen, du kommst nach Hause und fängst mit einer ambulanten Therapie in einem Rehazentrum an.«

»Nach Hause? Welches Zuhause?«

Mein Vater lächelte. »Welches du auch immer möchtest.«

Ich würde also noch genau fünfeinhalb Wochen hier im Krankenhaus bleiben. Das musste ich erst mal verdauen.

»Vor allem geht es darum«, fuhr er fort, »dass du das meiste aus der Zeit hier herausholst. Wir müssen abwarten. Mehr können wir nicht tun.«

»Es geht um die Einstellung!«, rief meine Mutter mir nachdrücklich in Erinnerung. »Zu zweihundert Prozent daran zu glauben, dass du diesen Zustand überwinden kannst.«

Sie hatte meinen Laptop, den Roman, mit dem ich vor dem Unfall angefangen hatte, ein Paar Kuschelsocken, einen blassblauen Kopfkissenbezug mit Fischgrätmuster und Sandalen mit dünnen Riemchen und meterhohen Absätzen aus meiner Wohnung mitgebracht, aber anders als von ihr erwartet, munterte der Anblick der Sandalen mich nicht auf – ganz im Gegenteil.

Ich hatte keine Lust, den Laptop zu benutzen, den Roman zu lesen oder mir die dämlichen Sandalen auch nur anzusehen. Ich wollte überhaupt nichts sehen, was Teil von meinem alten Leben war.

»Dein Handy ist während des Unfalls so wie alles andere verschmort, aber ich habe dir ein neues Handy mitgebracht. Die Leute in dem Laden waren sehr verständnisvoll.«

Sie drückte mir das Handy in die Hand, hielt meinem Dad das Ladekabel hin, und wir sahen ihm bei der Suche nach einer Steckdose in Nähe meines Bettes zu.

»Den Ring haben sie nicht mehr gefunden«, fügte Mom nach einem Augenblick hinzu.

»Den Ring?«

Bei dieser Frage sah sie mir zum ersten Mal direkt ins Gesicht. »Deinen Verlobungsring!«, rief sie aus, als hätte ich über Nacht den Verstand verloren. »Während du im OP warst, hat uns Chip die frohe Botschaft überbracht.«

Die frohe Botschaft. Ja, genau. Ich sah auf meine nackte Hand. Daran, dass ich einmal – wenn auch nur für wenige Minuten – einen Ring getragen hatte, hatte ich nach allem, was passiert war, überhaupt nicht mehr gedacht. »Oh.«

»Sicherlich hast du ihn bei dem Aufprall verloren.«

Ich nickte. »Er war ein bisschen groß.«

»Jammerschade.« Sie öffnete ihre Tasche auf und wühlte darin herum. »Er war von seiner Großmutter. Ist einfach unersetzlich.«

Aus ihrer Tasche zog sie zwei der drei gerahmten Fotos, die sonst in meinem Schlafzimmer standen. Eins von Chip und mir beim Wandern in den Rockies sowie eins von mir und meinen Eltern von dem Tag, an dem wir Seilrutschen gewesen waren. Das dritte Bild war von meiner Schwester Kitty und mir, beide als Cowboys verkleidet. Damals hatte ich noch zu Kitty aufgeblickt. Dieses Foto hatte sie nicht mitgebracht.

Meine Mutter und Kitty kamen nicht sonderlich gut miteinander aus.

Also eigentlich überhaupt nicht.

Und ich vermutete, meine Mutter war überhaupt der Grund, dass Kitty seit drei vollen Jahren nichts mehr von sich hören ließ.

Tatsächlich hatte meine Mutter Kit als Letzte von uns gesehen, bevor meine Schwester abgehauen und nicht mehr zurückgekommen war. Während einer Party zum Unabhängigkeitstag hatte Kitty wie so häufig ein Glas nach dem anderen getrunken, jede Menge Lärm und Scherereien gemacht und meine Mutter absichtlich-versehentlich in den Swimmingpool geschubst. Dabei hatte sie so lachen müssen, dass sie sich auf einen unserer Liegestühle hatte fallen lassen, während meine Mutter wieder aus dem Pool geklettert war. Mom hatte sich die nassen Haare aus der Stirn geschoben, Kitty wenig sanft ins Haus geschleift und ihr die Leviten gelesen.

Nachdem Mom und Kit im Haus verschwunden waren, hatte ich die Gäste mit Getränken und Essen versorgt und immer wieder zur Terrassentür geblickt, bis meine Mutter sehr viel später in einem völlig neuen Outfit, aber ohne meine Schwester wieder auf der Bildfläche erschienen war.

»Wo ist Kit?«, hatte ich sie gefragt, aber sie hatte es mir in dem Augenblick nicht sagen wollen.

Und auch später hat sie es mir nie gesagt. Genauso wenig hat sie erklärt, worum es bei dem Streit an jenem Abend überhaupt gegangen war. Ich wusste nur, dass es anscheinend wirklich schlimm gewesen war. Am nächsten Tag hatte mir Kitty eine Mail geschrieben, dass sie eine »Pause von uns allen« bräuchte und nach New York ziehen würde.

Ich hatte noch versucht, sie dazu zu bewegen, wieder heimzukommen und mir alles zu erzählen, aber davon hatte sie nichts hören wollen. Ich hätte nie gedacht, dass sie tatsächlich fortgehen würde. Doch Kit meinte es ernst.

Ich hätte ebenfalls nie gedacht, dass sie fortbleiben würde. Doch auch das meinte sie ernst.

Sie war gegangen, ohne sich noch einmal nach uns umzuschauen. Sie hielt sich von uns allen fern.

Auch wenn meine Mutter nie versucht hatte, Kontakt zu Kitty aufzunehmen, hatten ich und Dad ihr eine E-Mail nach der anderen geschrieben und versucht, sie telefonisch zu erreichen, ohne dass je eine Reaktion von ihr gekommen war.

Anfangs hatte ich mich darüber eher gewundert als geärgert. Natürlich hatten Mom und sie sich niemals wirklich gut verstanden, und Kit hatte viel mehr unter der Strenge meiner Mutter leiden müssen als ich. Aber einfach zu verschwinden und auch mich und meinen Dad zu ignorieren? Sich nicht mal an Thanksgiving oder Weihnachten oder an Geburtstagen zu melden? Das kam mir dann doch ein wenig übertrieben vor.

Nach etwa eineinhalb Jahren, in denen ich pausenlos versucht hatte, Kontakt zu Kitty aufzunehmen, hörte ich damit auf. Ich hörte auf zu überlegen, was wir wohl verbrochen hatten, um sie aus dem Haus zu treiben, und war nur noch böse auf sie, weil sie auf Tauchstation gegangen war. Stattdessen machte es mich nur noch wütend, dass sie wütend auf uns war. Je länger sie sich fernhielt, umso größer wurde meine Wut, und, ohne dass es mir bewusst war, rückte ich allmählich auf die Seite meiner Mom und nahm es Kitty übel, dass sie wortlos verschwunden war.

Nur mein herzensguter Dad hoffte weiterhin, irgendwann etwas von ihr zu hören.

»Kein Bild von Kitty?«, fragte ich – nicht, weil ich überrascht war, sondern um meiner Mutter zu zeigen, dass ich auf ihrer Seite stand.

Und tatsächlich gab mir meine Mutter durch ihr Augenrollen zu verstehen, dass wir einer Meinung waren. »Ich bitte dich.«

Aber trotzdem rief die Erwähnung meiner Schwester eine Frage wach. »Weiß sie, was passiert ist?«

»Nein«, antwortete meine Mutter, doch gleichzeitig sagte mein Vater: »Ja.«

Wir beide sahen ihn an.

»Du hast es ihr gesagt?«

Mein Vater nickte knapp. »Ich habe Kitty eine Mail mit dem Betreff DRINGENDER FAMILIENNOTFALL geschickt.«

Mom wandte sich brüsk ab. »Es überrascht mich, dass sie darauf reagiert hat.«

»Aber sie hat es getan. Und sie ist hergeflogen.«

»Sie ist *hier?*«, erkundigte sich Mom mit ungläubiger Stimme, und er nickte.

»Sie war mehrmals auf der Intensivstation. »Er schaute meine Mutter von der Seite an. »Wenn du draußen warst.«

Ich schüttelte den Kopf. »Ich kann mich nicht erinnern, sie gesehen zu haben.«

»Weil du wegen all der Medikamente nicht ganz bei dir warst.«

Meine Mom bedachte Dad mit jenem Blick, den sie ihm immer zuwarf, wenn sie wütend auf ihn war. »Erzähl mir jetzt bitte nicht, wir hätten auch noch das Flugticket für sie bezahlt.«

Ohne darauf einzugehen, wandte er sich an mich. »Sie würde dich gern sehen, aber sie möchte nicht, dass du dich aufregst, und sie will auch keinen Streit. Kann ich ihr ausrichten, dass das für dich in Ordnung ist?«

Er schien davon auszugehen, dass ich einverstanden wäre, doch ich schüttelte den Kopf. Sie hatte mich seit Jahren ignoriert, und der Gedanke, dass ich mich plötzlich mit ihr auseinandersetzen sollte, war zu viel. Damit käme ich im Moment nicht zurecht. Ich hatte schon genug am Hals und fühlte mich bereits erschöpft, wenn ich auch nur an Kitty dachte.

»Okay. Verstehe«, meinte Dad. »Dann richte ich ihr aus, du wärst noch nicht so weit.«

»Sag ihr, dass sie nach New York zurückgehen soll. Es wird noch ewig dauern, bis ich so weit bin.«

Voller Zorn starrte meine Mutter Dad an, doch sie hielt sich wohl aus Rücksicht auf mich zurück. Um die Fahrt nach Hause beneidete ich meinen Vater jedoch nicht.

»Vielen Dank, dass du dir extra die Mühe gemacht hast, all die Sachen aus meiner Wohnung zu holen«, sagte ich in dem Versuch, sie etwas aufzuheitern.

»Immer wieder gerne«, tat sie meinen Dank mit einem Schulterzucken ab, um mir zu zeigen, dass die Mühe zwar groß, doch die Bereitschaft, sich als Mutter aufzuopfern, noch größer gewesen war. Und als hätte sie noch nicht genug für mich getan, brächte sie beim nächsten Mal noch ihre Klappstühle mit, »damit sich dein Besuch auch setzen kann«.

»Das wird nicht nötig sein. Ich möchte nicht, dass irgendwer mich hier besuchen kommt.«

Meine Eltern sahen sich an, denn es war eine Sache, wenn ich meine Schwester, die ich seit drei Jahren nicht mehr gesehen hatte, nicht empfangen wollte, aber *keinerlei* Besuch?

»Ein paar von deinen besten Freundinnen und Freunden würdest du doch sicher trotzdem gerne sehen?«, fragte mein Vater in dem Ton, in dem er sonst zu sagen pflegte: *Bitte sei vernünftig, Kind.*

»Nein, keine Freunde und auch sonst niemanden.«

»Schätzchen«, sagte meine Mom. »Zu Hause auf dem Flurtisch türmen sich die Karten mit den guten Wünschen, und das Telefon steht nicht mehr still, seit du hier liegst. Die Leute wollen dich sehen.«

Wahrscheinlich hätte ich dankbar sein sollen, dass die Leute mich nicht schon vergessen hatten, doch ich sagte nur: »Mir egal.«

»Wir können das Krankenhaus nicht absperren«, antwortete Mom, doch Dad schlug vor: »Wir könnten die Schwestern bitten zu behaupten, dass sie noch nicht so weit ist.«

Meine Mutter runzelte die Stirn. »Aber in allen Büchern steht, dass sich Menschen in ihrer Lage nicht zu sehr isolieren sollen.«

O Gott. Jetzt hatte sie sich also bereits Bücher zu dem Thema zugelegt. Dass es so schlimm wäre, hätte ich beim besten Willen nicht gedacht.

»Ich brauche einfach noch ein bisschen Zeit.«

Ich wollte sie auf meine Seite ziehen, aber vor allem war es wahr. Wenn ich eine Liste all der Dinge hätte machen sollen, die ich wollte, dann hätten alte Freunde, die mich erst bedauern und danach über mich tratschen würden, auf dem letzten Platz rangiert. Niemand sollte denken, was ich selbst dachte. Niemand sollte das besondere Grauen meiner neuen Lage sehen und anschließend darüber diskutieren, wie dreckig es mir ging. Ich lag bestimmt nicht hier, damit andere darüber reden konnten, wie gut es ihnen im Vergleich zu mir ging.

Ich würde meine Freunde erst dann treffen, wenn ich glaubte, dem gewachsen zu sein.

Keine Besuche hieß, dass meiner Mutter nur die weitere Einrichtung des Krankenzimmers blieb. Nachdem sie sich tatsächlich geschlagen gab, überlegte sie, ob es das Krankenhaus erlauben würde, ein paar hübsche Stehlampen in meinem Zimmer aufzustellen. Und auf dem Weg nach Hause wollte sie noch kurz ein paar hübschere Gardinen kaufen und vielleicht ein Dekokissen.

Schon seit jeher hatte meine Mutter ihre Liebe gezeigt, indem sie uns mit schönen Dingen umgab. Jetzt funkelte sie die grau-malvenfarbenen Vorhänge an, als täte ihr der Anblick weh. »Treibt dieser Stoff dir nicht die Tränen in die Augen?«

»Ich bin mir nicht sicher, ob das wirklich an dem Stoff liegt«, gab ich zurück.

»Dieser Stoff«, fuhr meine Mutter fort und streckte vorwurfsvoll den Zeigefinger danach aus, »gehört verboten.«

Jeder Widerspruch war sinnlos, daher hielten Dad und

ich den Mund. Ginge es nach meiner Mutter, wären die Gefängnisse voll mit Leuten, deren Geschmack zu wünschen übrig ließ.

Nachdem die beiden gegangen waren, schloss ich kurz die Augen und fiel in einen komatösen Schlaf. Es ist geradezu unglaublich, wie ermüdend permanentes Liegen ist.

Ich schlief, bis meine neue Ergotherapeutin, Priya, kam und ich versuchen sollte, mit den Zehen zu wackeln und allein aus dem Bett in den Rollstuhl umzusteigen, denn je eher mir das gelänge, umso schneller könnte ich allein ins Badezimmer rollen – und je eher ich das schaffte, umso schneller könnten sie mir den Katheter ziehen, um zu sehen, ob meine Blase, so Gott wollte, weiter von alleine funktionierte.

Zur Sicherheit stieg ich gleich zweimal in den Rollstuhl um und wartete dabei die ganze Zeit darauf, dass Chip sich noch mal blicken ließ, um mir einen dicken Blumenstrauß zu überreichen, mich auf Knien um Verzeihung anzuflehen und mir Mut zu machen. Doch er tauchte nicht auf. Wahrscheinlich schlief er sich erst mal richtig aus. Zumindest hoffte ich für ihn, dass es so war.

Es war eine seltsam fröhliche Geschäftigkeit, die mich im Krankenhaus umgab. Egal, mit wem ich es zu tun bekam – die Menschen strahlten einen gut gelaunten Gleichmut aus, aber vermutlich machten sie mir damit alle nur was vor. Das tat ich schließlich auch. Nach außen war ich ruhig und freundlich und nahm folgsam meine Medizin, in meinem Innern aber lief ein Horrorstreifen, der sich von den leuchtend bunten Bildern meines bisherigen Lebens so sehr unterschied, dass alle Aufnahmen im trüben gelblich braunen Ton einer verblichenen Sepia-Fotografie gehalten waren.

So sah es in mir aus, und so fühlte es sich für mich an.

Ich schaffte es beim besten Willen nicht, mir meine Zukunft vorzustellen, und an die Vergangenheit zurückzudenken traute ich mich nicht. Wobei diese Vergangenheit nur zehn Tage zurück lag und, anstatt langsam zu verblassen, einfach abgeschnitten worden war. Alles, was ich bis vor zehn Tagen gewesen war, getan und mir erhofft hatte, war schlagartig nicht mehr da.

Weswegen meine Wahrnehmung inzwischen eine völlig andere war.

Am Abend war ich derart müde, dass ich sogar hoffte, endlich einmal bis zum nächsten Morgen durchzuschlafen. Erschöpfung ist der Freund der Trauernden, und ich war so erschöpft, dass mir die Augen zufielen, als erneut die Tür aufging.

Es war meine Schwester Kitty. Und sie hatte einen Koffer in der Hand.

7

Zögernd blieb sie auf der Schwelle stehen und sagte leise: »Hallo, Mags.«

Als ich keine Antwort gab, winkte sie mir verlegen zu. »Ich weiß, du hast gesagt, dass ich nicht kommen soll. Aber wie es aussieht, bin ich trotzdem hier.«

Ich starrte sie einfach an, und sie blieb weiter in der Tür des Zimmers stehen. Sie wartete auf die Erlaubnis einzutreten, doch die wollte ich ihr nicht geben.

Drei Jahre. Drei Jahre ohne eine E-Mail oder einen Telefonanruf. Drei Jahre nichts, und plötzlich war sie einfach wieder da.

Sie sah vollkommen anders aus als die Kitty vor drei Jahren. Statt der schulterlangen braunen Mähne, die ich kannte, hatte sie jetzt kurzes, stacheliges, leuchtend gelb gefärbtes Haar. Sie trug ein Dutzend kleiner Silberringe in den Ohren und war abgesehen von ihrem leuchtend roten Lippenstift vollkommen ungeschminkt. Außerdem hatte sie einen Ring in der Nase wie eine Kuh.

Aber natürlich hatte ich sie trotzdem gleich erkannt. Selbst nach all der Zeit.

»Hübscher Nasenring«, stellte ich fest.

»Also – kann ich reinkommen?«

»Ich weiß nicht«, antwortete ich. Ich wusste nicht, ob ich der Angelegenheit gewachsen war.

»Geht auch ganz schnell«, versprach sie mir.

»Ich bin hundemüde.«

»Ich will nur kurz Hallo sagen.« Sie verströmte eine so nervöse Energie, als stünde sie am Rande eines Hochhausdaches statt in meiner Zimmertür.

Auch ich verspürte diese Art der Energie – ein bisschen so, wie wenn einem der Magen in die Kniekehlen rutscht –, während ich zu gleichen Teilen überrascht, unsicher und sauer war. Sie hätte wenigstens die Höflichkeit besitzen können, vorher *anzurufen*, oder etwa nicht? Sie hätte mich zumindest vorher wissen lassen können, dass sie kommen würde, statt mich so zu überfallen. Schließlich hatte sie drei Jahre Zeit gehabt, um sich bei mir zu melden, hatte aber abgewartet, bis sie wusste, dass es für mich sprichwörtlich kein Entkommen gab. Ich fühlte mich vollkommen überrumpelt, und am liebsten hätte ich sie weggeschickt.

Aber das brachte ich nicht über mich.

Ein Teil von mir wollte, dass Kitty blieb. Ein größerer Teil, als mir bewusst gewesen war.

»Meinetwegen«, sagte ich und sah ihr ins Gesicht, als sie ins Zimmer kam.

Sie stellte ihren Koffer ab und trat neben mein Bett.

»Hallo.«

»Dad hat gesagt, dass du da bist.«

Sie nickte knapp.

»Hast du ihn schon gesehen?«

Sie nickte abermals.

»Hast du auch Mom gesehen?«

Sie schüttelte den Kopf.

»Aber wirst du sie noch sehen? Bevor du wieder gehst?«

Sie blickte mich mit einem etwas schiefen Lächeln an. »Mal sehen.«

Ich hatte keine Ahnung, was ich sagen sollte. Wusste nicht, wo ich hätte beginnen sollen. Es war seltsam, sie hier zu sehen, und gleichzeitig das Normalste auf der Welt. Natürlich war sie hier, denn schließlich war sie meine große Schwester. Aber trotzdem war es irgendwie auch so, als würde eine Nachbildung von Kitty hier an meinem Bett stehen.

»Du siehst besser aus«, stellte sie fest.

»Da sagt Mom aber was anderes.«

»Sie kann manchmal eine echte Zicke sein.«

Da hatte Kitty recht. »Das stimmt.«

»Und eine Lügnerin.«

Ich runzelte die Stirn. »Davon habe ich bisher noch nichts bemerkt.«

Kurzerhand wechselte sie das Thema. »Wie geht es dir?«

»Ich glaube nicht, dass ich dir das beschreiben kann.«

Sie zuckte mit den Schultern und versuchte es auf einem anderen Weg. »Okay, wie fühlst du dich?«

»Physisch oder psychisch?«

»Beides.«

Doch ich wollte Kitty nicht in diese Dinge einbeziehen. Um einem Menschen zu erzählen, was ich fühlte, hätte ich ihm nah sein müssen, aber Kitty hatte diese Nähe schon vor einer Ewigkeit zerstört.

»Was hat der Koffer zu bedeuten?«, fragte ich mit einem Blick auf ihr Gepäck.

»Ich dachte, dass ich vielleicht immer abends zu dir kommen und hier übernachten kann. Du weißt schon, wenn Mom nicht hier ist.«

Ich blickte auf den Sessel an der Wand. Wahrscheinlich konnte man ihn umklappen und darauf schlafen, doch ich hatte keine Ahnung, wie das ging.

Ich schüttelte den Kopf. »O nein.«

»Was heißt o nein?«

»Ich will nicht, dass du hier schläfst.«

»Willst du denn keine Gesellschaft haben?«

»Nicht deine.«

Sie runzelte die Stirn. »Bist du mir böse?«

Traurig wandte ich mich ab. »Es ist einfach seltsam, dich zu sehen. Und mein Leben ist im Augenblick bereits seltsam genug.«

»Ich will dir helfen.«

»Ja, aber das tust du nicht. Du machst es nur noch schlimmer.«

Sie blieb stumm, und es war klar, dass sie auf die Idee, hier vielleicht nicht erwünscht zu sein, bisher noch nicht gekommen war.

»Willst du wissen, wo ich bisher übernachtet habe?«, fragte sie mit einem Mal im Plauderton, und ehe ich die Chance hatte, Nein zu sagen, fuhr sie bereits fort. »Beim dicken Benjamin. Mit dem ich auf der Highschool war. Du erinnerst dich doch ganz bestimmt an ihn.«

Das war typisch Kitty. Sie tat so, als ob alles in Ordnung wäre, bis die anderen vergaßen, dass dem nicht so war. Sie versuchte wieder mal, mich einzulullen.

Ich antwortete nicht.

»Weißt du noch, wie er mich früher immer in dem Jetta heimgefahren hat, dessen kaputte Scheiben mit braunem Klebeband zusammengehalten wurden?«

»Hast du den Typen gerade dicker Benjamin genannt?«

»Den Spitznamen hat er doch immer schon gehabt.«

»Aber das klingt nicht gerade nett.«

»Ihn juckt das nicht. Er ist auf niedliche Weise dick. Aber wie auch immer, er hat schon damals unglaublich für mich geschwärmt, aber ich hab ihn abblitzen lassen, weil er einen blöden Topfschnitt und ein teigiges Gesicht hatte. Aber jetzt ist er nicht mehr wirklich dick, sondern eher knuddelig. Er ist richtig süß! Viel süßer als zu unserer Highschool-Zeit! Oder vielleicht habe ich auch nur nicht mehr so hohe Ansprüche. Na ja, jedenfalls bin ich vorübergehend bei ihm eingezogen, schlafe auf dem Sofa. Er schwärmt nach wie vor für mich, und wenn ich dort noch länger bleibe, lande ich garantiert irgendwann in seinem Bett.«

Ich sah sie immer noch nicht an. War das der Grund, warum sie hier übernachten wollte? Nur, damit sie nicht versehentlich mit dem dicken Benjamin im Bett landete?

Schulterzuckend meinte sie: »Ich wünschte mir, ich könnte hierbleiben.«

»Es nützt auch nichts, wenn du mich noch mal fragst.«

»Ich frage ja gar nicht. Ich sprach von wünschen.«

»Aber leider werden nicht alle unsere Wünsche wahr.«

»Ich dachte nur, es wäre keine gute Idee, mit ihm ins Bett zu gehen.«

»Dann lass es einfach.«

Mit einem neuerlichen Schulterzucken sagte sie: »Ich kann nur so schlecht Nein sagen.«

Ich sah ihr ins Gesicht. »Ich nicht.«

Sie konnte doch nicht plötzlich wieder in mein Leben treten und mich zwingen, über irgendwelche *Jungs* zu reden. Sie konnte doch nicht ohne Weiteres hier erscheinen und erwarten, dass wir genau da weitermachen würden, wo wir vor drei Jahren aufgehört hatten.

»Wie dem auch sei«, fuhr ich fort. »Ich bin ziemlich müde, also …«

Kitty überging den wenig zarten Fingerzeig und meinte fröhlich: »Kein Problem. Ich habe ein paar Zeitschriften dabei.«

Ich schüttelte den Kopf. »Du musst jetzt wirklich gehen.«

Sie trat etwas näher an mein Bett heran. »Ich würde wirklich gerne bleiben.«

Doch ich schüttelte erneut den Kopf und wandte mich so lange ab, bis Kitty sich geschlagen gab und ging.

8

Am nächsten Morgen lernte ich etwas Neues über das Krankenhaus: nämlich wie dünn die Wände hier waren.

Nach all den morgendlichen Ritualen – Körperreinigung mit einem Schwamm, Zähneputzen über einer Bettpfanne, Verabreichung der Medizin, Wechsel des Katheters, Ausräumen des Darms, Frühstück mit Haferbrei und Wackelpudding sowie Ergotherapie mit Priya, die mich dreimal zwang, mit ihrer Hilfe vom Bett in den verdammten Rollstuhl umzusteigen, sowie zweimaligem erfolglosen Zehenwackeln – war ich wieder allein.

Mein Zimmer lag direkt neben der Schwesternstation, und zum ersten Mal bemerkte ich, dass die Gespräche der Schwestern über Patienten und die Anweisungen der Ärzte deutlich zu verstehen waren. Ich konnte hören, dass irgendjemand irgendetwas tippte, dass jemand zu Starbucks gehen wollte und dass ein Pfleger einen Flirtversuch bei einer Schwester unternahm, den diese kategorisch unterband.

Dann vernahm ich Ninas Stimme, die ein bisschen lauter als die anderen war. »Es geht um den Behandlungsplan.«

Eine männliche, nasale Stimme fragte: »Was ist damit?«

»Sie haben diese Patientin Ian zugeteilt.«

»Ja.«

»Ich habe mehrmals in der Krankenakte dieser Frau vermerkt, dass sie zu jemand anderem soll.«

»Das habe ich gesehen.«

»Und trotzdem haben Sie den Hinweis ignoriert?«

»Hören Sie, Ian hat im Augenblick noch jede Menge Plätze frei.«

»Und dafür gibt es einen guten Grund.«

»Wollen Sie damit sagen, er wäre nicht kompetent genug für diesen Fall?«

»Ich sage damit nur, dass er für sie der Falsche ist. Und da ich davon ausgehe, dass Ihnen das bewusst ist, frage ich mich, ob Sie vielleicht einfach hoffen, dass die Angelegenheit in einer Katastrophe enden wird.«

»Was wollen Sie damit sagen, Nina?«

»Was wohl, Myles? Nichts anderes als das, wonach es klingt.«

Aber hallo. Dieser Myles schien ein echt fieser Kerl zu sein.

»Das klingt, als dächten Sie, ich hätte es auf Ian abgesehen und würde das Wohlergehen der Patientin opfern, um ihm dabei zuzusehen, wie er scheitert.«

»Genau das, ja.«

»Tja nun. Ich kann Ihnen versichern, dass das gar nicht nötig ist. Der Mann ist eine tickende Zeitbombe, die sich auf Dauer selbst zerstören wird.«

Womit die Schwester offensichtlich alles andere als einverstanden war. »Aber meine Patientin kriegt er dafür nicht. Dafür ist sie zu labil. Sie hatte sich gerade erst *verlobt* und hat jetzt alles verloren. Sie braucht jemand Nettes, der ihr Mut macht – April oder vielleicht sogar Rob.«

»Wegen einer einzigen Patientin stelle ich ganz bestimmt nicht den gesamten Plan noch einmal um.«

»Sie braucht jemand anderen«, wiederholte Nina mit Nachdruck.

»Alle anderen sind voll.«

»Dann tauschen Sie sie gegen einen anderen Patienten, der bei jemand anderem ist.«

Aber Myles – der offenbar ein Vorgesetzter war – gefiel es offensichtlich nicht, wenn man ihm sagte, was er tun sollte, denn er rang erbost nach Luft und fuhr die Schwester ungehalten an: »Das haben Sie nicht zu bestimmen. Das bestimme *ich*. Und wenn Sie mir deshalb irgendwelche Scherereien machen, werden wir ja sehen, wer von uns am längeren Hebel sitzt. Es bleibt alles, wie es ist.«

Damit ließ er sie anscheinend stehen, denn nach einem Augenblick der Stille fingen Nina und ein paar der anderen Schwestern an, sich lautstark aufzuregen, und belegten Myles mit Worten wie »Kontrollfreak«, »neidzerfressen«, und »kleiner Napoleon«. Eigentlich war es zum Lachen, nur dass mir seit dem Unfall nicht mehr nach Lachen zumute war. Außerdem war mir klar, dass es bei dieser Auseinandersetzung um mich ging. Eine andere Patientin, *die sich gerade erst verlobt und jetzt alles verloren hatte*, gab es sicher nicht auf der Station.

Dann vernahm ich mit einem Mal einen schottischen Akzent. »Falls es Sie tröstet, ich war selbst gestern bei Myles und habe versucht zu tauschen.«

»Sie hätten sich dabei mehr Mühe geben müssen, Ian«, fuhr ihn Nina ungehalten an.

»Er hat noch nie getan, worum ich ihn gebeten habe.«

»Aber bisher haben Sie sich immer über ihn hinweggesetzt.«

»Bisher war er auch nicht mein Boss.«

»Seien Sie bloß nett zu ihr«, bat Nina in geschäftsmäßigem Ton.

»Nettigkeit macht keinen Menschen stark«, gab er zurück, und zwei Sekunden später ging die Tür zu meinem Zimmer auf.

»Also, Maggie Jacobsen, Zeit für die Physiotherapie«, erklärte er, ohne mir ins Gesicht zu sehen, und schob den Rollstuhl an mein Bett.

»Margaret«, sagte ich, und als er keine Antwort gab, wiederholte ich noch einmal nachdrücklich: »Ich heiße Margaret.«

»Sie sehen aber nicht wie eine Margaret aus.« Das meinte er vollkommen ernst.

»Das entscheiden ja wohl ganz bestimmt nicht Sie.«

»In Ordnung, Maggie. Wie Sie meinen.«

Er fuhr mein Bett herunter, schnappte sich das Brett, klappte die Armlehnen des Rollstuhls um und schob das Brett als Brücke zwischen Lagerstätte und Gefährt.

Dann drehte er sich um und ging zur Tür.

Moment mal – was zum Teufel machte er da? Wo wollte er denn hin? War er vielleicht sauer, weil ich mich nicht Maggie nennen ließ? War er tatsächlich die tickende Zeitbombe, als die ihn Myles beschrieben hatte, und ging er jetzt vielleicht hoch?

»Wollen Sie mir nicht helfen?«

Er blieb stehen, ohne sich umzudrehen. »Nein. Drücken Sie die Klingel, wenn Sie so weit sind.«

Und dann war ich allein mit einem Brett und einem Stuhl. Oh, und mit einem an der Hüfte festgeklebten Schlauch voller Urin, der aus dem Bund meiner Hose hing.

Ich hatte also ein Problem, das es zu lösen galt.

Ich suchte nach der Fernbedienung für das Bett, fuhr das Kopfteil hoch, und als ich endlich aufrecht saß, schob ich mich langsam Richtung Brett. Meine Yogahose hatte einen leichten Schlag, und als sich eins der Beine in dem blöden Schutzgitter verfing, zerrte ich es wieder los. Ich kauerte am Rand des Betts, um mich ganz alleine auf das Brett zu schieben, unter dem der harte Zimmerboden lauerte. Zum ersten Mal seit meinem Unfall bekam ich Angst. Zum ersten Mal seit meinem Unfall übermannte mich überhaupt ein Gefühl. Außer Atem fragte ich mich, warum das Erste, was ich fühlte, Angst sein musste. Warum nicht Freude oder Glück?

Ich schob mich etwas näher an das Brett und stützte mich dabei auf meinen Händen ab. Zwar hatten sich die Muskeln meines Oberkörpers zurückgebildet, aber immerhin funktionierten sie noch. Dennoch brachte mich das Gewicht meiner schlaffen Beine ins Schwanken, und ich rührte mich so lange nicht vom Fleck, bis ich wieder vollkommen in der Balance war. Der Stuhl stand vielleicht fünfundzwanzig Zentimeter neben meinem Bett, aber genauso hätte er am anderen Ende eines Fußballfeldes stehen können, weil er unerreichbar für mich war. Ich blickte auf den tiefen Graben zwischen Bett und Stuhl, schob mich einen Zentimeter näher, geriet aus dem Gleichgewicht und kauerte mich hin. Ich wiederholte das Manöver immer wieder, und nach einer Weile wies der Stoff von meiner Hose feuchte Flecke an den Oberschenkeln auf. Vor lauter Anstrengung und Anspannung war ich in Tränen ausgebrochen.

Auf halbem Weg über das Brett legte ich eine Pause ein, und plötzlich tauchte Ian wieder auf.

»Meine Güte, sind Sie immer noch nicht fertig? Inzwischen habe ich einen Kaffee getrunken und die ganze Zeitung durchgelesen.«

Wäre er jemand anderes gewesen, hätte er so mit mir sprechen dürfen. Wäre er ein Freund gewesen, jemand, der mir wirklich helfen wollte, hätte ich vielleicht gedacht, er wollte mich nur necken. So aber war er nur ein hundsgemeiner, fremder Mann.

Ich blickte auf, und als er meine rot verquollenen Augen und die tränennassen Wangen sah, huschte ein mitfühlender Ausdruck über sein Gesicht, bevor er knurrend vor mich trat und mich sanft an den Schultern fasste.

»Ich halte Sie fest«, erklärte er. »Und jetzt machen Sie weiter.«

Mit Ians Hilfe ging es merklich schneller, und bevor ich michs versah, rollte ich hinter ihm her den langen Flur hinab in Richtung Rehazentrum. Ich überlegte kurz, ob ich mich jemals zuvor in Anwesenheit eines anderen Menschen derart einsam gefühlt hatte. Er sprach kein Wort und sah mich auch nicht an. Man hätte meinen können, dass er ganz allein spazieren ging.

Er hielt mir eine Tür auf, nutzte aber die vermeintlich nette Geste, um mich abermals zu kritisieren. »Nein«, stellte er fest, als ich an ihm vorüberrollte. »Ihre Technik ist ganz falsch.«

Er klang verärgert, so, als hätte er mir das schon tausend Mal gesagt.

»Nun«, gab ich zurück. »Ich wusste gar nicht, dass es eine *Technik* gibt, denn schließlich fahre ich zum allerersten Mal allein mit diesem Ding.«

»Und niemand hat Ihnen erklärt, wie man das macht?«

Ich schüttelte den Kopf.

»Das ist eins der ersten Dinge, die man bei der Ergotherapie gezeigt bekommt.«

»Ich nehme an, dass wir noch bei den Vorarbeiten waren«, versuchte ich zu scherzen, doch mit ernster Miene beugte er sich zu mir vor, kniff mir in den Bizeps und sagte in einem Ton, als würde er mich in ein Staatsgeheimnis einweihen: »Arme sind was anderes als Beine.«

Ach tatsächlich?

»Damit will ich sagen«, fuhr er immer noch mit ernster Miene fort, »dass die Arme nicht dieselbe Arbeit leisten können wie die Beine und dass Sie sich vorsehen müssen, dass Sie sie nicht überanstrengen.«

»Ich glaube kaum, dass mir etwas anderes übrig bleibt.«

»Im Großen und Ganzen sicher nicht«, räumte er unumwunden ein. »Aber genau deshalb kommt es auf die Einzelheiten wie die Technik an.« Er griff nach meiner Hand und führte sie zum Rand des Rads. Noch während ich die angenehme Wärme seiner Finger registrierte, meinte er: »Statt zehnmal leicht geben Sie einmal kräftig Schwung und lassen dann den Rollstuhl einfach rollen.«

Er zog meine Hand hinter das Rad, drückte sie gegen das Gummi und schob sie mit solcher Kraft nach oben und nach vorn, dass ich mit hohem Tempo den Flur hinuntersauste. Vor lauter Angst hätte ich am liebsten aufgeschrien, packte hektisch die Räder und schürfte mir dabei Handballen und Finger auf.

Ian lief hinter mir her und stellte lapidar fest: »Sie brauchen Handschuhe.«

Als Nächstes kam das Kurvenfahren dran, dann das Drehen um die eigene Achse sowie das Fahren auf dem Hinterrad, wobei er es beim letzten Punkt erst einmal bei der Theorie beließ.

»Muss ich das wirklich lernen?«, fragte ich.

Er nickte, ohne zu erklären, wofür das Fahren auf Hinterrädern wichtig war.

»Und warum?«, hakte ich nach.

»Weil Sie diesen Rollstuhl vollkommen beherrschen müssen.«

»Und warum?«

»Weil Sie nicht wissen, wo Sie damit fahren werden.«

»Ach, Sie meinen, wenn ich beispielsweise mal in den Grand Canyon will?«

Er blickte auf. »Ich meine, wenn Sie irgendwo auf eine Treppe stoßen. Schlaglöcher oder ein Bordsteinrand.« Er wandte mir erneut den Rücken zu. »Wenn Sie irgendwo hinwollen, ist es wichtig, dass Sie wissen, wie mit solchen Hindernissen umzugehen ist.«

»Ich will aber nirgendwohin.«

»Früher oder später sicher schon.« Erneut schritt er kraftvoll vor mir aus, und es erschien mir fast gemein, wie durchtrainiert er war. Jede Frau, die noch einen Funken Leben in sich hatte, musste seinen rundherum perfekt geformten Hintern bemerken. Körperlich war er in Bestform, und auch wenn ich mich nicht mit ihm vergleichen wollte, fühlte ich mich neben einem so athletischen Kerl wie ihm noch schwächer und verwelkter als ohnehin. Also sah ich zur Seite.

Irgendwie erreichten wir doch noch das Rehazentrum, aufgrund der Rollstuhl-Trainingseinheit etwas später als geplant, was ihn zu ärgern schien. »Jetzt kommen wir zu spät«, fuhr er mich an und schrieb die Ankunftszeit so übellaunig in den Plan, als wäre ich alleine daran schuld.

Als ob das wichtig wäre.

Während er ein paar Sachen holen ging, sah ich mich um. Auch wenn es mich nicht wirklich interessierte, war es ein sehr schöner, farbenfroher Raum, in dem es alle möglichen Gerätschaften und Spiele gab. Ein elektronisches Basketball- und ein Ringwurfspiel, zwei Flipperautomaten – *Star Wars* sowie *Guardians of the Galaxy* –, Gewichte wie in einem ganz normalen Fitnessstudio, Spiegel an den Wänden, einen Gehbarren, einen Stehrahmen und ein Ganzkörpergeschirr. Dazu gab es ein Feinmotorikbrett, an dem man mit Schlössern, Schnallen und Schrauben üben konnte, einen Wurfstand, eine Übungstreppe, eine Reihe Liegeräder und ein Minitrampolin. Es gab sogar einen echten, leuchtend wasserblau lackierten Pkw, an dem die Leute das Ein- und Aussteigen trainieren konnten, und dazu noch eine wirklich tolle Stereoanlage, auf der eine gnadenlose Mischung aus Van Morrison und Eagles lief.

Mein altes Ich hätte vielleicht ein kleines Tänzchen hingelegt, während mein neues Ich schlaff wie ein Mehlsack im Rollstuhl hing.

Auf einem großen Whiteboard trug Ian mich in die Liste

der Patienten ein, hinter deren Namen in der Spalte »Ziele« jede Menge Smileys oder aufmunternde Worte standen, und ich sah mich nach den anderen Therapeuten um. Sie alle wirkten gut gelaunt und optimistisch, lachten schallend, nannten die Patienten »Champions« und klatschten permanent mit ihnen ab. Sie redeten den Leuten zu, machten ihnen Mut und feuerten sie an.

Ein Mann mit einem Haarknoten – wie ich später hörte, hieß er Rob, auch Knoten-Rob genannt – brachte einer alten Frau von achtzig Jahren das Gehen mit dem Rollator bei, und wenn er auch nicht mit ihr flirtete, tat seine freundliche und aufmerksame Art ihr sichtlich gut. Eine Therapeutin, April, warf ihrem Patienten, einem Mann um die vierzig im Rollstuhl, Reifen zu und klatschte jeden Fang begeistert mit ihm ab. Das Ganze kam mir irgendwie wie eine große Fitness-Reha-Party vor. Rund um mich herum waren Menschen in Bewegung, redeten und forderten sich immer wieder heraus – und auch wenn die Patienten manchmal eher traurige Gesichter machten, waren die Therapeuten beinah übertrieben fröhlich.

Alle bis auf Ian.

Mit grimmigem Gesicht und fest zusammengepressten Lippen stand er da. Er war so mürrisch und ernst, so sehr das Gegenteil von fröhlich, als würde über seinem Kopf in Comicschrift »grrrr« stehen.

Kein Wunder, dass bei ihm noch Plätze frei waren, dachte ich.

»Sie sind wieder mal zu spät«, erklang hinter meinem Rücken eine nasale Stimme. Ich erkannte sie wieder, es war der Mann, der mit Nina wegen Ian gestritten hatte. Myles.

Er kam zu uns herüber. Er hatte kurzes, leicht gewelltes, rotes Haar – das sich mit seinem roten Sweatshirt biss –, kleine, harte, braune Augen und sah ganz genauso aus, wie seine Stimme klang.

Ian antwortete nicht.

»Leider muss ich das notieren. Das ist nun mal Vorschrift«, fuhr Myles fort und blitzte Ian böse an.

Noch immer reagierte Ian nicht und sah ihn auch nicht an.

»Behalten Sie die Uhr im Auge und sehen Sie zu, dass Sie in Zukunft pünktlich sind.«

Ich hatte gar nicht vorgehabt, für Ian einzutreten, doch die Worte brachen unwillkürlich aus mir heraus: »Er hat mir auf dem Weg hierher gezeigt, wie ich mit meinem Rollstuhl fahren muss.«

Myles wandte sich an mich. »Das macht nicht der Physio-, sondern der Ergotherapeut.«

»Aber er hat meine Technik korrigiert.«

»Das ist nicht seine Aufgabe«, erklärte Myles und blickte wieder Ian an. »Richtig, Meister? Das ist nicht Ihr Job.«

Als Ian nur mit den Zähnen knirschte, fügte Myles hinzu: »Wir wollen doch nicht, dass jemand denkt, Sie wüssten nicht, was Sie mit den Patienten machen sollen.«

Ich wollte nochmals widersprechen, aber Ians Blick hielt mich zurück.

»Wir wollen doch nicht, dass jemand denkt, dass Sie hier nichts verloren haben«, forderte ihn Myles erneut heraus.

Auch diesmal antwortete Ian nicht.

»Dann wäre das also geklärt«, meinte Myles nach einem Augenblick, schlug Ian auf die Schulter und sagte zu mir:

»Falls Sie noch irgendwelche Fragen haben, kommen Sie zu mir. Ich bin da drüben in dem Eckbüro.«

Ian ballte eine Hand zur Faust, und während er die Finger langsam wieder voneinander löste, zeigte Myles auf ihn und empfahl in pseudo-aufmunterndem Ton: »Und jetzt bewirken Sie ein kleines Wunder.«

Legte dieser Typ es etwa darauf an, dass Ian auf ihn losging? Schließlich hätte sogar *ich* ihm liebend gerne eine runtergehauen.

»Tut mir leid«, gestand ich, nachdem der Kerl verschwunden war. »Ich wollte Ihnen nur helfen.«

»Lassen Sie das«, gab er zurück und schüttelte den Kopf. »Und tun Sie das nicht noch einmal.«

Damit ließ er mich stehen, trat an eine gepolsterte Bank und runzelte die Stirn, als er bemerkte, dass ich hinter ihm zurückgeblieben war. Er winkte mich zu sich heran, ich rollte langsam auf ihn zu, und als ich ihn erreichte, hielt er mir ein Brett wie das in meinem Krankenzimmer hin. »Sie wissen ja, wie's geht.«

Die Armstützen des Rollstuhls hatte ich noch nie alleine umgeklappt, und während ich den Hebel suchte, blickte Ian aus dem Fenster und seufzte vor Ungeduld.

»Wenn Sie es so eilig haben, können Sie mir ja helfen.«

»Ich bin nicht hier, um das für Sie zu tun. Sie sind hier, um diese Dinge selbst zu machen.«

»Ich habe nicht gesagt, dass Sie die ganze Arbeit für mich machen sollen. Ich habe nur gesagt, Sie könnten mir ein bisschen helfen.«

»Was ja wohl dasselbe ist.«

Alle anderen Physiotherapeuten hätten diesen Satz bestimmt mit einem aufmunternden Lächeln im Gesicht gesagt, doch Ian war so aufmunternd und fröhlich wie ein totes Tier am Straßenrand. Er war schweigsam, angespannt und wirkte richtiggehend feindselig, nachdem ihm dieser Myles so dumm gekommen war. Das ging bestimmt nicht gegen mich persönlich, aber leider war es eben so, dass ich bei ihrer Auseinandersetzung direkt in die Schusslinie geraten war. Er brodelte vor Zorn – das zeigten sein Gesicht und auch die Art, wie er reglos vor mir stand –, und ich hatte das Pech, dass ich ihm völlig ausgeliefert war.

Gerade als mir dieser wenig aufbauende Gedanke durch den Kopf ging, jauchzte Knoten-Rob laut auf, weil seiner alten Dame eine ganz besondere Heldentat gelungen war, und alle anderen spendeten Applaus.

Außer Ian.

»Na los«, befahl er mir und zeigte auf die gepolsterte Bank.

Ich tat, wie mir geheißen, klappte meine Armlehnen herunter und schob mich über das Brett in Richtung Bank. Es ging weder einfacher noch schneller dadurch, dass mir Ian ungeduldig zusah, ohne mir die allerkleinste Hilfestellung anzubieten, und bis ich mein Ziel erreichte, war ich völlig erschöpft.

Ehe ich jedoch zu Atem kommen konnte, drückte er mich rücklings auf das Polster, wobei er auf meine Verbrennungen Rücksicht nahm, und begann mit ein paar Übungen, um zu ergründen, was ich konnte oder nicht. Allerdings erklärte er mir nicht, worum es ging, und daher dachte ich, er hätte vor, mich aufzurichten, hob den Kopf und landete mit meiner Nase in der Kuhle zwischen seinem

Hals und seinem Schlüsselbein. In dem kurzen Augenblick, bevor ich meinen Kopf zurückzog, fielen mir sein kratziger, weil unrasierter, aber muskulöser Hals und der Geruch nach Salz und frischer Wäsche an ihm auf.

Wir hätten diesen lustigen, ein bisschen peinlichen Zusammenstoß mit einem Lachen abtun können, aber offensichtlich wollte Ian mich beschämen, denn als ich zu ihm aufsah, machte er ein extrem genervtes Gesicht und schnauzte rüde: »Runter.« Dabei wies er auf das Polster, als hätte er mir das schon hundert Mal gesagt.

Leicht verlegen sagte ich: »Okay«, und ließ mich wieder zurückfallen.

Dann machte Ian erst mal Inventur.

Konnte ich mich selbst aufsetzen? Nur unter lautem Stöhnen, aber immerhin …

Konnte ich mich auf die Seite rollen? Unbeholfen, aber ja.

Konnte ich die Knie heben, wenn ich auf dem Rücken lag? Ja, tatsächlich. Aber meine Oberschenkel waren schwach und zitterten dabei wie Espenlaub.

Konnte ich mich an den Rand des Polsters setzen und die Beine ausstrecken? O nein. Auf keinen Fall.

Konnte ich mich auf den Bauch legen und meine Füße heben? Wenigstens ein kleines Stück.

Konnte ich die Zehen strecken, anspannen oder mit ihnen wackeln? Nein, nein und nein.

Am Ende hatten wir eine ungefähre Vorstellung davon, wie es um meinen Körper stand. Oberhalb der Knie schien ich, wenn nicht fit, so doch auf alle Fälle unversehrt zu sein. Unterhalb der Knie sah es jedoch vollkommen anders aus.

Die ganze Prozedur schien sich über Stunden zu erstrecken, und am Ende war ich völlig außer Atem und zitterte am ganzen Leib. Ich hatte vorher schon gewusst, dass meine Beine nicht mehr richtig funktionierten, aber als es jetzt um die Details – das hieß, um jeden Muskel meiner Beine bis hinab zu meinen Füßen – ging, wurde mir erstmals wirklich klar, wie schlecht es um mich stand. So genau hatte ich das gar nicht wissen wollen.

Aber Ian schien mein Unglück gar nicht wahrzunehmen. Er trieb mich immer weiter an, tastete an meinen Knöcheln, meinen Zehen, meinen Schenkeln, meinen Hüftbeugern herum, übte an verschiedenen Stellen Druck auf meine Beine aus, pikste sie mit einer kleinen Nadel und schrieb sich dazu immer wieder etwas auf.

Er erstellte eine Liste aller Muskeln, die geschädigt waren. Sie war erheblich länger, als ich angenommen hätte, aber schließlich hätte ich auch niemals angenommen, dass es so viele Muskeln in den Beinen gab. Auf der »Geschädigt«-Liste waren eine Reihe »Bizeps«-Muskeln aufgeführt, was unnötig verwirrend war, weil »Bizeps« eher nach Armen klang und meine Arme vollkommen in Ordnung waren. Aber Ian ignorierte meinen Einwand und schrieb weiter die lateinischen Bezeichnungen der Muskeln, die nicht funktionierten, auf.

Biceps femoris
Biceps semitendinosus
Biceps semimembranosus
Tibialis – anterior und posterior
Peroneus longus

Gastrocnemius
Soleus
Flexor digitorum longus

Ich überlegte, ob ich ihn fragen sollte, welche Funktion die einzelnen Muskeln hatten, doch je länger seine Liste wurde, umso weniger war ich mir sicher, ob ich das wirklich wissen wollte.

Ich war körperlich und seelisch vollkommen erschöpft, am schlimmsten aber an der ganzen Sache war, dass Ian kein Wort mit mir sprach.

Ich selber rede furchtbar gern und stamme obendrein von redseligen Eltern ab. Meine Mutter mag darüber reden, dass jemand nur für die Auswahl eines falschen Vorhangs eingesperrt gehört, aber zumindest redet sie. Und wenn Dad versucht, sie zu beschwichtigen, tut er das ebenfalls verbal. In meinem ganzen Leben hatte ich noch nie so viel Zeit allein mit einem anderen Menschen zugebracht und so wenig mit ihm geredet wie mit Ian während dieses ersten Nachmittags. Wahrscheinlich hätten die paar Worte, die wir miteinander sprachen, nicht einmal für einen ganzen Satz gereicht.

Das tat mir in der Seele weh.

Aber ich war zu müde, demoralisiert, geschockt, entmutigt und betäubt, um gegen dieses Schweigen anzugehen. Vor allem war es schließlich Ians Aufgabe, Konversation mit mir zu betreiben, verdammt noch mal. All die anderen Physiotherapeuten – und ich hatte jede Menge Zeit, ihnen bei der Arbeit zuzusehen – übernahmen den Großteil der Gespräche, damit ihre Patienten sich auf die Übungen konzentrieren konnten.

Ian aber tat genau das Gegenteil. Sein feindseliges Schweigen ließ mich innerlich zusammenfahren, und dazu kam die Enttäuschung, dass man mir den schlimmsten Physiotherapeuten zugewiesen hatte, den es in der Klinik gab.

Er war wortkarg, mürrisch und trieb mich gnadenlos so lange an, bis all die gut gelaunten Leute längst verschwunden waren und ich nur noch aus Wackelpudding zu bestehen schien. Ich ging sicher davon aus, dass er mir nach der Plackerei zurück in meinen Rollstuhl helfen würde, doch er klatschte nur das Brett auf meine Bank und blickte aus dem Fenster.

Ich starrte auf das Brett und seufzte.

Da ich wusste, dass er mir nicht helfen würde, bat ich gar nicht erst darum.

Ich rückte den Katheterschlauch, der längst nicht mehr an meiner Hüfte klebte, vorsichtig zurecht und schob mich langsam auf das Brett.

Aber ich war erschöpfter, als ich angenommen hatte, denn bevor ich über meinem Rollstuhl war, verlagerte ich mein Gewicht auf den vorderen Arm, und unversehens gab mein Ellenbogen nach, und ich kippte nach vorn.

Ich wäre auf dem Boden gelandet, doch bevor mir wirklich klar war, dass ich stürzte, war Ian da. Ich wäre jede Wette eingegangen, dass er sich ganz auf den Ausblick aus dem Fenster konzentrierte, aber offensichtlich hatte er zumindest aus den Augenwinkeln weiterhin auf mich geachtet, denn er fing mich rechtzeitig mit seinen starken Armen auf und setzte mich behutsam in den Stuhl.

»Danke«, sagte ich, bevor mir einfiel, dass im Grunde Ian schuld an dem Beinahe-Sturz gewesen war.

Bevor er einen Schritt zurücktrat, sah er mir forschend ins Gesicht und stellte fest: »Ich habe Sie erschöpft.«

»Auf mehr als eine Art.«

Nach wie vor sah er mich aus seinen leuchtend dunkelblauen Augen an.

»Sie haben heute wirklich hart gearbeitet.«

So sauer ich auch war, empfand ich es als eigenartig nett, dass ihm das aufgefallen war. Trotzdem dachte ich erbost, *und Sie standen daneben und haben aus dem Fenster gestarrt.*

Er bedachte mich mit einem letzten durchdringenden Blick, richtete sich auf und sagte: »Zeit, dass wir Sie wieder in Ihr Zimmer bringen.«

Da all meine Mitstreiter – vor allem die älteren und erschöpften – von ihren Physiotherapeuten nach der Stunde aus dem Raum geschoben worden waren, ging ich einfach davon aus, dass Ian mich jetzt schieben würde.

Was jedoch – wie sollte es auch anders sein? – ein Irrtum war.

Mit seinem perfekten Hintern schlenderte er zum Ausgang, und mir blieb nichts anderes übrig, als ihm hinterherzurollen.

An der Tür blieb er noch einmal vor dem Whiteboard stehen. In den Kästchen aller anderen Patienten waren Sterne oder Smileys oder Herzchen zu sehen, aber unter meinem Namen machte Ian nur ein ernstes schwarzes *X.*

Und genauso fühlte ich mich auch.

9

Als wir wieder in mein Zimmer kamen, schimpfte eine Krankenschwester, die ich nie zuvor gesehen hatte: »Ian, sie hätte schon vor über einer halben Stunde wieder hier sein sollen.«

Hätte ich? Ich blickte ihn aus zusammengekniffenen Augen an, aber er tat, als sähe er es nicht.

»Sie wollte immer weitermachen«, antwortete er. »Ist die reinste Kampfmaschine.«

»Aber ich brauche sie hier.«

»Jetzt gehört sie Ihnen.«

Plötzlich klingelte mein neues Handy, und zwar so laut und schrill, dass wir alle drei zusammenfuhren. Ian nahm es vom Tisch neben dem Bett und hielt es mir mit böser Miene hin.

»Hallo?«

Eine Männerstimme fragte: »Margaret Jacobsen?«

»Ja?«

»Neil Putnam, Personalleiter bei Simtex.«

Mein neuer Job! O Gott, den hatte ich total vergessen. Sollte ich erklären, was passiert war, oder wussten sie es vielleicht schon? Ich hatte das Gefühl, als hätte dieses Vorstellungsgespräch vor hundert Jahren jemand anderes als ich geführt.

»Ich erinnere mich an Sie«, sagte ich nach einer Pause. Putnam war der Typ, der mir, wenn auch nicht offiziell, beim Rausgehen gratuliert hatte, dass die Wahl auf mich gefallen war. »Wie geht es Ihnen?«

»Bestens.« Er klang übertrieben gut gelaunt, auch wenn mir das nicht sofort aufgefallen war.

»He«, sagte er, als wäre ihm unvermittelt etwas eingefallen. »Ich soll Sie anrufen und Ihnen sagen, dass die Bosse offiziell entschieden haben, wer den Job bekommt.«

Jetzt steckte ich in der Klemme und hielt den Atem an. Ich war achtundzwanzig Jahre alt, kam direkt von der Uni und hatte mit nur einer einzigen Bewerbung einen Superjob ergattert, den von Rechts wegen ein Mensch mit meinem Mangel an Erfahrung niemals hätte kriegen sollen. Es war die Chance meines Lebens, aber da ich augenblicklich nicht mal ohne Hilfe Pipi machen konnte, kam es mir eher unwahrscheinlich vor, dass ich jetzt noch dafür geeignet war. Was sollte ich nur tun, wenn sie mich baten, nächste Woche anzufangen?

In meinem ganzen Leben hatte ich bisher noch nie versagt. Der Teil von mir, der niemals aufgab, wollte nichts anderes, als sich in ein Kostüm von Anne Taylor zu kämpfen und den Hintern in dieses Büro zu schwingen. Aber ein entschiedenerer Teil von mir – der Teil, aus dem noch immer der Katheter ragte – konnte sich noch nicht mal vorstellen, dieses Zimmer zu verlassen, ganz zu schweigen davon, dass ich irgendwo in einer Firma sitzen sollte, um mich dort auf höherer operativer Ebene im Logistikbereich strategisch zu engagieren.

Ich musste einfach darauf hoffen, dass sie mich später anfangen ließen als geplant. Wie lange würde es wohl dauern, mich wieder in Form zu bringen? Zwei Monate? Oder vielleicht auch vier?

Doch bevor ich Neil Putnam diesen Vorschlag unterbreiten konnte, kam er mir zuvor. »Sie haben sich für jemand anderen entschieden.«

»Wie bitte?«

»Für jemanden mit mehr Erfahrung.«

»Aber Sie haben doch gesagt, dass man sich für mich entschieden hat!«

»Das war nicht offiziell. Und dann kam ein geeigneterer Kandidat.«

Ich kniff die Augen zu.

»Sie bekommen auch noch eine offizielle Absage, aber wir wollten Sie vorwarnen.«

»Verstehe«, stieß ich aus. »Natürlich.« Hatten sie auf irgendeinem Weg erfahren, was geschehen war, und wussten, wie es mir ging?

»Wir wünschen Ihnen alles Gute und dass Sie so schnell wie möglich wieder auf die Beine kommen.«

Offensichtlich wussten sie Bescheid.

Ich beendete das Gespräch und stieß einen Seufzer aus, der nur aus einem Wort bestand: »Fuuuuuuuck«.

Als ich meinen Kopf hob, sahen mich Ian und die Schwester fragend an.

»Ich habe gerade meinen Job verloren«, erklärte ich. »Oder eher meinen zukünftigen Job. Es war zwar noch nicht offiziell, aber direkt vor dem Unfall haben sie gesagt, ich hätte ihn. Den tollsten Job, den sich ein Mensch nur wünschen kann. Und ich hätte meine Sache ganz hervorragend gemacht.«

»Das können sie doch nicht machen«, stellte meine neue Schwester mitfühlend fest, als wären wir schon seit Jahren die besten Freundinnen der Welt.

»Natürlich können sie«, widersprach mein Physiotherapeut. »So laufen diese Dinge nun einmal«, stellte er staubtrocken ohne eine Spur von Mitleid in der Stimme fest.

»Das ist wirklich Pech.« Die Schwester drückte mir die Hand, und als sie mich berührte, fiel mir auf, wie eisig meine eigenen Hände waren. »Das tut mir wirklich leid.«

Ich zuckte mit den Schultern. »Macht nichts«, sagte ich, und in gewisser Hinsicht machte es tatsächlich nichts. Zumindest dieser unmöglichen Aufgabe müsste ich mich nicht stellen.

Schließlich lagen genügend andere unmöglichen Aufgaben vor mir.

Wobei es eigentlich natürlich nicht in Ordnung war. Ich hatte diesen Job nicht nur gewollt, sondern ich brauchte ihn auch. Mit Blick auf meine wunderbare Zukunft hatte ich mir eine schicke Wohnung zugelegt. Ich musste meinen Studienkredit, die Raten für mein Auto und meine Kreditkarte bezahlen, und auch das Krankenhaus würde für die Behandlung eine hübsche Summe haben wollen.

In meinem Inneren stieg nackte Panik auf, nachdem erneut ein Teil von meinem alten Leben plötzlich einfach weggebrochen war.

Aber eines war seltsam an dem Wirrwarr der Gefühle, der in meinem Inneren tobte. Er war gleichermaßen intensiv wie kaum zu spüren. Ich habe keine Ahnung, wie das ging, aber es war tatsächlich so. Ich war vollkommen panisch und gleichzeitig wie betäubt. Ich fragte mich, ob ich wohl je wieder normal empfinden würde, und hoffte zugleich, dass es noch lange, sehr lange dauern würde, bis es so weit war.

Vielleicht auch *ewig*.

Für Ian war das Ganze anscheinend damit erledigt, denn er wippte auf den Fersen und wandte sich wieder unserer Arbeit zu. »Also«, sagte er. »Wir haben heute eine Karte Ihres Körpers angelegt, und in den nächsten Wochen werden wir die Muskeln, die noch funktionieren, stärken und versuchen, die Muskeln zu wecken, die den Dienst nicht mehr versehen.« Er blickte nicht einmal von seinem Clipboard auf, als würden ihn das Thema und vor allem ich zu Tode langweilen. »Rückenmarksverletzungen sind oft schwer einschätzbar. Wir können nicht immer vorhersagen, welche Patienten sich davon erholen und welche nicht. Ihre Defizite liegen alle im Bereich der Kniescheiben und unterhalb, und auf diese Gegend werden wir uns bei der Arbeit konzentrieren. Haben Sie noch irgendwelche Fragen?«

Er sah wieder aus dem Fenster, und ich schüttelte den Kopf.

»Dann bis morgen. Und strengen Sie sich beim nächsten Mal ein bisschen mehr an«, rief er mir über die Schulter zu und stapfte in den Flur hinaus.

Wir Frauen sahen ihm hinterher. Ich nehme an, ich hätte ihm den letzten Satz verübeln sollen, aber dafür war ich zu erschöpft. Tatsächlich strömte, während er den Raum verließ, mit einem stummen Seufzer noch der letzte Rest an Energie aus mir heraus. Endlich war der Tag vorbei, und ich bräuchte mich nur noch zurück ins Bett zu hieven, die

Augen zu schließen, einzuschlafen und vorübergehend zu vergessen, wie es um mich stand.

Aber während ich noch nach dem Holzbrett suchte, erschien jemand in der Tür.

Kitty.

Nicht schon wieder.

»Hatte ich nicht Nein gesagt?«

»Das ist doch ewig her.«

»Das war erst *gestern.*«

»Ich dachte, vielleicht hättest du es dir inzwischen anders überlegt.«

»Ganz sicher nicht.«

»Gestern Abend hat mir der dicke Benjamin gestanden, dass er noch ein Haargummi von mir aus unserer Schulzeit hat. Und dann hat er versucht, mir seine Zunge ins Ohr zu schieben.«

Sprachlos sah ich sie an. »Ich habe augenblicklich zahlreiche Probleme«, klärte ich sie auf. »Aber die Zunge dieses Kerls in *deinem* Ohr gehört auf keinen Fall dazu.«

Beleidigt antwortete sie: »Ich bin bestimmt nicht hier, weil du meine Probleme lösen sollst.«

»O doch. So war es schließlich immer schon.« Aber damit war es jetzt vorbei. Auch wenn ich es nicht aussprach, hatte sie das Recht verwirkt, auf mich zu zählen.

»Diesmal nicht«, beharrte sie auf ihrer Position. »Diesmal bin ich hier, weil *ich dir* helfen will.«

»Wie gesagt, das kannst du nicht.«

Sie blinzelte verständnislos, deshalb sagte ich es noch einmal: »Du machst es nur noch schlimmer, statt dass du mir hilfst.«

»Ich bringe dir auch Cupcakes mit.«

»Nein.« »Und was ist mit kitschigen Romanen und mit Frühlingsrollen von dem Thailänder, den du so liebst?«

»Nein.«

»Schick mich nicht einfach wieder weg. Lass uns über alles reden. Lass uns diese Dinge klären.«

Sie war wirklich süß, wie sie da stand, aber mir fehlte die Geduld. »Es ist mir ernst. Verschwinde. Fahr zurück zum dicken Benjamin, oder flieg meinetwegen wieder nach New York. Ich komme momentan nicht damit klar, dass du wie aus heiterem Himmel wieder auf der Bildfläche erschienen bist.«

»Kannst du oder willst du nicht?«

»Beides.«

Kit ging, aber am nächsten Abend, gerade als ich mit dem Abendessen fertig war, kam sie zurück. Mit Keksen.

Ich schickte sie trotzdem weg.

Am darauffolgenden Abend stand sie mit Macarons in der Tür, und wieder schickte ich sie fort.

Und war enttäuscht, als sie am Abend darauf nach dem Essen nicht erschien. Ich wartete darauf, dass sie sich blicken lassen würde, und sogar mehr als das, denn sie brachte mich nicht mehr aus dem Gleichgewicht. Inzwischen freute ich mich eher darauf. Ich freute mich auf ihre stacheligen Haare und Tattoos, auf den Tutu oder ein anderes verrücktes Kleidungsstück. Nicht zu vergessen die Cakepops oder Brownies oder Donuts oder was auch immer.

Ich hatte Angst, sie hätte mich aufgegeben, und bedauerte, dass ich so kalt zu ihr gewesen war.

Doch schließlich trat sie durch die Tür mit einem perfekten Schokoladencupcake meines Lieblingsbäckers, dessen Laden ewig weit vom Krankenhaus entfernt lag, in der Hand.

»Willst du mich bestechen?«, fragte ich, während Kit mir den Kuchen hinhielt.

»Ich will dir lediglich beweisen, dass ich nicht nur hier bin, weil ich keinen Sex mit dem dicken Benjamin haben will. Sondern weil ich deine Tage etwas aufhellen will. Wobei ein Cupcake hoffentlich ein guter Anfang ist.«

Ich nahm den Cupcake an.

»Und außerdem will ich dich um Verzeihung bitten dafür, dass ich mich drei Jahre nicht gemeldet habe.«

»Meinetwegen.« Ich biss in den Cupcake, presste die Glasur aus feinster dunkler Schokolade mit der Zunge gegen meinen Gaumen, schluckte sie herunter und erklärte: »Du kannst bleiben.«

»Wirklich?«

Ich genoss den zweiten Bissen und fügte in möglichst strengem Ton hinzu: »Aber du bist sofort wieder draußen, wenn du irgendetwas schlimmer für mich machst.«

»Das habe ich nicht vor«, erwiderte sie.

»Zum Beispiel«, fuhr ich mit herausfordernder Stimme fort, »ist es jetzt Zeit für mich zu schlafen.«

Kit sah auf die Uhr an meiner Zimmerwand. »Aber es ist noch nicht mal neun.«

Inzwischen hatte ich den Cupcake aufgegessen, und wir hatten alles Wichtige geklärt.

»Das stimmt«, sagte ich, als würde alle Welt bereits um kurz vor neun die Augen schließen. »Also mach dein Bett und hau dich hin.«

Ich schaute ihr beim Ausklappen des Sessels zu. Sie breitete ein Laken aus dem Schrank auf dem Polster aus, hatte aber eine eigene Decke und ein eigenes Kissen mitgebracht – beides in einem rustikalen Schottenmuster. Währenddessen wurde mir klar, wie vertraut mir ihre Silhouette und vor allem ihre Art, sich zu bewegen, waren. Dabei fielen mir die Augen zu. Ich weiß noch, dass ich dachte, dass ich viel zu müde wäre, um je wieder aufzuwachen, und dass ich mich fragte, ob sie mit dem irren Nasenring auch schlief.

Ein paar Stunden später weckte mich Kitty, die neben meinem Bett stand und flüsterte: »He! Wach auf!«

Ich schlug die Augen auf und sah im Dämmerlicht des Raums, dass sie ein R2D2-Schlafshirt trug.

»Was ist passiert?«, fragte ich sie. Ich war ganz außer Atem.

»Du hattest einen Albtraum«, antwortete sie, womit sie völlig richtiglag.

»Ich war dabei zu ertrinken«, sagte ich. »Ich war in dem verdammten Flugzeug unter Wasser eingeklemmt.«

»Ich dachte mir, dass es was Schlimmes ist.«

Ich kniff die Augen wieder zu und atmete tief durch.

Die Überreste meiner Haare waren feucht vom Schweiß, und ich zitterte am ganzen Leib. Kitty holte einen Waschlappen aus dem Bad, presste ihn mir an die Stirn und krabbelte dann wortlos neben mich ins Bett. Sie legte sich mit angezogenen Beinen auf die Seite, achtete darauf, meine Verbände und auch meinen Hals nicht zu berühren, und strich mir sanft über das Haar. »Deine Frisur ist wirklich grauenhaft.«

»Bei dem Unfall ist mein Haar verbrannt.«

»Da hast du aber wirklich Glück, denn rate mal, womit ich in New York mein Geld verdiene.«

»Keine Ahnung.«

»Mit Haareschneiden.«

»Nein.« Ich sah sie fragend an. »Heißt das, dass du Frisörin bist?«

»*Haarstylistin*«, korrigierte Kitty mich. »Und ich bin echt berühmt. Ich habe sechsundvierzigtausend Follower bei Instagram.«

»Du bist berühmt?«

Sie nickte. »Ich mache auch Tattoos. In einem Laden in Brooklyn – er heißt *Beauty Parlor* –, wo man sich auch Piercings stechen lassen kann.«

»Du machst Tattoos?«

»Ja. Ich fahre zweigleisig. Ich schneide Haare, und ich steche Tattoos. Und weißt du was? Ich habe nebenher etwas mit dem Geschäftsführer. Oder vielleicht hat er auch was mit mir … aber egal, wie rum, so bleibt wenigstens alles in einer Hand.« Bei den Worten grinste sie.

Der Geschäftsführer hieß Ethan, aber da er einen Schnauzbart mit gewachsten Zwirbelenden hatte, wurde er von aller Welt und selbst von Kitty immer nur »the Moustache« genannt.

Während sie mir mit leiser Stimme von seinem Motorrad, seinen Lieblingsbüchern und Kochkünsten erzählte, wartete ich darauf, dass das Zittern meines Körpers endlich nachließ.

Nach einer Weile fragte ich sie: »Benutzt ihr immer den Artikel, wenn du mit ihm sprichst? Wie: Kannst du mal rüberkommen, the Moustache? Oder: Was gibt's zu essen, the Moustache?«

»Nein, dann nenne ich ihn nur Stache. Aber wenn wir über ihn sprechen, dann immer Moustache … mit Artikel. Als wäre das sein Titel.« Sie lachte.

»Und wie nennt er dich?«

»Das kann ich dir nicht sagen. Ist nicht jugendfrei.«

Bevor sie nach New York gegangen war, hatte sie aushilfsweise am Empfang eines Hotels gejobbt. Sie hatte Pumps getragen und ein schlecht sitzendes, mausgraues Kostüm, das sie partout nicht hatte ändern lassen wollen. »Du hast dich sehr verändert«, sagte ich.

»Zum Besseren.«

»Möglich. Abgesehen von dem Nasenring.«

»Magst du keine Nasenringe?«

»Du siehst damit aus wie eine Kuh.«

»Aber sexy.«

Meine Schwester, die berühmte Haarstylistin mit dem Nasenring. Tja, nun … »Kannst du mir die Haare machen?«

»Sicher. Wenn du möchtest, mache ich dir einen süßen Pixie Cut. Damit wirst du noch hübscher aussehen als mit deiner alten Frisur.«

Das würde ich natürlich nicht, aber um ihr zu widersprechen, fehlte mir die Kraft.

»Weißt du noch, wie ich im Ferienlager diesem Mädchen nur aus Nettigkeit die Haare geschnitten habe und sie hinterher in Tränen ausgebrochen ist?«

»Dabei war das wirklich ein echt süßer Bubikopf.«

»Aber ich hatte sicher fünfundzwanzig Zentimeter abgeschnitten.«

»Sie hat ihre Eltern angerufen und gesagt, dass sie sie abholen sollen.«

»Vielleicht sollte ich ihr einen Gutschein schicken, weil ich jetzt tatsächlich jeden schöner machen kann.« Sie stieß mich mit dem Ellenbogen an. »Selbst dich.«

Ich wusste, dass mich Kitty damit aufziehen wollte, und als ich die Augen schloss und keine Antwort gab, bestätigte sie mir: »Das war ein Witz.«

»Mom schafft es nicht einmal, mir ins Gesicht zu sehen.«

»Das ist ihr Problem, nicht deins.«

»Aber *ich* bin die mit den Verbrennungen im Gesicht.«

Sie tat den Einwand schnaubend ab. »Die sehen aus wie ein normaler Sonnenbrand. Abgesehen vielleicht von den Blasen. Aber das ist keine große Sache. Ich kann es dir morgen zeigen, wenn du willst.«

Es war ein seltsames Gefühl für mich, uns beiden zuzuhören. Es kam mir vor, als ob ich heimlich zwei andere Menschen belauschen würde. Auch wenn sich unsere Wortgefechte nicht von denen früher unterschieden und wir nicht gewusst hätten, wie wir uns anders hätten unterhalten sollen, kam mir unser fröhliches Geplänkel irgendwie nicht mehr ganz passend vor und klang in meinen Ohren wie eine gedämpfte, graue Moll-Version des spielerischen Hin und Hers, das typisch für uns beide war.

Aber natürlich kam mir seit dem Unfall alles, was ich sagte oder tat, verändert, flach und farblos vor.

»Kitty?«, fragte ich nach einem Augenblick.

»Was?«

»Bleib heute Nacht bei mir, okay? Ich möchte nicht alleine sein.«

»Ich hatte auch nicht vor zu gehen.«

»Nein, ich meine hier. In meinem Bett.«

»In Ordnung.«

»Ich will keine Albträume mehr haben.«

»Keine Angst. Ich passe auf dich auf.«

»Danke.«

Wir verstummten, aber während wir die Augen schlossen, merkte ich, dass mir noch eine Sache auf der Seele lag. »Du kannst hier übrigens nichts trinken.«

»Trinken?«

»Du flippst immer aus, wenn du was trinkst, und für irgendwelche zusätzlichen Dramen fehlt mir momentan die Kraft.«

»Ich habe vor drei Jahren mit dem Trinken aufgehört. Dad hat mich auf Entzug geschickt.«

Mein Herz war zu betäubt, um die Begeisterung zu verspüren, die angemessen gewesen wäre. Trotzdem sagte ich: »Das ist ja toll! Warum hat er mir nichts davon erzählt?«

»Er dachte, dass es besser wäre, wenn er das für sich behält.«

»Bist du deswegen verschwunden?«

»Unter anderem.«

»Und danach bist du nicht zurückgekommen, weil du zu labil warst, oder was?«

»Das auch. Den Rest erzähle ich dir später, aber nicht mehr heute Abend, weil du sonst auf alle Fälle Albträume bekommst.«

Okay. »Dann trinkst du also gar nicht mehr?«

»Nicht einen Tropfen. Das war echt brutal, aber ich habe es geschafft.«

»Das tut mir leid.«

»Schon gut. Schließlich hat jeder Mensch mit irgendwas

zu kämpfen. Und tatsächlich geht's mir deutlich besser, seit ich trocken bin.«

»Weiß Mom etwas davon?«

»Keine Ahnung.«

»Warum sagst du es ihr nicht?«

»Weil ich nicht will.«

»Vielleicht würde euch das helfen, euch nach all den Jahren endlich zu versöhnen.«

Meine Schwester sah mich reglos an. »Ich bin mir gar nicht sicher, ob ich mich mit ihr versöhnen will.«

Durch ihre Antworten auf einige der Fragen, die mich schon seit Jahren quälten, rief sie eine Reihe neuer Fragen wach. Was war genau an dem Abend passiert, nachdem sie unsere Mutter in den Pool geschubst hatte? Worüber hatten sie sich überhaupt gestritten, und nahm eher meine Mutter ihr oder sie meiner Mutter irgendetwas übel? Vor allem, warum in aller Welt war Kit – der immer so viel daran lag, im Mittelpunkt zu stehen – nach dieser Auseinandersetzung einfach über Jahre hinweg abgetaucht?

Im Grunde aber hätte ich nicht sagen können, ob ich es tatsächlich wissen wollte oder vielleicht lieber nicht. Es musste etwas Großes sein, und seit dem Unfall brachten mich bereits die allerkleinsten Kleinigkeiten aus dem Gleichgewicht.

Zumindest lenkten mich die Gedanken, die ich mir um Kitty machte, vorübergehend von der Ödnis meines eigenen neuen Lebens ab.

Bis sie mich wieder ansah und mich fragte: »Willst du wissen, was an deiner Lage tröstlich ist?«

Ich schüttelte den Kopf, aber natürlich hatte sie die Frage

nur als Einleitung gestellt. »Wirklich nicht? Du möchtest wirklich keinen Trost?«

»Regel Nummer eins: Ich möchte keinen Trost.«

Aber das kaufte Kitty mir nicht ab. »Jeder Mensch sehnt sich nach Trost.«

Wie hätte ich erklären sollen, dass mich nichts, was sie mir sagen könnte, trösten würde, und dass der Versuch, mich aufzumuntern, es noch schlimmer machen würde, als es ohnehin schon für mich war? Weil es keinen Silberstreif am Horizont und keine positive Seite der Geschichte gab.

Da ich wusste, dass sie das niemals verstehen würde, bat ich nur: »Lass es sein. Sei still und schlaf, sonst werfe ich dich vielleicht doch noch raus.«

»Okay«, gab Kitty sich geschlagen, und dann lag sie die ganze Nacht in meinem Bett und spendete mir, auch wenn ich die Möglichkeit verworfen hatte, einfach dadurch Trost, dass sie da war.

Sie lag an meiner Seite, atmete in dem ihr eigenen Rhythmus leise schnarchend aus und ein, und auch wenn ich an Trost nicht länger glaubte und mir klar war, dass ich mich nie wieder besser fühle würde, wurde es auf jeden Fall nicht schlimmer dadurch, dass sie hier und ich nicht mehr alleine war. Das war schon mal nicht schlecht.

10

Als ich am nächsten Tag erwachte, war sie nicht mehr da, und mit dem wieder hochgeklappten Sessel sah das Zimmer fast so aus, als hätte sie mich nie besucht. Ich fragte mich, ob sie wohl abermals ohne ein Wort verschwunden war – bis ich einen ordentlichen Kleiderstapel in der Ecke liegen sah. Vielleicht war sie so früh gegangen, damit sie nicht mit Mom zusammentraf.

Also kämpfte ich mich ganz alleine durch den neuen Tag, der haargenau wie alle anderen Tage war, bis Ian mich nach der alles andere als angenehmen Plackerei im Rehazentrum ohne Unterhaltung oder aufmunternde Worte in mein Zimmer brachte, in dem eine mir bis dahin unbekannte Krankenschwester schon auf mich zu warten schien.

Sie sah mich mit einem breiten Lächeln an. »Und, haben Sie Lust auf eine gute Nachricht?«

Ich schaute Ian an, doch der tat meinen Blick mit einem unmerklichen Schulterzucken ab, und zögernd meinte ich: »Ich denke schon.«

Mit einem noch breiteren Lächeln meinte sie: »Dann ist es gut, denn ich habe tatsächlich eine tolle Neuigkeit für Sie.«

Ich wartete, doch schließlich meinte ich. »Okay?«

Ich konnte wohl nicht ganz den Enthusiasmus aufbringen, den sie zu erwarten schien, daher fragte ich vorsichtig: »Und worum geht's?«

Sie wies auf meinen Unterleib. »Wir nehmen Ihnen den Katheter ab.«

Natürlich konnte niemand sicher sagen, dass ich ihn nicht noch mal brauchen würde. Doch der Rückenfachmann ging davon aus, dass ich noch genug Empfindungen dort unten hatte, um zu spüren, wann ich Pipi machen musste, und auch meine Muskeln so weit kontrollieren könnte, dass das selbstständige Wasserlassen wieder möglich wäre.

Um zu wissen, ob es funktionierte, mussten wir es ausprobieren.

Die Schwester legte eine saugfeste Unterlage auf mein Bett, zog ohne großes Federlesen an dem Schlauch und half mir in ein Nachthemd, das am Rücken offen war, »weil das einfacher ist«.

»Wenn Sie spüren, dass Sie Pipi machen müssen, klingeln Sie sofort. Versuchen Sie nicht, selbst ins Bad zu kommen.«

»Okay.«

»Und warten Sie nicht mit dem Klingeln, bis Sie kurz vorm Platzen sind!«

Ich schüttelte den Kopf.

Sie würde bald noch einmal wiederkommen, um nach mir zu sehen. Wobei die Frage blieb, ob ich tatsächlich spüren würde, wenn ich müsste. Ob es mir, falls ja, gelingen würde, rechtzeitig ins Bad zu kommen, und ob meine Blase wüsste, was sie machen sollte, wenn ich erst auf der Toilette saß.

Eins stand fest – ich hatte nie genug geschätzt, wie elegant und wie genial die Fähigkeit des selbstständigen, kontrollierten Wasserlassens war. Doch jetzt war dieses Thema für mich von zentraler Bedeutung. Nicht wenige Patienten mit Verletzungen wie meinen waren dauerhaft auf einen Katheter angewiesen und den zahlreichen damit verbundenen Peinlichkeiten, Unannehmlichkeiten und den durch den Schlauch hervorgerufenen Infektionen hilflos ausgeliefert.

Ich drückte meiner Blase beide Daumen, dass es ihr gelänge, Eindruck auf mich selbst und alle anderen hier zu machen. Als ich wieder allein in meinem stillen Zimmer lag und den Gesprächen draußen lauschte, wartete ich auf das wunderbare, fast vergessene Druckgefühl in meinem Unterleib, und wünschte meiner tapferen Blase, dass sie die Herausforderung meistern und mir zeigen würde, dass ich wenigstens zum Teil wieder die Alte war.

Mit dem Gedanken schlummerte ich ein und schlief, bis Kitty kam.

Sie hatte etwas vom Chinesen mitgebracht und rüttelte mich sanft wach. »Hallo, du schläfst doch wohl nicht schon?«

Müde schirmte ich die Augen mit der Hand gegen das Licht der Deckenlampe ab. »Du sollst mich nicht wecken, wenn ich schlafe, Kit.«

»Ich habe was zu essen mitgebracht«, entgegnete sie, als würde das alles auf der Welt rechtfertigen, und fing an auszupacken.

Bevor ich richtig wach war, fiel mir etwas auf. »O Gott. Ich muss aufs Klo. Ich kann es fühlen!«

Kitty sah mich an, als wäre ich plemplem. »Hurra?«

Ich zeigte auf das Brett. »Ich muss so schnell es geht ins Bad.«

Was soll ich sagen? Ich, das heißt, *wir* beide, meine Blase und ich, schafften es, und ich saß freudestrahlend auf der Toilette, bis ich aufsah und meine verfluchte Schwester mit dem Handy in der Tür des Badezimmers stehen sah.

»Zur Hölle, Kit, was machst du da? Wag es nicht, ein Bild von mir zu machen, während ich hier sitze«, fauchte ich sie an.

»Das poste ich auf Instagram«, stellte sie klar, als ob es dadurch besser würde. »So was nennt man Fotojournalismus.«

War sie schon immer so verrückt gewesen? »Hör auf damit.«

»War nur ein Spaß. Wobei dir meine Follower alle die Daumen drücken.«

»Regel Nummer zwei. Du postest kein einziges Bild von hier.«

»Nicht mal Selfies?«

»Das hier ist *mein* Krankenzimmer, mit *meinen* Regeln. Kein Trost, keine Fotos und auch keine gottverdammten Selfies.«

»Meinetwegen.«

»Gut. Dann hilf mir jetzt zurück in meinen Rollstuhl.«

Sie schob mich zurück zum Bett, half mir auch dort hinein und packte die restlichen Teigtaschen, Frühlingsrollen sowie Sesamhühnchen aus. All diese Speisen hatte ich als Kind geliebt, und mir war klar, was sie im Schilde führte. »Das hast du doch wohl nicht besorgt, weil es mich *trösten* soll?«

Sie sah mich mit zusammengekniffenen Augen an. »Ich habe dieses Zeug besorgt, weil es *mir* schmeckt. Du kannst mir also keinen Vorwurf machen, wenn das Essen tröstlich für *dich* ist.«

»Ich mache dir Vorwürfe, so viel ich will«, widersprach ich, sah sie aber gleichzeitig mit einem unsicheren Lächeln an, als hätten auch diese Muskeln sich zurückgebildet.

Grinsend pikste Kit ein Stückchen Huhn mit ihren Stäbchen auf. »Bist du nicht froh, dass ich hier bin?«

War ich tatsächlich, aber das brauchte sie nicht zu wissen. »Solange du mich nicht auf dem verdammten Klo fotografierst, ist es okay.«

Auch wenn ich selbst nicht viel essen konnte, haute Kit begeistert rein. Sie verputzte alle Teigtaschen und Frühlingsrollen, schlürfte die Dips und leckte sich am Ende sogar noch die Finger ab. Dann räumte sie die Pappkartons zur Seite und trat wieder an mein Bett. »Und jetzt schneiden wir dir die Haare.«

»Dafür bin ich jetzt zu müde«, klärte ich sie naserümpfend auf.

»Du hast doch gerade erst gedöst.«

»Das war mein Vor-Schlaf-Nickerchen.«

»O nein! Ich habe heute einen Mädelsabend mit dir vor.« Sie breitete Pralinen, Nagellack und Smiley-Sticker, eine Tüte Popcorn, zwei Liebesromane mit gewagtem Cover und verschiedene Computerkabel vor mir aus.

»Da hast du aber ganz schön was vor.«

»Ja, ich habe eine Nacht voller Ausschweifungen geplant.«

»Die ich auf keinen Fall versäumen will.«

Sie überhörte meine Ironie und nickte zustimmend. »Ich habe sogar *Grease* dabei und schließe einfach deinen Laptop an den Fernseher da drüben an.«

Gegen meinen Willen musste ich lächeln, denn als Kinder hatten wir den Film geliebt, waren zu seinem Soundtrack durch das Haus getanzt, auf den Möbeln rumgeklettert und hatten begeistert die Duette mitgegrölt.

Auch wenn ich immer Danny Zuko spielen musste, weil die tolle Sandy Olsson jedes Mal von Kit beansprucht worden war.

Kit stand auf, reckte den Finger in die Luft und nahm die weltbekannte John-Travolta-auf-der-Bühne-Pose ein.

Ich reagierte nicht.

»Na los. Du darfst auch Sandy sein.«

Doch dafür war es viel zu spät. »Ich will aber nicht Sandy sein.«

»O doch, du willst.«

»Ich habe keine Lust zu singen.«

»Du hast immer Lust zu singen.«

»Vielleicht früher mal.«

Sie blickte mich aus schmalen Augen an. »Wann hast du zum letzten Mal gesungen?«

»Keine Ahnung.«

»Ich habe mal gelesen, dass das Leben eines Menschen wie ein schwarzes Loch in sich zusammenfallen kann, wenn er ein Talent hat und nichts daraus macht.«

»Zu spät.«

»Das ist das Deprimierendste, was du je gesagt hast.«

»Weil es stimmt.« Sie reizte mich, und deshalb reizte ich sie auch.

»O nein, das tut es nicht.«

Ich verspürte einen Hauch von Zorn, denn seit dem Unfall war mein Leben wirklich nur noch ein verdammtes schwarzes Loch. »Dann sollten wir uns darauf einigen, dass wir verschiedener Meinung sind.«

Ich sah ihr deutlich an, dass sie der Ansicht war, ich wäre stur.

Je länger sie mir ins Gesicht sah, umso stärker spannte ich mich an. War das etwa ihr Ernst? Wollte sie mir hier auf zwei gesunden Beinen gegenüberstehen und mir Vorhaltungen machen, weil ich nicht so optimistisch und fröhlich war wie sie?

»Sieht aus, als wären unsere Rollen mit einem Mal vertauscht«, stellte sie schließlich fest.

Ich hob unmerklich eine Braue an. *Ach nein.*

»Vielleicht ist dies das erste Mal«, fuhr sie in einem Plauderton fort, in dem man sonst über das Wetter sprach, »dass ich was besser machen will und du alles ins Negative ziehst.«

Sie hatte es geschafft. Jetzt war ich wirklich wütend und fuhr sie mit rauer Stimme an: »Da muss ich nichts mehr ins Negative ziehen, weil's schlimmer nämlich nicht mehr werden kann.«

»Natürlich kann es das.«

»Vielleicht für dich, aber für mich ganz sicher nicht!«, schrie ich sie an.

Ich fand es immer schon erstaunlich, wie schnell sich Geschwister gegenseitig auf die Palme bringen können, so als hätten sie jeglichen Ärger in einen schon überfüllten

Schrank gestopft und bräuchten nur die Tür des Schrankes aufzureißen, damit sich der Inhalt wie eine Lawine über sie ergoss.

»Weil du es nicht versuchst«, meinte sie in einem Ton, als hätte sie mir das schon hundert Mal gesagt.

»Und *ob* ich es versuche!«

»Tust du nicht!«

Das war das Problem mit Schwestern. Ich hatte die Tür zu meinem Leben nur einen Spalt weit aufgemacht, und Kitty platzte herein, richtete sich häuslich darin ein – machte Bilder, während ich auf der Toilette saß – und verurteilte meine Fähigkeit, mit meinem Zustand umzugehen. Wir hatten uns bisher noch nicht mal offiziell vertragen, und schon kommandierte sie mich wieder herum.

Genau wie ich erwartet hatte, gab sie immer noch nicht nach. Sie deutete mit dem Finger auf mich und sagte: »Du musst singen.«

Jäh wogte ein so heißer Zorn in meinem Innern auf, als würde ich mit einem Mal in Flammen stehen. »Ich will aber nicht singen!«, schrie ich Kitty an.

Es war, als hätte sich der ganze Zorn auf Chip, auf meine Mutter, auf die Leute hier im Krankenhaus, die mich zu unmöglichen Dingen zwangen, wie ein Gas in meinem Innern ausgebreitet und als hätte Kit ein Streichholz angezündet und das giftige Gemisch in Brand gesetzt.

Ich schlug mit meinen Fäusten auf das Bett. »Ich werde nicht singen!« In diesem Augenblick erschien mir meine Stimme einerseits zu laut und andererseits nicht laut genug. »Du kannst mich nicht zum Singen zwingen. Bildest du dir wirklich ein, dass es so einfach ist? Denkst du wirklich, alles würde gut, nur weil du hier mit Pralinen, *Grease* und Kitschromanen auftauchst? Hör auf, mir helfen zu wollen. Verschon mich mit diesem Scheiß!«

Kit blinzelte. Blinzelte noch einmal. Ich fragte mich schon, ob sie gleich anfinge zu weinen oder aus dem Zimmer stürzen würde, als sie nickte. Und während meine Wut so langsam verrauchte, meinte sie mit leiser Stimme: »Ja, okay. Möglicherweise hast du recht.«

Ich stieß einen langen Seufzer aus.

»Du musst nicht singen«, sagte Kitty schulterzuckend und blickte mich wie mit anderen Augen an.

»Allerdings, das muss ich nicht«, erwiderte ich im selben Ton wie sie.

»Alles klar. Ich werde dich in Ruhe lassen«, gab sie sich geschlagen, sah mich jedoch unter ihren Wimpern hervor an und fügte – typisch Kit – hinzu: »Aber die Haare schneiden darf ich dir ja vielleicht noch.«

Eine Stunde später war der Fußboden mit Haaren übersät. Da ich nichts von dem piksendem Zeug im Bett haben wollte, hatte ich mich in den Rollstuhl gehievt.

Kit schnippelte eine gefühlte Ewigkeit an mir herum, bis sie zufrieden war und einen Spiegel holen ging. Sie drückte ihn mir in die Hand, aber ich wagte nicht, hineinzusehen.

»Nun mach schon«, drängte sie.

Ich runzelte die Stirn.

»Willst du dich denn gar nicht sehen?«

Meinen neuen Haarschnitt hätte ich natürlich gern betrachtet, nur nicht mein Gesicht.

»Weißt du was?«, sagte ich und schüttelte den Kopf. »Ich

muss es gar nicht sehen. Ich bin sicher, dass es gut geworden ist.«

»Hast du etwa Angst, entsetzlich auszusehen? Das tust du nämlich nicht.«

O ja, ich hatte Angst, entsetzlich auszusehen. Was denn wohl sonst? Wenn nicht mal meine eigene Mutter mich noch anschauen konnte, musste ich ja wohl das reinste Monster sein. Wobei das noch nicht alles war. Wenn ich jetzt in den Spiegel blickte, würde ich für alle Zeiten wissen, was aus meinem Äußeren geworden war. Und manche Dinge, die man einmal gesehen hat, kann man nicht vergessen.

Es wäre wie damals, als meine Tante mit mir an den offenen Sarg meiner Großmutter getreten war und ich ein Gesicht gesehen hatte, das mir über Jahre lieb und wunderbar vertraut gewesen war, mir nun aber völlig fremd und falsch vorkam. Und danach hatten jedes Mal, wenn ich an meine Oma dachte, diese falschen Züge das Gesicht, an das ich hatte denken wollen, verdrängt.

Ich wollte nicht in diesen Spiegel schauen und sehen, dass es mein altes Gesicht nicht mehr gab.

Als könnte Kit meine Gedanken lesen, meinte sie: »Du siehst genau aus wie immer. Mit einem leichten Sonnenbrand, ein paar verschorften Stellen am Kinn …« Sie betastete ihr eigenes Gesicht. »… und dem mit Abstand schönsten Haarschnitt, den du jemals hattest und für den du mir noch auf Knien danken wirst. Doch davon abgesehen bist du immer noch du selbst.«

Ich hob den Spiegel etwas an.

»Keine Angst«, spornte sie mich an.

Meine Hände waren eisig, aber ich verbot mir nachzudenken, weil es an der Zeit war, mich der Zukunft, ganz egal, wie sie auch aussehen würde, zu stellen. Ich hielt den Atem an und hob den Spiegel zentimeterweise höher, bis mir mein Gesicht daraus entgegensah.

Es war tatsächlich mein Gesicht. Etwas zerschunden, aber wunderbar vertraut.

»Siehst du?«, meinte Kit. »Du bist noch immer wunderschön.«

Ein heiserer Seufzer drang aus meiner Brust. »Ich muss nicht schön sein. Es genügt mir schon, wenn ich noch zu erkennen bin.«

»Das bist du«, sagte Kit. »Nur siehst du jetzt viel eleganter aus als sonst.«

Zum ersten Mal im Leben hatte ich jetzt einen Pony. Meine Haare fielen mir vorne in die Stirn, waren hinten kurz und stachelig, und ich sah ein bisschen wie eine Elfe aus. Ich hatte immer langes Haar gehabt, aus Angst, ich würde mich mit kurzen Haaren hassen und dann ewig brauchen, um wieder ich selbst zu werden. Und weil meine Mutter kurzes Haar bei Mädchen hässlich fand.

Wobei mein neuer Haarschnitt alles andere als hässlich war.

Mit einem breiten Grinsen wollte Kitty von mir wissen: »Na, gefällst du dir? Ist das nicht ganz genau der Schnitt, auf den du schon dein Leben lang gewartet hast?«

»Zumindest hasse ich ihn nicht.«

»Du liebst ihn. Los, gib's zu.«

Als Nächstes schaute ich auf meinen Hals. Nachdem ich im Gesicht viel besser ausgesehen hatte als erwartet, hoffte ich natürlich, auch alles andere wäre nicht so schlimm.

Aber es war sogar *schlimmer*.

Die Seite meines Halses war vom Kiefer bis zum Schlüsselbein verbrannt gewesen, und die frisch dorthin verpflanzte Haut sah feuerrot und fleckig aus. Ich kam mir vor wie Frankenstein. Auch wenn mein Gesicht bald verheilen würde, mein Hals wirkte, als hätte jemand Knetmasse darauf verteilt – wie Chip mir ja bereits taktvoll zu verstehen gegeben hatte. Zukünftig würden die Leute im Supermarkt wohl versuchen, mich nicht allzu unverhohlen anzustarren, und für alle Zeit würde mein Anblick ein gewisses Unbehagen in den Menschen wachrufen.

In meinem Inneren machte sich ein Gefühl breit, das ich bisher nicht kannte: Selbsthass.

Wahrscheinlich gab es keine Frau, die nicht bestimmte Stellen ihres Körpers hasste. Diese kleinen fetten Knubbel in den Kniekehlen, den abstehenden Zeh, der irgendwie nicht zu den anderen passt, oder den etwas schiefen Zahn. Wir Frauen hassen jede Kleinigkeit an uns, die nicht dem gängigen Ideal entspricht, ganz egal, wie sehr wir uns um Perfektion bemühen.

Aber das hier war keine Kleinigkeit. Die verpflanzte Haut sah nicht einmal wie die von einem Menschen aus.

Es war, als hätte sich ein Alien an meinen Hals geschmiegt. Alles andere, woran ich je an meinem alten Ich herumgemäkelt hatte, löste sich in diesem Augenblick in Wohlgefallen auf. Ich hatte meine Problemzonen *gehasst* und eine Reihe *widerlicher* Stellen an mir entdeckt, aber die wirkliche Bedeutung dieser Worte ging mir jetzt erst auf. Der Anblick der verpflanzten Haut – runzlig, klebrig, glänzend – war ein solcher Schock für mich, dass es mich würgte.

Das Bild von meinem Hals war mehr, als ich ertrug.

Genau davor hatte ich Angst gehabt, wobei es noch viel schlimmer als befürchtet war. Es war, als ob ein Teil von meinem alten Ich gestorben wäre, der Teil, der naiv, verletzlich und schockierend unschuldig gewesen war. Es ist eine Sache, etwas in der Theorie zu wissen, aber etwas völlig anderes, wenn es tatsächlich passiert. Auch wenn wir alle wissen, dass wir nicht ewig jung bleiben können, war ich nicht darauf gefasst gewesen, einen Teil von mir derart *zerstört* zu sehen. Ich kniff die Augen zu und dachte mit Bedauern, dass ich den sanften Schwung von meinem Hals, die Glätte seiner Haut und die leichten Sommersprossen dort niemals wirklich zu schätzen gewusst hatte. Was hatte ich mir an dem Abend nur dabei gedacht, ein trägerloses Kleid zu tragen? Warum hatte ich nicht besser auf mich aufgepasst? Warum nur hatte ich ein so kostbares Geschenk wie meinen Körper einfach als gegeben hingenommen, statt darauf zu achten, dass ihm nichts geschah?

»Das hätte dein Gesicht sein können«, stellte Kitty fest und starrte meine Schulter an. »Da hast du wirklich noch mal Glück gehabt.«

Ich hatte *Glück* gehabt?

»Das sagen mir die Leute ständig«, meinte ich nur.

Wir sahen den Film an diesem Abend nicht mehr an. Der Haarschnitt und die Dinge, die danach gekommen waren, hatten mir gereicht. Ich erlaubte Kitty, meinen Laptop anzuschließen, damit ich meine Mails checken konnte, fuhr ihn aber sofort wieder herunter, als ich sah, dass Chip ein Bild von mir gepostet hatte und all seine Facebook-Freunde um Gebete für mich bat. Wahrscheinlich um den Mitleidsfaktor zu erhöhen, hatte er ein Bild von mir auf der Intensivstation gewählt, auf dem ich fürchterlich aussah.

»Nach einem tragischen Unfall«, hatte er dazu geschrieben, »kämpft die Liebe meines Lebens auf der Intensivstation um ihr Leben.«

»Tragischer Unfall?«, fragte Kit, als sie den Beitrag sah. »*Er* ist der tragische Unfall.«

Er hatte das Bild gepostet, mich darauf markiert und es mit einem Newsclip und einem Artikel aus unserer Lokalzeitung verlinkt.

Verständlicherweise waren die Leute alarmiert, und mein Postkorb wurde von unzähligen Kommentaren überschwemmt. Die Menschen »beteten« für mich und versuchten, mich mit Herzen, Küssen oder Engeln aufzubauen. Sie schrieben, ich wäre ein wundervoller Mensch, und feuerten mich an, wobei ich bereits von der Zahl der Kommentare – sicher waren es an die hundert – völlig überwältigt war.

Ich selbst war vor allem auf die Aufnahme fixiert und konnte nicht fassen, dass Chip auf die Idee gekommen war, sie ins Netz zu stellen und dort mit aller Welt zu teilen. Ich hatte keinerlei Interesse daran, mir auf meiner Facebook-Seite Bilder von der *Pediküre* irgendwelcher fremden Füße anzusehen – geschweige denn verschwommene Aufnahmen vom grenzenlosen Elend anderer Leute, die an unzähligen Schläuchen hingen, nachdem sie fast gestorben wären. Was hatte er sich nur dabei gedacht? Was versuchte er, mit diesem Foto zu beweisen? In was für einem Universum würde ich wohl wollen, dass alle Welt ein Bild von mir bekam, auf dem ich wie ein Hackbraten aussah? Ich hatte gerade erst den Mut gefasst, mich selbst im Spiegel anzuschauen – aber offenbar war ich die Letzte, die mich selbst in meinem momentanen Zustand zu Gesicht bekam. Ein Exfreund war in seinem Mitgefühl sogar so weit gegangen und hatte mir ein GIF von sich ableckenden Hunde- und Katzenbabys zugeschickt.

Vermutlich hatte auch Neil Putnam so erfahren, wie es um mich stand. Wie es aussah, wusste die ganze verdammte Stadt Bescheid.

»Ich gehe nie wieder auf Facebook«, sagte ich.

»Natürlich nicht«, stimmte mir meine Schwester zu. »Facebook ist etwas für Omas. Es reicht, wenn du mir zukünftig auf Instagram folgst.«

Wir legten uns schlafen, und Kit fing bereits kurze Zeit später an zu schnarchen. Ich weckte sie noch einmal auf.

»Kit«, wisperte ich, und als sie keine Antwort gab, rief ich noch einmal etwas lauter: »Kit!«

Sie fuhr zusammen und richtete sich eilig auf.

»Ich habe eine super Nachricht«, klärte ich sie immer noch mit Flüsterstimme auf.

»Was gibt es denn so plötzlich?«

»Ich muss groß.«

Sie beugte sich ein wenig vor. »Und das soll eine super Nachricht sein?«

»Ja, sicher. Hilf mir aus dem Bett.«

»Warst du nicht erst kurz vor dem Zu-Bett-Gehen auf dem Klo?«

Ich schnipste mit den Fingern. *Los.* »Da musste ich nur pinkeln.«

Widerstrebend stand sie auf und kam müde angeschlurft.

»Du weißt, was das bedeutet, oder?«, fragte ich und kämpfte mich über das Brett in meinen Rollstuhl.

»Also, was bedeutet das?«

»Dass ich ohne Hilfe groß und Pipi machen kann.«

»Heißt das, dass es dir besser geht?«

»Nun, auf alle Fälle geht es mir nicht schlechter.«

»Das wäre doch bestimmt was für meine Follower auf Instagram«, erklärte sie, als ich auf der Toilette saß.

»Wenn du das Wort Instagram noch einmal in den Mund nimmst, setzte ich dich in den ersten Flieger nach New York.«

»Okay.«

Da sie ewig auf mich warten musste, googelte sie vor der Tür des Badezimmers irgendwelche Trivialitäten in Zusammenhang mit meinem neu gefundenen Pipi-Stuhlgang-Glück. »Wusstest du, dass der Katheter 1752 von Ben Franklin erfunden wurde, weil sein Bruder John unter Blasensteinen litt?«

»Das ist mir neu.«

»Wusstest du, dass man Urin zur Herstellung von Schießpulver verwenden kann?«

»Das könnte durchaus praktisch sein.«

»Wusstest du, dass 73 Prozent der Menschen mit Rückenmarksverletzungen nie wieder normal ihr Geschäft verrichten können?«

»Das will ich gar nicht hören! Das deprimiert mich nur.«

»Wobei du nicht dazugehörst.«

»Wo findest du all dieses Zeug?«

»PeeTrivia.com.«

Ich ließ mir Zeit. Zwar deutete Kit mehrmals an, dass sie wieder ins Bett gehen wollte, aber ich dehnte diesen wunderbaren Augenblick genüsslich aus.

11

Am nächsten Tag beim Mittagessen konnte ich mich nicht einmal eine Minute lang über die triumphale Rückkehr meiner Fähigkeit, meine Geschäfte wieder ohne Hilfe zu verrichten, auslassen, denn meine Mutter fand das Ganze »wenig appetitlich« und wandte sich lieber wieder ihren Ängsten um meine Beziehung zu.

»War Chip inzwischen noch mal hier?«, erkundigte sie sich.

Auf einmal schmeckte der gegrillte Speck auf meinem Sandwich wie Karton. »Können wir vielleicht von etwas anderem reden?«

»Ich habe mich im Internet ein bisschen schlaugemacht …«

Ich schaute zu Dad, und während er noch sagte: »Jetzt geht's los«, beendete sie ihren Satz.

»… und denke, vielleicht hat er Angst vor dir.«

»*Angst* vor *mir*?«

»Vor dem, wofür du stehst. Davor, dass du jetzt das Symbol für seine Unvernunft und Schwäche bist.«

»Ach ja?«

»Was für eine andere Erklärung sollte es denn geben?«

»Ich habe augenblicklich wirklich nicht die Energie,

Chips Seelenzustand zu analysieren.« Schließlich hatte ich schon alle Hände voll damit zu tun, auf irgendeine Art den Tag zu überstehen.

»Aber jemand muss das tun!«

»Wie's aussieht, machst du das echt gut.«

Mom legte ihr Sandwich fort – was hieß, dass es ans Eingemachte ging. Sie öffnete den Mund, klappte ihn wieder zu und blickte meinen Vater an. »Weißt du was, mein Schatz? Das Sandwich ist nicht wirklich gut.«

Dad starrte sein eigenes Sandwich an.

»Ich bitte dich nur ungern, aber wärst du wohl so nett, noch einmal loszufahren und mir stattdessen einen Salat zu holen?«

Mein Vater hatte gerade erstmals in sein eigenes Sandwich gebissen und sah jetzt zwischen seinem Mittagessen und meiner Mutter hin und her. »Ich soll noch mal in diesen Laden fahren?«

Meine Mutter nickte und wies mit dem Kopf auf mich. »Wir Mädels könnten sowieso ein bisschen Zeit allein gebrauchen.«

Mit einem unsicheren Blick in meine Richtung stand mein Vater, Sandwich in der einen Hand und Parkschein in der anderen, auf, trat in den Flur hinaus und zog die Tür hinter sich zu.

Meine Mutter beugte sich ein wenig dichter über mich und flüsterte mir zu: »Ich habe gestern Abend etwas darüber gelesen, wie es um die Sexualfunktionen nach einer Rückenmarksverletzung steht.«

»Mom! Ich will nicht, dass du so was liest!«

»Denn wenn Chip auf dem Gebiet so enthusiastisch ist

wie sein Vater – oder wie die meisten Männer –, wird ihm das wichtig sein.«

Naserümpfend meinte ich: »Genauso wenig will ich was von Jim Dunbars Enthusiasmus hören.«

»Evelyn ist meine beste Freundin, Schatz. Sie hat keinerlei Geheimnisse vor mir.«

Ich schüttelte den Kopf. »Nein. Bitte. Nein.«

»Die gute Nachricht ist«, fuhr meine Mutter unerschrocken fort, »dass die Sexualfunktionen bei Männern, die in deiner Lage sind, oft leiden, die von Frauen aber nicht. Was heißt, dass du, selbst wenn du niemals wieder laufen könntest – was natürlich nicht passieren wird – auf dem Gebiet auch weiter funktionieren wirst.«

Ich wusste wirklich nicht, was schlimmer für mich war. Dass meine Mom so ungeniert über das Sexualleben unserer Nachbarn oder dass sie ebenfalls ganz offen über meine eigenen Fähigkeiten auf dem Sektor sprach. Es gab wahrlich nichts, worüber ich mich auch nur annähernd so ungern unterhalten hätte, aber meine Mutter drehte jetzt erst richtig auf.

»Du kannst sogar Kinder kriegen, wenn du willst. Tatsächlich ist das einzige Problem, das die meisten Frauen in deiner Lage haben, jemanden zu finden, der bereit ist …«

Unvermittelt brach sie ab.

»Der bereit ist für *was*?«

Aber sie wandte sich wieder ihrem Sandwich zu und wickelte es sorgsam ein, als wollte sie es sich für später aufheben.

»Der bereit ist, *was* zu tun?«

Sie setzte noch mal, diesmal etwas vorsichtiger, an. »Die

sexuellen Aktivitäten von Frauen in deiner Lage nehmen häufig ab, was aber nicht an der Verletzung, sondern daran liegt, dass niemand …«

Erneut brach sie ab, als wollten die Worte nicht über ihre Lippen kommen.

»Dass niemand sie mehr vögeln will?«

Sie schloss die Augen. »Du weißt, dass ich es hasse, wenn du so vulgär bist.«

Wenn ich hätte aufstehen und gehen können, hätte ich mich direkt auf den Weg gemacht.

Da mir aber nichts anderes übrig blieb, als weiter bei ihr auszuharren, ließ ich meinen Kopf zurück aufs Kissen fallen. »Ist das die aufmunternde Nachricht von heute?«

Zumindest reichte ihre Selbstwahrnehmung aus, dass sie von meiner Reaktion ein bisschen eingeschüchtert war. Sie faltete ihre Serviette und strich sie auf ihrem Oberschenkel glatt. »Nachdem ich den Artikel nun einmal gelesen habe, dachte ich, dass die Information möglicherweise von Interesse für dich ist.«

»Und warum sollte sie das sein? Was soll ich damit anfangen? Noch stärker auf ein Wunder hoffen oder tun, als träfen die Gesetze der menschlichen Physiologie auf mich nicht zu?«

»Ich versuche nur zu helfen.«

»Indem du meine Angst noch schürst?«

»Also bitte, Schatz – wir müssen uns den Dingen stellen, um sie aktiv anzugehen. Das, was an Genesung möglich ist, findet ausschließlich innerhalb der ersten sechs bis höchstens acht Wochen nach einem solchen Unfall statt – und deine ersten beiden Wochen sind bereits vorbei.«

»Willst du damit etwa sagen, dass ich nichts dafür tue?«

»Ich will damit nur sagen, dass du einfach alles geben musst.«

Man konnte nicht behaupten, dass der Wahnsinn meiner Mom nicht durchaus zielgerichtet war. Sie hatte mir nicht etwa aus Versehen offenbart, dass ich womöglich bis ans Lebensende keinen Mann mehr finden würde, der bereit wäre, mit mir ins Bett zu gehen. Das hatte sie mir *absichtlich* erzählt, um mich zu motivieren und irgendeinen Teil von mir dazu zu bringen, sich aktiv gegen mein Schicksal aufzulehnen, bis ich früher oder später wieder ganz die Alte wäre.

Und das Schlimmste war: Es funktionierte. Wie immer.

Um mich anzuspornen, hatte sie mir schon mein Leben lang die grässlichsten Szenarien ausgemalt. Sie war der festen Überzeugung, dass die Angst ein großer Antriebsfaktor war, und so versuchte sie auch dieses Mal, mich mit Drohungen dazu zu bringen, eine härtere Gangart einzulegen und mich stärker auf den Sieg über mein Rückenmark zu konzentrieren.

Dachte ich, dass reine Willenskraft in einem solchen Fall genügte? Natürlich nicht. Oder dass ich mein verfluchtes Rückenmark gewaltsam dazu bringen könnte, wieder zu funktionieren? Natürlich nicht. Gab es eine eher verschwommene Grenze zwischen eiserner Entschlossenheit und dem Leugnen von Fakten? Absolut.

Aber ließ mir meine Mutter eine andere Wahl? Sicher, sie benutzte fiese Tricks, aber sie wollte mir nur helfen – und die Dinge, die sie sagte, trafen durchaus zu. Ich wollte nicht bis an mein Lebensende auf den Rollstuhl angewiesen sein. Ich wollte meine Zukunftsträume nicht begraben, und auch Chip wollte ich nicht verlieren.

Moment mal – stimmte das denn überhaupt? Mein altes Ich hätte den alten Chip nicht verlieren wollen, aber ob mein momentanes Ich den momentanen Chip um jeden Preis behalten wollte, wusste ich nicht so genau. Doch eigentlich spielten meine eigenen Gefühle keine echte Rolle, denn wenn richtig war, was meine Mutter sagte, würde ich, wenn ich mich nicht zusammenriss, nicht nur Chip verlieren, sondern ich fände obendrein nie wieder einen Mann.

Das Vorgehen meiner Mutter war typisch für sie. Durch die Verabreichung einer bescheidenen Dosis nackter Panik löste sie den Nebel, der mein Hirn umwaberte, auf, und setzte das Verlangen, es zumindest zu versuchen, in mir frei. Das war doch sicher nicht so schlimm.

Obwohl Mom am anderen Zimmerende saß, nahm sie meine plötzliche Verzweiflung wahr. Für eine Frau, die für gewöhnlich keinerlei Gespür für die Gefühle anderer Menschen hatte, war sie manchmal überraschend einfühlsam. Sie trat zu mir ans Bett und tätschelte mir mitfühlend die Hand. »O Schatz, ich weiß, das war ein Riesenschock für dich.«

Ich wartete stumm ab.

»Das war es für uns alle.«

Wieder wartete ich nur ab.

»Sogar für Chip.«

Da hatten wir's.

»Ich mache mir große Sorgen, weil er durch die Sache völlig … aus dem Gleichgewicht geraten ist.«

»Aus dem Gleichgewicht geraten?«, fragte ich.

»Ich denke, dass er einfach nicht mehr weiterweiß. Seine Mutter sagt, dass er inzwischen permanent in irgendwelchen Bars rumhängt, dann mitten in der Nacht betrunken heimkommt und noch nicht einmal mehr duscht.«

Chip duschte immer, und zwar jeden Tag dreimal.

Meine Mutter drückte meine Hand. »Das zwischen euch beiden war etwas ganz Besonderes.«

»Da hast du recht.«

»Willst du das nicht wiederhaben?«

»Habe ich es denn verloren?«

»Nein«, meinte sie so nachdrücklich, dass sie fast sang. »Natürlich nicht. Aber – besucht er dich im Krankenhaus?«

»Manchmal«, sagte ich. *Was ziemlich übertrieben war.*

»Ich will damit nur sagen, du solltest zusehen, dass es dir schnellstmöglich wieder besser geht und dass das zwischen euch wieder so wird, wie es früher war.«

Warum lastete die ganze Angelegenheit auf meinen Schultern? Warum sollte Chip sich nicht zusammenreißen und damit beginnen, häufiger nach mir zu sehen? »Meinst du mit besser gehen, dass ich wieder laufen können soll?«

Sie gab sich völlig überrascht. »Nun, das wäre wunderbar, nicht wahr? Den Versuch ist es doch sicher wert.«

Den Versuch war es doch sicher wert? Ich hatte das Gefühl, als würden mir bei diesem Satz die Augen aus dem Kopf quellen. Was dachte sie, was ich hier tat? Bier trinken und X-Box spielen? Ich tat bereits, was möglich war. Und zwar allmorgendlich, wenn ich die Augen aufschlug und mir einfiel, dass das Leben, das ich hätte führen wollen, in Trümmern lag, mit jedem Atemzug sowie in jedem wachen Augenblick an jedem gottverdammten Tag.

Ich holte tief Luft und sagte dann: »Ich bin schon froh, dass ich jetzt wieder ohne Hilfe scheißen kann.«

Meine Mutter riss die Augen auf, doch ehe sie mir eine Antwort geben konnte, klopfte es an der Tür.

Beide riefen wir gleichzeitig »Herein!«, und als die Tür geöffnet wurde, sah ich meine Schwester auf der Schwelle stehen. Sie war außer sich vor Zorn.

Mom hatte Kitty seit drei Jahren nicht gesehen. Sie kannte sie bisher nur ohne Piercings, Tätowierungen und stacheliges, blondes Haar, und ich war mir nicht sicher, ob sie sofort wusste, wer sie war.

Aber als sie sie erkannte, wurde meine Mutter starr vor Schreck.

Kitty sah ihr ins Gesicht und baute sich entschlossen auf der anderen Seite meines Bettes auf. Sie war ein wenig außer Atem, und während sie und meine Mutter sich beäugten, sah ich stumm zu ihnen auf.

Schließlich stellte Mom mit leiser Stimme fest: »Ich dachte, du kämst nur abends her.«

»Aber heute wollte ich dich sehen.«

Mom hob eine Braue an. »Das kann ich mir nicht vorstellen.«

»Ich muss dir etwas sagen.«

»Ich glaube nicht, dass es noch irgendwas zu sagen gibt.«

»Ich schon.«

Damit war zwar meine, aber nicht die Neugierde von meiner Mutter geweckt.

»Wie du sehen kannst, habe ich im Augenblick zu tun.«

»Ich möchte, dass du Margaret sagst, warum ich damals weggegangen bin.«

Meine Mutter sah ihr reglos ins Gesicht. »Auf keinen Fall.«

»Sie hat es verdient, dass du es ihr erzählst.«

»Da bin ich anderer Meinung.«

»Sie ist wütend auf *mich*, weil ich gegangen bin. Auf *mich*!«

»Ich kann ihr ja wohl schwerlich sagen, was sie fühlen soll.«

»Aber du kannst ihr sagen, weshalb mir damals nichts anderes übrig blieb.«

So war es immer zwischen ihnen – Kit bedrängte Mom so lange, bis sie die Geduld mit ihr verlor. Was dieses Mal noch schneller ging als sonst. Mom beugte sich zu ihr vor und zischte laut: »Sie macht auch so schon genug durch.«

Ich hätte nie gewagt, noch was zu sagen, wenn sie diesen Ton anschlug. Aber Kit war immer schon viel mutiger als ich gewesen, was bedeutete, dass sie sich nicht so leicht geschlagen gab. »Ich glaube nicht, dass du dir ihretwegen Sorgen machst. Ich denke, eigentlich geht es dir eher um dich selbst.«

»Das ist doch lächerlich«, gab meine Mutter zurück, wandte sich aber gleichzeitig verlegen ab. In diesem Augenblick erkannte ich, dass Kit recht hatte, egal, worum es zwischen ihnen ging.

»Sag es ihr«, verlangte Kit. »Sag es hier und jetzt. Das Ganze geht schon viel zu lange so.«

»Ich werde Margaret nichts erzählen.«

»Wenn du's nicht tust, erzähle ich es ihr.«

Entsetzt riss meine Mutter die Augen auf. Sie hatte offenkundig nicht damit gerechnet, dass Kitty aus dem Nichts an meinem Krankenbett erscheinen und sie gleich mit irgendwelchen Forderungen konfrontieren würde, deren Inhalt mir auch weiterhin ein Rätsel war. Eben noch hatte meine

Mutter mich manipulieren wollen – wobei sie sich auf sicherem, weil vertrautem Terrain befunden hatte –, und jetzt wurde sie urplötzlich selbst manipuliert. Ich konnte praktisch sehen, wie sie hektisch überlegte, ob es nicht womöglich doch noch einen Ausweg für sie gab.

Kit wandte sich an mich. »Bevor ich an dem Abend weg bin, hatte ich noch einen Riesenstreit mit Mom.«

»Hör auf«, fuhr meine Mutter sie mit angespannter Stimme an.

»Ich weiß noch«, sagte ich, »dass du sie auf dieser Party in den Pool gestoßen hast.«

»Ich habe sie nur deshalb in den Pool gestoßen, weil sie nicht auf meine Frage geantwortet hat.«

»Hör auf«, wies Mom sie nochmals an und sah ihr ins Gesicht. »Womit muss ich dir drohen? Dass ich nie wieder mit dir rede?«

»Du sprichst doch sowieso nicht mehr mit mir. Wobei ich mir nicht sicher bin, ob du in meinem ganzen Leben je wirklich mit mir gesprochen hast.«

Aber so schnell gab auch meine Mutter nicht klein bei. »Ich könnte dich enterben! Ich könnte Großmutters Rubinring Margaret hinterlassen und nicht dir.«

»Ich brauche nichts von dir zu erben, auch nicht Omas Ring. Ich brauche nur, dass die einzige Schwester, die ich habe«, fauchte sie, und schlagartig wurde ihre Stimme laut, »endlich versteht, warum zur Hölle ich damals verschwunden bin!«

Meine Mutter blinzelte, und Kitty wandte sich an mich. »Erinnerst du dich noch an meinen Job bei dieser Ahnenforscherin?«

Ich schüttelte den Kopf. »Nur undeutlich.«

»Sie hat den Leuten geholfen, ihre Vorfahren zu finden und ihre Familiengeschichte zu erforschen«, rief mir meine Schwester in Erinnerung.

Ich sah sie aus zusammengekniffenen Augen an. »Okay. Ein bisschen weiß ich davon noch.« Auch wenn ich keine Ahnung hatte, weshalb dieser Job und diese Frau für die Probleme unserer Familie von Bedeutung waren.

»Sie hat mich zu einem DNA-Test überredet, weil sie bei dem Labor, an das sie dieses Zeug immer geschickt hat, einen Mengenrabatt bekommen hat und gerade noch ein Testset übrig war. Also habe ich aus einer Laune heraus Ja gesagt.«

Ich runzelte die Stirn. »Daran kann ich mich nicht erinnern.«

»Weil ich dir davon nichts erzählt habe. Ich habe niemandem davon erzählt, denn weshalb hätte ich das machen sollen? Das Ergebnis hätte sowieso nicht weiter interessant sein sollen.«

Da hatte sie natürlich recht, denn so wie viele Menschen in den USA wussten auch wir, woher die meisten unserer Vorfahren einmal gekommen waren. Unsere Mutter hatte was von vielen Nationalitäten mitbekommen – Iren, Engländer, Kanadier, Deutsche und Franzosen und gerüchteweise sogar von den Ureinwohnern, die entlang des Huron-Sees gesiedelt hatten, noch bevor die ersten Weißen nach Amerika gekommen waren –, während die Familie unseres Vaters ausschließlich aus Norwegern bestand. Seine Vorfahren waren aus Norwegen in eine nur von Norwegern bewohnte Stadt in Minnesota umgesiedelt, in der über die

Jahrhunderte hinweg nur Norweger und Norwegerinnen den Bund der Ehe eingegangen waren, bis der Dad von meinem Dad mit der Familie nach Texas umgezogen war und mit dieser Tradition gebrochen hatte.

»Hmm.« Ich schaute Kitty fragend an. »Du hast also dein Blut in ein Labor geschickt?«

»Kein Blut, sondern ein bisschen Speichel.«

Es folgte eine Pause, in der Kit erst meine Mutter und dann meine Mutter sie ansah.

»Und, hast du dabei etwas Neues rausgefunden?«, fragte ich Kit schließlich.

»Allerdings.«

Meine Mutter schüttelte den Kopf. »Du brauchst ihr das nicht zu erzählen.«

»Doch! Weil du es ja nicht tust!«

Meine Mutter schaute sich verzweifelt um, als suche sie nach irgendeiner Möglichkeit, den Lauf der Dinge aufzuhalten, aber außer Kit k.o. zu schlagen, hätte sie nichts machen können, also stellte sie mit Grabesstimme fest: »Was auch immer dabei rauskommt, das geht auf dich.«

»Ach ja?« Kit funkelte sie an. »Ich würde sagen, dass du ebenfalls nicht völlig unbeteiligt an der ganzen Sache bist.«

Die Miene und die ganze Haltung meiner Mutter drückten stummes Flehen aus. Sie schüttelte den Kopf, als ob sie Kitty bitten würde, *lass es sein.*

Doch Kit legte den Kopf ein wenig schräg, als gäbe sie auf diese Art zurück: *du lässt mir keine andere Wahl*, und wortlos machte meine Mutter auf dem Absatz kehrt, verließ mit laut klappernden Absätzen den Raum und ließ ihre Tasche und ihr halb gegessenes Sandwich hinter sich zurück.

Ich blickte Kitty an und sagte: »Vielleicht ist es besser, wenn du es mir nicht erzählst. Vielleicht genügt es, wenn ich weiß, dass du nicht grundlos abgehauen bist, und wenn ich dir verspreche, dass ich dir nicht länger böse bin.«

»Aber du musst es wissen.«

»Da bin ich mir nicht so sicher«, antwortete ich.

Doch sie nickte nur. »Es ist höchste Zeit.«

Seufzend schloss ich die Augen.

»Als die Ergebnisse des DNA-Tests kamen, war ich ziemlich überrascht.«

Ich konnte mir nicht vorstellen, dass ein blöder Test der Grund für das Zerwürfnis zwischen Mom und Kit gewesen war, und fragte: »Und warum?«

»Du weißt doch selbst, wie stolz Dad auf sein norwegisches Erbe ist.«

»Natürlich.« Jeder, der ihn fünf Minuten kannte, wusste, dass das Blut der Wikinger in seinen Adern floss.

»Nun«, fuhr Kitty fort und atmete tief durch. »Die DNA wird im Labor verschiedenen Regionen zugewiesen.«

»Meinetwegen«, sagte ich.

»In meinem Fall enthielt sie alles, was vonseiten unserer Mutter zu erwarten war: England, Irland, Westeuropa – alles, was wir bereits wussten –, aber dazu deutete die Speichelprobe noch auf Südeuropa hin.«

Sie sah mir forschend ins Gesicht, doch ich fragte schulterzuckend: »Na und?«

»Rate, wovon nichts in meiner DNA enthalten war? Von *Skandinavien.*«

Ich lachte leise auf, denn der Gedanke war absurd.

Aber sie verschränkte ihre Arme vor der Brust und wartete darauf, dass ich verstand. »Ich habe nicht das kleinste bisschen Skandinavien im Blut.«

Ich runzelte die Stirn. »Aber das kann nicht sein.«

»Denk doch mal darüber nach«, wies Kit mich an, doch das gelang mir nicht.

Mein Gehirn wollte nicht darüber nachdenken.

»Falls Dad zu fast hundert Prozent Norweger ist und meine DNA nicht mal die kleinste Spur von Norwegen aufweist …«

»Das ist total verrückt. Das kann einfach nicht sein.«

»Aber genau so ist es«, klärte meine Schwester mich mit ernster Miene auf.

»Dann haben sie im Labor die DNA-Proben vertauscht!«

»Das dachte ich auch«, pflichtete Kit mir bei, »und deshalb haben wir noch eine zweite Probe eingeschickt. Bei der genau dasselbe rausgekommen ist.«

»Das kann nicht sein. Das ist doch völlig krank.«

»Und dann bin ich mit den Ergebnissen zu Mom. Auf der Party vor drei Jahren.«

Ich hatte das Gefühl, als würde ich in einem wackeligen, alten Karren einen steilen Berg hinabsausen. »Und was hat Mom gesagt?«

»Vor allem geht es darum, was sie *nicht* gesagt hat«, korrigierte meine Schwester mich. »Sie hat gesagt, ich wäre vollkommen verrückt, ich wüsste nicht, wovon ich rede, wäre ein verwöhntes Balg und immer ginge es mir nur um mich. Sie hat gesagt, sie wolle nicht darüber reden und die ganze Sache ginge mich nichts an. Sie hat gesagt, ich sollte nie mehr über dieses Thema reden und die Testergebnisse vergessen, denn ich hätte auch so bereits ihr Leben ruiniert.

Und dann hat sie ein breites, falsches Lächeln aufgesetzt und hat sich wieder ihren Gästen zugewandt.«

Ich blinzelte verständnislos.

»Und das war der Moment, in dem ich sicher war, dass unser Dad in Wahrheit nicht mein Vater ist.«

12

Ich rieb mir die Augen. »Also bitte, Kit, das kann einfach nicht sein.«

»Wenn ich es dir doch sage«, antwortete meine Schwester. »In diesem Moment wusste ich es.«

Sie bedachte mich mit einem nachsichtigen Blick, als müsste sie mich gar nicht überzeugen, weil es reichte abzuwarten, bis ich es von selbst verstand.

»Aber!«, protestierte ich. Ich konnte mir beim besten Willen nicht vorstellen, dass es tatsächlich so war. »Du hast sein Lächeln und seinen Sinn für Humor! Ihr beide segelt gern! Ihr liebt beide *Matrix* und esst beide gerne Popcorn!« *So!*

Doch Kit sah mich durchdringend an. »Ich kenne niemanden, der nicht gern Popcorn isst. Das hat mit Genetik nichts zu tun.«

»Das muss ein Irrtum sein.«

»Mom war an dem Abend außer sich. Sie hat alles derart kategorisch abgestritten, dass ich wusste, dass es stimmt. Und dann habe ich eine Margarita nach der anderen in mich reingekippt – so bin ich damals immer mit Problemen umgegangen –, und danach habe ich sie in den Pool geschubst. Auch wenn das sicher keine meiner größten Heldentaten war. Und als sie wieder rausgeklettert und tropfnass ins Haus gelaufen ist, bin ich ihr hinterhergestapft, habe ihr weiter zugesetzt, und schließlich ist sie mit der Wahrheit rausgerückt.«

Ich wartete einen Moment ab, dann fragte ich: »Mit was für einer Wahrheit?«

Kitty schaute mir direkt ins Gesicht. »Dass ich ein Fehler war.«

Ich hielt ihrem Blick stand.

»Ich war ein ›bedauerlicher Unfall‹«, fuhr sie fort. »Mit einem anderen Mann.«

Als hätte jemand einen Reifen angestochen, entwich mit einem lauten Zischgeräusch die Luft aus meiner Lunge, und als meine Brust anfing zu brennen, atmete ich hörbar wieder ein. »Weiß Dad Bescheid?«

Kit schüttelte den Kopf, und ich versuchte, das ganze Ausmaß zu verstehen. Natürlich hatte unsere Mutter es die ganze Zeit gewusst. Vor drei Jahren hatte Kitty es herausgefunden, und jetzt wusste ich es ebenfalls. Das hieß, wir alle wussten es, wir alle außer Dad.

Nach einem langen Augenblick der Stille stellte ich mit dumpfer Stimme fest: »Und deshalb bist du abgehauen.«

Kit nickte. »Ich habe ihr gesagt, sie müsste sich entscheiden. Entweder sie würde euch die Wahrheit sagen oder ich wäre weg.«

»Die Entscheidung war bestimmt nicht leicht für sie.«

Kit starrte mich mit großen Augen an. »Bist du etwa auf ihrer Seite?«

»Ich sage nur, dass das für sie bestimmt sehr schwer gewesen ist.«

»Da kennst du Linda aber schlecht. Innerhalb von fünf Sekunden hatte sie mich vor die Tür gesetzt.« Für den Bruchteil eines Augenblicks verzog sie traurig das Gesicht – dann straffte sie jedoch die Schultern, richtete sich kerzengerade auf und sagte: »Aber das ist auch egal.«

»Wenn ich mir vorstelle, dass sie dieses Geheimnis über all die Jahre mit sich herumgetragen hat«, setzte ich an, und Kitty nickte knapp.

»Es hat ihr sicher eine Heidenangst gemacht, als du sie plötzlich damit konfrontiert hast.«

»Deshalb wollte sie ja auch, dass ich verschwinde«, sagte Kit. »Ich bin schließlich der lebende Beweis für ihren Seitensprung.«

»Und wer war der Typ?«, erkundigte ich mich.

»Das wollte sie mir nicht verraten.«

»Hast du vor, es Dad zu sagen?«

»Nie im Leben!«

»Aber mir hast du's erzählt.«

»Weil du verstehen musst, weshalb ich damals weggegangen bin.«

Von Kittys Offenbarung schwirrte mir der Kopf. Das alles musste ich erst mal verdauen. »Und warum hast du damit so lange gewartet?«

Kit stieß einen Seufzer aus. »Ich dachte immer, dass sie es euch irgendwann mal sagen würde, doch das hat sie nicht getan. Außerdem dachte ich, sie würde sich nach einer Weile bei mir melden und mich um Verzeihung bitten, aber da hatte ich mich ebenfalls getäuscht. Dazu hatte ich am Anfang noch ganz andere Probleme. Erst mal musste ich die Wochen in der Rehaklinik und das erste Jahr als trockene

Alkoholikerin überstehen. Und dann habe ich den Salon auf Vordermann gebracht, wobei die Zeit nur so verflogen ist. Aber vor allem war ich wütend und habe mir eingeredet, dass ich keinen von euch jemals wiedersehen will.«

»Aber ich hatte dir doch nichts getan!«

»Nein«, gab Kitty zu. »Aber du bist Dads echte Tochter – und ich nicht. Ich weiß, das klingt verrückt, aber ich hatte das Gefühl, als hättest du ihn mir geklaut.«

»Aber das habe ich ganz sicher *nicht*!«

»Vom Kopf her wusste ich das auch. Aber in meinem Herzen sah es anders aus.«

Ich versuchte, mich an ihre Stelle zu versetzen. Was nicht wirklich einfach war. »Du warst auf uns alle wütend.«

»Auf alles und auf jeden«, stimmte sie mir zu. »Bei mir hat Moms Geständnis sehr viel aufgewühlt. Ich hatte immer schon gedacht, dass sie dich lieber hat als mich, und dann hat sich mit einem Mal herausgestellt, dass es tatsächlich so ist.«

»Sie liebt mich ganz bestimmt nicht mehr als dich«, widersprach ich ihr, obwohl mir diese Vermutung auch schon öfter durch den Kopf gegangen war.

Schulterzuckend meinte Kit: »Schon gut. Die Sache zwischen ihr und mir ist total hoffnungslos. Aber dich wollte ich nicht auch verlieren.«

»Dann ist dir nach meinem Unfall also aufgegangen, dass du mich vermisst?«

»Der Unfall hat mir klargemacht, dass ich meine Zeit nicht mehr mit Schmollen vergeuden will.«

»Also bist du hergekommen, um mich zu sehen.«

»Aber als ich hier war, konnte ich es einfach nicht erklären. Irgendwie fand ich, das stünde mir nicht zu. Sie sollte wenigstens die Chance haben, es dir selbst zu erzählen.«

»Und warum gerade heute?« Ich fand, die Frage war durchaus berechtigt, denn inzwischen war sie seit zwei Wochen hier. Weswegen also kam sie ausgerechnet heute damit angestürmt?

»Heute früh bei Starbucks lief mir diese dumme Kuh Piper McAllen über den Weg. Erinnerst du dich noch an sie?«

Ich schüttelte den Kopf.

»Eine blöde Ziege, die in meiner Klasse war und die jetzt damit angibt, dass sie Mutter zweier Kinder ist. Sie hat mir erzählt, die Leute würden sagen, dass ich irre wäre und dass man mich damals deshalb in die Psychiatrie eingewiesen hätte. Das hat sie mir kackdreist mitten im Starbucks ins Gesicht gesagt! Anscheinend denkt die ganze Welt, ich wäre damals durchgedreht. Da hat's mir endgültig gereicht. Es war allerhöchste Zeit, die Dinge klarzustellen. Ich habe meinen Latte auf den Tresen geknallt und bin auf direktem Weg hierher ins Krankenhaus.«

Gerade als ich Kitty bitten wollte, unsere Mom zu suchen – schließlich war sie ohne ihre Tasche aus dem Raum gestürzt und käme ohne sie nicht allzu weit –, hörte ich ein leises Klopfen, und im nächsten Augenblick stand unser Vater in der Tür.

Sobald ich ihn erblickte, überfiel mich Mitleid mit ihm. Er war bereits die Highschool-Liebe meiner Mom gewesen, und im Sommer nach dem Abschluss hatten sie geheiratet, weil Kitty unterwegs gewesen war. Statt wie ursprünglich geplant nach Kalifornien aufs College war er kurzerhand zu den Marines gegangen, und natürlich hatte Mom, statt zu studieren, sich um das Kind gekümmert und den Haushalt der Familie geführt.

Beide hatten ihre Träume aufgeben müssen.

All das wusste ich schon seit Ewigkeiten. Wobei das offensichtlich nur ein Teil der ganzen Geschichte war. Was würde Dad wohl denken, wenn er das herausbekäme? Würde er für uns dann weiter so empfinden wie bisher? Für Kit? Für Mom? Würde er sie dann vielleicht verlassen? Ich konnte mir unsere Familie ohne ihn nicht vorstellen, weil er das Beste daran war.

Ich schwor mir, es ihm niemals zu erzählen, ganz egal, was auch geschah.

»Hallo, ihr beiden«, grüßte er. »Seht mal, wen ich gefunden habe!«

Und dann zog er den letzten Menschen, mit dem ich in diesem Augenblick gerechnet hätte, hinter sich hervor.

Meine Mutter hatte recht gehabt. Chip sah erbärmlich aus.

Trotzdem empfand ich Freude, als ich ihn sah. Es war wie der berühmte pawlowsche Reflex. Ich sah Chip und freute mich. Ob ich wollte oder nicht. Ob er erbärmlich aussah oder nicht. Ob er es verdiente oder nicht. Mit einem Mal fiel mir der Satz meiner Schwester von vorhin ein, denn auch in meinem Kopf sah es in diesem Moment ganz anders als in meinem Herzen aus.

Vor allem aber hatte meine Mom mir mit ihrer Warnung eine Heidenangst gemacht.

Chip blieb zögernd auf der Schwelle stehen, als spürte er, dass er ein wenig ungelegen kam.

Er war unrasiert und sah aus, als hätte er in seinen Kleidern geschlafen. In der Hand hielt er einen Umschlag.

Er winkte Kit kurz zu, dann aber trat er an mein Bett, und wir alle sahen ihn fragend an.

»Das hier hat mir die Luftfahrtbehörde geschickt.« Er hielt den Umschlag hoch. »Die Ermittlungen haben ergeben, dass es eindeutig ein Fehler des Piloten war.« Er starrte traurig seine Füße an und stieß ein raues Lachen aus. »Den Aufwand hätten sie sich sparen können, denn schließlich wussten wir das schon die ganze Zeit.«

»Ich dachte, es sei ein ›tragischer Unfall‹ gewesen?«, bemerkte ich, und er blinzelte.

»Und was ist sonst noch in dem Umschlag, Junge?«, mischte sich mein Vater ein.

Chip sah auf das Kuvert und war sofort wieder in der Spur. »Die Cessna wird verschrottet, und ich muss aus eigener Tasche für das Flugzeug zahlen. Aber etwas anderes ist wieder aufgetaucht.«

Er zog den Verlobungsring seiner Großmutter aus dem Umschlag und hielt ihn uns hin. Freundlich ausgedrückt sah auch das Schmuckstück etwas mitgenommen aus.

»Sie haben ihn gefunden«, sagte ich.

»Sie kannten unsere Geschichte durch das Interview, deswegen wussten sie, wie wichtig dieser Ring für uns ist.«

Ich hatte keine Ahnung, was ich sagen sollte. Es war seltsam, Chip zu sehen – und auch noch in diesem Zustand. Er war immer vollkommen beherrscht und völlig souverän gewesen, hatte immer wie ein Model ausgesehen, und dieser hoffnungslos zerzauste Typ war das genaue Gegenteil von alledem.

Sobald mir der Gedanke kam, fragte ich mich, ob es ihm umgekehrt vielleicht genauso ging. Denn schließlich war ich Mom zufolge nicht mehr vögelbar.

»He«, sagte er in diesem Augenblick. »Du hast eine neue Frisur.«

Ich berührte vorsichtig die Stacheln in meinem Genick und nickte stumm.

Schulterzuckend meinte Chip: »Keine Angst. Die Haare wachsen schließlich wieder nach.«

Ich sah ihn fragend an. »Was tust du hier?«

Abermals zog er die Schultern hoch. »Ich bringe dir deinen Ring.«

Ich riss entsetzt die Augen auf, als er sich schwankend auf ein Knie fallen ließ und mir den Ring entgegenhielt, als wären wir kleine Kinder und als spielten wir den edlen Ritter und das holde Burgfräulein.

»Margaret …«, fing er theatralisch an, brach dann aber noch einmal ab. »Verdammt. Wie ist noch mal dein zweiter Vorname?«

»Rosemary«, soufflierte ihm Dad, und er fing noch einmal von vorne an.

»Margaret Rosemary Jacobsen, wir haben zwei schwere Wochen hinter uns. Ich habe dich auf mehr Arten im Stich gelassen, als ich zählen kann, aber ich denke, dieser Ring kann das Symbol für einen neuen Anfang für uns beide sein. Ich verspreche dir, ab jetzt bin ich ein besserer Mann. Ich weiß, dass ich das kann. Und jetzt frage ich dich vor deinem Dad und deiner irren Schwester und trotz allem, was wir durchgemacht haben, – willst du mich heiraten?«

Ich kannte meinen Text, sprach ihn aber nicht aus.

Stattdessen sah ich mir den neuen, völlig veränderten Chip noch mal genauer an. Tatsächlich war es Mom gelungen, Zweifel daran in mir wachzurufen, dass ich je ein besseres Angebot als dieses hier bekäme, auch wenn es von der zerzausten, angetrunkenen und enttäuschenden Version des Mannes meiner Träume kam, und wenn Mom hier gewesen wäre, hätte sie mir zugeraunt, auf alle Fälle Ja zu sagen und die Sache unter Dach und Fach zu bringen, während er noch nicht ganz bei sich war.

Aber das konnte ich nicht.

Wollte ich ihn überhaupt noch heiraten?

Ich hatte ihn mir so lange zum Mann gewünscht, dass ich fast nicht mehr wusste, wie es war, das nicht zu tun. Ein Teil von mir war immer noch oder vielleicht sogar noch mehr als je zuvor bereit, den Bund fürs Leben mit ihm einzugehen, aber ein anderer Teil von mir meldete mindestens genauso laute Zweifel an.

Er blickte zu mir auf, als wollte er mich fragen: *Also, wie sieht's aus?*

Die Antwort hätte mir ganz leichtfallen sollen, aber falls in meinem Leben jemals etwas leicht gewesen war, so waren diese Zeiten ein für alle Mal vorbei. »Ich glaube nicht, Chip.«

Sein theatralischer Gesichtsausdruck verflog, und er stand wieder auf. »Nein?«

»Du hast selbst gesagt, dass es zwei schwere Wochen waren.«

»Ich will es besser machen.«

»Das verstehe ich, aber ich glaube, dieser Weg ist nicht der richtige.«

Ich konnte praktisch sehen, wie er in sich zusammenfiel. »Das alles tut mir unbeschreiblich leid. Das hätte nie passieren sollen. Ich würde alles – wirklich alles – geben, um mit dir zu tauschen.«

»Es geht nicht um den Unfall«, sagte ich.

»Aber worum geht es dann?«

»Wie oft hast du mich hier besucht?«, erkundigte ich mich, denn ich wusste es wirklich nicht.

Auch er sah etwas ratlos aus. »Ich weiß es nicht genau.«

»Mit heute Nachmittag dreimal«, half ihm mein Vater aus.

Ich wandte mich erneut an Chip. »Dreimal in vierzehn Tagen. Findest du, das reicht?«

»Es ist nur …« Er geriet ins Stocken, aber dann fuhr er mit rauer Stimme fort. »Jedes Mal wenn ich dich sehe – unbeweglich und total verbrannt –, habe ich fürchterliche Schuldgefühle, weil ich weiß, dass es dir einzig meinetwegen so dreckig geht und dass es meine Schuld ist, dass dein Leben jetzt in Scherben liegt. Dann habe ich das Gefühl zu ersticken.«

Ach, tatsächlich?, dachte ich.

»Erstens ist noch gar nicht klar, ob mein Leben tatsächlich in Scherben liegt«, gab ich zurück. »Und zweitens bist du wirklich das Allerletzte. Du hättest nämlich trotzdem kommen sollen. Deine blöden Schuldgefühle interessieren mich nicht. Du hättest jeden Tag von früh bis spät an meinem Bett ausharren sollen. Du hättest hier in meinem Zimmer schlafen, morgens mit mir wach werden, mir Stofftiere und Essen vom Chinesen mitbringen sollen. Nicht *Kitty* hätte all die Tage für mich da sein sollen, sondern du.«

Meine Schwester schaute kurz in Richtung meines Vaters, während Chip erneut auf seine Füße sah. »Es tut mir leid.«

»Deshalb kannst du vielleicht verstehen, dass der Gedanke, dich zu heiraten, um dann ›in guten wie in schlechten Tagen‹ füreinander da zu sein, in meinen Augen im Moment keinen echten Sinn ergibt.«

Er nickte, ohne aufzusehen.

»Nicht wegen des Unfalls, sondern wegen all der Dinge, die danach geschehen oder eben nicht geschehen sind.«

»Aber wir sind deshalb doch nicht entlobt, oder?«, hakte er nach und blickte endlich auf.

»Richtig *ver*lobt fühle ich mich auch nicht gerade.«

»Können wir die Sache dann vielleicht einfach ruhen lassen?«

Drei Augenpaare starrten mich an. Ich wollte ihn bestrafen. Wollte ihm erklären, dass unsere Beziehung ein für alle Mal für mich beendet war. Wollte ihm und allen anderen deutlich zu verstehen geben, dass ich mich nach allem, was mir widerfahren war, nicht obendrein auch noch verhöhnen ließ.

Stattdessen seufzte ich. »Okay, dann lassen wir sie ruhen.«

»Das ist doch schon mal was. Damit kann ich arbeiten.« Chip lächelte mich an.

Er hatte dieses Lächeln wirklich nicht verdient, aber ich war noch nicht bereit, ihn völlig aufzugeben, und das war uns beiden klar. Er hatte dieses eine Mal, als unsere Liebe auf der Probe stand, versagt, aber ich konnte und ich wollte nicht in diesem Augenblick entscheiden, dass nur dieser eine Test für alle Zeiten von Bedeutung war.

»Und wirst du den Ring jetzt wieder tragen?«, drängte Chip.

Wollte ich diesen verbeulten und verkratzten Ring am Finger tragen? Eher nicht. Es war für mich noch etwas früh, ihm vollends zu verzeihen. Trotzdem ließ ich zu, dass er den Ring auf meinen Finger schob. Ich war zu erschöpft, um hart zu bleiben, und vor allem war der Gedanke, gleichzeitig meiner Vergangenheit und meiner Zukunft Lebewohl zu sagen, mehr, als ich in diesem Augenblick ertrug.

Er rückte vorsichtig den Ring zurecht und lachte unter Tränen auf, wobei mir säuerlicher Alkoholgeruch entgegenschlug. »Er ist etwas verbogen«, sagte er.

»Dafür passt er jetzt besser.«

»Darf ich dich küssen?«, fragte Chip.

Obwohl ich nickte, schaffte ich es nicht, ihm ins Gesicht zu sehen.

Ich fühlte, wie er sich vorsichtig zu mir herunterbeugte, und hielt völlig still. Als seine Lippen meinen Mund berührten, wollte ich auf Teufel komm heraus etwas empfinden, und das tat ich auch, auch wenn es etwas anderes als bei seinen unzähligen anderen Küssen war. Es fühlte sich wie die Erinnerung an alte Zeiten an – und tat mir in der Seele weh, weil diese Zeiten vielleicht endgültig vorüber waren.

13

Bei dem Kuss zogen sich Kitty und Dad in den Flur zurück – wahrscheinlich, weil sie dachten, dass wir zwei allein sein wollten.

In Wahrheit jedoch wollte ich nur mit Kit sprechen. Und meinen Vater in den Arm nehmen wegen einer Wunde, die ihm, ohne dass er davon wusste, schon vor einer Ewigkeit zugefügt worden war. Und erfahren, wohin zum Teufel meine Mutter verschwunden war.

Chips Mund harrte weiterhin auf meinen Lippen aus.

Während er mich küsste, fingen die Verbrennungen in meinem Gesicht furchtbar an zu jucken, und da ich nicht daran kratzen durfte, wagte ich es nicht, die Hände unter meiner Bettdecke hervorzuziehen. Stattdessen wartete ich darauf, dass Chip sich endlich wieder von mir lösen würde. In dem Moment tauchte Ian auf.

»Genug geknutscht, ihr beiden«, sagte er.

Chip richtete sich auf, und wir beide sahen Ian an.

Er wirkte immer schlecht gelaunt, aber *so* übellaunig hatte ich ihn nie zuvor erlebt. »Auf, Miss Jacobsen, es ist mal wieder Zeit für Ihre Therapie. Vielleicht kann Ihnen ja Ihr Mann schon mal in den Rollstuhl helfen.«

Ich schüttelte den Kopf. *Auf keinen Fall.* »Er weiß nicht, wie das geht.«

Mit hochgezogenen Brauen stellte Ian fest: »Da ist doch wirklich nichts dabei.«

»Was hat er gesagt?«, wandte sich Chip an mich.

»Er ist Schotte«, antwortete ich. »Er will, dass du mir in den Rollstuhl hilfst, und meint, es wäre nichts dabei.«

Chip runzelte die Stirn, als wäre dies ein neuerlicher Test, bei dem er nur versagen könnte, und bat Ian: »Vielleicht könnten Sie mir zeigen, wie das geht.«

Ian runzelte ebenfalls die Stirn. »Ich soll es Ihnen zeigen?«

Chip nickte, und wie immer wusste ich genau, was in ihm vorging. Er hoffte, dass er selbst nichts machen müsste, wenn ihm Ian zeigte, wie es ging.

Schulterzuckend meinte Ian: »Also bitte, Mann, das ist kein Hexenwerk, aber wenn Sie es gezeigt bekommen wollen, will ich nicht so sein. Aber ich tue das nur für Maggie.«

»Hat er dich gerade Maggie genannt?«, fragte Chip mich.

»Margaret kann er nicht aussprechen«, erwiderte ich schulterzuckend und sah wieder Ian an. »Ich brauche keine Hilfe.«

Aber Ian schüttelte den Kopf. »O doch.«

»Da haben Sie aber bisher etwas anderes gesagt.«

»Da habe ich Ihnen eine Lektion erteilen wollen.«

»Und was für eine?«, fragte ich. »Dass Sie ein kleines Arschloch sind?«

Er blinzelte, und anders als bei Chip hatte ich keine Ahnung, was er dachte, als er sagte: »Die Lektion, dass Sie es auch alleine können, wenn es *nötig* ist.« Er richtete seinen Blick auf Chip. »Aber das heißt nicht, dass Sie es immer alleine machen sollen.«

Chip sah mich an. »Ich verstehe diesen Typen nicht. Bist du sicher, dass er keinen Sprachfehler hat?«

»Vorsicht, kleiner Mann«, warnte Ian.

Es klopfte an der Tür, und dann fragte die Stimme meines Vaters: »Habt ihr euch jetzt genug geküsst?«

»Ja«, riefen ihm Chip und ich gleichgültig zu.

Dad betrat den Raum – gefolgt von Mom, die, wie es aussah, immer noch total benommen war. »Seht nur, wen ich gefunden habe! Bei einem der Süßigkeitenautomaten im Foyer!«

»Und wo ist Kit?«, erkundigte ich mich.

»Sie musste gehen«, erwiderte Dad und fügte in verschwörerischem Ton hinzu: »Sie und der dicke Benjamin haben ein Date.«

Meine Mutter, die ein Stückchen hinter meinem Vater stand, hielt einen noch verpackten Schokoriegel in der Hand und sah bleich und erschüttert aus. In der Hoffnung, dass Gedankenübertragung funktionierte, sandte ich ihr das Versprechen zu, niemals auch nur einem Menschen irgendetwas zu verraten. Aber die Botschaft schien nicht anzukommen.

Mein ahnungsloser Vater war jovial und gut gelaunt wie immer, und als er den Arm um meine Mutter legte und sie an sich zog, wurde ich noch trauriger. Dann sagte er zu Ian: »Ich würde auch gern sehen, wie man ihr in den Rollstuhl helfen kann.«

»Du hast unser Gespräch gehört?«, wollte ich wissen.

»Ja sicher«, antwortete er. »Man hört jedes Wort im Flur. Daher wussten wir auch, dass ihr mit Knutschen fertig wart.«

»Und warum hast du dann gefragt?«

»Um euch in Verlegenheit zu bringen«, erklärte er grinsend.

Ian räusperte sich, griff an mir vorbei nach meinem Brett, fuhr das Bett herunter, und ich sah zu Chip.

Im Vergleich zu Ian war er tatsächlich ein *kleiner Mann.* Bisher hatte ich gedacht, er wäre drahtig und athletisch, aber neben meinem durchtrainierten Physiotherapeuten sah er ziemlich mickrig aus.

»Es geht vor allem darum«, wandte Ian sich uns allen zu, »dass man in Maggies Nähe ist, sie aber möglichst viel alleine machen lässt.« Dann fügte er hinzu: »Man ist immer versucht, zu viel zu helfen, wenn sich ein geliebter Mensch mit irgendetwas plagt. Aber Sie dürfen nicht vergessen, dass die Anstrengung sie stärker macht.«

Ich runzelte die Stirn, denn die Gefahr, dass er mir jemals ein Zuviel an Hilfe bot, bestand ganz sicher nicht.

Er aber schaute nicht auf mich, sondern auf Chip. »Das Wichtigste ist, dass man da ist.« Er bedachte ihn mit einem letzten bösen Blick, klopfte auf das Brett und winkte mich zu sich heran.

Ich schlug meine Bettdecke zurück, und da ich, seit ich wieder selbst auf die Toilette ging, ein Nachthemd trug, konnten wir alle meine nackten Beine sehen.

Chip hatte diese Beine bereits tausend Mal gesehen, gestreichelt und geküsst. Er hatte sie sogar einmal rasiert, wobei wir zu dem Schluss gekommen waren, dass diese Übung in der Theorie vielleicht erotischer war als in der Praxis. Aber dies waren nicht die Beine, die er kannte, denn in den zwei Wochen, seit ich hier war, hatten sich die Muskeln so stark zurückgebildet, dass sie aussahen wie die Beine eines neugeborenen Kälbchens – spindeldürr und weich und eigenartig abgespreizt.

Ich schämte mich für ihren Anblick. Hasste sie. Hätte am liebsten mit den Fäusten darauf eingetrommelt. Hatte das Bedürfnis, auf sie einzudreschen, bis nur noch zwei Blutflecken auf der Matratze meines Bettes davon übrig wären.

Ian war vollkommen ungerührt. »Für das Rehazentrum ist eine Hose geeigneter.«

Ich wies auf den Schrank, und meine Mutter fand dort eine Hose, eins der T-Shirts, die in Schulterhöhe ausgeschnitten waren, und meinen letzten sauberen BH – dessen leuchtend pinkfarbenes Tigermuster mir in diesem Augenblick ein bisschen peinlich war.

Ian half mir in die Jogginghose, schob sie vorsichtig an mir herauf, beugte sich, um sie über mein Hinterteil zu schieben, und ich schlang ihm die Arme um den Hals. Ich reckte mich ihm gerade weit genug entgegen, dass mir sein wunderbarer Duft in die Nase stieg. Irgendwas mit Ingwer. Süß und würzig wie ein Plätzchen, aber gleichzeitig mit einem Hauch salziger Männlichkeit.

Ich kann es nicht wirklich in Worte fassen, aber es war, wie wenn man in einem Restaurant nur einen Blick auf das Tablett mit den Desserts zu werfen braucht, um gleich zu wissen, was man will. *Das da! Ja, genau!* Genauso reagierte ich auf seinen Duft. Ich wollte haargenau diesen Duft.

Doch inzwischen waren wir dabei, mich obenherum umzuziehen, und meine Mutter schickte die drei Männer aus dem Raum.

»Mich etwa auch?«, erkundigte sich Chip in ungläubigem Ton.

»Vor allem dich«, stellte ich klar.

Minuten später, als die Männer wieder zugelassen waren, saß ich im *Flashdance*-Look, den Träger des BHs auf der verbrannten Seite unter meiner Achsel, auf dem Bett. Bei jeder anderen Frau hätte das Outfit unter Umständen verführerisch gewirkt, an mir jedoch sah es nur traurig aus, und Mom versprach, mir was Normales mitzubringen, wenn sie morgen wiederkam.

Dann begann mein Physiotherapeut mit der Lektion, aber ich hörte gar nicht zu. Ich hatte viel zu viel damit zu tun, mich möglichst unauffällig nahe genug an ihn heranzuschieben, damit mir sein Duft noch einmal in die Nase stieg.

Später, während ich im Rehazentrum auf der Matte lag und Ian die gewohnten Übungen mit meinen Beinen machte, sagte ich: »Es tut mir leid, dass ich Sie ein Arschloch genannt habe.«

»›*Kleines* Arschloch‹«, korrigierte Ian mich, ohne mir ins Gesicht zu sehen. »Sie haben gesagt, dass ich ein kleines Arschloch bin. Das ist was anderes.«

»Nicht wirklich.«

Wenn er jemand anderes gewesen wäre, hätte sich daraus womöglich ein Gespräch entwickelt, aber er ließ es dabei bewenden, und während wir weiter erst das eine und danach das andere Bein trainierten und ich sogar ein paar echte Sit-ups machte, schaute ich den anderen Therapeuten bei der Arbeit zu. Sie sprachen mit den Leuten, scherzten, machten ihnen Mut.

Verglichen mit den anderen Patienten kam ich unterhaltungstechnisch etwas zu kurz.

Sämtliche Versuche, ein Gespräch mit Ian zu beginnen, erloschen wie ein Funke bereits nach dem ersten Satz.

»Sind Sie verheiratet?«

Er schüttelte den Kopf.

Ich wartete auf mehr.

Doch er blieb stumm.

Peinliche Stille.

»Haben Sie Kinder?«

»Nein.«

Pause.

»Irgendwelche Hobbys? Irgendetwas, was Sie nur zum Vergnügen machen?«

Diesmal gab es eine derart lange Pause, dass ich dachte, er wolle gar nicht reagieren, aber schließlich meinte er: »Triathlon.«

»Sie machen Triathlon. Zum Spaß.«

»Ich sehe es als Herausforderung.«

»Machen Sie auch irgendetwas nur zum Vergnügen?«, wiederholte ich.

»Herausforderungen *sind* Vergnügen.«

Er schien es ungefähr genauso anregend zu finden, sich mit mir zu unterhalten wie mit Myles. Aber, verdammt, ich war nicht Myles. Ich wollte ihn nicht in die Pfanne hauen, nicht provozieren und auch nicht aus der Reserve locken.

Oder vielleicht doch?

Es war mir damals nicht bewusst, aber vielleicht war Ians Verschlossenheit tatsächlich gut für mich. Es gibt Leute, die den Wunsch in einem wecken, ihnen hinterherzujagen, wenn sie sich einem entziehen. Und genauso ging es mir mit ihm. Durch seine eigene zurückhaltende Art zwang er mich, aus mir herauszugehen.

Ich versuchte es noch mal. »Übrigens noch vielen Dank für die Lektion vorhin.«

Er schwieg.

Nach einem Augenblick probierte ich erneut mein Glück. »Meine Familie ist im Augenblick ein bisschen panisch«, klärte ich ihn auf.

Er bearbeitete weiterhin meine Knöchel und hielt seinen Kopf gesenkt.

Kurzerhand versuchte ich es auf einem anderen Weg. »Wussten Sie, dass man sein eigenes Pipi trinken kann?«

Er blickte auf, und ein schockiertes Lächeln huschte über sein Gesicht, bevor er abermals auf meine Beine sah. »Das wusste ich noch nicht.«

Ich aber wusste jetzt, dass dieses Lächeln existierte, und wollte es unbedingt noch einmal sehen.

»Manche Tweedjacken werden damit gefärbt.«

Schweigen.

»Die Römer haben sich die Zähne mit Urin geputzt, um sie zu bleichen.«

Als ich ihm auch damit keine Reaktion entlockte, schaute ich vorsichtig nach, ob er vielleicht ein Lächeln unterdrückte. Was er wirklich tat!

Er schlang mir riesengroße Gummibänder um die Knöchel, um die Widerstandskraft meiner Unterschenkel zu erhöhen, rollte mich auf den Bauch und sagte mir, ich sollte an den Bändern ziehen, bis ich mit den Fersen gegen meinen Hintern stieß. Zur Stärkung der hinteren Oberschenkelmuskulatur, denn die war anscheinend unversehrt.

»Ich soll mir mit meinen eigenen Fersen in den Hintern treten?«

»Versuchen Sie's.«

»Muss ich meine Pobacken berühren?«

»Nein.«

»Dann ist der Versuch also wichtiger als der Erfolg?«

»Immer.«

Abermals senkte sich Stille über uns, und mühsam zog ich meine Unterschenkel Richtung Po.

»Sie sind kein großer Redner, stimmt's?«

»Nicht, wenn ich bei der Arbeit bin.«

»Andere Leute scheinen es zu schaffen, beides gleichzeitig zu tun.«

»Ich bin keiner dieser Leute.«

»Nein, offensichtlich nicht.«

»Wir sind nicht hier, um herumzublödeln, sondern weil Sie stärker werden sollen.« Er drehte mich wieder auf den Rücken.

Genau in diesem Augenblick brach eine Gruppe anderer Therapeuten wegen irgendwas, was ein Patient gesagt hatte, in schallendes Gelächter aus, und ich bedachte Ian mit einem vielsagenden Blick. »Okay.«

Aber dabei konnte ich es nicht bewenden lassen, weil ich Stille zwischen Menschen nicht ertrug. Wenn ich zur Massage oder Pediküre ging oder selbst beim Yoga plauderte ich ohne Unterlass. Ich konnte ganz einfach nicht mit einem anderen Menschen und vor allem nicht mit jemandem, den ich kaum kannte, irgendwo zusammen sein, ohne permanent zu reden – ganz egal, ob derjenige das wollte oder nicht. Ich blickte wieder auf die anderen Physiotherapeuten, denen der Gesprächsstoff niemals auszugehen schien. Hätte Myles mir einen dieser Typen zugewiesen, hätte ich ihr ständiges Gerede vielleicht passiv über mich ergehen lassen – aber dass ich unter Anleitung des Königs der Schweigsamen meine Übungen verrichten musste, rief das zwanghafte Verlangen zu sprechen in mir wach, und ich plapperte wie eine Irre vor mich hin.

Anscheinend war ich zu dem Schluss gekommen, dass selbst dämliches Gebrabbel besser war als nichts. Denn ich begann folgenden Monolog in Richtung Decke, während ich mit meinen Füßen nacheinander gegen eine Reihe Gegenstände trat.

»Wussten Sie, dass ich mich an dem Tag verlobt habe, an dem ich diesen Unfall hatte? Ja, wahrscheinlich. Das scheint schließlich jeder hier zu wissen. Ich verstehe jedes Wort, das im Flur vor meiner Zimmertür gesprochen wird, und kriege deshalb mit, wenn die Schwestern sich darüber unterhalten, dass sie voll des Mitleids mit mir sind. Sie können sich nicht vorstellen, wie es ist, wenn man in meiner Lage ist. Was ziemlich seltsam ist, weil ich das selbst nicht wirklich weiß. Der beste Tag in meinem Leben war zugleich der schlimmste. Was für eine Ehe sicherlich nichts Gutes zu bedeuten hat. Falls es überhaupt jemals zu dieser Heirat kommt. Falls mein bisheriger Traumprinz sich nicht dauerhaft dem Alkohol hingibt und irgendwo im Rinnstein stirbt. Und jetzt trage ich diesen Ring – obwohl ich ihn im Grunde gar nicht tragen will. Oder vielleicht doch. Im Grunde weiß ich nicht einmal mehr, wer ich bin. Ich war einmal eine Läuferin. Ich bin bei drei verschiedenen Marathons gelaufen. Auch wenn ich dabei nie unter den Ersten war, habe ich mich unglaublich angestrengt, denn das hab ich bei allen Dingen so gemacht. Ich bin gejoggt, wenn ich Probleme hatte, wenn's geregnet hat, und einmal sogar mitten in der Nacht. Und was soll ich jetzt stattdessen tun? Soll ich jetzt *rollen*? Ich kann mich nicht bewegen, und ich kriege nur mit Mühe überhaupt noch Luft. Aber dann sage ich mir, dass diese Jammerei erbärmlich ist. Andere Mädchen werden in die Sklaverei verkauft. Kinder werden misshandelt und missbraucht. Die halbe Welt ist schlechter dran als ich – wenn das überhaupt reicht. Die halbe Zeit bin ich am Jammern und am Schmollen, und die andere Hälfte bilde ich mir ein, dass ich etwas erlitten habe, was sich kein Mensch auch nur ansatzweise vorstellen kann. Ich finde dabei einfach keine Mitte. Ich weiß nur, dass es mein Leben, so, wie ich es bisher kannte, nicht mehr gibt. Nichts ist mehr, wie es vorher war. Das Essen schmeckt nicht mehr wie sonst. Stimmen klingen nicht mehr so wie sonst. Dinge, die ich geliebt habe, sind mir mit einem Mal ein Graus, und Dinge, die ich gehasst habe, hasse ich immer noch. Ich will keinen Menschen sehen und mit keinem Menschen reden. Auf meiner Mailbox sind inzwischen an die fünfzig Nachrichten. Ich hasse mich selbst und alle anderen. Ich denke daran zu sterben. Es kommt mir vor, als wäre das das Einfachste. Wobei ich eigentlich nicht sterben will. Ich will nur auch nicht leben. Meine Mutter sagt, es könnte mir nur besser gehen, wenn ich daran glaube, dass es mir auf Dauer besser gehen wird – wenn ich mich so entschlossen darauf konzentriere, wieder ganz gesund zu werden, dass mich nicht mal die Gesetze der Natur an der Genesung hindern können. Aber wenn ich diese Nudeln sehe, die ich jetzt statt Beinen habe, kann ich mir nicht vorstellen, wie das funktionieren soll. Es ist, als ob ich daran glauben sollte, dass der Himmel grün ist. Aber wissen Sie, er ist nun mal nicht grün – und so zu tun, als ob er's wäre, schaffe ich nicht. Alles, was ich weiß, ist, dass ich überhaupt nichts mehr empfinde – nicht einmal die Hoffnung, dass es jemals wieder besser werden kann.«

An irgendeinem Punkt des Selbstgesprächs hatte ich meine Augen geschlossen, und als ich nicht mehr wusste, was ich sonst noch hätte sagen sollen, und verstummte, fiel mir auf, dass meine Beine wieder auf der Matte lagen und dass Ian mich nicht mehr berührte. War er etwa weggegangen? Holte er sich vielleicht einen Kaffee? Und vor allem, käme er wohl überhaupt noch mal zurück? Natürlich hatte mir der blöde Kerl nicht zugehört, doch der Gedanke, dass er nicht einmal mehr da war, tat mir trotzdem etwas weh.

Ich schlug die Augen auf und stellte fest, dass er sich aufgerichtet hatte und jetzt meine Hände nahm. »Setzen Sie sich auf«, befahl er mir, ohne mich anzusehen, und vermittelte mir dadurch wieder einmal das Gefühl, als wären meine Stunden eine lästige Verpflichtung, die es abzuhaken galt.

Statt mich hochzuziehen, hielt er lediglich meine Hände fest, und mühsam setzte ich mich ohne seine Hilfe auf.

Kaum dass ich sicher saß, ließ er mich wieder los.

Dann beugte er sich zu mir und blickte mir zum ersten Mal an diesem Tag tatsächlich ins Gesicht. Er sah mir direkt in die Augen, bis er sicher wusste, dass ich mich vollkommen auf ihn konzentrierte, und dann sagte er: »Egal, ob Sie je wieder laufen können werden oder nicht, werde ich Ihnen etwas sagen, was ich mit Bestimmtheit weiß.«

Ich blinzelte verwirrt. »Und das wäre?«

»Es ist das *Bemühen*, das Sie heilt. Das ist alles, was Sie machen müssen. Sich bemühen.«

Bis zum Ende unserer Stunde drang keine weitere Silbe mehr aus seinem Mund.

14

Später war mir mein Verhalten furchtbar peinlich, denn ich hatte ihn mit all meinem Gerede völlig überfahren.

Es war klar, dass er nicht gerne sprach, und er hatte ganz eindeutig nicht darum gebeten, sich meine erbärmliche Geschichte anzuhören. Während meines Wortschwalls hatte er vollkommen emotionslos weiter meine Übungen mit mir gemacht, und auch danach hatte er keine Miene verzogen.

Seine Bemerkung hatte sich mir unauslöschlich eingeprägt. *Es ist das Bemühen, das Sie heilt. Das ist alles, was Sie machen müssen. Sich bemühen.* Als ich am nächsten Morgen aufwachte, war ich bereit, mich zu bemühen.

Nach dem Waschen, Frühstück und all den anderen Dingen, die ich morgens über mich ergehen lassen musste, brachte ich die »Ruhestunde«, die ich bisher nur dazu genutzt hatte, um in die Luft zu starren, mit Recherchen über Rückenmarksverletzungen zu. Meine Mom war schließlich nicht die Einzige, die lesen konnte, und so fing ich mit der Stiftung, dic Christopher Reeves gegründet hatte, an und kämpfte mich von dort aus weiter durch Artikel über Heilungschancen, Therapien, Strategien, technische Hilfsmittel, passende Kleidung und experimentelle Theorien. Ich lernte Begriffe wie »Neurogenese« und »Axonaussprossungen« und prägte mir die Namen und die Nummern aller Wirbel ein. Ich studierte Darstellungen des Körpers und der Wirbelsäule, googelte die Wörter »Rückenmarksverletzungen« und »Wunderheilung« und las sämtliche Artikel, auf die ich von meiner Mutter hingewiesen worden war, und noch einige mehr. Ich entschied mich dafür, inspiriert zu sein, erstellte eine Liste mit Gründen, die es dafür gab, auch weiter hoffnungsvoll nach vorn zu sehen, und zwang mich, den Himmel anzuschauen und Grün zu sehen.

Während dieser Augenblicke, ob am späten Nachmittag, wenn meine Muskeln von den Übungen, zu denen Ian mich gezwungen hatte, ziepten, oder wenn ich nachts nicht schlafen konnte, fühlte ich mich ansatzweise wieder wie ich selbst. Genauso hatte ich bisher noch jede Herausforderung gemeistert – mit Ehrgeiz, Zielgerichtetheit und einer tadellosen Organisation. Ich ließ mir von Kitty Hefter und Karteikarten und eine neue Packung Kugelschreiber bringen, bat meinen Dad, mir einen Drucker aufzustellen, druckte Artikel aus, heftete sie in verschiedenen Ordnern ab und strich wichtige Stellen mit Markern in verschiedenen Farben an.

Meine Mutter hatte recht gehabt. Ich hatte keine Zeit zu trauern. Alles, was ich las, bestätigte, dass es ein enges Zeitfenster für eine mögliche Genesung gab und dass danach tatsächlich keine Hoffnung mehr bestand. Die beiden ersten Wochen hatte ich durch meine ständige Benommenheit vergeudet, und von der Versicherung würden mir nur noch viereinhalb Wochen hier im Krankenhaus bezahlt. Mir bliebe also noch genau ein Monat Zeit. Ein Monat, um nichts unversucht zu lassen, damit mir die Rückkehr in mein altes Leben möglich war.

In einem Artikel stand, dass man mit seinem Körper sprechen und ihm sagen sollte, was man wollte, also tat ich das. In einem anderen hieß es, um die Nerven aufzuwecken, sollte man die Gliedmaßen massieren, also tat ich auch das. In einem anderen stand, man sollte eine Liste mit konkreten Zielen machen, um sie, wenn man sie erreicht hatte, abzuhaken, also erstellte ich auch eine solche Liste.

- mit den Zehen wackeln
- Zehen strecken
- Zehen anspannen
- ganze Kreise mit den Füßen ziehen
- Waden und Fußrücken stärken
- meine Körpermitte kräftigen
- die Beine von den Knien abwärts ausstrecken
- einen Schritt machen
- fünf Minuten ohne Hilfe stehen
- wieder laufen – wie ein Boss!

Von all den Dingen auf der Liste schaffte ich bisher nur eins: Ich konnte zwei Minuten mit zusammengedrückten Knien stehen – zwar nur mithilfe einer Stange oder eines Menschen, der mit Halt gab, aber trotzdem war das mehr, als vielen anderen in meiner Lage möglich war.

Von allen Tipps und den mentalen Tricks, auf die ich stieß, sagte mir ein Artikel ganz besonders zu. Er riet, mir bildlich vorzustellen, was ich am Schluss erreichen wollte, und so stellte ich mir immer wieder vor, wie ich an einem sonnenhellen Frühlingstag mit meinem Rollstuhl aus der Klinik fuhr und dort mit Chip zusammenstieß.

In diesem Bild trage ich meine Lieblingsjeans, all meine Narben sind unter dem Stehkragen eines graublauen Hemds versteckt, und Chip ist auf dem Weg zu meinem Zimmer, um mich abzuholen, bleibt dann aber stehen und reißt die Augen auf, denn ich sehe viel besser aus als erwartet. Ohne das grelle Neonlicht in meinem Zimmer und das malvenfarbene Dekor der Vorhänge, zum ersten Mal seit Wochen endlich wieder einmal an der frischen Luft, scheint meine Haut zu strahlen, und plötzlich sieht er mich nicht mehr als Invalidin, mit der alle Mitleid haben, sondern als mich selbst. In diesem Augenblick, als er noch meinen Anblick in sich aufsaugt, stemme ich mich aus dem Rollstuhl, stehe auf… mache erst einen und dann einen zweiten Schritt in seine Richtung, und ihm stockt der Atem, weil er offenbar mit allem, aber nicht damit gerechnet hat.

Das war's. So stellte ich mir das Finale vor.

Ich bin wieder die Alte, nur so viel besser als zuvor, denn ich habe uns alle überrascht. Ich habe das Unmögliche geschafft. Ich habe zwar die Hölle durchgemacht, bin dann aber von dort zurückgekehrt – weiser, stärker und vor allem dankbar für all die Segnungen, die mir zuteilgeworden sind.

Chip verspürt Bewunderung, am meisten jedoch grenzenlose Liebe für mein neues, altes Ich, und was das Allerbeste ist – in meiner Fantasie geht es mir ebenso. Das ist eine unglaubliche Erleichterung für mich, weil alles, was ich meinem geschundenen, nicht funktionstüchtigen Körper noch entgegenbringe, eisige Verachtung ist. Das heißt, Moment: Das Wort »Verachtung« ist noch viel zu schwach. Es ist viel mehr als das. Enttäuschung. Ekel. Regelrechte *Abscheu* vor mir selbst.

Aber in meiner Fantasie ist nichts mehr davon da. All meine gehässigen Gedanken werden dort durch glühende Bewunderung ersetzt. Und die Bewunderung, die ihm bei meinem Anblick ins Gesicht geschrieben steht, überträgt sich auch auf mich, weshalb ich selig bin.

Inzwischen war ich richtiggehend süchtig nach diesem Bild und durchlebte diesen Augenblick mit unbändiger Freude ein ums andere Mal. Chip ist verblüfft von meiner Stärke und Entschlossenheit und Kraft. Und dann trete ich vorsichtig in seine Arme, und er küsst mich, und jetzt liegen alle Anstrengungen hinter mir. Selbst mein Haar ist wieder so wie früher und sieht – *warum eigentlich nicht?* – sogar noch etwas schöner aus.

In dem Artikel wurde mir versichert, dass ich mich mit dieser Fantasie nicht gehen ließ, sondern dass sie therapeutisch wirkte.

Ich musste visualisieren, was ich wollte. Musste es von ganzem Herzen wollen. Brauchte eine Vision, damit es vorwärtsging. Je öfter ich das positive Zukunftsbild in meinem Kopf entstehen lassen würde, umso stärker zöge es mich an. Basierend auf der Theorie, dass diese Sehnsucht mich nur stärker machen würde, sehnte ich mich vorsätzlich so sehr nach meinem alten Leben, dass es mir die Tränen in die Augen trieb.

War es ein bisschen unemanzipiert, dass Chip im Mittelpunkt des Bildes stand?

Vielleicht.

Aber vielleicht war auch das Gegenteil der Fall.

Ich nehme an, man könnte meine Fantasie so auslegen, als würde ich darin von meinem Traumprinzen gerettet – obwohl Chip in diesem Bild in Wahrheit nicht aktiv war, sondern nur Bewunderung für mich empfand. Ich hatte ganz alleine meine Fähigkeit zu gehen zurückerlangt. Hätte mich die Genderforschungsprofessorin meines Colleges vielleicht darauf hingewiesen, dass die von mir selbst erbrachte Leistung erst dadurch bedeutsam für mich wurde, dass ein Mann sie anerkannte? Sicher. Ja, okay. Damit hätte sie durchaus recht gehabt, und vielleicht sollte ich das irgendwann mal angehen, aber mir blieb nur ein Monat, um gesund zu werden, und das Bild, das ich heraufbeschworen hatte, gab mir die erforderliche Kraft, die Dinge anzugehen.

Endlich hatte ich ein Ziel. Ich hatte das Gefühl, als hätte ich zum ersten Mal seit dem verfluchten Unfall die Kontrolle über mich zurückgewonnen und als löse sich der Nebel, der mein Hirn umwabert hatte, langsam, aber sicher auf. Möglicherweise war das Schlimmste an den ersten beiden Wochen in der Klinik, dass ich derart ziellos, passiv und verloren gewesen war.

Eines Abends brachte Kit mehrere Artikel über den gesundheitlichen Nutzen von lautem Singen mit und warf sie schwungvoll auf den Tisch.

»Ich war den ganzen Tag im Internet und habe recherchiert, warum es gut ist, wenn du singst.«

Ich sah voller Argwohn auf den Stapel auf dem Tisch. »Ich werde ganz bestimmt nicht singen, Kit.«

Entschlossen hielt sie mir das obere Drittel der Papiere hin. »Hier geht's um den emotionalen Nutzen, wenn man singt.«

»Der interessiert mich nicht.«

Sie nahm das zweite Drittel in die Hand. »Hier steht, wie man durch Singen der Vereinsamung entgegenwirken kann.«

Ich schüttelte den Kopf. »Ist mir egal.«

»Und hier«, das letzte Drittel der Papiere reckte sie triumphierend wie die Freiheitsstatue ihre Fackel in die Luft, »wird ausführlich beschrieben, warum Singen gut für die Gesundheit ist.«

Ich seufzte laut.

Entschieden zählte Kit die Vorteile an ihren Fingern ab: »Beim Singen setzt der Körper Dopamin, Oxytozin und Endorphine frei. Depressionen und Ängste gehen zurück. Stress wird reduziert, der Hormonhaushalt wird reguliert. Der Sauerstoffgehalt des Bluts nimmt zu, und das sorgt dafür, dass man besser schlafen kann. Die Zahl der Antikörper wird erhöht und das Immunsystem gestärkt. Und …«, für den krönenden Abschluss schob sie sich extra näher an mein Bett.

»Sag nicht, dass Singen glücklich macht.«

»O doch, genau das sage ich.«

Ich ließ den Kopf zurück aufs Kissen fallen. »Ich will aber nicht glücklich sein.«

»Meinetwegen. Dann bleib eben unglücklich. Ich möchte trotzdem, dass du singst, weil das in jeder Hinsicht gut für die Gesundheit ist.«

»Gehen dadurch auch Entzündungen des Rückenmarks zurück?«

»Zumindest gibt es keine Studie, die das Gegenteil beweist.«

Eines musste ich ihr lassen. Sie war wirklich zäh. Sie würde eher sterben, als in ihrem Bemühen nachzugeben, mich dazu zu bringen, dass ich sang. Sie beschrieb mir Studie um Studie, erzählte inspirierende Geschichten, überhäufte mich mit Zuspruch und Statistiken. Bei einer Studie in Dänemark – oder vielleicht auch Holland – hatte von dreihundert Krebspatienten eine Hälfte dreimal wöchentlich in einem Chor gesungen und die andere nicht, und da der Krebs sich bei den Sängern eher zurückentwickelt hatte, hatten sie die Nichtsänger im Schnitt um sechs Monate überlebt.

Als ich protestieren wollte, sagte sie: »Ich weiß, ich weiß. Du hast keine Lust zu singen? Aber weißt du was? Du scheinst zu glauben, dass du nur dann singen kannst, wenn du schon glücklich bist. Wohingegen ich der Überzeugung bin, dass dich das Singen glücklich *macht*, worin die Wissenschaft mich unterstützt. Außerdem brächten ein, zwei Endorphine dich bestimmt nicht um.«

»Hör zu, *ich* glaube nicht, dass ich je wieder glücklich werden kann.«

»*Ich* glaube schon.«

»Warum lässt du mir nicht einfach meine Ruhe?«

»Weil ich weiß, wie gern du singst.«

Ich *hatte* einmal gern gesungen, aber das war jetzt vorbei. »Ich singe genauso gern wie jeder andere.«

»Falsch. Jetzt redest du wie Mom.«

Ich sah sie aus zusammengekniffenen Augen an, als wäre sie jetzt vollends durchgedreht. »Mom redet nicht vom Singen.«

»Stimmt. Sie hat dich nie dazu ermutigt, hat es nie geschätzt, wenn du gesungen hast, und hat auch nie erkannt, was für ein Talent du dafür hast.«

»Ich bin keine talentierte Sängerin, sondern ein ganz normaler Mensch.«

Kit nickte zustimmend. »Nur eben mit dem absoluten Gehör.«

»Das habe ich ganz sicher nicht.«

»Du kriegst immer mühelos sofort die zweite Stimme hin. Glaubst du, dass das jeder kann?«

Ich zuckte mit den Schultern.

»Nein. Das kriegt sonst *niemand* hin.«

»Als ob das eine große Sache wäre.«

»Ja, natürlich ist es das. Du hättest mit dem Singen niemals aufhören sollen. Also, fängst du jetzt zu singen an, oder soll ich es tun?«

Ohne meine Antwort abzuwarten, drückte sie den Play-Button ihres Handys, und im nächsten Augenblick erklang der erste Takt von »Let it be«.

Sie wusste, dass ich diesem Lied einfach nicht widerstehen konnte, und obwohl ich meine Lippen fest zusammenpresste und die Arme vor der Brust verschränkte, fing sie an zu singen, brachte dann mit Absicht ein paar Worte durcheinander und sang Sachen wie: »And when the broke and hardened people …«

»*Broken-hearted* people«, korrigierte ich sie gegen meinen Willen.

Doch Kit fuhr unbekümmert fort. »For though they may be partying …«

»Parted«, brüllte ich. »Sie feiern keine *Party.* In dem Lied geht's schließlich nicht darum, dass irgendwer sich amüsiert.«

Aber inzwischen machte ihr die Sache Spaß, und obgleich ich weiter lautstark protestierte, tauschte sie auch noch das »whisper« gegen »whistle«, »cloudy« gegen »crowded« und grölte aus lauter Kehle »blight« statt »light«. Doch schließlich kamen wir zum Schluss, und Kitty meinte: »Dir ist doch wohl klar, dass ich das Lied sofort noch mal abspielen kann?«

Also fingen wir wieder von vorne an, und während wir dem dunklen, seelenvollen Klavierspiel lauschten, das wir von den alten Platten unseres Vaters kannten, gab ich mich ganz den wunderbaren Klängen hin. Ich hatte dieses Lied tatsächlich immer schon geliebt. Es tröstete mich mehr als Schokolade, und ich überlegte, ob es wirklich schaden könnte, ein bisschen mitzusingen.

»In Ordnung«, sagte ich. »Aber sing nicht noch mal so falsch.«

»Du bist der Boss.«

Jetzt stimmten wir das Lied gemeinsam an.

Und ja, ich variierte etwas bei der Melodie.

Machte mich das glücklich? Nun, zumindest ging es mir nicht schlechter, als ich sang.

Und als das Lied vorbei war, fingen wir sofort noch mal von vorne an.

15

Ab Woche drei verlief die Zeit nach einem noch strengeren Stundenplan.

Bei meiner ersten offiziellen Aufgabe des Tages musste ich versuchen, mit den Zehen zu wackeln – was mir jedoch nie gelang. Danach wurde ich mit einem Schwamm gewaschen, frisch verbunden, meine Narben wurden eingecremt. Schließlich kam die Ergotherapie mit Priya, die mit meinen Fortschritten beim Wechsel zwischen Bett und Rollstuhl, Zähneputzen, beim Toilettengang, beim Anziehen meiner Turnschuhe, dem Binden meiner Schnürsenkel, beim An- und Ausziehen meiner Socken und beim Reinwackeln in meine Hose hochzufrieden war. Auch auf dem Rollstuhl-Hindernisparcours neben der Tür des Rehazentrums kam ich inzwischen gut zurecht. Ich konnte – ohne umzufallen – enge Kurven und auf Kopfsteinpflaster fahren, und als krönender Abschluss kämen bald noch Bordsteine und Treppen dran. Außerdem wollte mich Priya mit in die Patientenküche nehmen, dort zu Übungszwecken Plätzchen mit mir backen, und sie empfahl mir obendrein, mit dem Stricken anzufangen.

»Stricken?«, fragte ich.

»Es ist gut, wenn man ein Hobby hat.«

»Aber kann ich mir mein Hobby vielleicht selbst aussuchen?«

Priya schüttelte den Kopf. »O nein.«

Mein Mittagessen nahm ich jeden Tag mit meinen Eltern ein, die optimistisch nickten, während sie den jüngst von mir im Internet entdeckten inspirierenden Geschichten über Leute lauschten, denen es wie mir ergangen war.

Und danach kam die Physiotherapie mit Ian, der nach wie vor kein Wort mit mir sprach. Wir arbeiteten uns durch das Rehazentrum, benutzten beinahe täglich Liegerad und Matte, bei den anderen Dingen wie Barren und Ringen wechselten wir ab. Zweimal packte er mich sogar in ein Ganzkörpergeschirr und stellte mich dann in den Stehrahmen, wo ich an einem Metallgestell ein Stückchen über einem Laufband hing. Ich sollte meine Oberschenkel vorwärtsschieben, bevor er mir half, die Füße auf das Band zu stellen und die Bewegungen des Gehens nachzuvollziehen.

Die Wissenschaft ging davon aus, dass das Rückenmark und selbst die Muskeln so etwas wie ein eigenes Gedächtnis hatten und dass Laufen theoretisch eine so fundamentale menschliche Bewegung war, dass sie vielleicht auch möglich wäre, ohne dass das Hirn den Beinen die entsprechenden Befehle gab. Wenn man also die neurologischen Signale nur genügend reizte, suchten sie sich unter Umständen reflexartig ohne Einbindung des Gehirns von ganz alleine einen neuen Weg.

Natürlich hatte ich inzwischen Fortschritte gemacht. Meine Knie waren deutlich stärker, und ich konnte sie allein zusammenpressen, mein gesamter Oberkörper war gekräftigt, und auch die verlorene Muskelmasse baute sich allmählich wieder auf.

Die Wahrheit aber war – auch wenn es mit sämtlichen Regionen oberhalb der Knie wieder aufwärtsging –, unterhalb der Knie tat sich einfach nichts.

Trotz all meiner Lektüre, meiner Listen, all der angestrichenen Textstellen, der selbst gesteckten Ziele und obwohl ich beinahe jede Nacht im Traum im Wald oder am Strand spazieren ging oder vielleicht auch nur über einen leeren Parkplatz stapfte – wobei diese Träume derart realistisch waren, dass ich mich manchmal fragte, ob nicht sie vielleicht mein wahres Leben wären und ich die Krankenhausszenen nur träumte –, waren die Verbesserungen unterhalb der Knie kaum der Rede wert.

Eines Tages dachte ich, ich hätte es geschafft, mit einem Zeh zu wackeln, aber niemand außer mir konnte etwas sehen. Ein andermal, bei einer Übung auf dem Liegerad, kam es mir vor, als hätte ich mich mit dem Fußballen abgedrückt, aber als ich es noch einmal machen wollte, schleifte mein verdammter Fuß so schlaff über den Boden wie sonst auch.

Meine Mutter brachte ein paar Bücher mit, in denen stand, gelegentliche Stillstände wären normal, weil sich der Körper während dieser Zeit erst mal an die bereits erzielten Fortschritte gewöhnen müsste – also betete ich mir, wenn ich frustriert war, immer wieder vor: »Gelegentliche Stillstände sind vollkommen normal.«

Gleichzeitig wurde Ian Hauptgesprächsthema, wenn Kitty abends bei mir war. Ich musste ihr immer genau berichten, was der alte Griesgram machte, und sie hielt mich an, ihr jedes unterdrückte Lächeln, jedes gemurmelte Wort und jede noch so winzige menschliche Regung aufzuzählen. Wir brachten so viele Stunden mit der Psychoanalyse dieses Mannes zu, dass wir am Schluss die Theorie aufstellten, diese Beschäftigung sei vor allem für uns selbst psychologisch wertvoll. Vielleicht, sagten wir uns, sprachen ja Frauen über Männer, weil es dann nicht um sie selber ging. Vielleicht lenkten uns die Gespräche von den wirklichen Problemen, die wir hatten, ab.

Und ohne Zweifel war es deutlich amüsanter, mir Gedanken über Ian zu machen als über mich selbst.

Wahrscheinlich hätte es sich eher angeboten, über Chip zu reden, aber leider war es so, dass Chip im Augenblick nicht allzu reizvoll für mich war.

Auch wenn er mir das Gegenteil versprochen hatte, hatte er es während der drei endlos langen Tage seit der Wiederholung seines Antrags nur dreimal ganz kurz ins Krankenhaus geschafft und jedes Mal die ganze Zeit an meinem Bett gestanden, als könne er es kaum erwarten, wieder zu gehen. Vor allem war er immer in den denkbar ungünstigsten Augenblicken aufgetaucht: Einmal, als ein Pfleger kam, um mich zu waschen, einmal, als mich Priya anwies, ohne Hilfe meine Jogginghose an- und wieder auszuziehen, und einmal, als ich gerade auf dem Weg auf die Toilette war. Er hatte jeweils die gebotene halbe Stunde bei mir ausgeharrt, ständig sein Handy überprüft, mir einen steifen Kuss gegeben und sich wieder aus dem Staub gemacht. Ich wartete den ganzen Tag auf ihn, behielt die ganze Zeit die Tür im Auge, doch wenn er sich dann blicken ließ, wünschte ich mir fast sofort, er würde wieder gehen.

Was ich in höchstem Maß verwirrend fand.

Das Thema Ian war erheblich interessanter für mich. Er kam mir beinahe vor wie der geheimnisvolle Held aus einem Buch. Ganz anders als Chip und seine Unzulänglichkeiten, denn die waren traurige Wirklichkeit.

Nach unzähligen Diskussionen entwickelte Kit die Theorie, dass hinter Ians mürrischer Fassade ein in höchstem Maße amüsanter Mensch gefangen sei, der von innen an seinen Rippen kratzte, um sich aus seinem Gefängnis zu befreien. Sie nannte es die Theorie vom Schönen und dem Biest und war nicht davon abzubringen, dass ihm irgendwann in der Vergangenheit ein fürchterliches Leid geschehen war. Was ich vollkommen anders sah. Meiner Theorie zufolge hatte er als Baby zu viel Zeit in irgendeinem abgelegenen schottischen Waisenhaus verbracht und das kritische Zeitfenster für die Ausbildung sozialer Kompetenzen und menschlichen Mitgefühls verpasst.

»Ist er denn ein Waisenkind?«, erkundigte sich Kit.

Ich zuckte mit den Schultern. »Keine Ahnung.«

Was auch immer sein Problem war, er tat mir tatsächlich gut, auch wenn das sicher seltsam klingen mag.

Ich sprach den ganzen Tag lang mit den anderen Leuten aus der Klinik kaum ein Wort, aber wenn Ian kam, brachen all die Gedanken, Theorien, Beobachtungen, Träume oder Meinungen, die sich in meinem Inneren seit dem Vortag angestaut hatten, aus mir heraus. Das lag zum Teil an meiner Furcht vor seiner Schweigsamkeit, aber zum Teil auch daran, dass ich eine geradezu perverse Freude daran hatte, ihn zu provozieren. Es war wie der Versuch, einen der Soldaten vor dem Buckingham Palast dazu zu bringen, eine

Miene zu verziehen. Ich wollte ihn um jeden Preis dazu bewegen, eine Reaktion zu zeigen. Ich versuchte, ihn zu schockieren, ihn zu überraschen und erzählte jeden Witz, der mir jemals zu Ohren gekommen war. Obwohl er nicht reagierte, so hörte er mir dennoch zu, und im Verlauf der Tage googelte ich lauter verrückte Dinge, damit mir in unserer Stunde nicht das Material ausging.

Ich fragte ihn zum Beispiel: »Wussten Sie, dass Tintenfische nicht nur ein, sondern drei Herzen haben?« Als er darauf nicht reagierte, feuerte ich umgehend die nächste Frage ab: »Wussten Sie, dass es in Japan einen Unterwasserbriefkasten gibt?« Als er immer noch nichts sagte, setzte ich noch einen drauf. »Haben Sie von dem Mann gehört, den sie ein geschlagenes Jahr lang intravenös ernähren mussten, woraufhin sich die Geschmacksknospen in seinem Mund zurückentwickelt haben? Sie waren mit einem Mal nicht mehr da. Seine Zunge wurde glatt wie die von einem Delfin.«

Es war der einzige Moment des Tages, an dem ich zumindest annähernd die alte Margaret war. Der einzige Moment, in dem der Nebel in meinem Hirn sich verzog. Das Spielchen, das ich mit ihm spielte, zog mich derart in den Bann, dass ich mich selbst so weit vergaß, wie es einem Menschen möglich ist, der sein Glück zwischen den Gehbarren versuchte, ohne dass er einen Zentimeter vorwärtskam.

Im Grunde hätte es für mich die schlimmste Zeit des Tages sein sollen, denn ich versagte ein ums andere Mal. Aber tatsächlich war es die schönste.

In dieser Woche wurden die Verbände von den Spenderstellen unterhalb der Schlüsselbeine abgenommen, und neben all den anderen grauenhaften Anblicken, die mein Körper bot, stellte ich jetzt noch zwei fleischige Narben zur Schau, die wie dicke Streifen Speck aussahen. Wenigstens sah mein Gesicht bereits deutlich besser aus. Zwar waren die centgroßen Blasen, die mein Kinn verunziert hatten, jetzt verschorft und fielen dadurch noch mehr auf, aber ich war eindeutig auf einem guten Weg, und die Verbrennungen im Rest meines Gesichts waren fast nicht mehr zu sehen. Wie von meinem Arzt vorhergesagt, juckten diese Stellen wie die Hölle, aber trotzdem kratzte ich nicht ein einziges Mal daran herum.

Kitty tauchte weiterhin jeden Abend auf und brachte jedes Mal etwas aus einem unserer Lieblingsrestaurants oder aus irgendwelchen mir bis dahin völlig unbekannten Läden mit. Sie hatte es sich offenbar zur Aufgabe gemacht, mich jeden Tag zu überraschen, und ließ dabei keine Küche aus, weshalb auf meiner Speisekarte alles Mögliche vom Inder, Thailänder, Mexikaner, Italiener, aus der Cajun-Küche, vom Japaner oder vom Vietnamesen stand.

Auch Priyas Strickvorschlag griff sie begeistert auf. Sie wünschte sich von mir zum Dank für all das feine Essen einen selbst gestrickten Schal, und während ich mit Wolle und Nadeln kämpfte, sahen wir uns zusammen alle ihre Lieblingsmusicals – von *South Pacific* über *Heimweh nach St. Louis* bis *Du sollst mein Glückstern sein* – auf meinem Laptop an. Ohne zu protestieren, sang ich alle Lieder mit, anfangs eher verhalten, doch irgendwann im vollen Judy-Garland-Modus.

Der Schal, den ich ihr stricken musste, sah grauenhaft aus. Die Farbe der Wolle hatte im Prospekt nach einem stürmisch graublauen Gewitterhimmel ausgesehen, sich dann aber als schlichtes Grau herausgestellt, deshalb sah das Ganze wie eine mutierte Nacktschnecke mit zahlreichen Tumoren aus.

»Wir machen einfach ein paar Pompons dran«, erklärte Kitty. »Kein Problem.«

Tatsächlich kehrten einige Aspekte meines alten Ichs erstaunlich schnell zurück, und Menschen und Gespräche waren abermals die beste Ablenkung für mich. Wenn ich jemanden zum Reden hatte, konzentrierte ich mich ganz auf das Gespräch, und ich riss zwanghaft Witze, plauderte und scherzte, sobald jemand sich in meiner Nähe blicken ließ. In diesen Augenblicken fühlte ich mich, wenn auch nicht tatsächlich *gut*, so doch zumindest deutlich besser als den Rest der Zeit.

Trotzdem gab es immer noch zahlreiche stille, nebulöse Augenblicke, in denen ich traurig und verloren war. Die möchte ich nicht verschweigen, denn sie waren deutlich in der Überzahl. Alles, was passierte – jede Physiotherapiestunde mit Ian, jede Reinigung durch den Pfleger, jedes Musical, das ich mit meiner Schwester anschaute –, erfolgte vor dem Hintergrund, dass ich den Mut nicht verlieren durfte und nach vorn blicken musste. Sobald ich allein in meinem Zimmer war, etwas im Fernsehen sah, das die Erinnerung an mein verlorenes Leben weckte, oder wenn ich morgens die Augen aufschlug und mir einfiel, wo ich war, hüllte mich ein grauer Nebel ein. Was leider nicht die Ausnahme, sondern die Regel war.

Eines Nachmittags bekam ich in meiner geheiligten Ruhepause zwischen Physiotherapie und Abendessen unerwarteten Besuch. Es war Chips Mutter Evelyn.

Ich machte in der Zeit immer mein Nickerchen, aber sie rückte derart lautstark den Besucherstuhl ans Bett, dass ich davon aufwachte.

»Oh. Hast du geschlafen?«

Was ja wohl eindeutig nicht zu übersehen gewesen war. »Ja.«

»Es scheint dich zu überraschen, mich zu sehen.«

Allerdings. Nach meinem Unfall wollte ich nur eine Handvoll ausgewählter Menschen sehen, und sie gehörte ganz bestimmt nicht dazu. »Ich will keinen Besuch.«

»Ich habe am Empfang gesagt, ich wäre deine – zukünftige – Schwiegermutter.«

»Wie es aussieht, hattest du damit Erfolg.«

Sie hatte mich zum letzten Mal gesehen, als ich in den OP geschoben worden war. »Du siehst viel besser aus«, meinte sie zwar freundlich, aber ihr Blick wanderte kritisch an mir herunter. Die Art, wie sie mich betrachtete, entfachte den Juckreiz in meinem Gesicht. Dann fügte sie hinzu: »Abgesehen von deinem Hals und – o Gott!« Sie hatte die Spenderstellen entdeckt, und eilig wandte sie sich ab, um sich wieder zu sammeln.

»Mussten sie dir den Kopf rasieren?«, fragte sie nach einem Augenblick in einem Ton, als gäbe es darauf als Antwort nur ein Ja.

»Nein«, entgegnete ich. »Das ist mein neuer Kurzhaarschnitt.«

»Es wird bestimmt nicht lange dauern, bis die Haare wieder nachgewachsen sind.«

»Ich werde sie so lassen. Sie gefallen mir so.«

»Bitte nicht. Das ist doch viel zu maskulin für dich.«

»Ich finde meine kurzen Haare cool.«

»Du wirst es dir bestimmt noch einmal überlegen, wenn du erst wieder ganz die Alte bist.«

Chips Mom war meiner Mutter ziemlich ähnlich. Übertrieben selbstbeherrscht. Übertrieben auf das Aussehen und die Außenwirkung aller Dinge konzentriert. Übertrieben hart sich selbst und anderen gegenüber, aber gleichzeitig zu gut erzogen, um direkt zu sagen, was sie hätte sagen wollen.

Manchmal aber brachen sich die Gedanken, die sie eigentlich für sich hätte behalten wollen, auf seltsame Weise Bahn.

Außerdem kannte ich sie gut genug, um sie durchschauen. Sie und Mom spielten zusammen Tennis, gingen zusammen zur Pediküre und waren die besten Freundinnen der Welt. Sie lebten seit zehn Jahren Tür an Tür und hatten meines Wissens in all der Zeit nicht ein einziges Mal Streit. Vielleicht war es Schicksal, dass zwei solche Frauen Nachbarinnen geworden waren. Sie waren fast immer einer Meinung, und ihre Gespräche dienten hauptsächlich dazu, sich gegenseitig in ihrer Sicht der Dinge zu bestätigen. Ein derartiger Einklang unter Nachbarinnen kam bestimmt nicht allzu häufig vor.

Selbstverständlich drückten unsere Mütter Chip und mir die Daumen, denn natürlich hofften sie, dass wir bald alle eine große, glückliche Familie wären.

Weshalb ich nicht darauf gefasst war, was als Nächstes kommen sollte, als sie stirnrunzelnd den Stuhl noch ein wenig näher schob. »Es geht um Chip.«

Um Chip?

Mir war bei seinem letzten Besuch aufgefallen, dass er inzwischen wieder duschte, was doch sicherlich ein Fortschritt war. Dazu schickte er mir ständig irgendwelche Blumensträuße, und obwohl ich strikte Anweisung gegeben hatte, alle Blumen auf die Kinderstation weiterzuleiten, kamen seine Sträuße immer durch. Meine Mutter ordnete sie täglich neu vor meinem Fenster an.

Er gab sich Mühe. So viel musste ich ihm lassen.

»Ich habe das Gefühl, dass es ihm besser geht«, sagte ich zu Evelyn. »Ich glaube, dass er sogar wieder duscht.«

»Ja«, stimmte sie zu. »Und er treibt sich auch nicht mehr nächtelang in irgendwelchen Kneipen rum.«

»Das ist ein eindeutiger Fortschritt.«

»Aber«, sie nahm meine Hand und drückte sie, »ich habe nicht den Eindruck, dass er glücklich ist.«

Glücklich? War das überhaupt eine Option? Mir reichte es bereits, dass ich inzwischen wieder im Besitz meiner geistigen Fähigkeiten war.

»Deshalb bin ich hier«, fuhr sie entschieden fort. »Ich mache mir Sorgen um ihn.«

»Und ich mache mir Sorgen um uns alle«, antwortete ich.

Aber ihr lag etwas ganz Bestimmtes auf der Seele, und das sprach sie ausnahmsweise direkt aus. »Er ist wegen der Dinge, die passiert sind, am Boden zerstört. Diese Sache hat ihn völlig aus dem Gleichgewicht gebracht. Er muss sich zwingen herzukommen, weil er jedes Mal, wenn er in dein geschundenes Gesicht sehen muss, von seinen Schuldgefühlen überwältigt wird.«

»Willst du damit sagen, dass ich Mitleid mit ihm haben soll?«

»Also bitte, Margaret, es ist auch für ihn nicht leicht!«, empörte sie sich.

»Davon bin ich überzeugt. Vor allem für seine Leber war es sicher ziemlich hart.«

»Nicht jeder ist so stark wie du.«

»Ich bin *nicht* stark. Ich sitze in der Falle, denn mein Körper weigert sich, die Atmung einzustellen.«

Aber davon wollte sie nichts hören. »Jetzt übertreib mal nicht.«

Ich ließ meinen Kopf zurück aufs Kissen fallen und kniff die Augen zu. Und dafür hatte ich mein Nickerchen aufgegeben.

Chips Mutter nutzte den Moment, um zum eigentlichen Thema des Gesprächs zurückzukehren. »Chips Vater und ich haben darüber gesprochen und würden dich gern um einen Gefallen bitten.«

Ich schlug die Augen wieder auf. »Einen Gefallen?«

»Du weißt ja selbst, wie loyal Chip ist. Du weißt, wie viel ihm immer daran liegt, das Richtige zu tun. Du weißt, er würde die Verlobung nie von sich aus lösen.«

»Ich bin mir nicht mal sicher, ob unsere Verlobung überhaupt noch gilt«, erwiderte ich und hoffte, damit wäre diese Angelegenheit geklärt.

»Du trägst den Zweikaräter meiner Mutter, und ich gehe davon aus, dass das durchaus etwas zu sagen hat.«

»Wenn du meinst.«

»Nur weiß ich nicht, was du – in der Situation, in der du dich befindest – für Erwartungen an ihn hast.«

Worauf zum Teufel wollte sie hinaus?

»In der Situation, *die Chip verursacht hat*?«

»Du würdest doch bestimmt nicht wollen, dass er dich nur aus Schuldgefühlen heiratet.«

»Was willst du damit sagen?«

Sie lehnte sich etwas zurück. »Er ist in einer schlimmen Lage.«

»Sind wir das verdammt noch mal nicht alle?«

»Bitte achte etwas auf deine Ausdrucksweise, ja?«

»Willst du mich auf den Arm nehmen?«

Sie blinzelte kurz. »Wir alle bemühen uns, so gut wie möglich mit dieser Geschichte umzugehen.«

»Was einigen von uns anscheinend deutlich besser als dem Rest von uns gelingt.« Meine Gedanken überschlugen sich. »Moment – hat er dich etwa hergeschickt? Hat er etwa *seine Mutter* vorgeschickt, um mit mir Schluss zu machen?«

»Er weiß nicht mal, dass ich hier bin.«

»Also bist du einfach zu dem Schluss gekommen, dass dich das *irgendetwas* angeht?«

»Er ist schließlich mein Kind!«

»Er ist kein Kind mehr, sondern ein erwachsener Mann!«

Sie richtete sich etwas gerader auf. »Eine Ehe braucht ein starkes Fundament aus …« Sie schien nach dem passenden Begriff zu suchen und beendete den Satz mit einem nachdrücklichen »… Leidenschaft.«

Sie sprach jetzt doch nicht etwa auch noch über *Sex*?

»Leidenschaft?«

»Unter anderem.«

Ätzender Zorn stieg in mir auf. War sie etwa im Ernst nur hier hereinspaziert, um mir zu erklären, dass ihr Sohn mich nicht mehr vögeln wollte?

»Keine Bange, Chip ist sogar äußerst leidenschaftlich«,

gab ich zurück. Sie wollte über diese Dinge reden? War bereit, in peinliche Details zu gehen? Meinetwegen. Wenn sie es so haben wollte, kein Problem.

»Er hat seine Leidenschaft bereits im Clubhaus eures Golfclubs, in seinem Kinderzimmer, auf der Gartenbank gleich neben euren lächerlichen Engelsstatuen, dann im Whirlpool eures Badezimmers, als ihr im Urlaub wart, und während des Weihnachtsessens in der Speisekammer neben eurer Küche ausgelebt«, zählte ich auf. »Ich kann dir sagen, euer ›Kind‹ ist ein ganzer Kerl mit einem Riesenständer. Ich gehe also davon aus, dass er auf dieses ganz besondere Vergnügen auch in Zukunft nicht verzichten wird.«

Ich hätte mich bei diesem Angriff gut fühlen wollen, doch das tat ich nicht.

Evelyn saß reglos da. »Das war vor dem Unfall«, stieß sie schließlich hervor. »Aber jetzt ist nichts mehr, wie es war.«

»Verdammt, da hast du recht!«

Bei diesem neuerlichen Schimpfwort wandte sie sich naserümpfend ab. »Chips Vater und ich haben das Gefühl, dass er nach etwas sucht, was er bei dir jetzt nicht mehr finden kann.«

Ich verschränkte meine Arme vor der Brust. »Ach ja?«

»Er sagt, dass er auch weiter bei dir bleiben will, wobei uns sein Verhalten etwas anderes verrät«, klärte sie mich mit ernster Stimme auf.

»Was für ein Verhalten?«

Sie machte ein Gesicht, als wäre diese Frage alles andere als angemessen und als hätte nicht sie selbst das Thema angesprochen, sondern ich.

»Willst du es mir nicht sagen?«, fragte ich, als sie die Lippen aufeinanderpresste, und fügte hinzu: »Wovon redest du?«

Ich konnte ihr deutlich ansehen, dass sie sich wünschte, dieser Satz wäre ihr nicht herausgerutscht, und entschlossen beugte ich mich vor. »Na los, nun sag's mir schon«, wies ich sie drohend an, und eilig wandte sie sich erneut ab.

In diesem Moment bemerkten wir, dass jemand in der Tür des Zimmers stand.

Chip.

Hätte ich ihm eine Ohrfeige verpassen können, hätte ich das garantiert getan. »Hast du etwas deine *Mutter* hergeschickt, um mit mir Schluss zu machen?«

Chip sah seine Mutter an. »Was machst du hier?«

»Ich versuche, dir zu helfen«, sagte sie leicht verlegen. »Dein Vater und ich machen uns große Sorgen.« Sie hob eine Hand an ihr Gesicht, und mir wurde bewusst, dass sie weinte. Plötzlich sah sie fürchterlich zerbrechlich aus, und ich bereute wenigstens ein bisschen, dass ich mehrmals derart ausfallend geworden war.

Und auch ein Sohn kann unmöglich auf seine Mutter wütend sein, während sie mit den Tränen ringt. Deshalb meinte Chip mit sanfter Stimme: »Du kannst mir nicht helfen, Mom. Versuch es also gar nicht erst.«

Er trat an ihren Stuhl, half ihr auf und führte sie behutsam aus dem Raum. Zum Zeichen dafür, dass er in ein paar Minuten wiederkäme, reckte er fünf Finger in die Luft, also nahm ich an, er würde sie zurück zu ihrem Wagen bringen.

Erst nachdem die zwei verschwunden waren, fiel mir das leichte Brennen in meiner Brust auf, als hätten mir die ätzenden Bemerkungen von Evelyn ein kleines Loch ins Herz gebrannt. Ich brachte mehrere Minuten damit zu, mir einzureden, dass es gut war, dass ich *überhaupt* etwas empfand, bevor ich zu dem Schluss kam, dass das vollkommener Schwachsinn war. Warum nur waren die einzigen Gefühle, denen es gelang, den Nebel zu durchdringen, so negativ?

Als Chip dann wiederkam, bemerkte ich, dass er – zum ersten Mal seit dem verfluchten Unfall – wieder aussah wie sein altes Ich. In diesen Chip hatte ich mich verliebt. Dies war der souveräne, selbstbewusste Chip, der überall die Führung übernahm. Er sah fantastisch aus. Er war beim Frisör gewesen, seine Kakihose war gebügelt und sein Polohemd gestärkt, er hatte sich die Zähne ordentlich geputzt und vielleicht sogar Zahnseide benutzt.

Es war überwältigend, ihn plötzlich so zu sehen. Es war, als ob der echte Chip seit Wochen nicht mehr da gewesen, aber jetzt endlich zurückgekommen wäre, und die Härte und der Widerwillen, die ich gegenüber dem mir fremden, neuen Chip empfunden hatte, lösten sich in Wohlgefallen auf.

»Sind wir verlobt?«, erkundigte ich mich mit leiser Stimme. »Haben wir das je richtig geklärt?«

Er setzte sein berühmtes Lächeln auf. »Du weißt, dass wir das sind. Auf jeden Fall von meiner Seite aus.« Er flirtete mit mir! »Deine Position ist etwas unklar, aber schließlich trägst du noch den Ring.«

»Deine Mutter denkt, dass du mich jetzt nicht mehr ›begehrst‹.« Ich setzte mit den Fingern Anführungszeichen in der Luft.

Er lachte laut auf, sank auf den frei gewordenen Stuhl an meinem Bett und ergriff wie vorher seine Mutter meine

Hand. »O doch, das tue ich. O Gott, das tue ich – und wie …«

Ich merkte erst, dass ich den Atem angehalten hatte, als die Luft hörbar aus meiner Lunge wich. Jetzt würde vielleicht doch noch alles gut für uns, dachte ich.

Bis er weitersprach. »Dein altes Ich.«

Wie bitte?

»Ich denke Tag und Nacht an sie.« Chips Schultern fingen an zu beben, und er presste seine Stirn auf meine Hand. »Ich vermisse sie unglaublich«, stieß er mit gedämpfter Stimme aus.

»Du vermisst sie? Aber sie ist doch nicht weg.« Ich versuchte gar nicht zu verbergen, wie verblüfft ich war. »Sie liegt in diesem Bett.«

Weinte Chip etwa? »Ich vermisse ihre Haare«, fuhr er fort. »Und wie sie in hochhackigen Schuhen rumgelaufen ist. Und wie ihre enge Jeans die Hüften betont haben.«

Das war schlichtweg gemein. »*Sie*? Das klingt, als würdest du nicht von mir, sondern von jemand ganz anderem sprechen?«

»Es tut mir leid.«

»Deine Mutter denkt, dass du unsere Verlobung nur aus Schuldgefühlen aufrechterhältst. Sie denkt, du würdest es zwar nicht mehr wollen, hättest aber das Gefühl, mich heiraten zu *müssen*, weil du schuld an meiner Lähmung bist.«

»Nein.« Kopfschüttelnd sah er auf. »Ich will dich noch immer heiraten. Das will ich mehr als alles andere.«

»Mich oder das Mädchen, das du so vermisst?« Als ob wir zwei verschiedene Menschen wären. »Mein altes Ich oder die Margaret, die ich seit dem Unfall bin?«

»Die Margaret, die ich kriegen kann.«

Das zauberte mir ein, wenn auch verhaltenes, Lächeln ins Gesicht. Wie gerne hätte ich noch mal das warme, sonnige Gefühl wie während seines ursprünglichen Antrages verspürt. »Dann willst du mich also nach wie vor heiraten?«

»Mehr, als ich dir sagen kann.«

Ich will nicht lügen. Das zu hören tat mir gut.

Chip richtete sich gerade auf und fuhr sich mit einer Hand durchs Gesicht. Er atmete tief durch, als hätte er die Absicht, laut zu schreien, hielt dann die Luft kurz an, und als die Worte endlich kamen, waren sie so leise, dass sie fast nicht zu verstehen waren. »Ich will dich heiraten, Margaret. Aber ich glaube nicht, dass ich es kann.«

Ich wurde schreckensstarr, während er vor sich auf den Boden sah.

»Ich denke«, fuhr er fort, »dass du es am Ende nicht zulassen wirst.«

Und mit einem Schlag wusste ich, was er mir sagen würde. Plötzlich wusste ich genau, um was für ein »Verhalten« es zuvor auch Evelyn gegangen war.

Jetzt musste ich eine Entscheidung treffen.

Ich hätte das Gespräch in diesem Augenblick beenden, ihn vom Haken lassen können und niemals erfahren müssen, was er hätte sagen wollen. Dann hätten wir so weitermachen können wie bisher. Hätten uns weiter durchwursteln und uns bemühen können zu kitten, was im Grunde nicht zu kitten war. Ich hätte diese Unterhaltung einfach streichen, auf den »tragischen Unfall« schieben und mich weiter darauf konzentrieren können, Ziele zu erreichen, die möglicherweise niemals zu erreichen waren.

Der Gedanke war mehr als verführerisch. Ich hätte diesen Weg problemlos nehmen können.

Doch das tat ich nicht.

»Chip?« Ich sah ihn fragend an. »Was ist passiert?«

Er starrte immer noch auf den Boden und schüttelte den Kopf.

»Chip«, bat ich ihn eindringlich. »Erzähl es mir.«

Er wirkte wie zur Salzsäule erstarrt.

»Nun sag's mir schon!«

Und endlich nahm er allen Mut zusammen, kniff die Augen zu und stieß mit rauer Stimme aus: »Ich war mit einer anderen im Bett.«

Ich hatte es gewusst. Mir war schon vor seinem Geständnis klar gewesen, welche Richtung diese Unterhaltung nehmen würde. Nachdem aber die Worte einmal ausgesprochen waren, stünden sie für alle Zeiten zwischen uns. Es war vorbei. Das war's. Er hatte seine Wahl getroffen, aber das hatte ich auch. Ich fühlte in dem Augenblick bestimmt verschiedene Dinge, doch das Einzige, woran ich mich erinnern kann, ist grenzenlose Einsamkeit.

»Mit wem?«

»Das spielt doch keine Rolle.«

»Für mich verdammt noch mal schon!«

Er erhob sich derart schnell von seinem Stuhl, dass dieser krachend auf den Boden fiel, doch statt ihn wieder aufzurichten, stapfte er nervös am Fußende des Bettes auf und ab.

»Mit Tara«, gab er schließlich zu.

»Mit deiner Ex? Die du immer als Jammerweib bezeichnet hast?«

Er nickte knapp.

»Aber die findest du doch nicht mal nett!«

»Ich weiß.«

Ich wusste nicht, wo ich hätte beginnen sollen, und sagte einfach »Chip«, auch wenn das eher wie ein Seufzer klang.

»Sie hat meinen Facebook-Post gesehen, mich angerufen, angefangen, ab und zu nach mir zu sehen, und dann ist sie mit Suppe bei mir aufgetaucht.«

»Mit *Suppe?*«

Schulterzuckend meinte er: »Sie war um mich besorgt, weil ich nichts essen wollte, und am Schluss hat eins zum anderen geführt.«

»Sprich nicht weiter«, bat ich ihn, denn Einzelheiten wären mehr, als ich ertrug.

Trotzdem sprudelten die Worte nur so aus ihm heraus. »Als sie eines Abends kam, hockte ich weinend auf der Couch …«

»Soll ich jetzt etwa Mitleid mit dir haben?«

»… und konnte nicht mehr aufhören. Also hat sie ihren Arm um mich gelegt.«

»Hör auf.«

»Sie hat mich tröstend hin und her gewiegt.«

»Bitte, Chip, ich möchte nichts mehr hören!«

»Und dann haben wir uns mit einem Mal geküsst.«

»Verdammt! Es ist mir ernst! Hör auf!«

Mir war gar nicht bewusst, wie laut ich schrie, als die Tür geöffnet wurde und Ian auf der Bildfläche erschien.

Er bedachte Chip mit einem bösen Blick und wandte sich an mich. »Alles in Ordnung?«

»Hauen Sie ab, Mann«, raunzte Chip ihn an. »Wir führen gerade ein wichtiges Gespräch.«

Ohne seinen Blick von mir zu lösen, meinte Ian: »Dich Arschloch habe ich mit meiner Frage nicht gemeint.«

Ich sah zu Ian auf. Er stand vollkommen reglos da, wenn auch mit unterdrückter Anspannung. Mein Vater hatte recht gehabt, man verstand im Flur tatsächlich jedes Wort, das hier in diesem Zimmer fiel. Ian hatte also das gesamte peinliche, erschütternde Gespräch oder zumindest große Teile davon mitgehört.

»Kann ich etwas für Sie tun?«, erkundigte er sich in überraschend sanftem Ton bei mir. »Kann ich Ihnen ein Glas Wasser holen oder diesem Wichser in die Fresse hauen?«

Ich schüttelte den Kopf, aber zugleich huschte ein mikroskopisch kleines Lächeln über mein Gesicht. Ian sah es.

»Können wir unser Gespräch jetzt bitte fortsetzen?«, bat Chip, wobei ich keine Ahnung hatte, ob die Frage eher an Ian oder an mich gerichtet war.

»Maggie?«, fragte Ian und sah mir weiterhin ins Gesicht. »Möchten Sie die Unterhaltung fortsetzen?«

Ich schüttelte erneut den Kopf. »Ich glaube, wir sind hier fertig.«

»Das war's, Arschloch. Verdufte.«

Aber Chip war nicht bereit zu gehen. »Margaret!«

Mit einem Mal war Ian direkt neben ihm. Er überragte Chip um Haupteslänge und sah drohend auf ihn herab. »Du hast gehört, was sie gesagt hat. Raus.«

Zum Zeichen, dass er sich geschlagen gab, hob Chip die Hände und schob sich rückwärts Richtung Tür. »Okay, okay.« Er machte ein paar Schritte, dachte über seine

Möglichkeiten nach, und da er wirklich keine hatte, gab er auf.

Bevor er in den Flur verschwand, rief ich: »Chip! Moment!«

Er drehte sich noch einmal um, und ich zerrte den Ring seiner Großmutter von meinem Finger und warf ihn ihm wütend hinterher.

Er duckte sich, weshalb ich seinen Kopf nicht traf.

Dafür prallte das verfluchte Schmuckstück von der Wand ab, kullerte unter das freie Bett neben der Tür, und Chip musste auf allen vieren über den Boden krabbeln, bis er es nach kurzem Suchen fand. Das war ein so erniedrigendes Schauspiel, dass ich einen Anflug von Genugtuung verspürte.

Aber mehr leider auch nicht.

Sobald er weg war, hüllte mich wieder der altbekannte Nebel ein.

Ich hatte das Gefühl, nicht genügend Sauerstoff einatmen zu können.

Ich fing an zu hyperventilieren und konnte plötzlich nichts mehr sehen. Statt dunkel wurde alles weiß, und die Konturen verschwammen, bis das Einzige, was ich noch registrierte, Ians Stimme war.

Nur Ian war noch da.

»Immer mit der Ruhe«, flüsterte er dicht an meinem Ohr. »Zähl beim Einatmen bis vier – genau – und atme dann genauso langsam wieder aus. Zähl dabei bis vier. Sehr gut.«

Ich spürte Ians warme Hand an meiner Stirn, atmete langsam aus und ein, schlug die Augen wieder auf, und da war sein Gesicht, nur ein paar Zentimeter über mir.

»Keine Angst. Du bist okay.«

Ich wusste nicht, seit wann mich Ian duzte, doch nachdem er mich gerettet hatte, kam mir das nur angemessen vor.

»Ian«, bat ich, als ich meine Stimme wiederfand. »Du musst mir einen Gefallen tun.«

»Sicher. Alles, was du willst.«

»Ich muss hier raus.«

16

Ian bedachte mich mit einem nachdenklichen Blick und schlug dann meine Bettdecke zurück.

»In Ordnung. Schieb dich an den Rand des Betts«, wies er mich an, und als ich tat, wie mir geheißen, hockte er sich rücklings vor mich hin.

»Und jetzt steig auf.«

»Was? Auf deinen Rücken? Huckepack?«

Er nickte. »Tu einfach so, als wäre ich ein Pferd.«

»Vielleicht ein Clydesdale«, scherzte ich, weil er schließlich aus Schottland kam.

»Nun mach schon. Schwing dich drauf und drück die Oberschenkel fest zusammen.«

Die gute Nachricht war, dass meine Oberschenkel dazu wirklich in der Lage waren. Erst unterhalb der Knie versagten meine Beine ihren Dienst. Gehorsam beugte ich mich vor, bis meine Brust auf seinem Rücken ruhte, zerrte meine lahmen Beine hinterher, bis sie um seine Hüfte lagen, und schlang die Arme um seinen Hals.

»Aber erwürg mich nicht«, befahl er mir, während er sachte meine Hände bis hinab zu seinen Schlüsselbeinen schob. Dann richtete er sich auf.

»Ist es so gut?«, fragte er und drehte kurz den Kopf.

Ich konnte mich nicht erinnern, wann ich zum letzten Mal von jemand huckepack genommen worden war. »Ja.«

»Und wir berühren keine deiner Spenderstellen und zerren auch nicht an den verpflanzten Hautstellen an deinem Hals?«

»Es geht mir gut. So sollte ich viel öfter reisen.«

Er zerrte meinen Quilt vom Bett, schnappte sich ein Kissen und marschierte los.

Die Schwestern unterbrachen ihre Arbeit und sahen uns mit großen Augen nach, als Ian, ohne stehen zu bleiben, eine Tüte Plätzchen vom Empfangstisch nahm und weiter Richtung Ausgang lief.

Wie ein Clydesdale trabte er mit großen, schnellen Schritten durch den Flur. Ich hatte mich seit Wochen nicht mehr derart schnell bewegt, und trotz der grässlichen Gespräche erst mit Evelyn und dann mit Chip verspürte ich mit einem Mal ein aufgeregtes Kribbeln und hätte am liebsten leise aufgelacht.

Wir fuhren mit dem Fahrstuhl in die oberste Etage und marschierten dort den Korridor hinunter bis zu einer Tür mit einem Schild, auf dem KEIN AUSGANG und ALARMGESICHERT stand.

»He – das ist kein Ausgang! He! Da steht, dass diese Tür alarmgesichert ist!«

Doch unbeirrt stapfte Ian durch die Tür. Nichts geschah.

»Der Alarm ist ausgeschaltet«, meinte er, und krachend fiel die Tür wieder ins Schloss. »Hier kommen die Schwestern immer her, wenn sie eine rauchen wollen.«

Wir befanden uns auf dem Dach des Krankenhauses,

und ich musste den Atem anhalten. Es war ein frischer, klarer Frühlingsabend, und es kam mir vor, als hätte ich die Sonne nie in so leuchtenden Orange- und Purpurtönen untergehen sehen. Es war in jedem Fall ein wunderbarer Anblick, und vor allem war ich zum ersten Mal seit meinem Unfall überhaupt mal wieder an der Luft. Wie lange war ich eingesperrt gewesen? Auf meiner jetzigen Station lag ich seit fast zwei Wochen, und zusammen mit der einen Woche auf der Intensivstation hatte ich seit inzwischen fast drei Wochen keinen Himmel mehr gesehen, keine frische Luft geatmet, keine kühle Brise mehr gespürt. Kein Wunder, dass ich kurz vorm Durchdrehen war.

Ian trug mich bis zum Rand des Dachs, von wo aus man die Innenstadt von Austin und das State Capitol sah. Er beugte sich ein wenig vor, breitete die Decke auf dem Boden aus und ließ das Kissen und die Plätzchen darauf fallen. Dann ging er auf alle viere, richtete sich langsam wie der Kipper eines Lasters auf, und während ich von seinem Rücken auf die Knie rutschte, wurde mir ein bisschen schwindlig, und ich rollte mich behutsam auf die Seite, bis ich mitten auf der Decke lag. Vorsichtig schob er das Kissen unter mich, damit ich richtig auf dem Rücken liegen und den Himmel sehen konnte, ohne dass mein Hals oder eine der Spenderstellen Schaden nahm.

Der Himmel! Der Wind blies über mich hinweg und zerzauste mir das Haar. Mir war ein bisschen kalt, aber das war okay. Die Kälte machte deutlich, wo ich aufhörte und wo der Rest der Welt begann. Ich war noch am Leben, dachte ich zum ersten Mal, seit ich ins Krankenhaus gekommen war.

Ich war am Leben.

Und dann deckte Ian mich mit seinem Fleecepullover zu, warf sich an meiner Seite auf den Rücken, hielt mir eins der Plätzchen vors Gesicht, und ich streckte die Hand aus und nahm es ihm ab.

Wir sprachen nicht, aber zum allerersten Mal in meinem Leben war für mich die Stille zwischen mir und einem anderen Menschen durchaus angenehm. Wir horchten auf das Knirschen der leckeren Plätzchen zwischen unseren Zähnen, auf den Wind und den entfernten Lärm der Autos unter uns und schauten in den Himmel, während die Sonne endgültig hinterm Horizont versank.

Ein großer Teil des Lebens ist die reinste Plackerei. Allzu häufig kämpfen wir uns nur von Augenblick zu Augenblick. Doch dieser besondere Moment stand ganz für sich allein.

Verspürte ich ein Glücksgefühl? Nicht ganz. Mit Glücksgefühlen oder auch nur Fröhlichkeit ging ein Gefühl der Leichtigkeit und Helligkeit einher, aber für Leichtigkeit und Helligkeit war mein taubes Herz zu schwer.

Wenn man die Gefühle eines Menschen mit Musik vergleicht, spielte in meinem Innern ein Orchester ohne Dirigenten. In mir erklangen zahlreiche verschiedene Töne, die ich aber irgendwie nicht lesen und außerdem nicht auf eine Weise kombinieren konnte, dass ich sie verstand. Trotzdem gab es keinen Zweifel daran, dass die Instrumente meines Körpers – meine Haut im Wind, meine Lunge, die die frische Luft einsog, und meine Augen, die noch immer auf den grenzenlosen Himmel über mir gerichtet waren – auf durchaus positive Weise miteinander harmonierten, auch wenn ich die Melodie, die sie spielten, nicht erkannte.

Wahrscheinlich wirkt es seltsam, dass ich auf einmal so

positive Emotionen hatte, und ich kann versprechen, dass sie nicht von Dauer waren. Vom Kopf her wusste ich, dass von meinen großen Plänen für die Zukunft nichts mehr übrig war. Und Chips Geständnis stellte nun auch noch das Ende unserer Beziehung dar.

Trotzdem kann ich nicht leugnen, wie erfreut mein Körper darauf reagierte, erstmals nach drei langen Wochen wieder an der Luft zu sein. Natürlich würde es noch Augenblicke heißer Wut, Trostlosigkeit und Trauer über alles das, was ich verloren hatte, geben, wenn ich nachts allein in meinem Bett versuchen würde, Chips Verhalten zu verstehen. Aber nicht in diesem Augenblick. Nicht dort oben auf dem Dach. Denn Ian hatte mir etwas Unmögliches geschenkt und mir zumindest eine kurze Pause von all meinem Leid beschert. In dieser kurzen Auszeit fühlte ich mich so lebendig, dass nichts anderes mehr von Bedeutung war.

Während eines langen, stillen Augenblickes gab es nur uns beide und den Wind – und dann tauchten am Himmel die ersten Sterne auf.

Plötzlich sagte Ian überraschend dicht an meinem Ohr: »Dafür wird Myles mich feuern. Das steht fest.«

Ich drehte meinen Kopf, und er fing tatsächlich eine Unterhaltung an. Wer hätte das gedacht?

»Im Ernst?«

Er hatte einen Arm unter seinen Kopf geschoben, sah zum Himmel auf, und diese Pose wirkte derart lässig, ungeschützt und *freundlich*, dass es regelrecht schockierend war. »Möglicherweise auch nicht, denn schließlich hat er selbst nichts davon mitbekommen, und vielleicht halten die Schwestern, die uns zwei gesehen haben, ja dicht.«

»Aber gehen die Physiotherapeuten denn nicht öfter mal mit den Patienten raus?«

»Klar. In Gruppen, wenn sie draußen etwas üben sollen. Dass sie allein mit ihnen auf das Dach des Krankenhauses steigen, kommt eher selten vor.«

»Und was könntest du seiner Meinung nach hier oben mit mir anstellen?«

Auf diese Frage reagierte er mit dem bekannten Schweigen – doch statt Unbehagen rief sein Schweigen Bilder in mir wach, was er alles mit mir machen könnte, während wir hier oben ganz alleine waren. Und je länger Ian schwieg, umso konkreter stellte ich mir diese Dinge vor. Er lag nur ein paar Zentimeter neben mir, hätte sich also ganz problemlos auf die Seite rollen können, bis sein Gesicht dem meinen direkt gegenüberlag. Er hätte ohne Mühe eine seiner großen Hände heben können, um mit einer zärtlichen Geste die Konturen meines Körpers nachzuziehen. Mit einem Mal wurde der Gedanke derart übermächtig, dass ich beinah meinte, das Gewicht seiner Hand, seine rauen Bartstoppeln und seinen warmen Mund zu spüren.

Ich stellte mir gerade vor, wie er mich küsste, als seine Stimme mich unsanft in die Wirklichkeit zurückriss.

»Ich könnte alle möglichen, nicht gerade ehrenwerten Dinge mit dir anstellen. Und wenn Myles etwas von unserem Ausflug wüsste, würde er mit Sicherheit behaupten, ich hätte all diese Dinge tatsächlich getan.«

Es ist ein bisschen seltsam – und ein wenig peinlich – zu gestehen, dass ich keine Stunde nach meiner Entlobung auf dem Dach des Krankenhauses lag und mich in einer, wenn auch offenkundig nicht erwiderten und nicht autorisierten, so doch höchst lebendigen und ausnehmend verführerischen Physiotherapeut-Patientin-Fantasie erging. Trotzdem muss ich es erwähnen, weil in diesen Sekunden etwas Wichtiges mit mir geschah. Mein *Körper* reagierte machtvoll und begeistert auf die Vorstellung von diesem Kuss.

Das hieß – und das war das Wichtigste –, dass ich zu diesen Reaktionen *fähig* war.

Es ist wohl überflüssig zu sagen, dass die Zeit im Krankenhaus nicht gerade die erotischste Erfahrung meines Lebens war. Auf der Skala meiner Ängste während dieses Monats tauchten die Gedanken wegen meines zukünftigen Liebeslebens relativ weit unten auf. Wenn ich mich hätte entscheiden müssen, ob ich wieder hätte laufen können oder wieder hätte Sex haben wollen, hätte ich womöglich Ersteres gewählt. Wobei diese Entscheidung nicht in meinen Händen lag. Nachdem ich wiederholt gesagt bekommen hatte, dass ich im unteren Körperbereich bestenfalls noch *stellenweise* etwas spürte, war mir klar, dass dieser Teil von meinem Leben höchstwahrscheinlich unrettbar verloren war. Trotzdem hätte ich sicher nicht den Mut dazu gehabt, meine Empfindungen auf diesem anderen Gebiet zu überprüfen. Ein Teil von mir wollte gar nicht wissen, wie gering meine Chancen waren, dort jemals wieder etwas zu fühlen. Das hätte nur zusätzlichen Stress bedeutet.

Aber dank unseres Ausflugs auf das Dach wusste ich nun Bescheid.

Mein Körper konnte Dinge spüren. Und zwar mit Macht.

Okay, er hatte diese Dinge in Bezug auf einen Mann gespürt, der meistens nicht mal Lust hatte, mit mir in einem Raum zu sein, aber das war ein eher nebensächliches Detail.

Verdammt noch mal, egal auf was für einem lächerlichen Weg ich es herausgefunden hatte, war das eine wunderbare Neuigkeit für mich. Ich konnte *diese Dinge fühlen*! Das Leben hielt also weiterhin eine der größten Freuden, die es gab, für mich bereit!

War ich darüber glücklich? Nein. Ich war noch nicht mal wirklich froh. Denn Glück oder ein echtes Maß an Freude gab es für mich einfach nicht mehr. Ich fand es *angenehm*, und vielleicht war ich auch erleichtert, weil mir diese eine Last genommen war.

Inzwischen war der Himmel dunkelblau und sternenübersät. Ich richtete mich auf, verlor das Gleichgewicht, und sofort setzte sich Ian ebenfalls auf und zog mich sanft an seine Brust. »Bist du okay?«

»Uh-huh.«

»Du wirkst, als wäre dir ein bisschen schlecht.«

Wenn du wüsstest, dachte ich und schüttelte den Kopf. »Es geht mir gut.«

»Möchtest du wieder runtergehen?«

Ich drehte meinen Kopf und sah ihm ins Gesicht. »Ich will *nie wieder* runtergehen.«

Mit einem gleichmütigen Schulterzucken meinte er: »Okay.«

Ich wandte mich erneut den abendlichen Lichtern und der Skyline Austins zu und bat: »Erzähl mir mehr von deinem blöden Boss. Was läuft da zwischen euch?«

»Erst ziehst du meinen Pulli an.«

»Es geht mir gut.«

»Du ziehst ihn trotzdem an.«

»Du bist ziemlich herrisch.« Trotzdem zog ich seinen

Pulli über meinen Kopf, wobei mir sein wunderbarer Duft in die Nase stieg. Am liebsten hätte ich die Nase tief im Fleece vergraben und so tief wie möglich eingeatmet, und damit er es nicht merkte, tat ich so, als wäre kurz der Reißverschluss verklemmt.

Dann sah ich Ian wieder an, und als er immer noch nichts sagte, drängte ich: »Du denkst also, dass Myles dich feuern würde, wenn er wüsste, dass du mit mir hier bist.«

»Auf jeden Fall.«

»Obwohl du mich gar nicht auf diese Weise magst.« Das war die Art von Aussage, die Mädchen in der abwegigen Hoffnung trafen, dass der betreffende Junge ihnen widersprechen würde.

Aber wie nicht anders zu erwarten, widersprach mir Ian nicht. Er blickte weiter starr in Richtung Horizont und meinte knapp: »Genau, obwohl ich dich gar nicht auf diese Weise mag.«

»Dann kann dir ja nichts passieren.«

Er blickte auf. »O doch.«

»Also, was läuft da zwischen dir und Myles?«

»Das ist eine lange Geschichte.«

Unversehens blies der Wind mir eine Haarsträhne ins Gesicht. Ich versuchte, sie hinter mein Ohr zu klemmen, doch sie war kurz. »Wenn ich eines habe, dann Zeit.«

Er seufzte leise auf. »Ich habe hier schon mal gearbeitet. Im Grunde bin ich überhaupt nur deshalb hier in Texas – wegen eines Jobs in diesem Krankenhaus. Ich war noch ziemlich jung, als ich hier angefangen habe, und am Ende hatte ich es zum Chef der Physiotherapieabteilung gebracht. Myles hat ungefähr zur selben Zeit wie ich hier angefangen und es mir bis heute nicht verziehen, dass ich im Gegensatz zu ihm mehrmals befördert worden bin.«

»Und warum war das so?«

»Weil er ein blöder Wichser und Tyrann ist, dem die Regeln wichtiger sind als die Patienten.«

»Das klingt tatsächlich ganz nach Myles.«

»Wie dem auch sei, irgendwann bekamen wir eine Kollegin. Sie hieß Kayla. Wir verstanden uns auf Anhieb gut und wurden schon nach kurzer Zeit ein Paar.«

Auch wenn mich das nichts anging, fragte ich: »Wie war sie so?«

»Wunderschön, temperamentvoll und mitunter hundsgemein. Idioten waren ihr ein Gräuel«, erklärte er im Ton größter Bewunderung und hing dann kurz seinen Erinnerungen nach.

Ich sah ihn forschend an, und schließlich fragte ich: »Und was hat das mit Myles zu tun?«

Er atmete geräuschvoll aus. »Er hat sie ebenfalls gemocht. Er hat gesagt, er hätte sie zuerst gesehen – und ich hätte sie ihm ausgespannt.«

»Und, hast du das?«

»Möglich, dass er sie zuerst gesehen hat«, gab Ian schulterzuckend zu. »Aber sie konnte ihn nicht ausstehen, und ich konnte ihm wohl kaum was stehlen, was er nie besessen hat.«

»Da hast du recht.«

»Was allerdings für Myles bis heute keine Rolle spielt. Er hat sie als Freundin haben wollen, und etwas anderes hat für ihn nie gezählt.«

»Und deshalb hasst er dich?«

Er nickte. »Deshalb hasst er mich. Und jetzt will er mein Leben ruinieren, denn schließlich habe ich damals sein Leben ruiniert.«

»Aber sie wollte doch gar nichts von ihm!«

»Er ist der festen Überzeugung, dass er sie irgendwie rumgekriegt hätte.«

»Aber du bist auch nicht mehr mit ihr zusammen?«, vergewisserte ich mich.

Er schüttelte den Kopf.

»Ihr habt euch also irgendwann getrennt?«

Er hielt für einen Augenblick den Atem an. »So in etwa.«

»Was hat er also noch für ein Problem mit dir?«

»Das habe ich mich selbst schon oft gefragt. Ich glaube, Myles ist die Art Mensch, die ohne einen Feind nicht leben kann. Er braucht jemanden, den er bekämpfen kann, denn nur auf diese Weise fühlt er sich als Held.«

»Aber er ist kein Held!«

Ian sah mich an und stellte schulterzuckend fest: »Wobei ich selbst auch eher einer von den Bösen bin.«

Ich wartete, und schließlich fügte er hinzu: »Ich war nicht wirklich nett zu ihm. Ich war ein bisschen schadenfroh, als Kayla sich für mich entschieden hat. Das würde ich gern ungeschehen machen, weil das wirklich ziemlich hässlich von mir war.«

»Okay, aber Myles ist einfach die Art Mensch, die einen regelrecht zu Schadenfreude zwingt.«

»Möglich. Trotzdem hätte ich mir das verkneifen sollen.«

Dazu sagte ich nichts, denn mit Bedauern und Reue kannte ich mich selbst bestens aus.

»Kayla und ich waren ungefähr ein Jahr zusammen, als

ich auf die Idee kam, meinen Job zu kündigen und mir was Eigenes aufzubauen. Ein Rehazentrum für Leute, die nach der Zeit im Krankenhaus die kritische Phase überwunden haben, aber trotzdem weiter Fortschritte erzielen wollen, auch wenn das die Versicherung nicht mehr bezahlt. Die Forschung hat inzwischen eine Reihe Möglichkeiten aufgetan, das Nervensystem zu stimulieren, Hirn und Rückenmark neu zu verdrahten und auf neue Arten mit dem Körper zu kommunizieren, und diese Möglichkeiten hätte ich in meinem Zentrum nutzen wollen.«

»Das klingt toll.«

»Also hat Kayla ebenfalls gekündigt, wir haben uns ein Darlehen geholt, Räumlichkeiten für das Studio gesucht, einen Geschäftsplan aufgestellt, T-Shirts bedrucken lassen und all unsere Ersparnisse in das Projekt gesteckt.«

Er sah mich von der Seite an. »Ich habe alle guten Leute in der Klinik dazu überredet, mitzukommen. Habe ihnen erzählt, bei dieser Arbeit hätten wir jede Menge Spaß und könnten völlig neue Wege gehen. Wir könnten das Leben der Menschen nachhaltig verändern, und wir würden den Begriff der Reha mit ganz neuen Inhalten versehen.«

»Und Myles?«, erkundigte ich mich.

»Der wurde nicht gefragt.«

»Weil er ein blöder Wichser ist.«

»Ja, der Mann versprüht in jeder Hinsicht Gift. Er ist engstirnig und rachsüchtig und reizbar und nicht die Art von Mensch, mit der man sich umgeben will. Ich wollte nicht mit ihm zusammenarbeiten und habe ihm deshalb auch nichts von meinem Plan erzählt – aber irgendwie hat er dann Wind davon bekommen und lag mir ständig damit in den Ohren, dass er mit von der Partie sein will. Immer wieder habe ich gesagt, dass ich ihn dort nicht haben will. Und als er die Gründe dafür wissen wollte, habe ich nicht um den heißen Brei herumgeredet, sondern sie ihm aufgezählt.«

»Du hast also gesagt, er wäre nicht der Richtige für einen solchen Job?«

»Ich habe ihm gesagt, dass er ein Arschloch ist und dass ihn niemand leiden kann.«

»Okay. Das war deutlich.«

»Dann haben wir das Krankenhaus verlassen, und da kaum noch jemand dort war, bekam er endlich die sehnsüchtig erwartete Beförderung.«

»Und jetzt ist er der Boss.«

»Was vollkommen in Ordnung für mich war, bis ...«

Ich sah ihn fragend an. »Bis was?«

»Bis unser Laden in die Knie ging und ich ohne Ersparnisse und ohne Arbeit auf der Straße stand. Und dann wurde hier eine Stelle frei und, Ironie des Schicksals, ich war plötzlich wieder hier und hatte ihn zum Chef.«

»Der Laden ging bankrott?«

Er nickte knapp.

»Aber wie kann das sein? Ihr hattet alle diese tollen Leute und eine fantastische Idee!«

Er schüttelte den Kopf, und seine Miene machte deutlich, dass er nicht bereit war, ins Detail zu gehen. »Dafür gab es eine ganze Reihe Gründe.«

Erneut schaute ich ihn fragend an, doch statt mir Einzelheiten zu erzählen, sprach er abermals von Myles. »Ich kam also, ein paar Wochen bevor du selbst hier gelandet bist, hierher zurück, und seither hat der Kerl mich auf dem Kieker und sucht einen Grund, aus dem er mich so schnell wie möglich wieder feuern kann.«

»Es ist für dich doch sicherlich die reinste Qual, ihn jetzt zum Chef zu haben.«

»Allerdings. Wobei er es mir absichtlich noch schwerer macht, als es auch so schon ist. Wenn ich mich nicht streng an alle Regeln halte, bin ich draußen, und er weiß genau, dass meiner Meinung nach die meisten Regeln, die er aufstellt, totaler Schwachsinn sind.«

»Könntest du dir nicht woanders eine Arbeit suchen?«

»Na ja, die Angebote liegen nicht gerade auf der Straße.«

»Vielleicht in einer anderen Stadt?«, schlug ich ihm vor und merkte gleichzeitig, wie schrecklich der Gedanke für mich war.

»Bisher habe ich noch nicht in anderen Städten suchen wollen. Aber vielleicht bleibt mir wirklich keine andere Wahl.«

Unvermittelt wurde mir klar, dass ich an seiner Schulter lehnte, und ich richtete mich hektisch auf. Um von dieser etwas rüden Geste abzulenken, fragte ich: »Heißt das, dass du nicht immer schon ein solcher Griesgram warst?«

Ein kleines Lächeln huschte über sein Gesicht. »Nein.«

»Hast du früher mit deinen Patienten und Patientinnen gescherzt?«

»Auf jeden Fall.«

»Und Oldie-Rock gehört?«

»Das ist eine Grundvoraussetzung meines Berufs.«

»Inzwischen denke ich, dass es mir gutgetan hat, dass du immer so gemein zu mir gewesen bist.«

»Und dabei war ich nicht mal ansatzweise so gemein, wie ich es hätte sein wollen.«

»Und warum nicht?«, fragte ich.

Er drehte sich von mir weg. »Ich nehme an, dass das an deinen Augen liegt.«

Ich musste diese Frage einfach stellen. »An meinen Augen?«

»Formulieren wir es so: Wenn ich zu Myles gemein bin, fühle ich mich gut. Wenn ich zu dir gemein bin, fühle ich mich schlecht.«

Ich hatte keine Ahnung, wie ich darauf reagieren sollte, also hielt ich lediglich meine Nase in den Wind.

»Danke, dass du mir von deinen Problemen erzählt hast«, sagte ich nach einem Augenblick.

»Das war nicht sehr professionell.«

»Professionalität wird überbewertet.«

Er wandte sich mir zu, als hätte diese wahre Aussage ihn völlig überrascht, doch plötzlich meinte er: »Wir sollten langsam wieder rein.«

Ich schüttelte den Kopf, aber er nickte und erklärte: »Es ist spät, und du brauchst deine Ruhe.«

Unerwartet füllten meine Augen sich mit Tränen, und eilig wischte ich sie mit dem Ärmel seines Fleecepullovers fort. »Ich will nicht wieder rein.«

Er half mir auf die Knie, damit ich ihm auf den Rücken steigen konnte, und meinte: »Ich würde dir zum Trost ja gerne einen Keks geben, nur ist leider keiner mehr da.«

»Versprich mir, dass wir noch mal herkommen«, bat ich ihn und nahm auf seinem Rücken Platz.

»Versprochen.«

»Bald.«

»Sobald es geht«, stimmte er zu, und als er aufstand, musste ich die Augen schließen, denn der wunderbare Ausblick, die inzwischen ziemlich kühle Brise, das Gefühl von seinem Rücken an meiner Brust und der grenzenlose Himmel über unseren Köpfen machten mich schwindlig.

17

Nach Chips Geständnis machte ich eine – wie soll ich sagen? – Desillusionierungsphase durch. Zurück in meinem Zimmer lenkte mich nichts mehr von den Realitäten meines Lebens ab, und über der Erkenntnis, dass sie alle schrecklich waren, verlor ich kurzfristig den Blick für die Bedeutung all der Anstrengungen, denen ich mich in der Klinik unterzog.

Um es kurz zu machen: Meine Motivation zur Physiotherapie und allen anderen Dingen war an einem absoluten Tiefpunkt angelangt.

Ich konnte es nicht länger leugnen. Meine Zukunftsträume waren geplatzt, und nicht mal meine neuen selbst gesteckten Ziele spielten jetzt noch eine Rolle, denn die inspirierende Fantasie, in der ich Chip entgegenlief – das Einzige, wodurch ich den Nebel hatte etwas lichten können –, hatte sich dank Tara und der blöden Suppe in Nichts aufgelöst.

Ich würde niemals wieder auf Chip zulaufen.

Ich würde sowieso nie wieder laufen können, Schluss, aus.

In gewisser Hinsicht fühlte es sich gut an aufzugeben. Es war einfacher zu resignieren, als sich ständig Hoffnungen zu machen, und vor allem stand ich schlagartig nicht mehr unter Druck.

Ich war in meinem ganzen Leben niemals ohne ein konkretes Ziel gewesen. Meine guten Noten in der Schule waren die Voraussetzung dafür gewesen, das ich auf ein gutes College gehen konnte, und am College hatte ich mich angestrengt, damit ich einen Platz an einer guten Wirtschaftshochschule bekam. Dort hatte ich dann hart gearbeitet, damit ich einen guten Job bekommen, gutes Geld verdienen und eine große Nummer werden würde, auf die meine Eltern stolz sein könnten, weil sie mühelos die Grenzen überschreiten würde, die es in der Welt der großen Unternehmen immer noch für Frauen gibt. Und natürlich hatte ich mir auch noch ein paar andere Dinge für mein zukünftiges Leben vorgestellt. Ich war nicht völlig oberflächlich, hätte also auch ein guter Mensch sein und die Welt verbessern und dazu noch Liebe, Freunde, Babys und Spaß am Leben haben wollen. Ich hatte also immer ganz genau gewusst, worum es mir bei allem, was ich tat, ging.

Und wofür arbeitete ich jetzt? Wofür strengte ich mich so sehr an? Dafür, dass ich meine Beine vielleicht irgendwann ein *kleines* Stück bewegen könnte? Dafür, dass ich *keine* Infektion an den verpflanzten Hautstellen bekam? Dafür, dass ich *ansatzweise* wieder die würde, die ich bisher gewesen war? Dafür, den Tag zu überstehen, ohne *komplett* durchzudrehen? Für die Erreichung derartiger Ziele lohnte sich die Anstrengung doch sicher nicht.

Irgendwie war Chip der Dreh- und Angelpunkt der Fantasie gewesen, die mich angetrieben hatte. Ohne ihn ergaben diese Bilder überhaupt keinen Sinn.

Meine Mutter hatte in mir falsche Hoffnungen genährt, und wie ein kleiner Vogel, der im Nest saß, hatte ich den Schnabel aufgesperrt und sie geschluckt. Ich hatte diese Hoffnungen nicht hinterfragen wollen – wobei es zwischen eiserner Entschlossenheit und Selbsttäuschung eine zwar feine, aber scharfe Grenze gab.

Weil manche Dinge einfach ausgeschlossen waren.

Nachdem jemand meinem Großvater als Kind mit einem Luftgewehr ein Auge ausgeschossen hatte, hatte er ein Glasauge bekommen, das er bis ans Lebensende jeden Abend vor dem Schlafengehen herausgenommen hat, um es in einem Wasserglas auf seinem Nachttisch bis zum nächsten Morgen zu verwahren. Das war tatsächlich so! Manchmal haben Kit und ich uns heimlich in sein Schlafzimmer geschlichen, während er noch schlief, ihm das Glasauge geklaut, und dann kam er, die Hand vor dem Gesicht, in Schlafanzug und Morgenmantel an den Frühstückstisch geschlurft und hat laut gebrummt: »Mein Auge ist mal wieder weg.« Er hat nie mit uns geschimpft, wenn wir gekichert haben, weil es plötzlich neben seiner Kaffeetasse auftauchte. Sein echtes Auge aber hätte er niemals zurückbekommen, da hätte weder Wünschen noch Entschlossenheit noch Leugnen was genützt.

Daran dachte ich in diesem Augenblick zum allerersten Mal.

Ich atmete nur noch, und das war bereits Anstrengung genug. An manchen Tagen fiel es mir ein bisschen leichter, aber trotzdem blieb die Tatsache bestehen, dass es nichts – tatsächlich nichts – mehr gab, worauf ich mich noch hätte freuen können oder sollen.

Als beispielsweise Ian am Tag nach unserem wunderbaren

Abend auf dem Dach erschien, um mich zu meiner Stunde abzuholen, rührte ich mich nicht vom Fleck.

Er war natürlich wieder so geschäftsmäßig wie eh und je. Von seiner Freundlichkeit und Wärme auf dem Dach war nichts mehr zu spüren. Er trat so brüsk und förmlich an mein Bett, als hätte er mich niemals huckepack zum Lift geschleppt, mich nie gezwungen, seinen Fleecepullover anzuziehen, und mir niemals seine Fehler anvertraut. Seinem Gesicht nach hätte ich auch jeder andere Patient sein können, der das Pech hatte, ihm zugeteilt zu sein. Nur eine Nummer unter vielen. Und genauso fühlte ich mich auch.

Er griff nach meinem Brett, aber ich starrte nur weiter aus dem Fenster und lag reglos da.

»Auf geht's«, drängte er mich.

Ich sagte nichts und sah ihn auch nicht an.

Er marschierte um mein Bett herum, schaute mir forschend ins Gesicht, und als er sicher wusste, dass ich nicht mehr schlief, wies er mich an: »Nun mach schon, Maggie. Es wird langsam Zeit.«

Ich hatte nicht die Absicht, unhöflich zu sein. Es kostete mich viel zu viel Kraft zu reagieren.

»Na los.«

Aber ich atmete nur aus und ein.

»Dann kommst du also nicht? Ist das etwa der Dank für deine gestrige Befreiung aus dem Knast?«

Ich starrte noch immer aus dem Fenster, als meine Stimme überraschend sagte: »Ich weiß wirklich nicht, was mir das bringen soll.«

»Das ist auch gar nicht wichtig. Es reicht völlig aus zu tun, was man dir sagt.«

»Heute nicht.«

»Maggie.« Unverhofft wurde seine Stimme sanft. »Könntest du mich bitte ansehen?«

Konnte ich nicht. Mein Blick klebte am Fenster fest, und alles andere war weit, weit weg.

Er schob sein Gesicht noch etwas näher, aber trotzdem nahm ich ihn nur verschwommen wahr. »Du darfst dich jetzt nicht aufgeben. Du darfst nicht zulassen, dass er gewinnt.«

»Wer?«, hakte ich nach, auch wenn ich nicht bei der Sache war.

»Dieser Schweinehund, der dir das Herz gebrochen hat.«

Ich war mir gar nicht sicher, ob ich noch ein Herz besaß. Es kam mir vor, als wäre es zusammen mit Teilen meiner Haut in dem verdammten Flugzeugwrack verbrannt.

»Dann verweigerst du also die Physiotherapie?«

Ich war bisher noch nicht auf die Idee gekommen, dass ich irgendwas verweigern könnte, aber jetzt sagte ich: »Ja.«

Und auch am nächsten und übernächsten Tag verweigerte ich jede Form der Kooperation.

Ian meldete mich meinem Arzt, der den Bericht an die Sozialarbeiterin, den diensthabenden Psychologen und an meine Eltern weitergab.

Meine Mom, mein Dad und sogar Kitty waren zutiefst besorgt, denn anders als die Profis hielten sie die »depressive Phase«, die ich durchzumachen schien, in meiner Lage weder für normal noch für gesund.

Die Sache brachte unsere Familie völlig aus dem Gleichgewicht. Bisher war immer ich das gut gelaunte, fleißige und brave Mädchen gewesen, während Kitty das Problemkind war. Was also hieß es – für uns alle –, dass das Sorgenkind jetzt nicht mehr sie, sondern ich war?

Verzweifelt griffen sie nach jedem Strohhalm, der sich ihnen bot. Wie ich später erst erfahren sollte, kamen Kit und meine Eltern trotz der Spannungen, die zwischen ihr und meiner Mutter herrschten, zu einem Gespräch zusammen, um nach Chips Geständnis zu beraten, wie in dieser Angelegenheit am besten vorzugehen war.

Sie trafen sich im Café einer großen Buchhandlung, konzentrierten sich ganz auf die gute Sache und gingen gemeinsam Selbsthilferatgeber auf der Suche nach der passenden Lektüre für mich durch. Wortlos legten Kit und meine Mutter ihren Streit vorübergehend bei und gaben an die hundert Dollar für so wunderbare Ratgeber wie *Die Freude am Leid* oder *Warum gerade ich? Der Leitfaden für eine Rückkehr ins normale Leben* aus.

Dad schlug vor, dass Kitty mir die Bücher bringen sollte, weil ich sie am wenigsten als Feindin sähe, und als meine Mutter protestierte, weil sie ebenfalls nicht meine Feindin wäre, wurde sie von ihrem Mann und ihrer älteren Tochter überstimmt.

Es war gut für sie gewesen, ein gemeinsames Projekt zu haben, räumte Kitty später ein. Was hätte es denn auch für einen Sinn gehabt, all die alten Auseinandersetzungen noch einmal durchzukauen? Sie ließen die Probleme, die sie miteinander hatten, erst mal ungelöst und wandten sich stattdessen mir als dringendstes Problem zu.

»Und ihr habt euch noch nicht einmal gegenseitig entschuldigt?«, fragte ich, als Kitty mir später von ihren Bemühungen erzählte.

»Entschuldigt? Wofür?«

»Nun, du dafür, dass du Moms Geheimnis gegen ihren Willen ausgeplaudert hast, und sie dafür, dass sie dich dein Leben lang belogen hat.«

Doch Kitty schüttelte den Kopf. »Für mich gibt's da nichts zu entschuldigen. Und hast du je erlebt, dass Mom sich für irgendwas entschuldigt hätte?«

Nein, hatte ich nicht. Entschuldigungen waren nicht gerade Moms Sache.

Natürlich lehnte ich es kategorisch ab, die Ratgeber zu lesen. Was die drei sich hätten denken können. Als Kit versuchte, ein paar Auszüge aus den verschiedenen Büchern vorzulesen, hielt ich mir die Ohren zu und stimmte laut Aretha Franklin an, weshalb sie erst spätabends – das hieß, nach 21 Uhr – selbst mit einer Taschenlampe weiter darin las.

Tja, wenn ich mir schon nicht selbst helfen wollte, würde sie es eben für mich tun.

Der Zeitdruck setzte ihnen allen zu. Mir blieben nicht mal mehr vier Wochen, bis sich das Zeitfenster für mögliche Verbesserungen für alle Zeit schließen würde, und infolge meiner Depression ging es mit mir schon jetzt nicht mehr voran.

Wobei es bereits vor Chips Geständnis kaum vorangegangen war. Während der letzten Woche hatte ich kaum Fortschritte erzielt, was uns jedoch erst nach meiner Entlobung aufgefallen war. Bis dahin hatte ich in meiner Märchenwelt gelebt und die fehlenden Fortschritte als ganz normale Pausen angesehen, in denen sich mein Körper umgewöhnte, um danach erfolgreich weiter seinen Weg zu gehen.

Plötzlich aber war der Stillstand Teil einer ganz anderen Geschichte. Mit einem Mal stellte er den Anfang des völligen Endes dar.

Das sagte ich zwar keiner Menschenseele, aber ich schätze, dass es trotzdem offensichtlich war.

Weshalb Dad und Mom beschlossen, einen »Tutor« für mich einzustellen.

Meine Mutter sprach das Thema während eines unserer Mittagessen an. Es gab Nudeln von ihrem Lieblingsvietnamesen, und meinem Vater schmeckte es derart gut, dass er schmatzte.

»Also«, sagte meine Mutter unnatürlich gut gelaunt und reckte ihre Gabel voller Nudeln in die Luft. »Du bist nur noch drei Wochen hier …«

»Dreieinhalb«, verbesserte ich sie, doch ohne darauf einzugehen, mischte sich Dad jetzt in die Unterhaltung ein.

»Wenn die Versicherung nicht mehr bezahlt, kommst du zu uns.«

Ich schnaubte laut. »Ich ziehe ganz bestimmt nicht wieder in mein altes Kinderzimmer«, sagte ich, worauf sich meine Eltern ratlos ansahen.

»Und wo willst du in Zukunft leben, Schatz?«, fragte Dad mich sanft.

»In meiner Wohnung«, antwortete ich. *Wo denn wohl sonst?*

»Aber sie hat drei Etagen, und es gibt dort keinen Fahrstuhl«, rief mein Vater mir behutsam in Erinnerung.

Ich kniff die Augen zu. »Dann bleibe ich eben im Erdgeschoss.«

Inzwischen flüsterte er fast. »Aber da gibt's keine Küche und kein Bad.«

Natürlich wusste ich das selbst. »Mir fällt schon etwas ein.«

Uns allen war klar, dass das totaler Blödsinn war. Sollte ich vielleicht auf meinen Knien in die oberen Etagen rutschen? Was vielleicht keine so dumme Idee war.

»Unsinn«, stellte Mom mit ihrer strengsten Stimme fest. »Du kannst die Wohnung nicht behalten. Ich war schon mit einem Makler dort. Er sagt, dies wäre die perfekte Zeit, um zu verkaufen, und er holt bestimmt ein hübsches Sümmchen dabei für dich raus.« Dann fügte sie in aufmunterndem Ton hinzu: »Vor allem war er hin und weg davon, wie du sie eingerichtet hast.«

Und das von einer Frau, die überall herumerzählte, spätestens im Sommer würde ich wieder die alte Margaret sein. »Ich ziehe nicht wieder bei euch ein«, verkündete ich. »Ich bin schließlich kein Kind mehr!«

»Nur vorübergehend, okay?«, fragte Dad, um mir die Sache zu versüßen.

Aber ich zeigte auf meine Mutter. »Du sprichst mit keinem Makler! Du verkaufst meine Wohnung nicht! Du hast gesagt, ich würde wieder ganz gesund!«

Einerseits war das ein kindischer Vorwurf – auf sie wütend zu sein über mein eigenes Unglück. Wie kleine Kinder es manchmal tun, bevor sie begreifen, dass auch Eltern gegen viele Formen des Unglücks einfach machtlos waren.

Andererseits war es eine Art Unabhängigkeitserklärung. Ich hatte mich mein Leben lang an Mom gewandt, wenn ich nicht wusste, was ich machen oder wie es weitergehen sollte, und sie hatte meinen Ärzten und auch allen Nachbarn gegenüber steif und fest behauptet, spätestens in ein paar Monaten wäre ich wieder völlig auf dem Damm.

Sie hatte immer schon mein Leben so beurteilt, wie es aus ihrer Sicht am besten war. Ich hatte mich zugegebenermaßen nie dagegen gewehrt, aber wahrscheinlich war es endlich an der Zeit.

In der angespannten Stille, die auf diese Worte folgte, spürten wir, dass sich etwas Grundlegendes geändert hatte. Auch wenn wir nicht sicher hätten sagen können, was genau geschehen war.

Meine Mutter warf nach meinem Kitty-mäßigen Ausbruch hilflos ihre Hände in die Luft und ließ das Thema fallen. »Also gut. Dann sehen wir erst mal vom Verkauf der Wohnung ab.«

»Natürlich tun wir das. Wenn du sie nicht verkaufen willst«, stimmte Dad ihr zu.

»Nein, ich will sie nicht verkaufen.« Wie zum Teufel hatten sie nur denken können, dass ich mich von meiner Wohnung würde trennen wollen. Hatte ich nicht schon genug verloren?

»Nur ist es einfach so«, begann meine Mutter erneut. »Die Zeit im Krankenhaus wird langsam knapp.«

»Das ist mir klar«, gab ich zurück und rührte nur aus Trotz nichts von meinem Essen an.

»Deshalb haben wir uns gefragt«, mischte Dad sich wieder fröhlich ein, »warum wir nicht schon jetzt alles in unserer Macht Stehende unternehmen sollen, was deiner Heilung und Genesung dient.«

Ich blickte zwischen meinen Eltern hin und her und

knurrte dumpf: »Mein ganzes Leben besteht seit drei Wochen aus nichts anderem mehr. Ich tue ständig alles, *was in meiner Macht steht*, und ich zwinge mich im Fünf-Minuten-Takt zu lauter Zeug, von dem es heißt, dass es der *Heilung und Genesung dient.*«

Mom beugte sich zu mir vor. »Habe ich dir schon diese unglaublich inspirierende Geschichte von der jungen Frau erzählt, der es genauso ging wie dir? Sie war eine Primaballerina, und nachdem sie sich nach ihrem Unfall über Wochen abgerackert hatte, ohne etwas zu erreichen, hat sich eines Morgens aus dem Nichts heraus mit einem Mal ihr rechter großer Zeh bewegt. Am nächsten Morgen hat sich dann der linke große Zeh, und am übernächsten Morgen haben sich alle Zehen bewegt. Vierundzwanzig Stunden später konnte sie die Knie beugen, und nach einem Monat hat sie wieder einen *pas de bourrée* getanzt!«

Ich versuchte – heimlich – mit den Zehen zu wackeln.

Nichts.

Ich war mir nicht einmal mehr sicher, ob ich mich überhaupt noch daran erinnerte, wie das ging.

Ich hatte bis zu jenem Augenblick gedacht, ich würde diese Geschichten meiner Mutter hassen, aber der Begriff *verabscheuen* traf es eher. »Und was willst du mir damit sagen?«

Meine Mutter blinzelte mich an. »Wir denken, dass du einen Tutor brauchst.«

Einen *Tutor*?

Stirnrunzelnd fragte ich meinen Dad: »Muss ich am Ende meiner Zeit hier etwa irgendeinen Test bestehen?«

»Wir denken lediglich, dass es gut wäre, wenn du ein bisschen zusätzliches Training bekommst.«

»Kommt nicht infrage.«

Schulterzuckend meinte Dad: »Dann kriegst du eben keinen Tutor, sondern einen eigenen Trainer, wenn dir die Bezeichnung lieber ist.«

»Damit du mehr als nur das Minimum des Trainings, das von der Versicherung verlangt wird, absolvierst.«

Das war ausgesprochen beleidigend. Von einem *minimalen* Training konnte auch nur jemand reden, der nicht die geringste Ahnung hatte, was es hieß, wenn dieses *Minimum* zugleich das *Maximum* der Dinge war, die man leisten konnte.

»Wir wollen nur sichergehen, dass du tatsächlich alles tust, was möglich ist – solange noch Zeit dazu ist.«

»Ich tue bereits alles, was ich kann!«

Meine Mutter sah mich an. »Ich bitte dich! Ich habe miterlebt, wie du für deine Abschlussprüfung in der Schule, den Aufnahmetest des Colleges und für dein Diplom gebüffelt hast. Ich weiß, dass du zu viel mehr in der Lage bist.«

»Du hast keine Ahnung, wozu ich in der Lage bin«, fuhr ich sie leise an.

»Ich denke, deine Mutter will damit nur sagen, dass wir dir so gut wie möglich helfen wollen«, sprang mein Vater ein.

Aber sie hatte etwas anderes gesagt. Das war mir plötzlich klar. Natürlich wollte sie mir helfen – aber nur auf die von ihr beschlossene Art. Denn Mom war immer äußerst hilfsbereit – wenn man genau das tat, was ihrer Meinung nach das Beste war.

Mein Leben lang hatte mir meine Mutter gute Ratschläge erteilt. Mein Leben lang hatte ich ihre hohen Ansprüche nie hinterfragt. Ich hatte sie zu meinen eigenen gemacht und mich erst in der Schule und dann während meines Studiums abgerackert, weil ich sie und auch mich selbst auf keinen Fall enttäuschen wollte. In diesem Augenblick jedoch kam mir zum ersten Mal in meinem Leben der Gedanke, dass sie auch nicht alles wusste und dass ihre Ratschläge nicht unbedingt die besten waren. Ich hatte ihre Anweisungen für mein Leben immer haargenau befolgt, und wohin hatte mich das letztendlich gebracht? Ins Krankenhaus, wo ich an dieses Bett gefesselt war und mir Geschichten über Primaballerinen anhören musste, weil es kein Entrinnen für mich gab. Sie hatte gesagt, ich sollte einen Mathe-E-Kurs machen? Also hatte ich den Mathe-E-Kurs absolviert. Sie hatte gesagt, ich sollte Wirtschaftswissenschaft studieren? Also hatte ich gehorsam Wirtschaftswissenschaft studiert. Sie hatte gesagt, ich sollte meinen Master machen? Also hatte ich die Masterprüfung abgelegt. Als Beste meines Jahrgangs. Wieder mal. Wie eine Marionette war ich brav gefolgt, wenn meine Mutter an den Schnüren zog.

Ich durchforstete mein Hirn nach einer einzigen Gelegenheit, bei der ich ohne ihre »Hilfe« meinen eigenen Weg gegangen war. Genau das hatte Kitty übrigens ihr Leben lang getan – sie hatte alle Ratschläge, die Mom ihr je gegeben hatte, in den Wind geschlagen, und uns allen das Leben in den Jahren vor ihrem Fortgang dadurch schwer gemacht. Aber hatte sie sich damit selbst das *Leben* schwer gemacht? Ja, natürlich hatte sie es oft nicht leicht gehabt, und jetzt hatte sie einen irren Haarschnitt, viel zu viele Piercings und einen verrückten Lebensstil – aber sie war auf jeden Fall sie selbst. Sie wusste, wer sie war. Sie tat, was ihr gefiel.

Und wer war ich? Worin war ich schon gut, außer meine Wohnung aufzuräumen, auf mein Aussehen zu achten und eine Prüfung nach der anderen zu bestehen? Was tat ich gerne und mit Leidenschaft? Was war es wohl für ein Gefühl, nicht immer die Erwartungen anderer Menschen zu erfüllen, sondern einfach das tun, was mir gefiel?

Ich hatte keine Ahnung, nicht einmal ansatzweise.

Dann hörte ich mich sagen: »Nein.«

Meine Mutter blinzelte.

»Nein danke, meine ich. Ich brauche keinen Tutor.«

»Ich bin mir nicht ganz sicher, ob dir klar ist, unter welchem Zeitdruck du in dieser Sache stehst«, warf Mom ein.

»Ich denke schon.«

»In genau drei Wochen knallt das Zeitfenster, in dem du deinen Zustand noch verbessern kannst, endgültig zu.«

»Ich weiß nicht, ob es *knallt*«, schränkte mein Vater ein.

Doch jetzt war meine Mutter aufgebracht. »Willst du denn nicht, dass es dir wieder besser geht?«

»Ich kann nicht glauben, dass du mich das wirklich fragst.«

»Denn momentan sieht es nicht so aus, als würdest du das wollen.«

Hilfe suchend sah ich meinen Vater an.

»Vielleicht definieren wir erst mal den Begriff des ›Bessergehens‹«, schlug er etwas unbeholfen vor.

»Den muss man nicht erst definieren«, gab meine Mutter zurück. »Es geht einem besser, wenn es einem besser geht.«

»Außer, wenn es mich betrifft«, mischte ich mich wieder ein. »In meinem Fall bedeutet ›besser gehen‹, dass ich wieder die alte Margaret bin. So wie du es der Nachbarschaft versprochen hast.«

Sie behauptete ihre Position. »Willst du das etwa nicht?«

»Es geht nicht darum, was ich will.«

Sie zog eine Braue hoch, wie sie es immer tat, wenn sie sich ihres Sieges sicher war. »Das ist das Einzige, worum es geht.«

Okay, da war was dran. Ich hatte schließlich eine Reihe ganz realer, physischer Probleme, die ich innerhalb der nächsten Wochen lösen müsste, also sollte ich die Flinte vielleicht besser nicht in diesem Augenblick ins Korn werfen. Aber jäh wurde mir vielleicht zum ersten Mal in meinem Leben überhaupt bewusst, dass es für mich nicht leichter, sondern schwerer wurde herauszufinden, was ich machen sollte, wenn ich mich auch weiterhin auf die wohlmeinenden Ratschläge von Mom und Dad verließ. Im Grunde war es nur der Hauch eines Gefühls, aber auf einmal ging mir auf, dass es allein bei mir lag – nur an mir –, noch etwas für mich zu tun.

»Ich will nicht mehr darüber reden«, hörte ich mich sagen.

»Also gut. Dann legen wir jetzt erst mal eine Pause ein«, stimmte mir Mom zu, aber ich schüttelte den Kopf.

»Ich will überhaupt nicht mehr darüber reden. Punkt. Ich werde über diese Dinge nicht mehr mit euch sprechen«, sagte ich und hörte selbst, dass ich wie meine Mutter klang, wenn etwas für sie erledigt war. »Wenn ihr mich weiterhin mittags sehen und mit mir essen möchtet, gern. Aber mein Zustand und die Fortschritte, die ich vielleicht oder vielleicht auch nicht erziele, sind tabu.«

Meine Mutter sah zu Dad.

»Falls ihr versucht, das Thema anzuschneiden, werde ich

so lange schreien, bis ihr den Raum verlasst.« In meinem alten Leben hätte vielleicht ich den Raum verlassen – doch das ging ja jetzt nicht mehr.

»Und wenn das nicht funktioniert«, fügte ich in dem Wissen, dass ich meine Mutter damit wirklich träfe, drohend hinzu, »stimme ich irgendwelche Schlager an.«

Ich konnte beinahe sehen, wie sie innerlich zusammenfuhr. »Also gut«, sagte sie.

»Ich muss selbst herausfinden, wie es für mich weitergehen soll«, erklärte ich ein wenig sanfter und sah meinen Vater an. »Das könnt ihr mir nicht abnehmen. Das muss ich ganz alleine tun.«

Ich konnte meine Mutter in Gedanken protestieren sehen. Ich wusste genau, was sie dachte. Wenn ich nun allein entschied – und womöglich einen Fehler machte? Das war eine berechtigte Sorge, denn schließlich fragte ich mich selbst, ob dies der beste Augenblick war, um mich aus dem Nest zu stürzen. Jetzt, da es um alles ging. Hätten wir nicht eher damit beginnen sollen, dass ich selbst entschied, was ich zum Mittagessen haben wollte, um uns dann allmählich vorzutasten? Aber ich ließ die Frage auf sich beruhen. Zum ersten Mal in meinem Leben kümmerte es mich nicht, ob ich vielleicht das Falsche tat.

Denn diese Sache war viel größer als ich selbst, und endlich meldeten sich mein geschundener Körper und meine angeschlagene Seele einmal selbst zu Wort.

18

Nachdem ich mich zum ersten Mal in meinem Leben gegen Mom behauptet hatte, fühlte ich mich wunderbar befreit. In meinem jetzigen Zustand empfand ich diesen kleinen Akt des Widerstands als große Heldentat.

Als Ian kam, um mich zur Physiotherapie zu holen, stieg ich willig in den Rollstuhl um und folgte ihm den Flur hinunter in das Rehazentrum. Er schwieg wie immer, und auch ich blieb stumm, doch während wir uns durch die Dehnübungen kämpften und ich mich erst auf dem Liegerad und dann auf dem Gerät mit Namen »Oberschenkelmaster« plagte, setzte ich die Anweisungen, die er mir erteilte, mit erheblich größerer Entschlossenheit als früher um.

Zum ersten Mal sprachen wir beide nicht, und es herrschte eine völlig andere Atmosphäre als zuvor. Statt pausenlos zu plappern, um die Stille auszufüllen, konzentrierte ich mich ganz auf meine Aufgabe, und statt stundenlangem Starren aus dem Fenster achtete Ian ganz genau auf meine Haltung und ging mir bei meinen Übungen sogar gelegentlich zur Hand.

Dann ging er sogar so weit zu sagen: »Ganz genau. So geht's«, als sich die Gewichte des Trainingsgeräts hoben.

»Machst du mir etwa *Mut?*«, vergewisserte ich mich, ohne ihn anzusehen.

»Nein«, widersprach er, wobei ihm allerdings ein leises Lächeln deutlich anzuhören war.

Nicht mal Myles brachte uns aus dem Gleichgewicht. Er tauchte mehrmals auf, korrigierte meine Haltung, die zuvor bereits von Ian verbessert worden war, schnauzte ihn an, weil er nicht gut genug auf mich achtete, und wies ihn sogar darauf hin, dass seine Uniform nicht den vorgeschriebenen Blauton hatte, obwohl seine Kleidung nur eine Schattierung heller als die von Myles war. Und einmal kam er nur vorbei, um anzumerken, »dass ihm Ians Fehlen bei der morgendlichen Teambesprechung aufgefallen sei«.

»Ich wusste nichts von einer Teambesprechung«, antwortete Ian.

Myles hob die Brauen an, als wollte er sagen: *Ich bitte dich.* »Das kann ja wohl nicht sein. Ich habe schließlich eine Rundmail an das Personal geschickt.«

»Ich habe keine Mail gekriegt.«

»Wollen Sie damit etwa sagen, alle anderen hätten die Nachricht bekommen, nur Sie nicht?«

»Sieht ganz so aus.«

»Ich denke eher, dass Sie unsere Teambesprechungen nicht mögen.«

»Ich *hasse* unsere Teambesprechungen.« Ian richtete sich zu seiner ganzen Größe auf und sah auf ihn herab. »Weil sie die reinste Zeitvergeudung sind. Trotzdem nehme ich an diesen Meetings teil – wenn nicht irgendwer meine Adresse in der Empfängerliste für die Rundmails löscht.«

Myles' Miene machte deutlich, dass er aufgeflogen

war, aber er setzte umgehend zum nächsten Angriff an. »Ich führe inzwischen Buch darüber, wer an diesen Meetings teilnimmt und wer nicht. Sie sollten also besser zusehen, dass Sie nächstes Mal erscheinen. Und zwar pünktlich.«

»Selbstverständlich«, erwiderte Ian und kehrte ihm den Rücken zu.

»Hat er deinen Namen wirklich absichtlich gelöscht?«, erkundigte ich mich mit Flüsterstimme, nachdem Myles verschwunden war.

»Kein Kommentar.«

»Und wie willst du rechtzeitig zur nächsten Teambesprechung kommen, wenn er dir nichts davon sagt?«

Er sah mir ins Gesicht. »Inzwischen habe ich mein eigenes Spionagenetzwerk alarmiert.«

Nach der Stunde kam ich vor Erschöpfung kaum noch ohne Hilfe aus dem Rollstuhl in mein Bett.

Ich versank in einem komatösen Schlaf und hatte einen Riesenhunger, als ich um die Zeit, zu der normalerweise Kitty mit dem Abendessen auftauchte, allmählich wieder zu mir kam. Vor allem wollte ich ihr ausführlich berichten, wie ich mich erst gegen Mom behauptet und mich dann im Rehazentrum total verausgabt hatte – um danach der Frage nachzugehen, auf welche Art das eine vielleicht mit dem anderen zusammenhing.

Aber als die Tür geöffnet wurde, tauchte nicht meine Schwester auf, sondern Ian.

Das Erste, was ich dachte, war: Er kündigt seinen Job. Er erträgt entweder Myles oder mich selbst einfach nicht mehr.

Er trat ein wenig unbehaglich an mein Bett, aber bevor er etwas sagen konnte, kam ich ihm zuvor.

»Es tut mir leid, dass ich in letzter Zeit so schwierig war.«

»Nicht du bist schwierig, sondern deine Lage.«

Das war wirklich nett von ihm.

»Tatsächlich finde ich, dass du dich ganz gut schlägst.«

»Ach ja?«

Er nickte knapp. »Du hast dich heute Nachmittag unglaublich angestrengt.«

»Ach ja?«

»Hast du den Unterschied gespürt?«

Bei dieser Frage wurde mir etwas klar: Zum ersten Mal in meinem Leben hatte ich mich nicht jemand anderem zuliebe angestrengt, sondern einzig und allein, weil es mir selbst wichtig war.

Das war ein ungewohntes, seltsames Gefühl und kam mir wie ein erster kleiner Schritt in die richtige Richtung vor.

»Es war anders«, stimmte ich ihm zu. »Auch wenn ich mir nicht sicher bin, warum.«

»Du bist sehr stark, Maggie«, erklärte er, doch sein Gesicht blieb völlig ernst und sah beinah ein bisschen traurig aus. »Viel stärker, als du denkst.«

»Das hoffe ich. Denn schließlich werde ich auch alle Kräfte brauchen, die mir zur Verfügung stehen.«

»Ich dachte mir, wir tun vielleicht noch etwas mehr.«

Worauf wollte er hinaus? »Okay?«

»Und deshalb bin ich hier.«

»Du meinst, hier an meinem Bett?«

»Dein Vater hat mich engagiert, damit ich dir abends ein paar Extrastunden gebe.«

Mein Vater hatte *Ian* als Tutor für mich engagiert? Hatte ich nicht gerade erst gesagt, dass er niemanden für mich suchen soll?

»Nun, ich habe ihm klar und deutlich gesagt, dass ich keinen Tutor brauche.«

»Das hat er mir erzählt.«

Ich schüttelte den Kopf. »Die Sache ist die: Ich hatte gerade diesen triumphalen Augenblick, in dem ich meinen Eltern deutlich zu verstehen gegeben habe, dass sie endlich aufhören sollen, über mein Leben zu bestimmen, und dann habe ich den ersten großen Schritt in – du weißt schon – Richtung Eigenständigkeit getan und beschlossen, dass ich jetzt mein Leben selbst in die Hand nehmen will. Vorhin im Rehazentrum hatte ich nur diesen besonderen Biss, weil ich meine eigene, allzu lange brachliegende Kraft zurückerobern wollte, und wenn ich jetzt nachgebe und meine Eltern wieder über mich bestimmen lasse, gebe ich dadurch den Kampf, den ich bereits gewonnen habe, nachträglich verloren.«

Ich war mir sicher, dass er dieser wirren Rede nie im Leben hatte folgen können, doch er nickte zustimmend und meinte: »Ich verstehe.«

»Echt?«

»Ich bin der festen Überzeugung«, fing er an und wählte seine nächsten Worte mit Bedacht, »dass du deine Eigenständigkeit behaupten musst.«

Er widersprach mir also nicht.

»Danke.«

»Außer …«

»Außer was?«

»Außer dass der Sieg in einer Schlacht sich vielleicht gut anfühlt, du aber den ganzen Krieg gewinnen musst.«

»Und was soll das heißen?«

»Dass diese Entscheidung deiner Eltern richtig ist.«

Das war doch sicher nicht sein Ernst? »Das ist nicht gerade hilfreich«, protestierte ich.

»Du könntest von den zusätzlichen Stunden wirklich profitieren. Es gibt eine Menge Sachen, die bei der normalen Physiotherapie nicht angeboten werden, die aber trotzdem durchaus hilfreich sind.«

»Wie zum Beispiel?«

»Schwimmen. Yoga. Reiten. Ganzkörper- und Fußreflexzonenmassagen. Kälte. Hitze. Akupunktur. Alles, was uns einfällt und von dem wir denken, dass es dich weiterbringt. Bei der normalen Physiotherapie dürfen wir nur Dinge tun, die von der Versicherung gebilligt sind. Die Liste dieser Dinge ist durchaus okay, nur eben leider relativ begrenzt.«

Weshalb war er jetzt hier? Weshalb hatte er dem Vorschlag meines Vaters zugestimmt? Weshalb in aller Welt sollte er täglich eine Sekunde länger in der Klinik bleiben, als unbedingt nötig war?

»Heißt dass, dass wir verzweifelt sind?«

Er schüttelte den Kopf. »Nicht verzweifelt, sondern *kreativ.*«

Ich starrte ihn mit großen Augen an. Ich war hungrig, müde, wollte, dass der Tag endlich vorüber war, und außerdem war ich meinem Vater böse, weil er statt auf meiner auf der Seite meiner Mutter stand. »Weshalb solltest du das tun? Ich kenne meinen Dad. So gut ist die Bezahlung sicher nicht.«

»Genau diese Dinge haben wir in meinem Studio gemacht. Genau diesen Teil von meiner Arbeit habe ich geliebt – die Kreativität, die Herausforderung, dass man sich gedanklich auch mal außerhalb der Norm bewegt.«

Wollte ich, dass Ian das tun konnte, was er in seinem Job am meisten liebte? Ja, natürlich. Doch nachdem ich gerade erst herausgefunden hatte, wie fantastisch es sich anfühlte, etwas allein für mich und nicht für jemand anderen zu tun, war ich nicht bereit, gleich wieder einen Rückzieher zu machen und den zusätzlichen Stunden zuzustimmen, nur damit mein Physiotherapeut zufrieden war.

Doch dann bot er mir plötzlich an: »Außerdem könnte ich dich hier herausholen.«

»Was meinst du mit herausholen?«

Schulterzuckend meinte er: »Na, hier drinnen werden wir wohl keine Reitstunden machen können.«

»Du meinst, du könntest mich hier wirklich rausholen?«

»Wenn es der Therapie dient, ja.«

»Oft?«

»Wenn du die dafür erforderliche Energie aufbringst.«

»Und Myles würde dir deshalb keinen Ärger machen?«

»Myles macht mir auf alle Fälle Ärger, ganz egal, ob ich dich aus der Klinik hole oder nicht.«

Et voilà! Das war Grund genug. Obwohl die von mir neu gezogenen Grenzen wieder verschwammen, wenn ich etwas tat, was meine Eltern glücklich machte, und infolgedessen Ian die berufliche Erfüllung fände, war ich mehr als scharf darauf, dem Krankenhaus vorübergehend den Rücken zuzukehren.

»Abgemacht. Ich bin dabei.«

Mit einem unterdrückten Lächeln meinte er: »Gut, dann lass uns gehen.«

»Ich kann jetzt hier nicht weg«, gab ich zurück. »Meine Schwester kommt gleich mit dem Abendessen.«

»Oh. Okay. Dann warte ich.«

»Hast du Hunger? Willst du mitessen?«

»Kommt drauf an, was du mir anzubieten hast.«

»Ich glaube, was vom Italiener«, sagte ich, als Kitty wie aufs Stichwort, eine Tüte mit dem Aufdruck »Napoli« in einer Hand, den Raum betrat.

»Wer ist das?«, fragte sie mich, als sie an ihm vorbeirauschte.

Irgendwie kam es mir seltsam vor, dass sie ihm nie zuvor begegnet war. Aber er war nur tagsüber im Krankenhaus und sie nachts.

»Kit, das ist Ian, mein Physiotherapeut. Ian, das ist meine Schwester Kitty.«

»Das schwarze Schaf unserer Familie«, fügte sie hinzu und musterte ihn eingehend von Kopf bis Fuß. »Du hast mit keinem Wort gesagt, wie toll er aussieht«, schalt sie mich und reichte ihm die Hand. »Nennen Sie mich ruhig Kitty Kat.«

»Flirte bitte nicht mit meinem Physiotherapeuten«, herrschte ich sie an.

»Er sieht so aus, als könnte er mir durchaus widerstehen«, erwiderte sie ungerührt und wandte sich dann abermals an ihn. »Wollen Sie was trinken?« Sie zog eine Dose Cola voll mit jeder Menge Zucker aus der Tasche, und als ihr mein Blick verriet, dass ich beim besten Willen nicht verstand, wie sie so was trinken konnte, gab sie mir mit einem gleichmütigen Schulterzucken zu verstehen, dass niemand völlig frei von Lastern war.

»Nein danke«, antwortete Ian, und wie ein Kind beim Anblick eines Schokoriegels flüsterte Kit mir begeistert zu: »Ein echter Schotte. Lecker.«

»Du sollst nicht mit meinem Physiotherapeuten flirten!«

»Hallo? *Er ist Schotte.* Also gelten die normalen Regeln nicht.«

»Dad hat ihn als Tutor für mich angeheuert. Gegen meinen ausdrücklichen Wunsch.« Bei der Erinnerung versuchte ich, mit meinen Zehen zu wackeln. Nichts.

Ian sagte: »Ich bin wirklich überzeugt davon, dass ich dir helfen kann.«

»Nun, das hoffe ich. Meine Mutter will, dass ich im Sommer wieder ganz die alte, rundherum perfekte Margaret bin, und wird nichts anderes akzeptieren.«

»Amen«, pflichtete mir Kitty bei, doch Ian sah mich weiter an und fragte: »Warst du vor dem Unfall denn perfekt?«

Schulterzuckend meinte ich: »Ich habe es um jeden Preis versucht«, und Kitty sagte gleichzeitig: »Ja.«

»Das klingt nach jeder Menge Arbeit«, stellte Ian fest.

»Sie haben ja keine Ahnung!«, klärte Kit ihn auf.

»Und was hattest du für Hobbys?« Ian schaute mich nach wie vor an, und endlich sah auch ich ihm ins Gesicht.

»Ich habe immer furchtbar hart gearbeitet.«

»Das klingt für mich nicht unbedingt nach Spaß.«

»Ich glaube kaum, dass du als Triathlet so was beurteilen kannst.«

»Ich habe jede Menge Spaß.«

»Du bist das Gegenteil von Spaß.«

»Ich nehme an, dass du das nachher nicht mehr sagen wirst.« Er hob etwas die Brauen an, als wolle er mir sagen: *Wart's nur ab.*

»Was hast du denn noch mit mir vor?«, fragte ich misstrauisch.

»Ich werde mit dir schwimmen gehen.«

»Gibt's hier denn einen Pool?«

»Ein Therapiebecken. Im Keller.«

Suchend sah ich mich im Zimmer um. »Aber ich habe keinen Badeanzug dabei.«

»O doch«, widersprach Kitty. »Mom hat dir einen eingepackt.«

Ian nickte. »Klingt, als ob du bestens vorbereitet wärst.«

»Wobei du natürlich auch ganz ohne etwas schwimmen gehen könntest«, schlug mir Kitty vor.

Schlagartig fielen mir die Verbrennungen an meinem Hals und die verfluchten Spenderstellen ein. »Moment mal. *Kann* ich damit überhaupt ins Wasser gehen?« Ich zeigte erst auf meine Schlüsselbeine und danach auf meinen Hals.

»Finden wir es heraus«, meinte Ian nur mit einem Schulterzucken.

Eine Stunde später hockte ich in einem grässlichen, getupften Retro-Zweiteiler, den ich vor Jahren schon hätte entsorgen wollen, am Rand des Beckens und starrte meine schlaff ins Wasser hängenden Nudelbeine an. Ich hatte sicherlich schon tausend Mal am Rand von einem Schwimmbecken gesessen, aber diesmal konnte ich das kalte Wasser nur an ein paar Stellen meiner Haut spüren, und da ich auch nicht mit meinen Beinen strampeln konnte, hatte ich sie einfach wie zwei nasse Handtücher über den Beckenrand gehängt.

Jetzt, um halb zehn Uhr abends war das Becken menschenleer und roch derart nach Chlor, als hielte irgendwer mir eine Flasche Bleiche vors Gesicht. Dank der grellen Neonlichter herrschte eine Atmosphäre wie auf einer öffentlichen Damentoilette, und ich war mir sicher, dass wir eigentlich nicht hätten hier sein sollen.

Ich wartete auf Ian, der sich umzog, und fragte mich, ob er immer eine Badehose mit zur Arbeit brachte, um nach Ende seiner Schicht noch ein paar Bahnen hier zu ziehen.

Aber nein. Statt einer Badehose trug er ganz normale Baumwollshorts, als er aus der Kabine kam. Und kein T-Shirt! Der Anblick seines nackten Oberkörpers war ein solcher Schock für mich, dass ich kurz brauchte, bis ich meine Stimme wiederfand.

»Willst du etwa so ins Wasser gehen?«

»Ich kann mich gern auch ganz ausziehen, wenn dir das lieber ist.«

»Hast du etwa gerade einen Witz gemacht?«

»Ich scherze nie.« Er machte eine Arschbombe am anderen Beckenrand, tauchte ein Stückchen weiter wieder auf, schüttelte sich wie ein Hund die Haare aus der Stirn und kam dann auf mich zugekrault.

»Mach mich ja nicht nass.« Abwehrend streckte ich die Hände aus.

»Werd ich nicht«, stimmte er zu. »Es wird noch Wochen dauern, bis die Spenderstellen vollständig verheilt sind. Frag am besten deinen Arzt, aber aus meiner Sicht dauert es bis zu einem Jahr, bis man nach einer solchen Hautverpflanzung wieder schwimmen gehen kann.«

»Ein *Jahr*?« Von einer so langen Genesungszeit hatte mir bisher niemand was gesagt.

»Aber das heißt nicht, dass du das Wasser nicht schon vorher nutzen kannst, wenn du vorsichtig bist.«

»Das bin ich ganz bestimmt. Ich kann nur hoffen, dass auch du vorsichtig bist.«

»Das Herrliche am Wasser ist, dass es die Dinge leichter macht.«

»Und was werden wir im Wasser tun?«

»Wir werden gehen«, stellte er fest, als wäre das das Einfachste der Welt.

Plötzlich dachte ich, er würde mich ins Becken ziehen.

»Vorsicht!«, warnte ich, und offenbar sah er mir an, wie nervös ich war.

»Hör zu. Das hier ist das flache Ende. Das bedeutet, das Wasser geht dir nur bis zur Hüfte.«

»Aber ich kann nicht stehen.«

»Im Wasser vielleicht schon.«

»Und wenn ich falle?«

»Fange ich dich auf.«

»Und wenn du mich *nicht* auffängst?«

Bei dieser Frage hob er spöttisch eine Braue an. »Du meinst, falls ich überraschend einen Herzinfarkt bekomme und sterbe, während wir mitten im Becken sind? Falls das passiert, treibst du am besten auf dem Rücken bis zum Beckenrand zurück, klammerst dich dort fest und schreist dir die Lunge aus dem Hals, bis irgendjemand kommt. Da wir uns hier in einem Krankenhaus befinden, werden sie dich umgehend versorgen, und auch wenn es wegen all der Antibiotika, die du bereits bekommst, eher unwahrscheinlich ist, dass du dir eine Infektion zuziehst, bist du, falls du doch eine bekommst, in guten Händen, denn wie ich schon sagte, bist du schließlich schon im Krankenhaus.«

»Und was ist mit dir?«

»Ich bin dann bereits tot. Also lasst ihr mich am besten einfach hier zurück.«

Mit einem unterdrückten Lächeln antwortete ich: »Das wäre für die anderen Patienten doch bestimmt ein Schock.«

»Dann müsst ihr mich eben irgendwo unauffällig entsorgen.«

Unterhalb meines Bikinioberteils näherten sich Ians Hände meinen Rippen, und in der Erwartung seiner Berührung schnappte ich nach Luft.

Er hielt inne und fragte: »Was ist?«

Da er nicht zu wissen brauchte, wie mein Körper auf die Berührung seiner Finger reagierte, behauptete ich: »Ich bin kitzelig.«

Er nickte nach dem Motto *alles klar* und hielt mich fest.

»Ich hab dich«, erklärte er und war wie auf Knopfdruck wieder der Ian, mit dem ich auf dem Dach gewesen war. Nicht der Griesgram aus dem Rehazentrum, der Angst und Schrecken unter den Patienten verbreitete, und nicht der Typ, der mir auf meine Fragen knappe Nichtantworten gab, dumpf knurrte oder sich in vollkommenes Schweigen hüllte, sondern jemand, der zu *Scherzen* fähig war! Er sah mir in die Augen, achtete auf mich und versprach, ich könne ihm vertrauen.

»Bist du auch kitzelig?«, erkundigte ich mich.

»Sehe ich etwa so aus?«

Ich verspürte das fast übermächtige Bedürfnis, es herauszufinden, wollte aber keinesfalls ins Wasser fallen. Deshalb sah ich lediglich zu ihm auf und stellte fest: »Ich wüsste wirklich gerne, wer du bist.«

Er runzelte die Stirn, als wüsste er nicht, was ich damit hatte sagen wollen. »Ich bin der Typ, der gleich mit dir durch das Becken laufen wird.«

Mit diesen Worten zog er mich in seine Richtung, und ich purzelte nicht gerade elegant vom Beckenrand und schlang ihm kreischend meine Arme um den Hals.

Im Grunde hatte ich mich gar nicht derart an ihn klammern, sondern so wie gewohnt möglichst lässig in das kühle Nass eintauchen wollen.

Nur dass diesmal alles anders war. Ich hatte das Gefühl, als würden die Verbrennungen in dem Bikini wenig vorteilhaft zur Schau gestellt, und glaubte nicht daran, dass meine Beine hier im Wasser besser funktionieren würden als an Land. Da ich auch Ian nicht ganz traute, kam es zu der wenig glanzvollen Version des Beckensprungs – bei der ich seinen Hals umklammerte und mein Gesicht an seiner muskulösen Brust vergrub.

»Zu schnell?«, erkundigte er sich.

Ich nickte dicht an seinem Hals und genoss die nasse Wärme seiner Haut.

»Mach trotzdem einen Schritt zurück. Sonst ist es nur eine Umarmung, aber keine Therapie.«

»Eine Umarmung kann auch Therapie sein.«

»Aber nicht die Art von Therapie, für die dein Vater mich bezahlt.«

»Wenn ich ihn darum bitten würde, würde er das vielleicht tun.«

»Komm, du schaffst das hier. Atme erst mal tief ein.«

Folgsam holte ich Luft, drückte mich von Ian ab, bis wir gut fünfzehn Zentimeter Abstand zueinander hatten, und brachte irgendwie meine Beine unter mir in Position. Sie fühlten sich wie fremde Gegenstände an, aber Ian hielt mich weiterhin fest, und ich stützte mich auf seinen Schultern ab. Dann hatten wir's geschafft, ich stand hüfttief im Wasser, und zum ersten Mal seit einer Ewigkeit durchzuckte mich ein freudiges Gefühl. Es war nur wie ein winziger elektrischer Impuls, und trotzdem sah mir Ian diese Zuckung an.

Er sah mir meine Freude an.

Ich konnte nirgends anders hinsehen als in sein Gesicht, und er schien in mir zu lesen wie in einem offenen Buch.

Ich musste einfach lächeln.

Und er lächelte zurück. Sah mich mit einem echten Lächeln an. Dem ersten echten Lächeln, seit wir uns zum ersten Mal begegnet waren. Und abermals durchzuckte mich ein elektrischer Impuls.

»Du stehst«, stellte er fest.

»Und du lächelst«, erwiderte ich.

»Tue ich nicht.« Aber noch während er das sagte, wurde sein Lächeln sogar noch ein bisschen breiter.

Eilig warf er seinen Kopf zurück und rief: »Konzentrier dich!«, wobei er sich diese Anweisung vor allem selbst zu geben schien.

Für einen flüchtigen Moment, während mein Blick auf seine Muskeln fiel, vergaß ich meine Lage und den Grund, aus dem wir hier waren und zu welchem aussichtslosen

Unterfangen wir in dieses Schwimmbad gekommen waren. Während dieses kurzen Augenblicks war er nur ein Mann, der in nassen Shorts in einem Wasserbecken stand – und ich war nur eine junge Frau, die er in seinen starken Armen hielt.

Ein herrliches Gefühl, das aber leider nicht von Dauer war.

Denn sofort wurde seine Miene wieder ernst. »Okay«, wies er mich an. »Wenn ich einen Schritt nach hinten mache, machst du einen Schritt nach vorn.«

Aber es war zu lange her, seit ich zum letzten Mal gelaufen war. Ich schüttelte den Kopf. »Ich kann mich nicht daran erinnern, wie das geht.«

»Denk nicht darüber nach, denn dein Körper weiß es noch. Du weißt doch, was du machst, wenn du die Knie anziehen sollst. Und dann lass dir vom Wasser dabei helfen, deine Füße hinterherzuziehen.«

Als er einen Schritt nach hinten machte, schob ich eins von meinen Knien vor. Getragen vom Wasser folgte ihm mein Fuß, und ich stellte ihn wieder auf dem Boden ab.

»Ich habe es geschafft!«, stieß ich mit Flüsterstimme aus.

»Gut. Und jetzt das andere Bein.«

Ich hob mein anderes Knie und schaffte es auch dieses Mal.

Es ging entsetzlich langsam, aber dass ich endlich diesem alten, wunderbar vertrauten Muster folgen konnte, fühlte sich fantastisch an. Erst ein Fuß, dann der andere, immer hin und her, führte ich eine Bewegung aus, die so alt wie die Menschheit war. Es war herrlich und brach mir zugleich das Herz. Gerade genug, um mir zu zeigen, was ich wollte – um mir in Erinnerung zu rufen, was ich von einem Moment auf den anderen verloren hatte und wer ich bis zu jenem schicksalhaften Tag gewesen war. Vermutlich fing ich deshalb an zu weinen, denn bis wir auf der anderen Seite waren, waren meine Wangen tränenüberströmt.

Aber ich hatte auch ein Lächeln im Gesicht. Ich weinte und lächelte zugleich, war traurig und gleichzeitig glücklich, fühlte mich alles andere als taub.

»Wir haben es durch den ganzen Pool geschafft!«, rief ich aus. Und dann, als gäbe es nichts Interessanteres auf dieser Welt, rief ich noch mal: »Wir haben es durch den ganzen Pool geschafft.«

»Allerdings. Das haben wir.«

»Ich würde gerne mit dir abklatschen, aber ich will dich jetzt nicht loslassen.«

»Dann lass es sein. Und jetzt gehen wir denselben Weg zurück.«

Ich hatte das Gefühl, als könnte ich die ganze Nacht das Schwimmbecken zu Fuß durchqueren, aber laut Ian war es nur die Aufregung, die mich nicht zusammenbrechen ließ. Er behauptete, mir wäre gar nicht klar, wie anstrengend das Training für mich war.

»Es ist so«, erklärte ich, während wir wieder auf dem Rückweg waren, »ich glaube nicht, dass meine Muskeln meinen Fuß nach vorne bringen. Ich denke eher, das liegt nur am Wasser, am Auftrieb.«

»Das wäre auch nicht schlimm. Je mehr der Körper tut, umso eher erinnert er sich daran, was er machen muss. Die Wiederholung der Bewegungen ruft die Erinnerung daran in deinem Körper wach. Zumindest in der Theorie.«

»Danke, dass du mich nicht fallen gelassen hast.«

»Noch sind wir nicht im Trockenen.«

»Und danke auch, dass du so nett zu mir gewesen bist.«

Doch darauf gab mir Ian keine Antwort, sondern hüllte sich erneut in Schweigen.

19

Eines Abends tauchte gleichzeitig mit Kit und ihrer Lamm-Tagine vom Marokkaner eine Krankenhausangestellte bei mir auf. Sie hatte große Kulleraugen, war erschreckend gut gelaunt und hielt ein kleines Klemmbrett in der Hand. Sie rekrutierte freiwillige Helfer für den Bastelflohmarkt, der auf der Kinderstation stattfinden sollte, und bevor ich sie verscheuchen konnte, fragte Kit: »Um was für Basteleien geht es denn?«

»Oh, um alles Mögliche. Wir bemalen Steine, stricken mit den Fingern, basteln Freundschaftsarmbänder, Luftballonraketen, Bienenwachsskulpturen und Sandkerzen. Gerade Sachen mit Glupschaugen sind ziemlich in.«

Kitty sah mich an. »Auf der Kinderstation scheint es deutlich lustiger zu sein als hier.«

»Würden Sie gerne mitmachen?«, hakte die Dame nach.

»Ja«, antwortete Kit, und ich meinte mit demselben Nachdruck: »Nein.«

Die Dame schaute Kitty an. »Super.«

»Können wir uns zum Stricken melden?«, fragte Kit. »Meine Schwester strickt phänomenale Schnecken.«

»Oh, ja gern! Die Kinder werden begeistert sein.«

Kitty wackelte mit ihren Brauen. »Vielleicht gelingt es uns ja sogar, irgendwo noch ein paar Glupschaugen zu klauen.«

Nachdem die Dame glücklich wieder abgezogen war, sagte ich: »Ich gehe da nicht hin.«

»O doch, du gehst, weil du dich schließlich in die Liste eingetragen hast.«

»*Du* hast mich in die Liste eingetragen.«

»Na ja, ich dachte, du hast doch schließlich sonst nichts zu tun.«

»Versuch bitte nicht, mich aufzumuntern. Du weißt genau, dass es mir danach immer dreckig geht.«

»Das geht es dir sowieso.«

»Ja, aber dazu bekomme ich noch Schuldgefühle, wenn ich mich von dir nicht aufmuntern lassen will.«

»Hör zu, ich habe gerade ein unglaublich inspirierendes Zitat auf Instagram entdeckt. ›Erst unsere Kämpfe zeigen uns, wie stark wir sind.‹«

»Wenn ich das Wort Instagram noch einmal höre, fackele ich die Klinik ab.«

»Meinetwegen, aber in allen Artikeln auf der ganzen Welt heißt es, statt sich über das, was man nicht hat, zu grämen, muss man schätzen lernen, was man hat.«

»Willst du mich auf den Arm nehmen?«

Nach kurzem Zögern gab sie zu: »Okay, das war vielleicht ein bisschen oberflächlich.«

Augenrollend meinte ich: »Ich bin seit einem knappen Monat hier! Es ist gerade mal vier Wochen her, dass ich alles verloren habe, was mir jemals wichtig war. Da ist es doch wohl nicht zu viel verlangt, wenn ich ein paar Minuten brauche, um mich daran zu gewöhnen, dass jetzt alles anders ist.«

»Nein! Natürlich nicht! Und bis du dich daran gewöhnt hast, bringen wir ein paar kranken Kids das Stricken bei.«

»Verdammt, hör endlich auf, mir vorzuschreiben, was ich machen soll!«

In diesem Augenblick trat Ian durch die Tür, und Kitty streckte einen Arm in seine Richtung aus. »Das tut er schließlich auch!«

Ich sah ihn flüchtig an. »Das ist schließlich sein Job.«

»Na und?«

»Was, na und? Wenn das sein Job ist, ist das etwas anderes.«

»Das gibt ihm also das Recht zu tun, was ich nicht darf?«

Er stand direkt neben uns und konnte jedes Wort hören, aber ich musste meiner Schwester deutlich machen, worum es mir ging.

»Allerdings!«, bestätigte ich ihr. »Denn in nicht einmal drei Wochen werde ich entlassen und ihn dann nie wiedersehen. Dann wird er nie wieder an mich denken, sich nie wieder Sorgen um mich machen und vor allem nicht versuchen, mir bis an mein Lebensende einzureden, dass ich gute Laune haben soll. Er wird erleichtert aufatmen, wenn ich durch diese Tür rolle, um mein tragisches Leben außerhalb des Krankenhauses fortzusetzen, und damit wird diese unselige Angelegenheit für ihn erledigt sein.«

Bevor ich weitersprechen konnte, trat er an mein Bett und schüttelte den Kopf. »Das ist nicht wahr.«

Kitty und ich starrten ihn an.

»Was ist nicht wahr?«, wollte ich wissen.

»Ich werde ganz bestimmt auch noch an dich denken, nachdem du das Krankenhaus verlassen hast. Und zwar sehr oft.«

War das etwa der Anfang einer langen Rede? Nein. Wie immer kam der Mann mit einer Handvoll Worte aus.

Aber die paar Worte reichten, um den Streit mit meiner Schwester zu beenden, und nach einem Augenblick verblüfften Schweigens fragte Kitty: »Wollen Sie marokkanische Tagine?«, zog den Deckel vom Karton und hielt ihn ihm entgegen.

Erneut schüttelte er den Kopf.

»Maggie strickt gerade eine Schnecke«, wandte Kit sich einem anderen Thema zu. »Wollen Sie sie mal sehen?«

Mit dieser Frage brachte Kitty ihn zum Lächeln, und ich liebte es, wenn ich ihn lächeln sah. »Unbedingt.«

»He«, sagte ich zu ihr. »Wag es ja nicht …«

»Pst.« Kit reckte mahnend einen Finger in die Luft. »Als Schal ist es fürchterlich, aber als Schnecke sieht das Ding echt super aus. Sag also einfach, dass es eine Schnecke ist, und sei stolz auf das, was du geleistet hast.« Strahlend hielt sie Ian mein Strickzeug hin.

Er nahm es in die Hand, sah mich und Kitty an und meinte dann: »Eine so tolle Strickschnecke habe ich noch nie gesehen.«

Kit fragte mich: »Klingt eigentlich *alles* sexy, wenn man Schottisch spricht?«, und blickte sofort wieder Ian an: »Würden Sie als Kind beim Bastelflohmarkt so was nicht gerne sehen?«

»Beim Bastelflohmarkt?«

»Auf der Kinderstation«, erklärte Kit. »Aber meine

Schwester, die alte Meckerziege, hat natürlich keine Lust, sich dort zu engagieren.«

Ich funkelte sie zornig an, doch Ian schienen ihre Sticheleien zu gefallen, denn zum ersten Mal, seit ich ihn kannte, wurden seine Augen von fast warmen Lachfältchen umrahmt. Und dann meinte er in einem Ton wie ein total normaler, netter Mensch: »Da fällt mir etwas ein, was meine Mutter mir immer geraten hat.«

Ich runzelte die Stirn, und Kitty fragte: »Ihre Mutter?«

»Ja. Sie meinte immer: ›Wenn du dir selbst nicht helfen kannst, hilf jemand anderem.‹«

Natürlich gingen wir zu dem Flohmarkt. Wir hatten schließlich keine andere Wahl. Wie sollten wir Ians Mom widersprechen?

Und plötzlich hatte ich zum ersten Mal seit meinem Haftantritt tatsächlich Spaß.

So entspannt wie im Zusammensein mit all den Kindern hatte ich mich schon seit einer Ewigkeit nicht mehr gefühlt. Bei der Reha ging es immer einzig darum, das wieder in Gang zu bringen, was an meinem Körper nicht mehr funktionierte, und in meinem Zimmer, nun, es war ein Krankenzimmer, und dort gab es kaum etwas für mich zu tun. Hier aber, im Kinderflügel, gab es jede Menge bunter Farben, Heliumballons, Häkelpuppen, Schminktische und fröhlichen Gesang. War es laut? Natürlich. Herrschte dort ein hoffnungsloses Chaos? Unbedingt. Und ich saß mittendrin an meiner Fingerstrickstation, brachte den Jungen und den Mädchen, die vorbeikamen, das Stricken mit den Fingern bei, plauderte mit Kitty und war überraschend gut gelaunt.

»Das hier sind deine Leute«, stellte meine Schwester fest.

»Sie scheinen mich zu mögen«, pflichtete ich ihr bei.

»Du kannst viel besser stricken, als ich dachte.« Kit blickte auf die lange Wollschlange, an der ich gerade saß.

»Ich kann viel besser stricken, als *ich* dachte«, stimmte ich mit einem Schulterzucken zu.

Und dort, inmitten all des Durcheinanders und des gleichzeitigen Friedens, teilte Kitty mir zwei Dinge mit.

Erstens hatte sie inzwischen ihren Rückflug nach New York gebucht. Sie würde an dem Morgen fliegen, an dem ich aus dem Krankenhaus entlassen würde, und ich fragte überrascht: »Dann kommst du also nicht mit mir nach Hause?«

Sie bedachte mich mit einem Blick, als wäre ich nun vollends durchgedreht. »Ganz sicher nicht.«

»Nicht mal für zwei Stunden, bis ich mich dort eingerichtet habe?«

»Nein. Ich habe diesen Flug schon gebucht, er war viel günstiger als alle anderen.«

»Ich kann es nicht fassen, dass du mich wieder verlässt.«

»Ich fliege doch erst in zwei Wochen.«

»Zweieinhalb«, verbesserte ich sie.

»Was in Klinikzeit gerechnet ungefähr zehn Jahre sind.«

»Trotzdem habe ich jetzt Angst vor dem, was danach kommt.«

»Ich habe alles, was ich mir für meine Zeit hier vorgenommen habe, durchgezogen«, klärte sie mich auf. »Ich habe mich mit dir versöhnt, habe Mom zur Rede gestellt, und ich habe mich auf eine erotische Reise mit dem dicken Benjamin begeben.«

»Hattest du das etwa auch vor?«

Sie sah mich aus zusammengekniffenen Augen an. »Ich schätze, dass die Sache mit dem dicken Benjamin eher eine Überraschung für uns beide war.«

»Und, hast du dein Problem mit Mom gelöst?«

»Soweit es möglich war.«

»Denn mir kommt es so vor, als hätten wir uns gar nicht mehr über die«, ich überlegte kurz, wie ich es formulieren sollte, und fuhr mit gedämpfter Stimme fort, »nun, über die *Sache* unterhalten, nachdem Mom davongelaufen ist.«

Kitty zuckte mit den Schultern. »Hmm. Wir hatten eben alle Hände voll mit anderem Zeug zu tun.«

Da hatte sie natürlich recht. Aber zugleich war es auch typisch für uns Jacobsens, auf eine große, umwälzende Neuigkeit zu reagieren, indem wir einfach so weitermachten, als wäre nichts geschehen.

Ich hätte es durchaus auch ein wenig zartfühlender formulieren können, doch ich fragte lediglich: »Willst du denn nicht wissen, wer dein echter Vater ist?«

Kit sah mich reglos an, denn offenbar war dies das erste Mal, dass jemand laut darüber sprach.

»*Unser* Vater ist mein echter Vater.«

»Ja, natürlich«, stimmte ich ihr eilig zu, denn schließlich hatte ich sie nicht verletzen wollen. »Ich meinte nur, ob du denn nicht wissen willst, wer dein *Erzeuger* ist.«

Sie überlegte kurz. »Darüber habe ich natürlich auch schon nachgedacht. Klar würde mich das interessieren, aber solange Dad nichts davon weiß, empfinde ich es irgendwie als illoyal, der Sache weiter nachzugehen.«

»Und Dad wird nie etwas davon erfahren«, stellte ich fest.

Worin wir einer Meinung waren.

Die zweite Neuigkeit war die, dass Kit beschlossen hatte, am 1. April ein Abschiedsfest für mich zu schmeißen. Hier im Krankenhaus, und zwar im Rehazentrum.

»Das werden sie dir nie erlauben«, sagte ich.

»Es braucht doch niemand was davon zu wissen. Schließlich wird der Raum doch abends gar nicht mehr benutzt.«

Auch wenn der Tag der Liebenden inzwischen längst vorbei war, plante Kitty eine »Valentinsparty« und stellte mit einer wegwerfenden Geste fest, dass einen »die Liebe schließlich immer treffen könne, ganz egal an welchem Tag«.

»Bei diesem Datum böte sich doch eher eine April-Scherz-Fete an«, schlug ich ihr vor.

»Zu der dann niemand kommt, weil alle denken, dass die Einladung nicht ernst gemeint war?«

»Dir ist doch wohl bewusst, wie der letzte Valentinstag für mich geendet hat?«

Sie nickte knapp.

Natürlich wusste Kitty, wie der Tag für mich geendet hatte, aber trotzdem sprach ich es noch einmal aus. »Ich bin mit einem Flugzeug abgestürzt.«

»Das ist mir klar. Und deshalb holen wir den Valentinstag einfach nach.«

Ich schüttelte den Kopf. »Auf keinen Fall.«

Das Funkeln in ihren Augen aber zeigte mir, dass jede Widerrede zwecklos war. »Ich werde alles regeln. Du brauchst nicht einen Finger krumm zu machen. Ich werde mit den Schwestern sprechen und den Raum entsprechend dekorieren. Ich sehe es schon vor mir. Überall werden lauter kleine Schokoladenherzen verteilt sein, dazu gibt es einen selbst gebrauten Liebestrank und einen Schokoladenbrunnen, den der dicke Benjamin bei einem Aushilfsjob hat mitgehen lassen. Außerdem Luftschlangen, ein Liebeslieder-Karaoke, und dann habe ich noch diese alte Discokugel, die in meinem Kinderzimmer hing. Ich liebe dieses Zeug. Lass mich dir etwas Gutes tun, okay?«

Vielleicht lag es am Charme des Kinder-Flohmarkts, dass ich mich so schnell geschlagen gab. Auf alle Fälle seufzte ich, und als ich resigniert die Schultern hängen ließ, riss Kit zum Zeichen ihres Sieges die Arme in die Luft.

»Wen willst du überhaupt zu dieser Party einladen?«, erkundigte ich mich und reckte warnend einen Finger in die Luft. »Ich will dort niemanden von Facebook und auch sonst keine normalen Leute sehen, okay?«

»Nur Kranke und Verletzte. Leute von deiner Station, das Pflegepersonal und alle anderen, die in Ordnung sind. Wobei der dicke Benjamin auf alle Fälle kommen muss.«

»Warum muss ich diese Fete feiern?«, hakte ich noch einmal nach. »Warum können wir nicht einfach Tacos essen und fernsehen?«

»Ich habe nicht die Absicht, so mir nichts, dir nichts zu verschwinden. Und weißt du was? Das wirst du auch nicht tun.«

Ich sah sie an, und plötzlich ging mir etwas auf. »Du planst das schon seit einer ganzen Weile, stimmt's?«

Sie wackelte mit ihren Brauen. »Ich hätte dich mit dieser Party überraschen wollen, aber du weißt ja, dass ich in der Regel nichts für mich behalten kann.«

»Du heimtückisches Biest!«

»Ich werde dich daran erinnern, dass du sauer auf mich bist, wenn du genüsslich direkt aus dem Schokoladenbrunnen trinkst.«

20

Am nächsten Abend tauchte Kit mit einer wunderbaren Nachricht für mich auf. Sie hielt mir triumphierend einen Karton Spinattaschen vom Griechen hin und rief: »Ich habe eine tolle Neuigkeit für dich!«

Ich hob den Blick von einer neuen Strickschnecke und fragte ohne wirkliches Interesse: »Was?«

»Wir haben ein fantastisches Geburtstagsgeschenk für dich.«

Mir war tatsächlich entfallen, dass am Sonntag mein Geburtstag war, doch nach kurzem Überlegen meinte ich: »Genau, da war ja was.«

»Du wirst mir ganz bestimmt nicht glauben, wenn du es erfährst.«

»Sieht mein Gesicht etwa wieder normal aus?«

Sie sah mich forschend an und schüttelte den Kopf. »Noch nicht ganz, aber beinah.«

»Was ist es dann?«

Energisch richtete sich Kit zu ihrer ganzen Größe auf. »Das, was wir mit dir vorhaben, wird dich echt umhauen.«

»Und wer, bitte, ist wir?«

»Mom und ich.«

»Seit wann seid ihr beide ein ›Wir‹?«

»Es ist ein vorläufiger Waffenstillstand, und wir sparen dabei ein bestimmtes Thema aus.«

Ich runzelte die Stirn. Das konnte doch nicht sein.

»Du solltest Lindas oder mein Talent, bestimmte Dinge zu verdrängen, niemals unterschätzen«, fügte Kitty noch hinzu.

»In Ordnung. Und worüber sprecht ihr zwei?«

»Bisher nur über dich.«

»Okay.«

»Wobei ich weiß, dass sie mein neues Aussehen hasst.«

»Natürlich tut sie das.«

»Insbesondere die Tattoos.«

Mein Blick verriet, dass mir das bereits klar gewesen war.

»Die ganze Sache war übrigens Moms Idee.«

»Was für eine Sache?«

»Tata! Jetzt kommt die große, rundherum fantastische Geburtstagsneuigkeit!«, verkündete sie mir. »Wir entführen dich aus dem Krankenhaus.«

»Ihr entführt mich aus dem Krankenhaus?«

»Mom dachte, dass du vielleicht Lust auf einen Kurzbesuch daheim und auf Spaghetti bolognese und Schokoladenkuchen hast.«

Spaghetti bolognese und Schokoladenkuchen zum Geburtstag waren in unserer Familie Tradition, doch die Erinnerung daran rief ein Gefühl der Trauer in mir wach. »Ich möchte aber nicht nach Hause fahren.«

»Ich weiß«, stimmte mir Kitty selbstzufrieden zu. »Das habe ich ihr auch gesagt. Und Dad hat mich dabei noch unterstützt.«

»Dann muss ich also nicht nach Hause fahren?«

»Nein. Wir haben was viel Besseres mit dir vor.«

»Und was?«

»Wir fahren an den See!« Kitty vollführte einen kleinen Freudentanz.

»An den See? An unseren See?«

Sie klatschte in die Hände, doch es nützte nichts.

»Ich kann nicht an den See fahren«, gab ich zurück. Die alte Fischerhütte meiner Großeltern war gelinde gesagt einfach, und mit dem Rollstuhl käme ich dort nicht weit.

»O doch, du kannst! Es ist schon alles vorbereitet.«

»Dort werden mich die Ärzte niemals hinfahren lassen.«

»Mom hat die Zustimmung der Ärzte bereits eingeholt. Ich wollte es dir erst verraten, wenn es sicher ist, aber jetzt ist es offiziell. Wir fahren Samstag an den See, und das bedeutet, dass du nicht im Krankenhaus in deinen Geburtstag reinzuschlafen brauchst.«

»Aber …« Ich war mir nicht sicher, was ich denken sollte. Kitty wollte, dass ich mich auf diesen Ausflug freute, doch ich stellte mir ein Wochenende in der alten Hütte anstrengend vor.

»Wir haben alles vorbereitet. Mom war fast die ganze Woche dort, hat alle Betten frisch bezogen, gründlich Staub gewischt und eine Tonne Lebensmittel für uns eingekauft.«

»Heißt das, sie kommt auch?«

»Nein! Genau das ist es ja! Ich habe ihr gesagt, du wärst ein junger Mensch und würdest deshalb auch mit jungen Menschen feiern wollen. Was Dad genauso sieht.«

»Und mit wem soll ich das Wochenende dann verbringen?«

»Na, mit mir!«

Was dachte sie sich nur dabei?

»Du kannst doch nur mit Mühe auf dich selbst aufpassen, Kit. Ich glaube also kaum, dass du mich dort versorgen kannst.«

»Das ist nicht nett und auch nicht wahr. Und natürlich kann ich dich problemlos dort versorgen, weil ich deinen Freund dazu bewogen habe, mitzukommen und die Sachen, die ich selbst nicht hinkriege, zu tun.«

»Wen – *Chip*?«

Seit dem Abend unserer Trennung hatte ich von ihm nichts mehr gehört oder gesehen, und langsam kam es mir so vor, als hätte er nie wirklich existiert.

Kit schüttelte den Kopf. »Natürlich nicht. Ich meine deinen Freund aus *Schottland*.«

Ich hielt mir eine Hand vor den Mund. »Das hast du nicht getan.«

»Habe ich doch!«

»Du hast ihn gebeten mitzukommen?«

Sie nickte stolz.

»Und er hat Ja gesagt?«

»Vielleicht habe ich angedeutet, dass ansonsten die Gefahr bestehen könnte, dass du dieses Wochenende nicht ganz unbeschadet überstehst.«

Ich ließ meinen Kopf zurück aufs Kissen fallen. »Nein.«

»Wie dem auch sei, das ist dein eigentliches Geschenk. Du kannst verbotenen Sex mit deinem heimlichen Geliebten haben, wenn du willst«, erklärte sie, doch dann legte sie die Stirn in Falten und erkundigte sich flüsternd: »Dieser Teil deines Körpers funktioniert doch sicher noch?«

»Also bitte, Kit. Ich habe weder einen heimlichen Geliebten noch verbotenen Sex!«

»Hältst du mich für blöd? Denkst du, die sexuelle Spannung zwischen euch wäre mir nicht schon lange aufgefallen? Und mit sexuellen Spannungen kenne ich mich wirklich bestens aus!«

»Sieh mich an, Kit. Oder sieh dir eher mein Leben an.«

»Na und?«

»Kit, ich fühle mich wie ein Wrack.«

»Umso mehr Grund, etwas Spaß zu haben.«

»Ich hasse Spaß, und glaub ja nicht, dass ich mich jemals wieder amüsieren kann.«

»O doch, und zwar, wenn du mit Ian zusammen bist.«

»Das kann doch nicht dein Ernst sein.«

»Es ist alles vorbereitet, und er hat schon Urlaub für das Wochenende eingereicht.«

»Dann fahren also ich und du mit meinem Physiotherapeuten an meinem Geburtstag an den See?«

Kit nickte zustimmend. »Und mit dem dicken Benjamin. Ich möchte schließlich auch verbotenen Sex.«

»Und was ist mit Stache?«

»Wir haben eine offene Beziehung.«

Ich hatte unzählige endlos lange Wochenenden und den Großteil meiner Sommerferien dort am See verbracht. Ich war ums Haus getollt, im See geschwommen, hatte ausgedehnte Touren mit dem Ruderboot gemacht, war nur zum Essen heimgekehrt und hatte mir, wenn ich dort nachts im Bett gelegen hatte, meine Zukunft in den schönsten Farben ausgemalt.

Allein der Gedanke, dass irgendwo da draußen ein normales Leben weiterging – Supermarkt, Kino, all so was –, während sich mein eigenes Leben so dramatisch verändert hatte, brach mir das Herz. Aber ein so glücklicher Ort wie unser Haus am See? Ein Ort, an dem sich die Erinnerungen an mein altes Leben drängten und an dem die Zukunft immer etwas Herrliches für mich gewesen war?

Das wäre mehr, als ich ertragen könnte.

Und doch hatten Mom und meine Schwester alles arrangiert.

Ich wollte tatsächlich hier raus. Ich liebte unseren See. Von der Haustür bis zum Ufer waren es gerade einmal fünfzehn Meter, und wenn man die Augen morgens aufschlug, konnte man das Wasser in der Sonne glitzern sehen. Der Gedanke, diesen Anblick schon in ein paar Tagen wieder zu genießen, war verführerisch. Ich sehnte mich danach, an einem schönen Ort zu sein.

»Wir werden Campingessen futtern und Kekssandwiches mit Marshmallows und Schokoladenstückchen machen«, sagte Kit mir zu.

Mein Bauch fühlte sich an, als wäre er mit Kieselsteinen angefüllt. Ich wollte unbedingt und gleichzeitig auf keinen Fall dorthin.

Aber ich hätte nicht gewusst, wie ich mich hätte weigern sollen. Es war bereits beschlossene Sache, und zudem hatte Kitty durchaus recht: Ich hatte wirklich Spaß, wenn Ian in der Nähe war.

Seit Ian mich nach Dienstschluss weiter unter seine Fittiche genommen hatte, waren wir zwei ein regelrechtes Ninja-Reha-Team geworden. Ich war hoch motiviert und konzentriert, und wie es aussah, hatte er sich an die Vorstellung gewöhnt, dass Menschen ihre Sache besser machten, wenn man ihnen Mut zusprach. Wir arbeiteten jeden Tag im Rehazentrum, und nach dem Abendessen fuhren wir mit dem Training fort.

Tatsächlich wusste niemand außer ihm, dass ich allmorgendlich versuchte, mit den Zehen zu wackeln, und dass diese Anstrengung zu einem festen Ritual für mich geworden war. Ich begann nicht einen Tag, ohne dass ich meinen Zehen eine kurze aufmunternde Rede hielt und dann versuchte, sie zu irgendwelchen Zuckungen zu animieren.

»Und was sagst du zu ihnen?«, fragte Ian, als ich ihm davon erzählte.

»Zu meinen Zehen?«

Er nickte. »Wenn du deine aufmunternden Reden hältst.«

Im Namen der Gesundheitsfürsorge erzählte ich es ihm. »Ich sage ›Los, ihr kleinen Racker. Ihr seid viel stärker, als ihr denkt.‹«

»Und was antworten sie dann?«

Ich sah ihn reglos an. »Bisher sagen sie leider nur: ›Du kannst uns mal.‹«

An manchen Abenden war ich zu erschöpft, und er kam einfach zu Kit und mir ins Zimmer, machte dort mit mir Gewebetherapie, verschiedene leichte Übungen mit meinen Unterschenkeln, dehnte und massierte mich und war deutlich entspannter als bei unseren Anstrengungen während der normalen Physiotherapie. Im Rehazentrum ließ Myles ihn niemals aus den Augen, und wenn er sich dort dazu herabließ, überhaupt mit mir zu reden, hatte seine Stimme den bekannten nüchternen, geschäftsmäßigen Klang. Vielleicht war er inzwischen nicht mehr ganz so grimmig, aber noch grimmig genug.

Ganz anders als der Ian, den ich abends zu Gesicht bekam.

Was vielleicht daran lag, dass er von unseren abendlichen Übungen total begeistert war. Im Rehazentrum spulte er lustlos das dort vorgeschriebene Programm herunter, aber wenn er selbst entscheiden konnte, was er machen wollte, war er voller Energie und ein ums andere Mal für eine Überraschung gut. Wenn meine Kräfte reichten, gingen wir in den Pool, und um das Schwimmbad etwas aufzupeppen, hatte er inzwischen eine ganze Sammlung Schwimmnudeln und -bretter und sogar ein aufblasbares Einhorn in der Halle deponiert. An einem Abend hatte er einen befreundeten Akupunkteur zu unserer Stunde mitgebracht und mich akupunktieren lassen, während Kitty zuschaute und Sesamhühnchen aß. Ab und zu kam er mit einer sehr netten Reflexologin, die sich nebenher noch in Aromatherapie versuchte, und ein anderes Mal trat eine andere Freundin, die als Chiropraktikerin ihren Lebensunterhalt verdiente, an mein Bett. Dieser Frau stand ich zu Anfang ziemlich skeptisch gegenüber, weil sie mich *auf keinen Fall* berühren und schon gar nicht meinen Rücken irgendwie verbiegen sollte, aber sie nahm nur ein kleines Ultraschallgerät aus ihrer Tasche, um mit seiner Hilfe meine Waden und die Zehen zu stimulieren.

Brachte mir das was? Wer konnte das schon sagen? Doch es schadete mir sicher nicht.

Irgendwann sah ich die Zeit im Rehazentrum als Arbeit, meine abendlichen Therapiestunden hingegen als Vergnügen an.

An manchen Abenden spielten wir Elektronik-Basketball im Sitzen, bis es Zeit für mich zum Schlafen war. Der Korb hing außerhalb des Rehazentrums, und schon als wir zum ersten Mal dort spielten, schlug ich Ian um dreizehn Punkte, was er alles andere als witzig fand. Und auch danach schlug ich ihn jedes Mal. Ich saß mit meinem Rollstuhl vor dem Korb, während Ian mir die Bälle reichte, und erzielte einen Treffer nach dem anderen, bis der elektronische Timer zeigte, dass die Zeit vorüber war. Danach war Ian an der Reihe und traf ebenfalls sehr gut, wobei gelegentlich ein Ball danebenging. Er war ein durchaus guter Werfer, dennoch war ich besser und traf wirklich jedes Mal. Was Ian in den Wahnsinn trieb – vor allem, weil ich das Spiel ja noch nie zuvor gespielt hatte.

Es gefiel mir gut, Ian in den Wahnsinn zu treiben.

Als er zum ersten Mal zu meiner abendlichen Therapie erschienen war, hatte er in Habachtstellung wie ein Soldat neben der Tür gestanden und darauf gewartet, dass wir Frauen endlich mit unserem Essen fertig waren. Inzwischen aber saßen Kit und er auf den Besucherstühlen links und rechts von meinem Bett, auf dem unser Abendessen in verschiedenen Behältern zwischen meinen Knöcheln oder neben meinen Beinen ausgebreitet war.

Vielleicht lag es am Essen, an dem lockeren Umgangston, den meine Schwester und ich miteinander pflegten, oder daran, dass der blöde Myles nicht in der Nähe war – auf alle Fälle wirkte Ian wie ein völlig anderer Mensch. Ein lockerer, fröhlicher und *wirklich netter* Typ. Und je häufiger wir diesen Ian sahen, umso öfter wollten wir ihn sehen.

Also machten Kit und ich ein Spiel daraus, verschworen

uns gegen ihn und waren stolz, wenn wir es schafften, ihm die Schamesröte ins Gesicht zu treiben, ihm ein Lächeln zu entlocken, ihn dazu zu bringen, laut zu lachen oder im Idealfall alle diese Dinge – Lächeln, Lachen und Erröten – gleichzeitig zu tun. Am besten klappte das, wenn wir es schafften, ihn durch irgendwelche dummen Sprüche in Verlegenheit zu bringen. Also fluchten wir so oft wie möglich, sprachen, um ihn zu schockieren, reihenweise irgendwelche heiklen »Frauenthemen« an und zwangen ihn, uns beizubringen, zu fluchen wie ein Schotte, denn er kannte zahlreiche wunderbare Schimpfwörter und -phrasen. Auch wenn wir es nicht einmal ansatzweise schafften, ahmten wir begeistert seine Art zu sprechen nach, und Kit suchte bei Google komplizierte Namen indianischer Orte wie »Lake Tangupahoa«, »Caloosahatchee River« und »Quittapahilla Creek« für ihn heraus. Es brachte sie zum Lachen, wenn er sich daran versuchte, und mich verzauberte es. Gebannt verfolgte ich, wie er die Lippen erst zurückzog und dann spitzte, bevor er das urtypische Schotten-*O* aussprach. Ab und zu vergaß ich dabei selbst das Lachen, denn ich war von seiner Art zu sprechen wie hypnotisiert.

Auf Dauer stellte Ian sich als überraschend spielfreudig heraus. Wir hatten ihn aus der Reserve locken wollen, am Ende aber gingen auch wir zwei dabei so aus uns heraus, dass über unserem Gelächter ein ums andere Mal sogar das leckere Essen stehen blieb. Es war die Art von hysterischem, unkontrollierbarem Gelächter, das man, wenn man älter wird, verlernt. Die Dinge waren nicht nur amüsant, sondern zum Brüllen – selbst Dinge, die im Grunde gar nicht lustig waren wie das Kratzen eines Stuhlbeins auf dem

Boden, eine Veggie-Teigtasche, die auf die Erde fiel, oder die Schwester, die ins Zimmer kam, um nach dem Grund für all den Lärm zu sehen.

Im Grunde ist es seltsam, dass ich unter diesen Umständen, in dieser dunklen Phase meines Lebens, derart lachen konnte. Aber ich war zu dem Schluss gekommen, dass einem die Dinge manchmal umso lustiger erschienen, je elender es einem ging.

Ich weiß noch, wie mein Vater und sein Bruder nach dem Tod ihrer Mutter auf der Fahrt zum Friedhof einen Witz über ihre Verwandten nach dem anderen rissen und sich gegenseitig auf den Arm nahmen, während ich mit Kit und unserer Mutter auf der Rückbank saß. Ich hatte diesen zwei erwachsenen, plötzlich mutterlosen Männern zugesehen, wie sie in brüllendes Gelächter ausgebrochen waren, obwohl sie gerade eine Frau verloren hatten, die sie mehr geliebt hatten als alles andere auf der Welt.

Ich war damals vielleicht zehn gewesen und hatte von meinem Vater wissen wollen: »Was machst du da? Wie kannst du nur so fröhlich sein?«

»Schätzchen«, hatte mir Dad erklärt. »Wenn wir nicht lachen, brechen wir in Tränen aus.«

Genauso ging es jetzt auch uns. Das Lachen überwältigte uns einfach, und vor lauter Lachen taten uns am Ende das Gesicht und der Bauch weh. Wir amüsierten uns nach Kräften, und zwar gerade, *weil* alles so furchtbar traurig war.

Und wieder mal war Kit viel mutiger als ich, denn immer wieder forderte sie Ian auf die eine oder andere Art heraus.

Sie bot ihm beispielsweise an: »Du kriegst von mir zehntausend Dollar, wenn du morgen früh in einem Kilt zur Arbeit kommst.«

»Sie hat keine zehntausend Dollar«, raunte ich ihm zu, und lächelnd meinte er: »Dann sind wir quitt, denn ich besitze keinen Kilt.«

Meistens forderten wir ihn heraus, doch eines Abends, als wir Sushi aßen, pikste er mit seinen Stäbchen einen riesigen Wasabiklumpen auf, hielt ihn so, dass wir ihn sahen. »Wollen wir wetten, dass ich diesen Klumpen esse?«

Ich bedachte ihn mit einem Blick, als ob er den Verstand verloren hätte, denn bereits ein Zehntel dieser Menge würde ihn umbringen, und fragte ungläubig: »Das ganze Ding?«

Er nickte.

»Nein«, entfuhr es Kit. »Nicht einmal ich bin so verrückt, auf diese Wette einzugehen.«

Doch unvermittelt sagte ich: »Ich schon«, und bevor ich meine Worte zurücknehmen konnte, schob er sich die ganze Kugel in den Mund, schluckte sie herunter und riss triumphierend seine Arme in die Luft.

Kit und mir klappte die Kinnlade herunter.

»So schlimm ist das gar nicht«, meinte er, doch ehe er den Satz beendet hatte, begannen ihm Tränen übers Gesicht zu strömen, und er lief puterrot an. Er fing an zu keuchen und zu fauchen wie eine Wildkatze.

Eilig schnappte er sich seine Wasserflasche, leerte sie in einem Zug, griff nach meiner Flasche, leerte sie genauso schnell, und kippte sich danach auch noch den Inhalt von Kits Cola in den Hals.

»Huuuuh!« Er stapfte durch den Raum und fächelte sich Luft mit seinen Händen zu. »Verdammt – das brennt!«

»Fluch auf Schottisch!«, wiesen wir ihn an, aber er joggte auf der Stelle und stieß aus: »Das war eine echt dämliche Idee.«

Dann beugte er sich keuchend vor, schlug mit dem Kopf gegen das Fußende von meinem Bett, und als er merkte, dass der Speichel ihm über das Kinn in Richtung seines Halses rann, riss er mir die Papiertücher, die ich vor seiner Nase schwenkte, aus der Hand.

Insgesamt brauchte er eine halbe Stunde, um sich von dem Bissen zu erholen, und erst danach machte er uns die Freude und fluchte auf Schottisch. »Was zum Teufel habe ich mir bloß dabei gedacht?«

»Du hast gedacht«, erklärte ich in liebevollem Ton, »dass du uns so zum Lachen bringen kannst.«

Es war, als wären wir wortlos darin übereingekommen, uns zu amüsieren.

»Es ist wissenschaftlich nachgewiesen«, meinte Kit, die Königin des Googelns, als ich ihr erzählte, dass mir der Gedanke an die Zeit mit ihr und Ian half, den Tag zu überstehen, »dass die Vorfreude auf etwas Schönes haargenau dieselben Hirnregionen stimuliert, wie wenn es dann passiert. Was zeigt, wie dumm das Hirn des Menschen ist, wenn es nicht mal den Unterschied zwischen Erwartung und Erfüllung kennt.«

Mir hingegen kam die Dummheit meines Hirns durchaus gelegen, denn der Rest der Zeit, die ich im Krankenhaus verbringen musste, war so traurig, dass mich nur die Vorfreude auf meine Abende mit Kit und Ian aufrecht hielt.

21

Der Morgen meines Hafturlaubs verlief genau wie jeder andere Morgen, seit ich in der Klinik war. Ich wurde gewaschen, versuchte vergeblich, meine Zehen zu bewegen, und dann tauchten meine Eltern mit dem Mittagessen auf. Danach jedoch stieg ich in meinen Rollstuhl, und statt in das Rehazentrum zu rollen, nahm ich eine kleine Reisetasche auf den Schoß und ließ mich von Dad zu seinem Auto schieben, neben dem schon meine Schwester stand.

Überraschenderweise machte mir die Aussicht, das Krankenhaus zu verlassen, Angst.

Ich hätte Freude und Erleichterung verspüren sollen, aber ich war furchtbar angespannt. Ich traute Kit nicht zu, dass sie den großen Wagen meines Vaters fahren könnte. Ich traute all den anderen blöden Fahrern nicht, die selbst an Kreuzungen statt auf die Straße nur auf ihre Handys sahen. Ich hatte kein Vertrauen mehr in die große, chaotische, schlechte Welt, die außerhalb der räumlich stark begrenzten, kontrollierten Biosphäre meines Krankenhauses lag.

Auch unterwegs ließ meine Anspannung nicht nach. Bei jeder Kurve, jeder roten Ampel und wenn Kitty auch nur ansatzweise bremste, zuckte ich zusammen, und hätte ich statt Fingernägel Krallen besessen, hätte ich vor lauter Angst bestimmt das Armaturenbrett zerkratzt.

»Du musst dich entspannen«, wies mich meine Schwester an.

Ich nickte. »Richtig. Guter Tipp. Entspannen.«

Aber wie zwingt man sich, sich zu entspannen?

Bis wir bei der Hütte waren, war ich derart verkrampft, dass ich Kopfweh hatte. Kit riet mir, ein Nickerchen zu machen.

Aber natürlich war die Hütte nicht mit einem Rollstuhl erreichbar. Wie auch?

Kit setzte mich in mein Gefährt, schob mich über den Kiesweg bis zum Haus und legte eine kurze Pause ein, um zu überlegen, wie zum Teufel sie mich bis zur Tür bugsieren sollte, die am Ende einer kurzen Treppe lag.

»Ich wusste gleich, dass das eine bescheuerte Idee war«, schimpfte ich.

»Immer mit der Ruhe«, meinte Kit. »Wenn gar nichts anderes geht, warten wir hier draußen, bis dein Schotte kommt, und der trägt dich ins Haus.« Sie trottete davon, um nachzuschauen, ob man vielleicht leichter durch die Hintertür ins Innere des Hauses käme, und rief gut gelaunt: »Das wäre doch gar nicht mal so übel, oder?«

»Geh weg«, knurrte ich und schloss die Augen.

Ich hatte gleich gewusst, es würde schlimm für mich, hierher zurückzukehren. Alles war noch so wie damals, als meine Großeltern das Haus gekauft hatten. Die Verandatüren quietschten in den Angeln, niemand hatte das von einem Erdhörnchen gegrabene Loch neben der Hintertreppe zugeschüttet, und die Blätter des von meiner Großmutter gepflanzten Birnbaums raschelten im Wind.

Das Einzige, was sich verändert hatte, war ich selbst.

Bei dem Gedanken überkam mich eine solche Trauer, dass ich mich vorbeugte und meinen Kopf zwischen die Knie sinken ließ. »Wir hätten niemals herkommen sollen«, stieß ich mit leiser Flüsterstimme aus, und dann wurde mir schlecht.

Ich hatte diesen salzigen Geschmack im Mund, der kurz vor dem Erbrechen kommt, doch plötzlich knirschten Autoreifen in der Kieseinfahrt, ich hob den Kopf und sah mit großen Augen auf den braunen Geländewagen, hinter dessen Steuer Ian saß. Im nächsten Moment stieg er aus, warf mit einem lauten Knall die Tür ins Schloss und marschierte, eine Reisetasche über einer Schulter, direkt auf mich zu. Statt seiner Krankenhausuniform trug er braune Lederschuhe, Jeans und ein kariertes Baumwollhemd, und ich vergaß, dass ich mich hatte übergeben wollen.

»Die Hütte passt du dir«, meinte er im Näherkommen.

»Echt? Dabei ist mir gerade furchtbar schlecht.«

»Vom Autofahren?«

»Wahrscheinlich eher, weil mir gerade abermals das Herz gebrochen ist.«

»Macht es dich traurig, hier zu sein?«

Ich nickte unglücklich.

»Aber ich hoffe doch, dass es dich gleichzeitig auch glücklich macht?«

Ich schüttelte den Kopf. »Noch nicht. Aber ich freue mich unglaublich, dich zu sehen.«

»Und warum sitzt du ganz allein hier draußen vor der Tür?«

»Kitty sucht nach einem Weg, um mich ins Haus zu bringen.«

»Dabei kann ich ihr helfen.« Er ließ seine Tasche fallen, kehrte mir den Rücken zu und ging vor mir in die Knie.

»Steig auf«, wies er mich an, und ich befolgte den Befehl.

Er schob seine Arme unter meine Knie, und ich klammerte mich mit den Schenkeln und den Armen an ihm fest. Während eines kurzen Augenblicks stieg mir sein berauschender Duft in die Nase, und dann richtete sich Ian auf und lief mit mir ums Haus, um nachzuschauen, wo Kit abgeblieben war.

Als er den See entdeckte, blieb er stehen. So groß und leuchtend blau hatte ich ihn nicht in Erinnerung gehabt, und von der kleinen Anhöhe, auf der wir standen, bot sich uns ein rundherum perfektes Bild.

»Das ist euer See?«, fragte mich Ian.

»Das ist unser See«, antwortete ich, und dabei streifte meine Wange seinen Hals.

»Wirst du mit mir Boot fahren?«, fragte er.

»Auf jeden Fall.«

In diesem Augenblick tauchte auch Kitty wieder auf.

»Ich nehme an, wir werden warten müssen, bis …«, dann sah sie Ian in Jeans und Baumwollhemd. »Bis der Typ aus der Coca-Cola-Werbung hier auftaucht.«

Danach ging es mir besser, und auch wenn mein Herz noch immer traurig war, kam es mir so vor, als hätte Ian die Stimmung durch seine Ankunft etwas aufgehellt.

Da ich nach der langen Fahrt wie alle anderen erst mal Pipi machen musste, trug mich Ian auf direktem Weg ins

Bad und setzte mich noch vollständig bekleidet auf der Toilette ab.

»Brauchst du Hilfe?«, erkundigte er sich.

»Nein.« Selbst wenn, hätte ich ihn ganz sicher nicht darum gebeten, mir die Hose auszuziehen, und in der Tat kam ich alleine klar.

Der Rollstuhl nutzte mir an diesem Wochenende kaum etwas. Die Türen im Inneren des Hauses waren zu schmal, und da ich auf dem grasbewachsenen, unebenen Boden draußen nicht gut rollen konnte, nahm mich Ian immer wieder huckepack.

Aber schließlich war ich ja auch das Geburtstagskind.

Es war ein frischer, sonnenheller Tag, und während Kit und Ian die Sachen auspackten, lungerte ich auf einer Holzliege am Seeufer herum und beobachtete das Spiel der Wellen. Um meine frisch verpflanzten Hautstellen vor dem Sonnenlicht zu schützen, hatte Kitty einen Sonnenschirm mit pinkfarbenen Tupfen aus dem Haus gebracht, und ich hatte ihn extra so zurechtgerückt, dass der verbrannte Teil von mir im Schatten, aber alles andere in der Sonne lag. Wann hatte ich zum letzten Mal die Sonne auf der Haut gespürt? Ich schloss die Augen und genoss das Gefühl. Eine kühle Brise wehte vom See herüber, doch mir war warm.

Trotz allem, was passiert war und was ich auch weiterhin ertragen müsste, fühlte ich mich hier am See sehr wohl.

Ich weiß nicht mehr, wie lange ich dort lag, doch bis ich Schritte auf dem Kiesweg hörte, hatten sich die Kopfschmerzen von der Fahrt gelegt.

Ohne stehen zu bleiben, meinte Ian: »Kitty sagt, dass ich die Boote aus dem Schuppen holen soll.«

Nickend wandte ich mich wieder ab, behielt die Augen aber offen und sah gebannt zu, wie er ein Boot nach dem anderen aus dem Schuppen ans Ufer zog: ein Ruderboot, ein altes Paddelboot, zwei Wakeboards, zwei Kajaks sowie das Kanu, das mein Großvater mit traditionellen Cherokee-Mustern verziert hatte.

Irgendwann gesellte Kit sich zu mir, und noch während sie sich setzte, stellte sie fest: »Da hast du dir echt einen Prachtkerl ausgesucht.«

»Er ist kein Kerl, sondern ein Physiotherapeut.«

Ohne ihren Blick von ihm zu lösen, sagte sie: »Ich bin mir ziemlich sicher, dass er beides ist.«

»Und wo steckt *dein* Kerl?«

»Welcher?«, fragte sie und setzte ein durchtriebenes Lächeln auf.

»Der süße Pummel«, antwortete ich.

Kitty sah etwas beleidigt aus. »Er ist auf dem Weg.«

Inzwischen hatte Ian das letzte Boot am Ufer aufgereiht und wandte sich uns zu. Ich schätze, dass das Zerren all der Gefährte harte Arbeit war, denn als er auf uns zukam, zog er sich das Hemd über den Kopf, wischte sich damit den Schweiß aus dem Gesicht und setzte seinen Weg nur noch mit einem weißen Unterhemd über der Hose fort.

Als meine Schwester leise pfiff, fuhr ich sie an: »Ich bitte dich, der Mann ist doch kein Lustobjekt.«

»Das ist ja wohl nicht meine Schuld«, setzte sie sich zur Wehr. »Ich habe ihm das Hemd schließlich nicht ausgezogen.«

Als Ian uns erreichte, ließ er das Hemd achtlos zu Boden fallen und sah mich an. »Was ist? Zeigst du mir jetzt den See?«

»Sicher«, bot ich übertrieben eilig an.

»Aber vorher macht sie noch ihr Nickerchen«, warf Kit ein, und ich schlug mit der Hand auf ihren Arm. »Mache ich nicht.«

»Ich hätte eigentlich das Kajak nehmen wollen«, meinte Ian. »Aber das kippt zu leicht um.«

Es täte meinem Hals bestimmt nicht gut, wenn ich ins Wasser fiele, denn natürlich war es, anders als das Wasser im Schwimmbad des Krankenhauses, nicht gechlort.

»Das Kanu müsste gehen«, sagte ich.

»Kann ich mitkommen?«, fragte Kit, und wie aus einem Mund erwiderten Ian und ich: »Nein.«

Ian schleppte mich und meinen pink getupften Sonnenschirm zum Ufer, setzte mich ins Gras, schob das bunt bemalte Kanu auf den See, hob mich dann wieder hoch, watete zwar ohne Schuhe, aber immer noch in Jeans ins Wasser und setzte mich vorsichtig ins Boot.

Das Kanu wackelte, als er dazustieg, und ein Anflug von Panik überkam mich. Ich hatte schon seit Jahren keine Rettungsweste mehr in einem Boot getragen, und außerdem lagen diese Westen viel zu eng am Hals, als dass an eine solche Maßnahme überhaupt zu denken war. Nach wie vor trug ich T-Shirts, die an einer Schulter ausgeschnitten waren, also hüllte ich mich etwas unbeholfen bis zur Brust in meine Weste ein und schloss den Gurt vor meinem Bauch.

»Ich sehe doch bestimmt total idiotisch aus«, stellte ich fest, doch Ian schüttelte den Kopf.

»Du siehst …«, er überlegte kurz, »… erfinderisch aus.«

»Das klingt natürlich schmeichelhaft«, erwiderte ich,

überlegte jedoch, während ich mir meine Sonnenbrille ins Gesicht schob, was er wirklich hatte sagen wollen.

Es war noch keine Hochsaison, und irgendwie kam es mir vor, als hätten wir den ganzen See für uns allein.

»Wohin?«, erkundigte sich Ian, und als ich auf das andere Ufer zeigte, paddelte er los.

Die Stille zwischen uns war durchaus angenehm. Das Flüstern des Windes, das Plätschern der Wellen und das leise *Plitsch*, mit dem das Paddel ein ums andere Mal ins Wasser tauchte, reichten als Geräuschkulisse völlig aus. Ich erinnerte mich derart gut an diesen Ort – er war so sehr ein Teil des Menschen, der ich war –, dass ich nur an ihn zu denken brauchte, um das Wohlbehagen zu verspüren, das für mich mit ihm verbunden war.

Aber wirklich hier zu sein, hier draußen auf dem Wasser, machte mich vor Freude völlig atemlos.

Ich dirigierte Ian vorbei an einem hundert Jahre alten Haus, das noch vor allen anderen hier errichtet worden war, und erzählte ihm jede Geistergeschichte darüber, die ich kannte. Danach passierten wir den Rohbau einer Villa, mit dem vor inzwischen gut zehn Jahren irgendein neureicher Typ begonnen hatte, der aber nie fertiggestellt worden war, und ich erklärte Ian: »Auch da gehen Gespenster um.« Später kamen wir zu der Stelle, an der jedes Jahr im Juli Segelbootregatten ausgetragen wurden, zu dem riesengroßen schwimmenden Trampolin, zu dem die Kinder immer ruderten, und zu der kleinen Burger-Bude, die statt mit dem Auto nur mit Booten zu erreichen war.

Ich beugte mich über den Rand des Boots und ließ meine Finger durchs Wasser gleiten wie schon so oft zuvor. Und auch die Häuser und die Wolken und selbst die Geräusche waren genau dieselben wie in all den anderen Jahren.

Ian paddelte in einem gleichmäßigen Tempo, und ich spürte meiner Trauer und dem gleichzeitigen Glücksgefühl in meinem Innern nach.

Es war ein seltsames Gemisch der Emotionen, und die Wehmut und die Freude, die ich spürte, waren beide gleichermaßen ausgeprägt.

Vor dem Unfall hätte ich gesagt, Gefühle wären wie Primärfarben. Zunächst empfand man blau, dann gelb, dann rot. Inzwischen aber kamen meine Emotionen mir eher wie der Pointillismus eines farbenfrohen Seurat-Gemäldes vor, bei dem aus einer Vielzahl von Farben ein neuer Ton entstand. Aus der Nähe sah man nur Punkte, aber wenn man einen Schritt nach hinten machte, war es wie ein Nachmittag hier auf dem See – dann hingen die Textur und die Bedeutung aller Farben voneinander ab.

Vielleicht würde ja meine neue Sicht der Dinge irgendwann einmal von Vorteil für mich sein, schoss es mir durch den Kopf. Vielleicht würde ich die Welt in Zukunft ja mit den Augen einer Künstlerin sehen.

Ich hätte meine Augen schließen und mich treiben lassen können, aber mir ging schon seit Längerem eine Frage nicht mehr aus dem Sinn, und da ich Ian jetzt einmal für mich alleine hatte, würde ich sie endlich stellen.

»Es gibt da etwas, was ich dich gerne fragen würde«, setzte ich mit möglichst beiläufiger Stimme an.

»Okay.« Er tauchte abermals das Paddel in den See.

»Warum hat es mit deinem eigenen Unternehmen nicht geklappt?«

Ich konnte seine Anspannung bei dieser Frage spüren, doch nachdem ich einmal angefangen hatte, würde ich jetzt nicht wieder aufgeben.

Ich starrte auf den See und hakte nach: »Was ist passiert?«

Schweigend paddelte er weiter, und ich blickte weiter auf den See.

»Ich meine, schließlich war es eine ausgezeichnete Idee.«

Er schwieg nach wie vor, und nach einer Weile schaute ich ihn fragend an.

»Ich habe mich nicht gut genug um das Geschäft gekümmert«, gab er schließlich widerstrebend zu. »Ich habe die Dinge schleifen lassen, und dann war es irgendwann zu spät.«

Ich zuckte mit den Schultern, so als hätte diese Antwort meine Neugierde bereits gestillt.

Aber natürlich rief die Antwort weitere Fragen in mir wach. Warum sollte ein Typ mit einer so guten Idee sich all die Mühe machen, einen völlig neuen, eigenen Laden aufzumachen, nur damit er dann die Dinge schleifen ließ?

Seine starre Haltung aber machte deutlich, dass er nicht darüber reden wollte, also drang ich nicht weiter in ihn.

Wir waren nicht hier, um unglücklich zu sein.

Wir waren hier, um wenigstens vorübergehend zu versuchen, unserem Unglück zu entfliehen.

Als wir zur Hütte zurückkehrten, ging die Sonne bereits unter, und der dicke Benjamin, der eigentlich nicht dick, sondern eher rundlich war und einen dichten Hipster-Vollbart trug, war aufgetaucht. Da er und Kit bereits das Lagerfeuer angezündet hatten, trug mich Ian huckepack zu einem Stuhl und setzte mich dort ab. Aus den Augenwinkeln konnte ich Benjamin mit meiner Schwester flirten sehen. Er konnte seine Hände nicht bei sich behalten, was sie jedoch nicht zu stören schien.

In einem Topf über dem Feuer brodelte ein Eintopf ohne Fleisch. Nachdem die beiden Männer losgezogen waren, um zusätzliches Holz zu holen, erklärte Kitty: »Benjamin ist Vegetarier.«

Es war merklich kühler geworden, und Ian ging ins Haus, um Decken zu holen. Aber er brachte noch etwas anderes mit.

Eine Ukulele. Kit war begeistert. »Dann bist du also außer Physiotherapeut noch Musiker?«, fragte sie ihn.

Er schüttelte den Kopf. »Ich habe schon seit Jahren nicht mehr gespielt. Aber Happy Birthday kriege ich bestimmt noch hin.«

Also brachte er mir ein Geburtstagsständchen. Ich hüllte mich in meine Decke ein, sodass nur noch mein Hals mit den hässlichen Verbrennungen zu sehen war, und dann saßen wir am Feuer, nannten Ian einen Titel nach dem anderen, den er spielen sollte, sangen fröhlich mit und störten uns nicht im Geringsten daran, dass er immer wieder einmal in die falschen Saiten griff.

»Entschuldige dich bloß nicht, wenn du falsch spielst«, sagte ich. »Du bist der beste Ukulelespieler, der mir je begegnet ist.«

Mit einem schiefen Lächeln meinte er: »Dann hast du offenbar noch niemand anderen Ukulele spielen gehört.«

»Das stimmt.«

Er konnte einige Bob-Dylan- und James-Taylor-Songs, einen von Van Morrison, vor allem aber jede Menge Beatles-Lieder spielen, also wurde mein Geburtstagslagerfeuerabend irgendwann zum reinsten Beatles-Festival. Wir sangen, bis wir heiser waren, aßen Kits Gemüseeintopf, und statt des traditionellen Geburtstagsschokoladenkuchens gab es Brownies aus der gusseisernen Pfanne mit geschmolzenen Marshmallows.

»Ich dachte, dass es Kekssandwichs mit Marshmallows und Schokoladenstückchen geben soll«, stellte ich fest.

»Die haben wir doch schon tausendmal gemacht«, gab Kit zurück. »Höchste Zeit für was Neues.«

Ich hatte schon sehr oft an diesem Lagerfeuer irgendwelche Mahlzeiten gekocht und zahlreiche Geburtstage gefeiert, aber so vertraut mir alles war, kam diese Feier mir vollkommen anders als die bisherigen vor, denn irgendwie war wirklich alles neu.

Ich hätte ewig dort am Feuer sitzen – oder vielleicht einfach auch nur nicht ins Haus zurückkehren – wollen.

Immer wieder fragte Ian, ob ich bereit wäre zu gehen, doch ich schüttelte jedes Mal nachdrücklich den Kopf. Trotz der Decke war mir in meinem dünnen Sommerkleid inzwischen ziemlich kalt, aber ich harrte weiter draußen aus. Kit und Benjamin trugen die Töpfe und die Pfanne in die Küche und verschwanden dann, um weiß der Himmel was anzustellen, doch das war mir egal.

Ich liebte es, dem Spiel der Flammen zuzusehen. Ich liebte es, nicht eingesperrt zu sein. Ich liebte es, dass Ian die von mir erbetenen Lieder spielte, liebte es, dass wir gemeinsam sangen, liebte es, wie unsere Stimmen sich verwoben, weil das irgendwie wie eine zärtliche Umarmung klang.

Schon morgen wäre diese wunderbare Zeit wieder vorbei.

Wir würden wach werden und dann zurückkehren ins wahre Leben, in ein grauenhaftes Krankenhaus mit malvenfarbenen Vorhängen und grellem Neonlicht. Und je eher ich heute Abend meine Augen schließen würde, umso schneller wäre es vorbei.

Ich wollte nicht, dass das geschah, doch schließlich meinte Ian: »Langsam, aber sicher erfriere ich hier. Dir muss doch inzwischen auch kalt sein.«

»Ist mir egal.«

Er sah mich forschend an. »Deine Lippen sind ein bisschen blau.« Entschlossen legte er die Ukulele fort, schob sich dichter neben mich, nahm meine Hände und stellte mit missbilligender Stimme fest: »Meine Güte, Maggie. Du fühlst dich eisig an.«

Statt huckepack nahm er mich diesmal auf den Arm, zog meine gesunde Körperseite eng an seine Brust, und ich bemühte mich, mich möglichst leicht zu machen, während ich den Arm um seine Schulter legte und den Kopf an seinem Hals vergrub. Sein Duft berauschte mich wie eh und je. Begierig sog ich ihn ein und überlegte, ob es möglich wäre, mit den Lippen seinen Hals zu streifen, ohne dass er etwas davon mitbekam.

Er trug mich durch den Garten in das warme, helle Haus, durch die Küche und über die Treppe in den ersten Stock.

Ich fragte mich, ob Kit und Benjamin vielleicht spazieren gegangen waren, denn im Haus war es so still, als wären wir dort ganz allein. Im Vorbeigehen drückte Ian mit den Ellenbogen auf die Lichtschalter im Flur, aber am Kopf der Treppe angekommen blieb er stehen, und ich spürte seinen Puls.

»Welches Zimmer?«, fragte er.

»Ganz hinten rechts.«

Wir setzten den Weg im Dunkeln fort. Man konnte nur Konturen und Schatten sehen, und Ian tastete sich zwar nicht zögerlich, doch vorsichtig den Gang hinab. Die Tür zu meinem Zimmer war geöffnet, und das Bett stand direkt gegenüber und war in das blaue Licht des Monds getaucht, der sich im Wasser spiegelte.

Er trat durch die Tür – und stolperte dann über einen kleinen Flickenteppich, der direkt hinter der Schwelle lag.

Er fiel vornüber auf die Knie, zog mich eng an seine Brust, und im Bemühen, nicht auf dem Bauch zu landen und mich unter seinem Körper zu begraben, schaffte er es irgendwie, sich auf den Rücken zu drehen.

Weshalb ich plötzlich auf ihm lag.

Ich war direkt auf ihm gelandet. Mitten drauf.

Zuerst fragten wir uns, ob Ian sich den Kopf angeschlagen oder was verrenkt hatte und ob mein Rücken und die Spenderstellen unversehrt geblieben waren. Zweimal nein und zweimal ja. Hatte einer von uns beiden Schmerzen? Anscheinend nicht.

Als Nächstes schätzten wir die Lage ein, in der wir uns befanden: Wir waren ganz allein in einem nur vom Mond beschienenen Zimmer, lagen auf dem Boden und waren ein wenig atemlos.

Mein Gesicht war nur wenige Zentimeter von seinem entfernt, und ein paar endlose Sekunden lang starrten wir uns mit großen Augen an. Seine waren so dunkel, dass sie beinah schwarz aussahen.

Mir blieb nur eine Möglichkeit. Ich neigte meinen Kopf und küsste ihn.

Auf einen Schlag war mir nicht mehr kalt.

Ich zog den Kopf zurück und sah ihm ins Gesicht – aber genauso eilig zog er meinen Kopf wieder zu sich herab und presste mir dann seinerseits die Lippen auf den Mund. Er küsste mich noch inniger und langsamer und wärmer als ich ihn. Ich hatte diese Lippen in den letzten Wochen so oft angeschaut und mich danach gesehnt, sie wenigstens mit meinen Fingerspitzen zu berühren, um zu prüfen, ob sie tatsächlich so weich waren, wie sie aussahen, und so herrlich schmeckten, wie er roch.

Jetzt wusste ich es.

»Du schmeckst nach Brownies«, murmelte ich dicht an seinem Mund.

»Und du nach Marshmallows«, gab er zurück, bevor er mich wieder küsste.

»Ich liebe deinen Akzent«, flüsterte ich und zog den Kopf ein kleines Stück zurück.

»Und ich deinen«, antwortete er und fing umgehend meine Lippen wieder ein.

»Ich liebe deine Ukulele«, sagte ich eine Minute später.

»Und ich deine.«

»Ich habe doch gar keine Ukulele.«

»Mir egal.«

Ich rutschte leicht auf ihm herum, bis ich am Ende rittlings auf ihm saß, und stützte mich mit meinen Händen links und rechts von seinem Kopf auf dem Boden ab.

Ohne unseren Kuss zu unterbrechen, fragte ich: »Bist du dir sicher, dass du dir nicht wehgetan hast?«

»Ein bisschen schon.«

»Und wo?«

»Egal.«

»Tut es noch weh?«

»Im Augenblick tut gar nichts weh.«

Was hatte ich nur vor? Versuchte ich tatsächlich, meinen Physiotherapeuten zu verführen? Ich war mir nicht mal sicher, ob so was aus Sicht der Ärzte schon wieder gestattet war! Ich wusste nur, ich war ihm immer noch nicht nah genug. Wenn möglich, wäre ich direkt in ihn hineingekrochen. Hätte ihn verschlungen und gehofft, dass er mich seinerseits verschlang. Welcher Wirrwarr der Gefühle mich auch immer überkam, wenn ich ihn sah – ich wollte mich darin verlieren, bis ich ganz darin gefangen wäre und es kein Zurück mehr für mich gab.

Ich knabberte an seinem Hals, und er glitt mit den Händen über meinen Rücken, schob dann eine Hand an meine nicht verbrannte Wange und zog meinen Mund zurück auf seinen Mund.

Während eines kurzen Augenblicks gab es nur uns. Die ganze Welt bestand nur noch aus Wärme, Nähe und Verlangen.

Weshalb ich auch nicht hörte, dass jemand die Treppe raufmarschierte und dann den Flur entlangkam.

Ich merkte erst, dass Kitty und der dicke Benjamin zurückgekommen waren, als sie in der Tür standen, Licht machten und mich und Ian auf dem Boden liegen sahen.

»O mein Gott!« Kit warf sich eine Hand vor den Mund und stieß ein unterdrücktes Kichern aus. »Wie's aussieht, ist das Zimmer schon besetzt.«

»Verschwinde!«, herrschte ich sie ganz im Ton einer genervten Schwester an.

»Entschuldigung«, sagte der dicke Benjamin und nickte uns verlegen zu.

Sie traten wieder in den Flur hinaus, warfen die Tür hinter sich zu, ließen aber die Deckenlampe an.

»Moment mal!«, drang die Stimme meiner Schwester durch die Tür. »Haben die beiden wirklich miteinander rumgemacht?«

Und auf einmal war der Mondschein weg.

Blinzelnd, als erwache er aus einem Traum, blickte Ian auf die Tür, während ich noch immer rittlings auf ihm hockte und mir überlegte, wie der Mondschein wieder herzuzaubern war.

Aber inzwischen stützte Ian sich auf seinen Ellenbogen ab.

»O Gott, Maggie«, stieß er aus und schob sich seitwärts unter mir hervor.

Ich rutschte auf den Fußboden, und er stand auf, drehte sich zu mir um und hob mich auf das Bett.

Wider besseres Wissen hoffte ich, er würde es womöglich nur bequemer haben wollen, doch sobald ich lag, trat er ans Fenster, befingerte schweigend die Gardine und stieß irgendwann mit rauer Stimme aus: »Es tut mir leid, Maggie.«

»Was tut dir leid?«

»Das hätte ich nicht tun sollen.«

»Du hast gar nichts getan. *Ich* habe *dich* geküsst.«

»Aber ich hätte diesen Kuss auf keinen Fall erwidern sollen.«

»Weil euer Ehrenkodex so was nicht erlaubt?«

Inzwischen stapfte er im Zimmer auf und ab.

»Weil du deinen Job verlierst, falls Myles jemals etwas davon erfährt?«

»Falls Myles jemals etwas davon erfährt, werde ich meine *Zulassung* verlieren. Aber darum geht es gar nicht.«

»Und worum geht es dann?«

»Dass das dir gegenüber unfair war.«

Ich wünschte mir nichts mehr, als dass mich Ian wieder in die Arme nähme, also antwortete ich: »Aus meiner Sicht war dein Verhalten sogar mehr als fair.«

»Das kannst du nicht beurteilen.« Er fuhr sich durch das Haar.

»Ach nein?«

Zum ersten Mal sah er mich wieder an, und plötzlich war das Licht der Deckenlampe viel zu grell. »Das kannst du in deinem Zustand nicht beurteilen.«

»Willst du damit sagen, dass ich fair und unfair nicht mehr unterscheiden kann?«

»Ich will damit nur sagen …«

»Beispielsweise ist es alles andere als fair, dass mein Verlobter eine Bruchlandung mit einem Flieger hingelegt hat, den ich niemals auch nur aus der Nähe hatte sehen wollen, und dass ich seit dieser Bruchlandung gelähmt bin, während er nicht einen Kratzer abbekommen hat. Aber dass zum Ausgleich du mit deiner Ukulele hergekommen bist und mich auf eine Art geküsst hast wie noch nie ein Mann zuvor, finde ich alles andere als ungerecht.«

»Genau das ist es ja. An meinem Kuss war nichts Besonderes.«

»Ach nein?«

»Das kam dir nur so vor.«

»Was meiner Meinung nach ja wohl dasselbe ist.«

Aber er schüttelte den Kopf. »Wenn ein Mensch so was

durchmacht wie du gerade und wenn im Leben über Nacht nichts mehr ist, wie es mal war, dauert es normalerweise Monate bis Jahre, bis man wieder annähernd klar sehen kann. Das erlittene Trauma macht einen auf eine Art verletzlich, die man selbst nicht spüren kann. Ich kenne mich mit diesen Dingen aus. Ich habe eine Ausbildung in dem Bereich gemacht – habe Fachbücher gelesen und diverse Prüfungen abgelegt. So etwas wie eben wird aus gutem Grund nicht gern gesehen, Margaret. Um dich zu schützen.«

Dann war ich also auf einmal Margaret?

Tränen strömten mir übers Gesicht, und ungeduldig wischte ich sie mit dem Ärmel fort. »Das alles interessiert mich nicht.«

»Aber mich muss es interessieren. Und zwar um deinetwillen.«

»Aber du …«, setzte ich an und holte zitternd Luft. Ich zögerte, bevor ich weitersprach, denn das Geständnis fiele mir bestimmt nicht leicht. Aber ich musste es versuchen. Ich musste ehrlich sein.

Abermals holte ich Luft, und dann sprach ich es aus: »Du bist das Einzige, worauf ich mich den ganzen Tag lang freue.«

Selbstverständlich hatte ich auf eine andere Reaktion gehofft, doch Ian fuhr zusammen, als hätte ich ihm einen Schlag versetzt, und kniff die Augen zu. »Genau darauf wollte ich hinaus.«

»Ich weiß nicht, was du damit sagen willst.«

»Das, was du für mich empfindest, zeigt, dass du bei mir nicht sicher bist. Ich hätte niemals hierherkommen dürfen, denn mir war klar, dass die Gefahr bestand, dass so etwas passiert.«

Dann hatte er also die ganze Zeit gewusst, was ich für ihn empfand, und leise schniefend fragte ich: »Und du empfindest nicht das Mindeste für mich?«

Erneut fuhr Ian sich durch die Haare, ging zur Tür, drehte sich dort noch einmal um und sah mich durchdringend aus seinen dunkelblauen Augen an. »Ich hasse alle Menschen. Mit Ausnahme von dir.« Er öffnete die Tür und fügte rau hinzu: »Und auch deswegen bist du in meiner Gesellschaft nicht sicher.«

»Gehst du?«, fragte ich. Natürlich würde er den Raum verlassen, aber darum ging es nicht. »Fährst du wieder in die Stadt?«

»Natürlich nicht. Ich bleibe über Nacht, denn irgendwer muss schließlich nach dir sehen.«

»Ich brauche keinen Babysitter.«

»Also sollen Dick und Doof bis morgen ganz allein für dich zuständig sein?«

Das wäre sicher keine gute Idee.

»Ich werde dafür sorgen, dass du morgen wieder sicher in die Klinik kommst.«

»Aber du weist mir doch wohl keinen anderen Physiotherapeuten zu?«

»Die Entscheidung liegt bei dir.«

Ich konnte mir nicht vorstellen, mit einem Mal bei jemand anderem zu sein. »Ich möchte keinen anderen Physiotherapeuten.«

»Okay. Dann bleibt es, wie es war.«

»Und du trainierst auch weiter zusätzlich mit mir?«

»Wenn du das willst. Aber damit die Fronten klar sind, komme ich in Zukunft erst, wenn ihr mit dem Essen fertig seid.«

»Dann blödeln wir also nicht mehr zusammen rum?«

Er schüttelte den Kopf. »Ich denke, dass es so am besten ist.«

Was hätte ich darauf erwidern sollen? Dass es nicht am besten, sondern einfach schrecklich für mich wäre, plötzlich wieder auf Distanz zu ihm zu gehen? Das hätte sicher keinen Sinn gehabt, denn er war zu dem Schluss gekommen, dass ich keine Ahnung hatte, was das Beste für mich war. Und so, wie er es formulierte, schien er auch sich selbst nicht unbedingt zu trauen.

Aber hatte er mich tatsächlich zurückgewiesen? War er wirklich überhaupt nicht an mir interessiert? War er in der Lage, eine Frau auf diese Art zu küssen, ohne dass ihm etwas an ihr lag? Es hatte Sehnsucht in dem Kuss gelegen – aber vielleicht sehnte er sich nur allgemein nach einer Frau. Vielleicht war er so einsam, dass er jede nähme – selbst ein Wrack wie mich.

Er stand da und starrte auf seine Hand, die auf dem Türgriff lag. Dann aber sah er auf. »Ich habe ein Geschenk, das ich dir morgen geben wollte. Aber ich kann verstehen, falls du es jetzt nicht mehr willst.«

Ich richtete meinen Blick zum Fenster. »Wirf es einfach weg.«

Die Tür fiel hinter ihm ins Schloss, und ich blieb allein zurück.

Ich blieb noch lange wach und wartete darauf zu hören, wie Kit sich heimlich in ihr Zimmer schlich. Ich musste

Pipi machen, doch ich hätte eher ins Bett gemacht, als Ian zurückzurufen, damit er mir half.

Vielleicht war ich ohne ihn ja wirklich besser dran. Er selbst schien davon überzeugt zu sein, aber egal, wie lange ich dort lag und Argumente dafür suchte, auf Distanz zu ihm zu gehen, mir fielen beim besten Willen keine ein.

22

Der Sonntag – mein eigentlicher Geburtstag – fing vollkommen anders als erwartet an.

Ich war davon ausgegangen, dass ich wach werden, mich in die Küche tragen lassen und mich dort durchs Frühstück mit den beiden Turteltauben Kit und Benjamin und einem stummen Ian, der mal wieder grimmig aus dem Fenster starrte, quälen würde …

… als etwas Erstaunliches geschah.

Ich wurde wach, versuchte wie jeden Morgen meine Zehen zu bewegen – und riss überrascht die Augen auf.

Zum ersten Mal seit meinem Unfall folgte einer meiner Zehen dem Befehl.

Er *wackelte.*

Der große rechte Zeh, um genau zu sein.

Ich war mir nicht sicher, ob ich nicht vielleicht noch träumte, und versuchte es noch einmal – mit demselben Resultat.

»He!«, schrie ich begeistert. »Hallo!«

Innerhalb von wenigen Sekunden platzten Kitty und die beiden Männer durch die Tür. Ihr Aussehen verriet, dass ich sie alle aus dem Schlaf gerissen hatte. Kitty trug ein heißes, pinkfarbenes Negligé, der tagsüber so schicke Hipster-Bart des dicken Benjamin war hoffnungslos zerdrückt, und Ian trug eine Pyjamahose in der Farbe seiner Augen und fuhr sich mit beiden Händen durch das wild zerzauste Haar. Mit seinem nackten Oberkörper und den ungekämmten Haaren sah er irgendwie noch süßer aus als sonst, aber im Grunde war das vollkommen egal.

Ich sah die anderen an und fragte: »Träume ich?«

»Es ist noch nicht mal hell«, raunzte Kitty im Große-Schwester-Ton.

»Ich muss wissen, ob ich träume. Also, wie sieht's aus?«

»Wenn du träumen würdest, könnten wir dir diese Frage kaum beantworten«, erklärte mir der dicke Benjamin.

»Was ist?«, erkundigte sich Ian und trat etwas näher an mein Bett.

»Hier«, sagte ich und wies auf meinen Zeh.

Jetzt sahen sie alle hin.

Ich drückte ihn herunter und zog ihn dann wieder hoch.

»Nein! Das! Ist! Nicht! Wahr!«, schrie Kitty und umarmte mich.

»Was?«, fragte Benjamin. »Hab ich was nicht mitgekriegt?«

»Noch mal«, verlangte Ian, und ich demonstrierte es ein weiteres Mal.

»Passiert das jedes Mal, wenn du's versuchst?«

»Bisher ja.«

»Und was ist mit dem anderen großen Zeh?«

Ich versuchte, auch den linken großen Zeh zu bewegen, aber nichts geschah.

Ian untersuchte meine Füße, aber ohne passende Geräte

kam nicht viel dabei heraus. Mir jedoch reichte die Bestätigung, dass ich nicht träumte und dass einer meiner Zehen wirklich wackelte, wenn ich es ihm befahl.

»Und was bedeutet das?«, fragte ich Ian.

»Das bedeutet, dass jetzt mehr Informationen zu den Zehen durchdringen als bisher.«

Das war eine durchaus plausible Antwort, doch ich hätte etwas anderes von ihm hören wollen.

Und Kit anscheinend auch. »Damit willst du doch sicher sagen, dass sie wieder laufen können wird!« Sie hüpfte ungeduldig auf und ab, und abermals betrachteten wir meinen großen Zeh.

Ich wackelte damit, um etwas anzugeben, aber statt wie Kit vor Freude laut zu juchzen, starrte Ian ihn reglos an.

»Nicht unbedingt«, gab er als die geborene Spaßbremse zurück.

»Aber es ist kein schlechtes Zeichen«, widersprach ich.

»Zumindest gibt es deutlich schlechtere Geburtstagsgeschenke.«

Trotz der zehenbedingten Aufregung gingen mir während unserer Rückfahrt wenig großmütige, kindische Gedanken über Ian durch den Kopf. Zum Beispiel dass er sich selbst und andere immer runterzog. Dass er niemals zuließ, dass er selber oder jemand anderes glücklich war. Dass er keine Chance nutzte, um zumindest einmal gut gelaunt zu sein.

Vielleicht sollte ich mir wirklich einen anderen Trainer suchen. Jemanden, der wusste, wie man andere motivierte, denn womöglich machte ich nur deshalb keine Fortschritte, weil Ian allergisch gegen jede Form der Hoffnung war.

Kit drehte vor Begeisterung über den ihrer Meinung nach gelungenen Ausflug beinah durch.

Zum Beispiel meinte sie: »Ich hätte nie gedacht, was für einen genialen großen Zeh du hast. Er ist der Neil Armstrong oder vielleicht sogar der Abraham Lincoln unter den Zehen.«

Aus ihrer Sicht war unser Wochenende rundherum perfekt gewesen, und obwohl sie über jede Menge Themen sprechen wollte, nachdem die Diskussion über berühmte Menschen, deren Leistungen sich mit der Leistung meines Zehs vergleichen ließen, abgeschlossen war, wollte sie vor allem eines wissen: »Was zum Teufel war da gestern Abend zwischen dir und Braveheart los?«

Ich hätte es ihr wirklich gern erzählt. Ich hätte ihr in Zeitlupe jeden bedeutenden Moment in meinem Zimmer schildern und den Rest der Fahrt und auch die nächsten Tage mit der Analyse der Geschehnisse verbringen wollen. Es gab verschiedene Möglichkeiten, Ians Verhalten, seine Stimme, seine Mimik und seine Entscheidung, wieder auf Distanz zu gehen, zu interpretieren, und ich hatte keine Ahnung, welche richtig war.

Doch ich konnte es ihr nicht erzählen, denn Kitty hatte überhaupt keinen Sinn für Diskretion.

Es lag wohl an ihrem Überschwang – wenn sie etwas Schönes hatte oder wusste, musste sie es mit aller Welt teilen –, aber leider tratschte sie auch einfach gern. Dazu sprach sie ständig derart laut in ihr verfluchtes Handy, dass man ihren Teil der Unterhaltung, selbst wenn man nicht wollte, automatisch mitbekam. Und von Instagram will ich gar nicht erst anfangen.

Ich wusste ohne jeden Zweifel, dass Myles versuchen würde, Ian die Zulassung entziehen zu lassen, sollte er von dem Vorfall Wind bekommen. Schließlich hatte ich über Wochen täglich mitbekommen, wie er Ian bei der Arbeit dauernd gegen den Karren fuhr. Er versuchte, ihn zu provozieren, kritisierte alles, was er tat, und forderte ihn in der Hoffnung, dass er irgendetwas Dummes täte, permanent heraus, denn offensichtlich hatte sich in seinem Inneren jede Menge Ärger auf den Konkurrenten angestaut.

Im Grunde tat mir Myles sogar ein bisschen leid, denn irgendwas in seinem Leben hatte offenbar das krankhafte Verlangen nach Rache in ihm ausgelöst und hinderte ihn dauerhaft daran, nach vorn zu sehen. Wobei mein Mitgefühl mit Ian deutlich größer war, denn Myles führte sich wie ein rachsüchtiger Vollidiot auf.

Das war natürlich hauptsächlich Ians Problem, doch im Moment auch meines, denn ich konnte mich meiner Schwester nicht anvertrauen. Und eigentlich hätte ich nichts lieber als das getan.

Sie sah mich fragend an. »Habt ihr gefummelt, oder was?«

»Leider nein«, gab ich zurück.

»Nein? Und was habt ihr dann auf dem Fußboden gemacht?«

»Er ist gestolpert«, klärte ich sie schulterzuckend auf, als wäre nichts weiter passiert.

Sie sah mich aus zusammengekniffenen Augen an und glaubte mir kein Wort.

Also musste ich noch etwas weiter gehen. »Mom hat doch diese Flickenteppiche im ganzen Haus verteilt. Er ist über das Ding gestolpert, das direkt hinter der Schwelle lag.

Und dann hat er es tatsächlich geschafft, rücklings umzufallen und mich aufzufangen, damit mir nichts passiert.«

»So ein Schwachsinn!«

»Das schwöre ich«, versicherte ich ihr. »Bei meinem heldenhaften großen Zeh.«

Das überzeugte sie wohl. Aber sofort hakte sie weiter nach: »Und was war sonst zwischen euch los? Dagegen, wie es zwischen euch geknistert hat, kamen schließlich nicht einmal die Flammen unseres Lagerfeuers an.«

Ich sagte mir, dass ich nicht wirklich log. Ich schmückte lediglich die Wahrheit etwas aus. »Auf dem Weg zurück ins Haus habe ich ihm meine Gefühle offenbart.«

»Juhu. Ich liebe es, wenn so etwas passiert.«

»Ich habe ihm gesagt, ich hätte mich total in ihn verliebt und er wäre so ungefähr das Einzige, worauf ich mich den ganzen Tag lang freuen würde.«

»Abgesehen von deiner Schwester und den Köstlichkeiten, die sie dir immer zum Abendessen bringt.«

»Na klar.«

»Und was hat er gesagt?«

Jetzt war ich ihm wirklich dankbar, denn für eine derart blöde Antwort hätte meine Fantasie beim besten Willen nicht gereicht. »Er hat gesagt: ›Das hast du nicht.‹«

»Was hast du nicht?«

»Ich hätte mich nicht in ihn verliebt.«

Kit sah mich fragend an. »Was ist denn das für eine schwachsinnige Reaktion?«

»Augen auf die Straße, bitte.«

»Erklär mir das!«

»Er hat gesagt, ich *dächte* nur, ich hätte mich in ihn verliebt, und so was käme ständig vor. Mein Leben wäre aus dem Gleichgewicht geraten, deshalb würde ich im Augenblick nach jedem Strohhalm greifen, aber wenn ich diese Phase erst mal überwunden hätte, würde mir bewusst, dass ich mir nur vorübergehend eingebildet hätte, dass ich was für ihn empfinde und dass da im Grunde gar nichts ist.«

»Das hat er *nicht* gesagt.«

»O doch. Und dann hat er noch eine Reihe Studien aus seiner Ausbildung zitiert und mir erklärt, ich wäre wie ein Backfisch, der unter dem Boy-Group-Syndrom leidet und sich einbildet, dass er der edle Ritter ist, der kommt und mich von meinem Leid befreit.«

Ich konnte deutlich besser lügen, als ich bisher angenommen hatte, aber etwas in der Richtung hatte Ian schließlich tatsächlich zu mir gesagt.

»Und hat er recht?«

»Natürlich nicht! Niemand kann meine Probleme für mich lösen. Außer dieser Zeh stellt sich als Anfang einer Wunderheilung raus.«

»Dann erwidert er deine Gefühle also nicht? Nicht mal ein bisschen?«

»Nein. Er hat mir deutlich zu verstehen gegeben, dass er mir als Physiotherapeut natürlich alles Gute wünscht, ich davon abgesehen aber meine Klappe halten und – allein – ins Bett gehen soll. Und als er versucht hat, mich ins Bett zu bringen, ist er gestolpert, woraufhin ich wie ein nasser Sack auf seinem Bauch gelandet bin. Was mir nach unserem Gespräch natürlich furchtbar peinlich war.«

»Er lügt«, warf Kit ein. »Ich habe schließlich mitbekommen, wie er dich angesehen hat.«

Obwohl ich es nicht wollte, fragte ich: »Wie hat er mich denn angesehen?«

»Als wärst du ein Wasserfall inmitten einer Wüste.«

Wirklich? Bei der Vorstellung machte mein Magen einen kleinen Satz, aber um Kits Verdacht auch weiter zu zerstreuen, sagte ich: »Und weißt du was? Er wusste schon, bevor ich was gesagt habe, was ich für ihn empfinde, und hat einfach mitgespielt, weil er der Ansicht war, dass mir das hilft.«

»Was für ein elender Narziss!«, rief Kit erbost.

»Genau«, stimmte ich zu. »Wobei seine Vermutung durchaus richtig war. Du weißt doch selbst, wenn du für einen Lehrer schwärmst, strengst du dich in seinem Fach besonders an.«

Kit nickte, und nachdem ich ihr Gesicht beinah so lange kannte wie mein eigenes, wusste ich, dass sie mir die Geschichte abgekauft hatte.

»Dann legst du dich eben ab jetzt um deiner selbst willen ins Zeug.«

»Das werde ich«, bestätigte ich ihr.

Was – anders als der Rest meiner Geschichte – nicht gelogen war.

Das Wunder meines großen Zehs machte mich über Nacht im ganzen Krankenhaus berühmt. Mehrmals täglich tauchten Ärzte, deren Interesse längst erlahmt gewesen war, in meinem Zimmer auf, andere Patienten wollten die Geschichte von mir hören, und Kit bastelte eine Karte, auf der stand: »Mit diesem Durchbruch hast du deinen Willen, wieder ganz gesund zu werden, zeh-mentiert!«

Über all der Aufregung um meinen Zeh verlor der Ärger mit Ian an Bedeutung, und ich redete mir ein, dass es in meinem Leben wahrlich wichtigere Dinge gab. Ich würde wieder laufen lernen, würde mir die Haare wieder wachsen lassen und dann irgendwann noch mal im Krankenhaus vorbeischauen und so tun, als suchte ich einen verlorenen Ohrring oder ein vergessenes Buch. Wir würden uns im Flur begegnen, und wenn er mich – hochgewachsen und selbstbewusst, perfekt und unbesiegbar – vor sich stehen sähe, würde er mich traurig grüßen und erkennen, welche Chance ihm mit mir entgangen war. Dann würde ich mit einem Lächeln meine Haare über die Schulter werfen, mich zum Gehen wenden, und mit vor Bedauern zugeschnürter Kehle sähe er mir hinterher.

Ich werde keinem Menschen je enthüllen, wie oft mir dieser herrliche Gedanke durch den Kopf ging, doch ich gebe zu, dass ich in diesem Traum aus irgendeinem Grund genau dieselben glitzernden Hot Pants und hochhackigen Schuhe wie Olivia Newton-John im wunderbaren *Grease*-Finale trug … und obendrein auch noch mit ihrem perfekten Hintern ausgestattet war.

Obwohl ich mich für den Moment gewappnet hatte, war ich dennoch überrascht, als ich zum ersten Mal nach unserer Fahrt zum See im Rehazentrum auf Ian traf. Er trug wieder die gewohnte blaue Uniform, und seine Haare standen vorne ab wie eh und je, doch sein Verhalten war mir neu. Er war weder feindselig und grimmig wie bei unserem ersten Treffen noch so warmherzig und albern wie der Ian, der er im Verlauf der Zeit geworden war.

Dieser neue Ian war so gut wie *unsichtbar*. Ich weiß nicht, wie ich es beschreiben soll, aber der Mensch, der in ihm steckte, war nicht mehr zu sehen. Er war vollkommen farblos, und seine Haltung, seine Miene, seine Augen waren völlig ausdruckslos.

Natürlich ging er weiter vorschriftsmäßig seiner Arbeit nach. Kam auf die Minute pünktlich, half mir bei den Übungen, holte sich Rat bei anderen Experten und ließ keine Chance, mich zu fördern, aus.

Doch sein Gesicht war immer ernst.

Immer war er angespannt.

Und immer sprach er mich als Margaret an.

Am Donnerstag hielt ich es nicht mehr aus. Genau in einer Woche würde die Versicherung die Zahlungen einstellen, und dann müsste ich zurück zu meinen Eltern ziehen.

Seit Tagen warteten wir alle darauf, dass das Wunder meines großen Zehs sich bei den anderen Zehen wiederholen würde, aber nichts geschah. Nicht einmal mein Superstar von rechtem großem Onkel funktionierte noch so zuverlässig wie an jenem Sonntagvormittag am See. Machte ich womöglich keine Fortschritte, weil Ian derart seltsam war? Doch selbst wenn es so wäre, könnte ich wohl kaum etwas dagegen tun. Die Zeit lief mir davon, und wenn ich noch etwas an meinem Zustand ändern wollte, bräuchte ich statt eines Roboters in meiner letzten Woche einen Physiotherapeuten, der den Willen und die Fähigkeit besaß, mich aufzubauen.

Als Ian an dem Abend zu der Extrastunde, die mein Vater zahlte, kam, erklärte ich, dass ich einen anderen Tutor wollte.

Natürlich hatte ich auf irgendeine Reaktion gehofft. Ein Ausdruck der Enttäuschung in seinem Gesicht, die neugierige Frage nach dem Grund für meinen Sinneswandel, selbst ein Stirnrunzeln hätte mir schon gereicht. Doch sein Gesicht blieb völlig starr.

»Okay«, gab er mit weniger Gefühl zurück als ein Glas kalte Milch. »Wenn du dir sicher bist.«

»Wahrscheinlich sollte ich auch meine ganz normalen Stunden zukünftig bei jemand anderem nehmen«, fügte ich hinzu.

Noch immer keine Reaktion.

»Verstehe«, sagte er. »Ich hoffe, du hast nichts dagegen, wenn ich selbst den Wechsel arrangiere, damit Myles nicht die Gelegenheit bekommt, mich an die Luft zu setzen, weil eine Patientin unzufrieden mit mir ist.«

»Meinetwegen«, stimmte ich mit rauer Stimme zu.

»Ich werde jemand Guten für dich finden.«

»Das ist nett.«

Sein Pokerface brach mir das Herz, und als er sich zum Gehen wandte, rief ich seinen Namen, und er drehte sich noch einmal zu mir um.

Vielleicht war dies das letzte Mal, dass ich ihn sah, und der Gedanke, dass er mich für alle Zeit als jämmerliche, liebeskranke junge Frau in Erinnerung behalten würde, die unter Wahnvorstellungen litt, war mir unerträglich. Wenn er sich wie ein Roboter aufführen konnte, könnte ich das auch.

»Übrigens noch vielen Dank dafür, dass du am See derart beherrscht gewesen bist. Was habe ich mir nur dabei gedacht, dich so zu überfallen?«

Ein unglückliches Lächeln huschte über sein Gesicht. »Was für ein Überfall an welchem See?«

Womit die Sache für uns abgeschlossen war.

Später an dem Abend bat ich Kit, meine Abschiedsparty in der Klinik abzusagen, weil mir nicht der Sinn nach einer Feier stand.

»Das kann ich nicht!«, entfuhr es ihr. »Schließlich habe ich bereits die Karaokeanlage bestellt.«

Mit einem gleichmütigen Schulterzucken meinte ich: »Bestell sie einfach wieder ab.«

Sie ahmte meine Geste nach. »Sie haben eine Anzahlung verlangt, die nicht zurückerstattet wird.«

Genüsslich tauchte sie die Gabel in den Salatberg in ihrer riesengroßen Tacoschale und fuhr fort: »Außerdem habe ich eine Horde Kinder mit Bastelpapier versorgt, aus dem sie bunte Herzen schneiden, einen Typ namens Rodrigo angehauen, der für lau mit seiner Mariachi-Band auf unserer Fete spielt, über hundert herzförmige Cookies und die ganze Deko eingekauft, die ganze Station mitsamt den Schwestern und den Pflegern eingeladen, und überhaupt bin ich ein Riesen-Valentinstags-Fan, und das solltest du ebenfalls sein.«

»Es ist aber kein Valentinstag.«

»Du hast lediglich die falsche Einstellung dazu.«

»Mag sein.«

»Du musst es ja nicht mögen. Es reicht vollkommen, wenn du kommst.«

»Ich komme aber nicht.«

Sie hielt im Kauen inne. »Musst du aber!«

Ich schüttelte den Kopf. »Ich habe nur noch eine Woche hier im Krankenhaus. Da bleibt mir keine Zeit für irgendwelche Partys.«

»Aber es wird unser letzter Abend sein!«

»Und deshalb solltest du die Party absagen und ihn mit mir verbringen.«

Natürlich sagte sie das Fest nicht ab, und während ich die nächsten Tage hauptsächlich damit verbrachte, meinen neuen Physiotherapeuten kennenzulernen, mit ihm im Rehazentrum zu arbeiten und abends zusätzliche Übungen mit ihm zu absolvieren, schnitt Kit bunte Papierherzen als Deko für die Fete aus.

Mein neuer Physiotherapeut war Knoten-Rob – um den ich die anderen Patienten anfangs fürchterlich beneidet hatte. Einen charmanteren und muntereren Physiotherapeuten gab es in der ganzen Klinik nicht. Er verfügte über grenzenlose Energie, und sein Lachen klang wie ein Fanfarenstoß. Ich hatte es schon tausend Mal im Hintergrund gehört und immer angenommen, dass er lachte, weil der Mensch, dem er bei seinen Übungen zur Seite stand, etwas irre Komisches zum Besten gab. Ich hatte mich schon oft gefragt, wie er und die Patienten es nur schafften, sich beim Fahren auf einem Liegerad so gut zu amüsieren, und hatte Ian in Gedanken öfter dafür kritisiert, weil er mit einem solchen Ernst zu Werke ging.

Jetzt aber, in der letzten Woche, begriff ich, dass Knoten-Robs Gelächter aufgesetzt und alles andere als ehrlich war.

Er übertrieb es mit dem Lachen, und ich brauchte nur

den allerkleinsten, allerdümmsten Witz der Welt zu machen, und schon warf er laut wiehernd den Kopf zurück. Es war schrecklich.

Innerhalb von Stunden war mir Robs Gelächter so verhasst, dass ich mir jeden noch so kleinen Scherz verkniff. Ich hüllte mich in Schweigen, um ihn nicht versehentlich zum Lachen anzustacheln, doch es nützte nichts. Als er mir nichts entlocken konnte, wandte er sich kurzerhand den anderen Patienten oder Trainern zu – und brach, sobald sie irgendwelche unwitzigen Witze machten, in dasselbe brüllende Gelächter aus.

So hatte ich mir meinen Physiotherapeutenwechsel ganz bestimmt nicht vorgestellt.

Zumindest aber würde ich mich niemals tragisch, einseitig in ihn verlieben, denn er würde niemals die Gelegenheit bekommen, mit einem einzigen Kuss mein Leben auf den Kopf zu stellen und dann zu sagen: »Tut mir leid. Das war nicht so gemeint.«

Außerdem war er mir unsympathisch.

Es war also ganz leicht.

Ich hätte mich jetzt ganz auf meine Fortschritte – oder den Stillstand – konzentrieren können, aber jedes Mal wenn ich zur Reha rollte, fürchtete ich, Ian dort zu sehen.

Normalerweise war er dort und arbeitete mit jemand anderem, auf den ich automatisch eifersüchtig war. Selbst wenn er einer Frau jenseits der Wechseljahre oder einem alten Glatzkopf half. Immer wieder schielte ich zu ihm hinüber, aber er sah nie in meine Richtung und schien gar nicht zu bemerken, dass ich in der Nähe war.

Ich hätte ihn wahrscheinlich nicht verstoßen sollen.

Auch wenn ich meinerseits zuvor von ihm verstoßen worden war.

Der Mensch, der mich im Gegensatz zu Ian jedes Mal sofort bemerkte, war Myles.

Jetzt, da sich Ian nicht mehr in meiner Nähe aufhielt, gesellte sich Myles immer öfter zu mir.

»Alles klar?«, erkundigte er sich und tauchte unversehens hinter irgendeinem Pfeiler auf.

»Danke, alles klar«, gab ich zurück, ohne ihn anzusehen.

Mitunter horchte er mich auch über Ian aus. »Mit Ihnen beiden hat's anscheinend nicht geklappt.«

Versuchte er, mich damit auszutricksen? Wollte er mich dazu bringen, Ian bei ihm anzuschwärzen?

»Zwischen uns lief alles super«, antwortete ich und dachte eilig nach.

»So super, dass Sie einen anderen Physiotherapeuten haben wollten?«

»Das war *sein* Vorschlag«, antwortete ich, auch wenn das glatt gelogen war.

Myles legte seinen Kopf ein wenig schief, als wäre ich die größte Lügnerin, der er in seinem Leben je begegnet war. »Tatsächlich?«

Und in diesem Augenblick machte sich mein besessenes Studium all der Fachliteratur bezahlt. »Tatsächlich«, sagte ich. »Denn Ian denkt, ich wäre eine gute Kandidatin für die funktionelle Elektrostimulation, und damit kennt sich Rob nun mal am besten aus.«

Nun war Myles nicht mehr ganz so großspurig. »Sie hätten doch trotzdem nicht mehr länger bei ihm bleiben wollen. So unfreundlich, wie er zu Ihnen immer war. Es war tatsächlich ziemlich grenzwertig, wie feindselig er sich verhalten hat.«

»Als *feindselig* würde ich sein Verhalten nicht …«, setzte ich an, doch Myles fiel mir ins Wort.

»Wenn er nicht gerade vor Ihrer Tür stand, um Ihnen heimlich beim Singen zuzuhören.«

»Was?« Zum ersten Mal sah ich ihn an.

»Oh, dann wussten Sie gar nichts davon?«

Ich schüttelte den Kopf, und mit vielsagend hochgezogenen Brauen erklärte Myles: »Ja. Echt unheimlich, nicht wahr? Ich habe ihn sogar zweimal deshalb verwarnt.«

Ich schaute mich nach Ian um, der gerade einer alten Dame aus dem Rollstuhl auf eine der Polsterbänke half.

»Wie dem auch sei«, zog Myles meine Aufmerksamkeit zurück auf sich. »Falls er Sie noch mal belästigt, sagen Sie Bescheid.« Er streckte seinen Zeigefinger aus, nickte und bog dann den Finger wie am Abzug einer Waffe um.

Knoten-Rob und ich schufteten wie die Irren, ohne irgendeinen nennenswerten Fortschritt zu erzielen. Obwohl Ian Übungspläne hasste, hatte er vor dem Wechsel einen detaillierten Trainingsplan erstellt, aber obwohl wir ihn aufs Wort befolgten, besserte sich nichts.

Neben meinem Training tat ich alles, was mir einfiel – kippte literweise Wasser in mich rein, schluckte gehorsam meine Vitamine und versuchte tausend Mal am Tag, mit meinen Zehen zu wackeln, denn nach dem Erfolg mit meinem großen Onkel hatte es für mich so ausgesehen, als würde ich vor einem großen Durchbruch stehen. Je länger dieser Durchbruch aber auf sich warten ließ, umso mehr akzeptierte ich die kognitive Dissonanz und sagte mir, dass eben niemand wusste, ob es jeden Moment besser würde oder ob womöglich alles bliebe, wie es war.

Vielleicht ging es auch deshalb in verschiedener anderer Hinsicht gut voran. Meine Schulter heilte, wie mir der Dermatologe sagte, *prächtig*, meine Brandblasen an Stirn und Wangen hatten keine Narben hinterlassen, die an meinen Hals verpflanzte Haut wuchs langsam an, und solange ich nicht in den Spiegel blickte, kam es mir so vor, als wären Teile meines Körpers wieder fast normal.

Nur eben nicht normal genug.

Es war nicht so, als hätte ich mit meinem intensiven Training keine Fortschritte erzielt. Inzwischen konnte ich die Muskeln in den Beinen runterrasseln wie ein Medizinstudent, mit den laut Rob phänomenalen Kräften meines Oberkörpers hätte ich den ganzen Tag lang Sit-ups machen können, arm- und schultertechnisch machte ich langsam wahrscheinlich sogar Arnold Schwarzenegger Konkurrenz, meine Gesäßmuskeln waren die »eines Champions« und meine Adduktoren, die Hüftbeuger, der *gluteus medius*, der *rectus femoris*, der *sartorius* und selbst die tief sitzende Glutealmuskulatur waren hervorragend in Form. Ich konnte sogar ziemlich gut auf meinen Beinen stehen – einmal sogar zwölf Minuten ohne Pause –, aber nur, wenn sich mir zusätzlicher Halt durch einen Arm oder durch ein Geländer bot.

Die Probleme lagen alle bei den Muskeln, die man brauchte, um den Fuß nach vorne zu bewegen, denn die hatten ihre Arbeit nach dem Unfall eingestellt. Abgesehen von meinem einen netten großen Zeh (*flexor hallucis longus*) war alles unterhalb der Knie, um den Fachausdruck zu nehmen, »erschlafft«.

Wobei mir selber die Bezeichnung »schlabbrig« lieber war.

Aber egal wie ich es nannte, es war alles andere als gut. *Tibialis anterior*, *tibialis posterior*, *popliteus fibularis longus*, *fibularis brevis*, *plantaris soleus* und auch *gastrocnemius* waren alle – nun, wie soll ich sagen – ziemlich schlapp. Am unglücklichsten aber machten mich *semimembranosus*, *semitendinosus* und *biceps femoris*, die man für die Streckung des Beines braucht. Dank eines herrischen *iliopsoas* konnte ich den Unterschenkel vorwärtsschieben, aber für die Streckung reichten dessen Kräfte nicht.

Und deshalb würde ich auch nicht zu Kittys Party gehen.

Während der letzten Woche war mir langsam klar geworden, dass ich trotz meiner nicht endenden Bemühungen, meiner Entschlossenheit, der vielen zusätzlichen Trainingsstunden und der großen Fortschritte, die ich hatte erzielen können, immer noch auf den vermaledeiten Rollstuhl angewiesen war.

Bei der Erreichung meines Hauptziels hatte ich versagt.

Und dabei hatte ich in meinem ganzen Leben bisher nie versagt. Nicht mal bei einem Rechtschreibquiz.

Diese Erkenntnis raubte mir den Schlaf. Ich döste während dieser letzten Woche abends ein, riss dann die Augen wieder auf und wälzte mich stundenlang im Bett. Wenn ich es nicht mehr aushielt, hievte ich mich möglichst leise, damit Kit nichts mitbekam, aus dem Bett in meinen Rollstuhl und fuhr heimlich in das Rehazentrum. Dort kämpfte ich mich auf den Gehbarren, stützte mich mit beiden Händen ab und stapfte hin und her, bis ich kurz vor dem Zusammenbruch stand.

Wahrscheinlich war es alles andere als klug, dass ich mich nachts dort weiter plagte, statt mich auszuruhen, aber ich konnte nicht anders. Ich bildete mir ein, wenn ich mir noch mehr Mühe gäbe, müsste es noch möglich sein, den Durchbruch zu erzielen. Der Gedanke, dass ich dieser einen Herausforderung womöglich nicht gewachsen wäre, machte mich so panisch, dass ich kaum noch klar denken konnte.

Auch am Abend vor Kits Party fuhr ich zum Rehazentrum. Meine Arme schmerzten von dem vielen Auf und Ab zwischen den Barren, und ich hatte Ians schottischen Akzent im Ohr, wie er sagte, dass »Arme keine Beine« wären, doch das war mir egal. Das Wohlergehen meiner Arme kümmerte mich nicht.

Wie in den anderen Nächten ging ich auf und ab und auf und ab – erst zehn, dann zwanzig Mal. Ich drückte mich gewaltsam mit den Füßen von der Matte ab, schwang meine Unterschenkel vorwärts und versuchte zu erzwingen, dass sich endlich – endlich – *irgend*etwas tat.

Und dann, bei Wende Nummer dreißig, gaben plötzlich meine Arme nach.

Es ging so schnell, dass ich kopfüber auf die Matte stürzte und dort keuchend liegen blieb. Ich hatte das Gefühl, als hätte mich jemand geschlagen, und als ich, die Nase auf der Matte, ganz alleine dort im Dunkeln lag, wurde mir klar: Ich würde niemals wieder laufen können.

Ich würde wirklich niemals wieder laufen können.

Ich würde meine Lähmung niemals überwinden. Wäre nie wieder so gut wie neu. Würde es nicht allen zeigen.

Würde keine inspirierende Rede halten, die sich wie ein Lauffeuer im Internet ausbreiten würde. Ich würde nicht die Ausnahme von der verfluchten Regel sein.

Alles, was ich bis zu diesem Augenblick erlebt, gedacht oder erhofft hatte, erschien mir schlagartig unwirklich, als hätte ich es irgendwo in einem Comicheft gesehen. Im Grunde hatte ich die Hektik und Verzweiflung der vergangenen Wochen wie in einem Traum durchlebt, als gingen sie mein wahres Leben und mich selbst nicht wirklich etwas an.

Bis jetzt.

Alleine, auf dem Boden, wurde mir zum ersten Mal deutlich, dass dies kein Traum war, sondern Wirklichkeit.

Ich würde bis ans Lebensende auf den Rollstuhl angewiesen sein.

Kaum war mir der Gedanke durch den Kopf gegangen, als ich einen schottischen Akzent vernahm. »Was zum Teufel ist hier los?«

Ich blieb bäuchlings auf der Matte liegen und überlegte, wie groß wohl die Chance wäre, dass ein anderer Schotte zu nachtschlafender Zeit zufällig im Rehazentrum erschien.

Sie war eher gering.

Das Quietschen seiner Turnschuhe verriet, dass er in meine Richtung rannte, und mit drängender Stimme fragte er: »Was ist passiert, Maggie?«

Er klang in höchstem Maß besorgt, aber nach wie vor schaffte ich es nicht, den Kopf zu heben. »Seit wann nennst du mich wieder Maggie?«

Eilig ließ er sich neben mir auf alle viere fallen. »Was ist passiert? Erzähl es mir.«

»Was machst du überhaupt so spät noch hier?«

»Ich habe ein paar Überstunden eingelegt. Was ist passiert?«

Er richtete sich wieder auf, bevor er aber Hilfe holen konnte, legte ich die Hand auf seinen Arm und gab die einzig mögliche Erklärung dafür ab, dass ich allein dort auf der Matte lag.

»Ich habe versagt.«

»Hast du etwa ganz allein den Gehbarren benutzt? Meine Güte, Maggie, die Patienten dürfen nicht alleine hier trainieren.«

Doch das spielte keine Rolle, denn inzwischen spielte gar nichts mehr eine Rolle für mich.

»Bist du verletzt?«, erkundigte sich Ian mit sorgenvoller Stimme.

»Nein.«

»Kannst du aufstehen?«

»Nein.«

»Lass mich dich wieder in dein Zimmer bringen«, sagte er und hob mich sachte hoch.

»Nein. Ich brauche erst noch einen Augenblick.«

Ich konnte sehen, dass ihm nicht wohl bei dem Gedanken war.

»Bitte«, sagte ich, und ohne von mir abzulassen, setzte er sich auf die Matte und wiegte mich sanft in seinen Armen hin und her.

Vermutlich riet ihm seine Ausbildung als Physiotherapeut, mich schnellstmöglich zurück ins Bett zu schaffen, meinen Puls zu messen und sich einzig um mein körperliches Wohlergehen zu kümmern, aber er tat nichts von alledem. Ich hatte ihm gesagt, ich wäre nicht verletzt, und er vertraute darauf, dass nicht sofort einer der Ärzte nach mir sehen musste. Er wusste, was ich hier getrieben hatte, und er wusste ebenso wie alle anderen, dass die Fortschritte, die ich hatte erzielen können, unzureichend waren. Er wusste alles.

Und deshalb stellte er mir keine weiteren Fragen, sondern saß mit mir da, hielt mich in seinen Armen und strich mir über das Haar.

Offenbar war ich in seinen Armen eingeschlafen, und er hatte mich zurück zu meinem Bett getragen, denn am nächsten Morgen wurde ich in meinem Zimmer wach und hörte Kitty schnarchen, ohne dass ich wusste, wie ich dort hingekommen war.

Mechanisch spulte ich die Aufgaben des Tages ab. Das war's. Schluss, aus. Alles war genau wie immer, nur mit einem grundlegenden Unterschied: Ich wusste, dass es keine Hoffnung gab.

Kit blieb den ganzen Tag bei mir und organisierte telefonisch ein paar letzte Dinge für die Party, ohne dass ich ihr erzählte, was geschehen war. Ich wollte nicht, dass sie mit mir darüber stritt, weil es da nichts zu streiten gab.

Am späten Nachmittag, als ich zu meiner Physiotherapie mit Rob aufbrach, ging sie kurz weg, und als ich wieder in mein Zimmer kam, war sie noch nicht zurück. Ich legte mich ins Bett, versank in einem komatösen Schlaf und wachte erst zum Abendessen – diesmal aus der Klinikküche – wieder auf. Heute Abend würde es nichts Leckeres geben, und ich würde ganz allein mit Wackelpudding hier in meinem Zimmer sitzen, während Kit die Party ihres Lebens schmiss.

Ich sah auf das Tablett, auf dem mein Abendessen stand, und dann sah ich noch etwas anderes. Ein Kleid, das an der Halterung des Wandfernsehers hing und an dem auf einem Zettel in der Handschrift meiner Schwester dick mit Textmarker geschrieben stand:

Das ist ein echtes Vintage-Roller-Disco-Diva-Kleid,
das an der rechten Schulter keinen Träger und GENAU DEINE GRÖSSE hat!
$ 5 bei der Heilsarmee! (Extra für dich gewaschen)
Lass dich also bloß auf deiner Party sehen!!!!

Es war ein bodenlanges Polyesterkleid in Gold und Pink mit einem Schulterträger und mit Rüschen, und es sah zum Schreien, aber gleichzeitig auch entzückend aus.

Trotzdem würde ich auf keinen Fall zur Party gehen.

Ich hob den gelben Plastikdeckel von dem Teller mit dem Abendbrot. Gräuliches Fleisch, Fertigkartoffelbrei und grüne Bohnen aus der Dose.

Nein danke.

Ich stocherte mit meinem Löffel in dem Wackelpudding, hörte, wie die Schwestern draußen Witze rissen und wie eine Schwester, die für Knoten-Rob zu schwärmen schien, erzählte, sie hätte gehört, er würde auch zu Kittys Party gehen.

Dann fände heute Abend also auch kein zusätzliches Training für mich statt.

Auch gut. Es war ohnehin sinnlos.

Ich lächelte, als ich das große Plätzchen neben meinem

Teller liegen sah. Bis ich den ersten Bissen davon nahm und feststellte, dass es kein Schokoladensplitter-Cookie, sondern ein Rosinen-Hafer-Plätzchen war.

Inzwischen war es ungewöhnlich ruhig auf der Station. Was sicher daran lag, dass alle anderen auf der Party waren.

Und dann platzte meine Schwester herein. »Ich brauche dich.«

»Wofür?«

»Die Band ist grauenhaft! Die Kinder sind den Tränen nah!«

»So schlimm kann es doch wohl nicht sein.«

»O doch!« Entschlossen schlug sie meine Bettdecke zurück.

»Pipi machen, Zähneputzen, Kleid anziehen«, wies sie mich an. »Die Leute warten drauf, dass du ein Medley singst.«

Ich schüttelte den Kopf. »Das tue ich ganz sicher nicht.«

Sie stemmte eine Hand in die Hüfte. »Wie oft war ich schon für dich da, wenn du mich gebraucht hast?«

»Meinst du in den letzten Wochen oder während unseres ganzen Lebens?«, fragte ich zurück. »Denn ich denke, dass du deine Wochen hier mit einem Defizit begonnen hast.«

Sie zog an meinem Arm. »Ich brauche dich. Die Kinder brauchen dich. Der Valentinstag und Ians Mutter brauchen dich.«

Was? Mit ihrem letzten Argument hatte mich meine Schwester wirklich überrascht. »Ians Mutter?«

Sie nickte nachdrücklich und wiederholte dann den Lieblingsspruch dieser mir unbekannten Frau. »Wenn du dir selbst nicht helfen kannst, hilf jemand anderem.«

Was blieb mir also noch für eine Wahl?

Ich ging tatsächlich auf das Fest – obwohl mir an der Band, als ich erschien, nichts Negatives auffiel, keines der Kinder weinte und ich begriff, dass ich wieder mal auf meine Schwester reingefallen war.

Ich funkelte sie zornig an. »Das ist nicht cool.«

»Ich würde wirklich gerne sehen, ob du auch noch so böse gucken kannst, wenn du den ersten Cookie isst«, entgegnete sie ungerührt und drückte mir ein herzförmiges Plätzchen voll mit Schokoladenstreuseln in die Hand.

Okay. Dagegen käme mein Rosinen-Hafer-Plätzchen niemals an.

Und auch abgesehen von den Cookies hatte Kit sich unglaublich ins Zeug gelegt. Es gab eine Discokugel, einen Basteltisch, den weltberühmten gestohlenen Schokoladenbrunnen, und der ganze Raum war ansprechend mit Herzen und mit Luftschlangen geschmückt. Ein Stock mit einem Mistelzweig machte die Runde, und wenn man ihn über den Köpfen zweier Leute baumeln ließ, mussten sie sich küssen, ob sie wollten oder nicht. Gerade hatte sich Rob den Mistelzweig geschnappt, und jedes Mal wenn sich zwei Leute küssen mussten, brach er in sein grauenhaftes Nebelhorn-Gelächter aus.

Nach einer Weile musste ich mir eine Reihe von Dingen eingestehen: Es war ein *wirklich* tolles Fest, ich war vollkommen *hin und weg* von meinem wundervollen Diva-Kleid, ich *sang* ein Medley, und ohne Frage war es auf der Feier deutlich besser als allein in meinem Zimmer, denn durch all den Trubel wurde ich vorübergehend von meinem Elend abgelenkt.

Bei aller Traurigkeit, die ich empfand, war ich auch ein bisschen glücklich, und nachdem die Kinder gegen acht das Fest verlassen mussten, aßen wir Erwachsenen weiter Kittys leckere Cookies und sangen uns beim Karaoke die Seele aus dem Leib.

Mein mit Abstand bester Song des Abends sollte gleichzeitig der letzte sein. Ich brüllte laut »Best of My Love«, und mittendrin blickte ich auf und bemerkte, dass Ian an der Wand stand und wie gebannt zu mir herübersah. Natürlich sang ich daraufhin noch lauter und noch besser, legte alles, was ich hatte, in den Rest des Lieds hinein, und als ich am Ende unter tosendem Applaus zu einem der Tische rollte, um mir das verdiente nächste Plätzchen abzuholen, folgte Ian mir.

Mehrere Sekunden sahen wir uns völlig reglos an.

»Das war ein Wahnsinnslied«, stellte er schließlich mit einer warmen Stimme fest, die nicht mal im Entferntesten nach einem Roboter klang. Es war der *echte* Ian, der da sprach, und sofort kam Sehnsucht in mir auf.

»Danke«, antwortete ich.

»Ich habe noch nie jemand getroffen, der so singt wie du.«

»Danke«, wiederholte ich und lächelte ihn an.

»Schön, dich zu sehen.«

»Du hättest mich die ganze letzte Woche während meiner Rehastunden sehen können, aber du hast es ja vorgezogen, mich zu ignorieren.«

»Ich habe dich nicht ignoriert.« Er runzelte die Stirn. »Ich habe …« Er brach ab, stattdessen sagte er: »Kit meinte, dass du nicht auf die Party kommen würdest.«

»Tue ich auch nicht.«

»Aber du bist doch hier.«

»Ich will nur ein paar Cookies klauen.«

»Verstehe.«

Er zeigte auf den Flur und den Büroraum mit der offenen Tür. »Ich habe noch gearbeitet.«

»Du legst im Augenblick anscheinend jede Menge Überstunden ein.«

»Ich habe noch ein paar Recherchen zu deiner Verletzung angestellt«, räumte er widerstrebend ein. »Ich habe versucht herauszufinden, wie ich dir vielleicht noch weiterhelfen kann.«

Eines musste ich ihm lassen. Das war wirklich anständig von ihm. Trotzdem sagte ich: »Die Mühe solltest du dir sparen. Ich weiß selbst, dass mir nicht mehr zu helfen ist.«

»Und warum nicht?«

»Weil inzwischen die Genesungsphase abgeschlossen ist.«

Er schüttelte den Kopf. »Es gibt verschiedene Möglichkeiten zu gesunden.«

Traurig drehte ich mich weg, doch statt die Chance zu nutzen und zu flüchten, blieb er bei mir stehen, schaute sich um und stellte fest: »Sieht aus, als würdet ihr euch alle prächtig amüsieren.«

»Nicht freiwillig«, antwortete ich. »Das tun wir nur, weil Kit uns dazu zwingt.«

Er sah zu meiner Schwester hinüber. Kit hatte bemerkt, dass Ian bei mir stand. Er wandte sich wieder mir zu, unterzog mich einer eingehenden Musterung und meinte beifällig: »Das ist ein wirklich tolles Kleid.«

»Vielleicht sollte ich in Zukunft nur noch Sachen mit

einer Schulter tragen. Selbst wenn ich auf Dauer wieder ganz normale Sachen anziehen kann.«

»Das solltest du auf jeden Fall.«

»Das könnte ich zu meinem Markenzeichen machen, und wenn ich dann irgendetwas Tolles leiste, wofür mich die Nachwelt irgendwann mit einer Statue ehren will, haben sie keine andere Wahl, als mich in diesem Ding auf das Podest zu stellen.« Ich zupfte an den Rüschen meines Kleids.

Er lächelte – ein echtes Lächeln, das ich lange nicht mehr gesehen hatte.

Dann wollte er noch etwas sagen, aber plötzlich tauchte Kitty bei uns auf und rief gut gelaunt: »Erwischt.«

Wir beide blickten auf und starrten auf den Mistelzweig, der über unseren Köpfen hing.

»Mistelzweige sind doch was für Weihnachten«, bemerkte Ian.

»Mir egal.«

»Sie zwingt bereits den ganzen Abend Leute sich zu küssen«, klärte ich ihn auf.

»Und jetzt zwingst du mich, deine Schwester zu küssen?«, fragte er Kit.

Schulterzuckend meinte sie: »Sieht ganz so aus.«

»Aber das geht nicht«, widersprach ich ihr. »Das ist gegen die Vorschriften.«

»Was für Vorschriften?«, erkundigte sie sich.

»Alle, die es gibt«, gab ich zurück.

Ian dachte über seine Möglichkeiten nach und blickte Kitty fragend an. »Und was passiert, wenn ich mich weigere?«

»Dann vergeudest du die Chance auf einen Kuss«, erwiderte sie ihm in herausforderndem Ton.

»Du brauchst mich nicht zu küssen«, sagte ich zu Ian und schaute wieder meine Schwester an: »Vergiss es, Kit! Du willst doch sicher nicht, dass Ian deinetwegen seinen Job verliert!«

Aber Ian hockte sich vor meinen Rollstuhl, zog behutsam meine nackten Füße von den Stützen auf den Boden, beugte sich ein wenig vor, damit ich ihm die Hände auf die Schulter legen konnte, so wie wir es schon tausend Mal zuvor gemacht hatten. Er hielt mich an den Hüften fest, und ich presste meine Knie zusammen, beugte mich leicht vor und – stand mit ihm gemeinsam auf.

»Es bringt Unglück, wenn man Mistelzweige ignoriert«, meinte er.

Sein Gesicht und seine blauen Augen waren mir so nahe, dass ich nur mit Mühe Luft bekam. Wie würde es jetzt weitergehen? »Niemand in diesem Raum braucht noch mehr Unglück.«

»Da hast du völlig recht.«

»Trotzdem kannst du mich nicht küssen«, sagte ich und hoffte wie verrückt, er würde anderer Meinung sein als ich.

»Ach nein?«

»Was, wenn dich jemand meldet?«

»Mir egal.«

»Egal?«

»Es gibt nur eine Frage, die mir wirklich wichtig ist. Soll ich sie dir verraten?«

Ich nickte, und noch immer sah mir Ian forschend ins Gesicht.

Dann fragte er mich: »Was willst du?«

Ich hielt den Atem an.

Was wollte ich?

Verdammt, wie konnte er mir diese Frage stellen?

Ich wollte ihn.

Ich wollte ihn zurück aufs Dach des Krankenhauses zerren, um dort die ganze Nacht mit ihm zu bleiben.

Wollte wieder die sein, die ich vor der Bruchlandung mit meinem Ex gewesen war. Das Mädchen mit dem langen Haar, den Jeans, den Hüften, das zumindest eine Chance hätte, von dem Mann begehrt zu werden, dem sie selbst verfallen war.

Aber diese Dinge konnte ich nicht aussprechen.

Da sich womöglich keiner dieser Wünsche je erfüllen würde, bräuchte niemand zu erfahren, was das für Wünsche waren.

Ich zuckte mit den Schultern, und er sah mich an, als hätte er mich längst durchschaut.

Dann lenkte er den Blick zurück zu dem Mistelzweig, verstärkte ebenfalls mit einem gleichmütigen Schulterzucken seinen Griff um meine Taille, und ich schlang ihm meine Arme um den Hals und glitt mit meinen Augen über seine Schlüsselbeine, seinen Hals und seinen Kiefer bis zu seinem Mund.

Während Schwester Nina »Midnight Train to Georgia« in das Karaokemikro hauchte, neigte Ian wie in Zeitlupe den Kopf und verharrte mit den Lippen dicht vor meinem Mund, als würde er den Augenblick genießen oder sich so gut einprägen, dass er ihn nie wieder vergaß. Mir war bisher gar nicht aufgefallen, wie gedämpft die Lichter waren, bis mit einem Mal die Discokugel den gesamten Raum mit Sternen füllte und das Einzige, was mir auf dieser Welt noch Halt gab, Ian war.

Er fühlte sich so stark an, dass ich mich bei ihm sicher fühlte. Er war mir herrlich nahe, kam noch näher, bis er mich schließlich – unglaublich, aber wahr – küsste.

Wahrscheinlich war es ein Fehler. Aber, Gott, ich war unglaublich froh, dass er es tat.

Es war derselbe Mund wie in dem Haus am See, aber er schmeckte irgendwie noch besser, wie etwas, was ich für alle Zeit verloren glaubte und jetzt unverhofft wieder in Händen hielt.

Ich versank in einem Strudel der Gefühle, in der Wärme und dem Trost und der Magie des Augenblickes, und obwohl ich wusste, dass er nicht von Dauer war, wünschte ich, er ginge nie vorbei.

Bis Nina jäh aufhörte zu singen und das grelle Licht der Neondeckenleuchten wie ein Suchscheinwerfer auf uns fiel.

Der gesamte Raum erstarrte, sogar die Karaokeanlage ging aus.

Verwundert drehten wir uns um und sahen beide gleichzeitig den ungeladenen Gast, der durch die Tür getreten war. Myles.

Inzwischen hatte er den Raum schon halb durchquert und fragte drohend: »Was zum Teufel ist hier los?«

»Wir feiern eine Party«, antwortete Kit, die keine Ahnung hatte, wer er war.

Myles aber starrte mich und Ian an. »Hat da eben etwa einer meiner Physiotherapeuten eine unserer Patientinnen geküsst?«

»Genau«, entgegnete Kitty. »Und ich habe ein Bild davon bei Instagram verschickt.«

»Gratuliere«, sagte Myles zu Ian. »Damit sind Sie Ihre Anstellung an dieser Klinik los.«

Die Menge hielt den Atem an.

»Sie können sich von Ihrem Job und Ihrer Zulassung verabschieden. Und wenn ich mich nicht irre, sind Sie mit der Zulassung auch gleichzeitig Ihr Arbeitsvisum los.« Myles baute sich vor Ian auf und wackelte herausfordernd mit seinen Fingern vor dessen Gesicht. »Das heißt für Sie: Leb wohl, Amerika!«

Wortlos richtete Ian seinen Blick wieder auf mich, und ich sah seiner Miene an, dass Myles recht hatte. Er war seine Arbeit und vielleicht noch vieles andere los.

Bei der Erkenntnis fingen meine Knie an zu zittern, aber Ian hatte diese Reaktion bereits vorhergesehen und setzte mich zurück in meinen Stuhl. Als er sich aufrichtete, drückte er mir kurz die Hand, und es fühlte sich wie ein endgültiger Abschied an.

»Denken Sie, ich mache Witze, Mann?« Noch einmal baute Myles sich drohend vor ihm auf. »Das ist mein voller Ernst. Sie stehen vor dem Nichts.«

Er hatte Schweißperlen auf der Stirn und war rot angelaufen, doch Ian wirkte völlig ruhig.

»Ich habe wirklich schon mal vor dem Nichts gestanden«, antwortete er und sah Myles an. »Also juckt's mich nicht besonders, wenn jetzt eine kleine, miese Ratte wie Sie meine Arbeit sabotiert.«

»Das haben Sie ganz allein hinbekommen, mein Freund.«

Ian tat, als dächte er darüber nach. »Vielleicht. Aber Ihr Freund war ich noch nie und werde es auch niemals sein.«

»Wer ist der Typ?«, erkundigte sich Kit und sagte dann zu

Myles: »Das hier ist eine Valentinsparty. Also essen Sie am besten erst mal einen Cookie und regen sich ab, Mann.«

Myles sah sie an, und jetzt erst schien ihm aufzufallen, dass wir nicht alleine waren. »Der 14. Februar ist doch längst vorbei.«

»Warum zum Teufel sind alle so auf diesen Tag fixiert?«

»Ian …«, fing ich an, doch ehe er mir den Kopf zuwenden konnte, bellte Myles: »Halten Sie sich von der Patientin fern!«

Mit einem ungläubigen Blick in seine Richtung meinte Ian: »Ich bringe sie nur in ihr Zimmer.«

»*Nein!*« Entschlossen baute Myles sich vor uns auf. »Noch einen Schritt in ihre Richtung, und ich werfe Sie aus dem Gebäude.«

Langsam drehte Ian sich nach seinem Widersacher um, und als die beiden direkt voreinanderstanden, sahen wir alle, dass er deutlich größer und muskulöser war als Myles.

»Und wie wollen Sie das anstellen, Sie jämmerlicher Zwerg?«

Als Reaktion auf diese Frage ließ der Zwerg die Faust nach vorne schießen, aber Ian packte seine beiden Handgelenke und hielt sie fest.

»Das wollen Sie nicht wirklich tun«, meinte er ruhig. »Ich fände es entsetzlich, Sie versehentlich zu töten, denn das ist ein Kerl wie Sie einfach nicht wert.«

Myles machte ein Gesicht, das einem leisen Wimmern glich. Ihm war bewusst, dass Ian seinetwegen nichts mehr zu verlieren hätte und dass er ihm hilflos ausgeliefert war. Er wusste, dass ihn Ian ohne Mühe wie die Laus zerquetschen könnte, als die er auch heute Abend wieder einmal aufgetreten war.

Zum Zeichen, dass er sich ergab, öffnete er die Fäuste und erklärte rau: »Okay.«

Als Ian von ihm abließ, trat er eilig einen Schritt zurück.

Auch Ian machte ein paar Schritte rückwärts, und mir wurde klar, er würde gehen.

Ein letztes Mal sah er sich um und rief mir leise zu: »Maggie!«

Was er sich hätte sparen können, denn auch schon vorher hatten wir ihn alle angesehen.

Bitte sag mir nicht Lebwohl, flehte ich ihn gedanklich an. *Bitte, bitte, sag mir nicht Lebwohl.*

Er sah mir direkt ins Gesicht, nickte mir zu und sagte: »Happy Valentine.«

23

Der nächste Tag brachte so manchen Neubeginn – aber vor allem ging einiges zu Ende.

Es war der Tag von Kittys Rückkehr nach New York und meiner Entlassung aus dem Krankenhaus. Meine Eltern kämen am späten Vormittag, und während Dad Kitty zum Flughafen kutschieren würde, sollte meine Mutter bei mir bleiben, um mir beim Packen zur Hand zu gehen.

Erst mal aber sah ich Kit beim Packen zu und gab mir alle Mühe, nicht den Kopf hängen zu lassen.

Trotzdem sagte ich: »Ich kann nicht glauben, dass du mich mit Mom und Dad alleine lässt.«

Doch davon wollte sie nichts hören. »Das Timing ist sogar perfekt. Es ist bereits ein Wunder, dass wir diesen ganzen Monat unbeschadet überstanden haben«, widersprach sie mir. Womit sie tatsächlich recht hatte.

Auch wenn einige die letzten Wochen eindeutig besser überstanden hatten als andere.

Sie zog den Reißverschluss ihres Koffers zu, stellte das Gepäckstück an die Tür und sah mich fragend an. »Darf ich dir jetzt bitte etwas Tröstliches erzählen, was ich dir schon die ganze Zeit habe erzählen wollen?«

»Du darfst«, gestattete ich ihr. »Aber ich kann dir nicht versprechen, dass es mich auch trösten wird.«

»Mich tröstet es auf jeden Fall. Das reicht.«

»Dann spuck es aus.«

»Ich habe eine Sendung gesehen, bei der ein Harvard-Wissenschaftler aufgetreten ist.« Sie legte eine kurze Pause ein. »Wobei er vielleicht auch vom MIT oder aus Stanford war. Auf alle Fälle war der Kerl echt ein Genie …«

»Nur damit du's weißt, ich komme jetzt schon nicht mehr mit.«

Ohne auf den Einwand einzugehen, fuhr sie fort: »Er forscht mit mathematischen Wahrscheinlichkeiten oder so, und in dem Vortrag hat er unter anderem erwähnt, dass es so was wie Sollwerte des Glücks bei Menschen gibt.«

»Und was hat das mit mathematischen Wahrscheinlichkeitsberechnungen zu tun?«

»Tja nun, er hatte diese tollen Statistiken dabei. Wenn zum Beispiel Menschen in der Lotterie gewinnen, sollte man doch meinen, dass sie ein Jahr später superglücklich wären, oder nicht?«

Folgsam antwortete ich: »Na klar.«

»Aber das sind sie nicht. Sie sind genauso unglücklich, wie sie es vorher auch schon waren.«

Ich schaute Kitty fragend an. »Waren sie denn vorher unglücklich?«

»Und Leute, denen schlimme Dinge widerfahren sind«, wischte sie meinen Einwand fort, »die ihren Mann oder die Frau verloren haben, in Konkurs gegangen oder nach einem Unfall entstellt oder gesundheitlich geschädigt sind …«

»Leute wie ich?«

»Genau! Er hat in seiner Aufzählung auch extra Querschnittsgelähmte erwähnt.«

In meiner Gegenwart hatte mich bisher niemand so genannt, weshalb das Wort mich kurz zusammenzucken ließ, doch dessen ungeachtet sagte ich: »Trotzdem verstehe ich nicht, was das mit mathematischer Wahrscheinlichkeit zu tun haben soll.«

»Es gibt eine spezielle Studie zu Menschen, die im Rollstuhl sitzen, weil sie ihre unteren Gliedmaßen nicht mehr benutzen können, und die seine Aussagen belegt. Ein Jahr nach dem Unfall waren sie genauso glücklich wie zuvor.«

Ich starrte sie mit großen Augen an.

»Ist das nicht wunderbar?«

»*Das* war es, was du mir die ganze Zeit erzählen wolltest?«

»Ja! Das heißt, in ein paar Monaten geht es dir wieder gut. Freut dich das etwa nicht?«

»Wir werden sehen.«

Sie trat noch einmal an mein Bett, umarmte mich ein letztes Mal und bat mich eindringlich: »Vergiss das bitte nicht, okay? Schließlich gibt's verschiedene Formen von Happy Ends.«

Als Nächstes traten meine Eltern ein – und brachten einen als Geschenk verpackten, hochmodernen Rollstuhl für mich mit. Sie hatten ihm tatsächlich eine dicke Schleife umgebunden und präsentierten mir das Gefährt, als wäre es ein schickes Cabrio, dass ich zur Feier meines achtzehnten Geburtstags bekam.

Ich starrte es entgeistert an. »Das ist das furchtbarste Geschenk überhaupt.«

Dad umarmte mich und meinte: »Er hat ein von der NASA im Weltraum getestetes Titangestell und genau dieselben extradünnen, etwas schräg stehenden Reifen wie die Rollstühle, in denen man die Basketballer durch die Hallen schießen sieht.«

»Habt ihr mir vielleicht auch schon eine Mannschaft ausgesucht?« Ich dachte an das Elektronik-Basketball-Turnier mit Ian und sagte mir, vielleicht wäre diese Idee ja gar nicht mal so schlecht.

Mein Vater wollte mir genau erklären und demonstrieren, was der Rollstuhl alles konnte, aber das ging mir dann doch zu weit.

»Er liebt das Ding«, sagte Mom. »Er ist gestern den ganzen Tag damit herumgefahren.«

Dad massierte sich die Schulter und bestätigte: »Tatsächlich tun mir meine Arme ziemlich weh.«

Die beiden waren wegen dieses Rollstuhls ganz aus dem Häuschen.

Meiner Mutter gefiel, wie kompakt und schlank er war. »Wenn man nur flüchtig hinsieht, nimmt man ihn gar nicht wahr.«

»Dann sieht es also so aus, als würde ich mit angezogenen Beinen den Bürgersteig entlangschweben?«

»Du weißt schon, was ich meine«, tat sie meine Ironie mit einer wegwerfenden Handbewegung ab.

Wir alle gingen ausnehmend zivilisiert und höflich miteinander um. Man wäre nie darauf gekommen, dass ein tiefer Graben Mom und meine Schwester trennte, und bevor sich Kit von Dad zu ihrem Flieger bringen ließ, trat sie auf meine Mutter zu, nahm sie zu meiner grenzenlosen

Überraschung in den Arm, und Linda ließ sie nicht mehr los.

Wie lange dauert es normalerweise, wenn man jemanden umarmt? Fünf Sekunden?

Mom aber hielt Kit geschlagene fünf Minuten fest.

Bis Kit schließlich die Augen öffnete und mich mit einem Blick bedachte, der mir deutlich machte, dass auch sie die Welt nicht mehr verstand.

Keiner von uns sprach ein Wort. Ich saß, und die drei anderen standen einfach schweigend da und ließen es geschehen.

Es war das erste Mal seit Jahren, dass es zu einer innigen Umarmung zwischen Kit und meiner Mutter kam.

Als Mom sie endlich wieder losließ, strömten ihr Tränen über das Gesicht, doch eilig wischte sie sie fort und wandte sich an meinen Dad. »Sie wird am Flughafen noch was zu essen brauchen.«

Da mein Vater wusste, was sie damit sagen wollte, warf er einen Blick auf seine Uhr. Sie hatten dieses sonderbare Ritual. Wenn Mom eins ihrer »Frauengespräche« mit uns führen wollte, schickte sie ihn immer was zu essen holen.

Und tatsächlich sagte sie auch jetzt: »Nicht weit von hier gibt's einen Sandwichladen.«

Doch mein Vater schüttelte den Kopf. »Dafür ist jetzt nicht mehr genügend Zeit.«

»O doch«, widersprach Mom, und Kitty nickte.

»Wir haben sogar noch jede Menge Zeit.«

Im Ernst?, fragte der Blick, mit dem mein Vater Mom bedachte, doch dann stellte er mit einem Seufzer Kittys Koffer wieder ab und stapfte los.

Stirnrunzelnd sahen Kit und ich uns an, doch Mom sah meinem Vater hinterher, und erst, als er im Lift am verschwunden war, wandte sie sich uns wieder zu. Sie wirkte dabei ungewöhnlich ernst, atmete tief durch, drückte die Tür ins Schloss und trat auf meine Schwester zu.

»Er hieß Derin Buruk.«

Kitty hielt den Atem an und sah erst mich und dann wieder unsere Mom an, die sich mit einem neuerlichen Blick in Richtung Tür zu vergewissern schien, dass wirklich niemand in der Nähe war.

»Er war Türke und im Rahmen eines Schüleraustauschs in Amerika. Er sah fantastisch aus. Schwarzes Haar und grüne Augen mit so dichten, schwarzen Wimpern, dass wir Mädchen richtiggehend neidisch waren. Am ersten Tag des letzten Schuljahrs tauchte er an unserer Highschool auf, und sofort waren alle Mädchen hin und weg. Ich selbst habe kein Wort mit ihm geredet und ihn völlig ignoriert. Ich war damals schon mit eurem Dad zusammen und nicht an anderen Jungen interessiert, aber ich konnte nichts dagegen tun, dass er mir so wie allen anderen Mädchen aufgefallen ist. Er sah wie ein Filmstar aus, zog die Mädchen an wie ein Magnet, und aus irgendeinem Grund hat er sich irgendwann in mich verguckt. Er hat mir Briefchen zugesteckt, mit mir auf dem Flur geflirtet und mir heimlich Blumen in den Spind gestellt. Ich habe ihm immer wieder deutlich zu verstehen gegeben, dass er mich vergessen soll, aber er hat gesagt, dass könne er nicht. In der Cafeteria und auch bei den Footballspielen eures Dads hat er mich immer angestarrt. Dazu hat er mich beinah täglich angerufen, um mir seine grenzenlose Liebe zu gestehen und mich anzuflehen, mit eurem Vater Schluss zu machen und mit ihm zu gehen.«

Ich blickte auf die Hände meiner Mom. Sie zitterten wie Espenlaub.

»Türkische Männer sind für die Beharrlichkeit, die sie in Liebesdingen an den Tag legen, berühmt«, fuhr sie mit rauer Stimme fort. »Sie können sehr zielstrebig sein. Im Gegensatz zu eurem Vater – eurem wundervollen Vater, der die Liebe meines Lebens, aber eben völlig anders ist. Seine Beständigkeit und seine gleichzeitig entspannte Art führen nun einmal nicht zu wilder Leidenschaft. Er war ein netter, gutherziger Kerl, aber er war eben noch ein Schuljunge. Mit manchen Dingen kannte er sich einfach nicht so aus. Er hatte keinen blassen Schimmer von Romantik oder davon, wie man eine Frau hofiert oder wie man ihr Herz zum Flattern bringt. Wir waren beste Freunde, aber gegen eine Naturgewalt von einem Mann wie Derin kam ich dauerhaft nicht an. Ich hätte nicht gewusst, wie ich mich hätte wehren sollen, aber ich habe es auf jeden Fall versucht. Ich habe ihn immer wieder abgewiesen, aber jedes Mal kam er zurück und hat sein Werben noch verstärkt. Was mir, ehrlich gesagt, ziemlich geschmeichelt hat. Es hat mir gefallen, dass ich ihm aufgefallen war, und dass er sich, obwohl er jede hätte haben können, für mich entschieden hat. Auch wenn ich das beim besten Willen nicht verstehen konnte und es mir noch heute völlig unbegreiflich ist.«

Da Mom zutiefst erschüttert wirkte, klopfte ich auf mein Bett und sagte: »Setz dich erst mal hin.«

Geistesabwesend nahm sie Platz und fuhr fort. »In jenem Jahr hat euer Dad seine Familie über Weihnachten besucht und blieb dann eine ganze Woche dort. Irgendwoher wusste Derin, dass er fortgefahren war, und kletterte von da an jeden Abend auf den Baum vor meinem Fenster und klopfte so lange an das Glas, bis ich zu einer Reaktion gezwungen war. Zweimal wies ich ihn ab, aber am dritten Abend sagte er, er müsste bald zurück in die Türkei und müsste mir vor seiner Abreise noch etwas sagen.« Sie kniff unglücklich die Augen zu. »Möge mir Gott verzeihen, aber da habe ich ihm aufgemacht. Danach ließ ich ihn immer ein, wenn er ans Fenster klopfte, und dann blieb er über Nacht und schlich sich kurz vor Tagesanbruch wieder fort. Am Abend bevor euer Dad zurückkam, sagte ich zu Derin, dass er niemals wiederkommen dürfte – und das hat er dann auch nicht getan.«

»Und was musste er dir sagen?«, fragte ich.

»Das weiß ich gar nicht mehr.«

Kit stieß einen tiefen Seufzer aus, und Mom erzählte weiter: »Als die Schule wieder anfing, musste er zurück nach Istanbul. Ich habe danach nie wieder etwas von ihm gehört, aber bis zu den Osterferien war mir klar, dass ich ein Kind erwartete, und bis zum Sommer wusste es auch euer Dad. Natürlich dachte er, dass er der Vater dieses Kindes sei, und ich habe es nicht über mich gebracht, ihm die traurige Wahrheit zu gestehen. Er hat sich wahnsinnig gefreut, mich sofort gebeten, seine Frau zu werden, und ich habe Ja gesagt und all die Jahre unserer Ehe so getan, als hätte Derin Buruk niemals existiert.«

»Bis ich dann mit dem Bluttest kam«, warf Kitty ein.

Als meine Mutter nickte, fragte meine Schwester: »Hasst du ihn? Ich meine, diesen Derin?«

»Nein. Ich hasse Derin nicht. Oder auf jeden Fall nicht mehr.«

»Und hasst du mich?«

»O nein.«

»Aber wenn du mich ansiehst, siehst du ihn?«

»Manchmal. Weil du dieselben Wimpern hast.«

»Hast du deshalb Schuldgefühle?«

»Ab und zu. Aber vor allem habe ich manchmal Angst.«

Kit nickte zustimmend. »Davor, dass Dad es vielleicht rausfindet und mich dann nicht mehr liebt.«

»Dass er es vielleicht rausfindet und *mich* dann nicht mehr liebt.«

Ich nickte meiner Schwester zu. »Das alles ist schließlich nicht deine Schuld.«

»Er hat dich vom ersten Tag an geliebt«, stimmte Mom zu.

»Bei dir sah das garantiert etwas anders aus«, mutmaßte Kit, und Mom stieß ein nervöses Lachen aus.

»Aber keine Angst, er wird es nie erfahren«, versprach Kit und sah mich an.

War es moralisch falsch, sich gegen meinen Vater zu verbünden? Aber eigentlich war mir das vollkommen egal.

»Ich werde es ihm nie erzählen«, versprach auch ich meiner Mutter.

»Und ich auch nicht«, stimmte Kit mir zu.

Mom starrte meine Schwester an und fiel in sich zusammen wie ein Ballon, aus dem die Luft entwichen war.

»Du weißt, dass du sein Liebling bist«, warf ich ein.

»Ich weiß«, gab Kit zurück. »Aber nur knapp.«

»Er stand immer auf deiner Seite, wenn du dich mit Mom gestritten hast.«

»Ich weiß.«

»Das macht mich froh«, erklärte unsere Mom. »Ich bin sehr froh, dass ihr euch habt.«

In der kurzen Pause, die auf diese Worte folgte, hörten wir vor der Tür Stimmen.

»Kann ich Ihnen helfen, Sir?«, erkundigte sich eine Frau.

Sie bekam nicht sofort eine Antwort, aber schließlich hörten wir ein leises Räuspern und ein raues: »Nein. Ich habe nur … meine Autoschlüssel vergessen.«

Es war die Stimme meines Dads, und meine Mutter riss entsetzt die Augen auf.

Die Krankenschwester öffnete die Zimmertür, und wir drehten uns um und sahen meinen Dad, der vollkommen benommen auf der Schwelle stand.

»Es tut mir leid«, sagte er nach einem Augenblick ein wenig atemlos, wobei der Schock ihm deutlich ins Gesicht geschrieben stand. »Ich wollte nur die Autoschlüssel holen, aber dann stand ich stattdessen vor der Tür und habe euch belauscht.«

24

Mit einem hysterischen Schluchzen, wie ich es noch nie von meiner Mutter gehört habe, rannte sie auf ihn zu, doch er wehrte sie ab und machte einen Schritt zurück.

Er brachte es nicht über sich, sie dabei anzusehen.

»Komm, Kitty«, sagte er und sah auch ihr nicht ins Gesicht. »Wir müssen los, wenn du den Flieger nicht verpassen willst.«

»Cliff…«, fing meine Mutter an.

»Nein!«, blaffte Dad sie an, und sie brach ab.

Wie in Zeitlupe bückte er sich nach Kits Koffer, zog die Autoschlüssel aus Moms Handtasche und trat dann ohne ein weiteres Wort wieder in den Flur hinaus.

Die Beine meiner Mutter gaben nach, doch Kitty fing sie auf und führte sie zu einem Stuhl neben dem Bett.

»Es tut mir leid – es tut mir furchtbar leid«, meinte Kit. »Ich werde mit ihm reden.«

Mom hielt sich zitternd die Hand vor den Mund.

»Es wird alles gut«, versicherte ich ihr. »Das kriegen wir auf alle Fälle wieder hin. Du weißt, dass er dich liebt.«

Kit musste den Flug bekommen, also schaute sie mich an und fragte nur: »Du hast hier alles im Griff?«

Ich nickte, obwohl ich mir da nicht so sicher war. »Sieh zu, dass du deinen Flieger nicht verpasst.«

Sie umarmte mich noch einmal fest und bat: »Ruf an, falls du mich brauchst.«

»*Wenn*, nicht falls.«

»Zumindest wird dir jetzt nicht so schnell langweilig«, stellte Kit fest.

»Vielleicht ist es besser, dass wir es jetzt alle wissen«, erwiderte ich. Als ich jedoch auf meine Mutter blickte, die infolge der Ereignisse in eine Art von Schockstarre verfallen war, war ich davon allerdings nicht wirklich überzeugt.

Mein Vater kehrte vom Flughafen nicht mehr zurück ins Krankenhaus. In meinem ganzen Leben war er immer für mich da gewesen, doch ich konnte seine Reaktion verstehen.

Stattdessen schickte er uns einen Wagen, dessen Fahrer vor der Tür des Zimmers seine Mütze in den Händen knetete, weil meine Mutter ewig brauchte, bis sie endlich mit dem Abbau des Dekors und dem Packen meines Koffers fertig war.

Sie war nicht bei der Sache, und obwohl ich mich bemühte, sie so gut wie möglich aufzumuntern, und ihr sagte, was sie machen sollte, nahm sie ständig planlos irgendwelche Gegenstände in die Hand, stellte sie wieder fort, legte verschiedene Sachen in den Koffer und ließ andere im Schrank zurück.

Währenddessen tauchten immer wieder Schwestern, Pfleger und Patienten auf, um mir Lebewohl zu sagen, und auch wenn ich sicher davon ausging, dass ich Ian nicht noch einmal sehen würde, weil er sich auf Anweisung von Myles nicht einmal in die Nähe meines Zimmers wagen durfte, und trotz des vorangegangenen Dramas zwischen meinen Eltern, hielt ich hoffnungsvoll die Augen nach ihm offen. Denn schließlich war kein Tag vergangen, an dem ich Ian nicht zumindest kurz gesehen hätte, seit wir uns zum ersten Mal begegnet waren.

All die anderen Leute, die ich während der sechs Wochen meines Aufenthalts jemals getroffen hatte, tauchten bei mir auf. Die Sozialarbeiterin, der Psychologe, Priya, Nina, der Dermatologe und der Wirbelsäulenchirurg, zwei Pfleger und selbst der Vertreter der Versicherung, auf deren Geheiß man mich entließ. Es war fast, als hätte ich die Zeit in einem Ferienlager zugebracht und als würden wir uns jetzt schon alle auf das Wiedersehen im nächsten Sommer freuen.

Der Abschied zog sich ewig hin, doch dann ging alles furchtbar schnell.

Ehe ich michs versah, rollte ich über die Rampe, die mein Vater extra angefertigt hatte und für die ich ihm für alle Zeiten dankbar wäre, in mein Elternhaus zurück.

Mühsam unterdrückte ich die Verzweiflung, die in meinem Innern aufstieg, weil ich ihm wohl jetzt nicht persönlich danken könnte, rollte durch die Tür des Wohnzimmers – und da war er.

Er erstarrte, als er uns entdeckte, senkte den Blick zu Boden, und auch ich und meine Mom verharrten reglos in der Tür.

Er hatte eine offene Reisetasche in der Hand, und der Pyjamaärmel und die Zahnbürste, die aus der Tasche ragten, zeigten, dass er möglichst eilig hatte ein paar Dinge packen und verschwinden wollen, ehe wir zu Hause wären.

»Hi, Cliff«, grüßte ihn Mom flüsternd.

Mein Vater aber wandte sich entschlossen ab, bis sie den Raum verließ.

Sie machte kehrt und ging ins Schlafzimmer, und endlich drehte er sich wieder um und sah mir ins Gesicht.

»Wie geht's dir, Kleines?«, fragte er, und als er sich vor meinen Rollstuhl hockte, sah ich auf die Reisetasche, die er in den Händen hielt.

»Du willst weg?«

Er nickte. »Hoffentlich ist das für dich okay.«

»Na klar.«

»Ich brauche einfach etwas Zeit für mich, um wieder einen klaren Kopf zu bekommen.«

Was nicht im Geringsten überraschend für mich war.

Im Gegensatz zu all den anderen Dingen, die an diesem Tag geschahen.

Wie zum Beispiel, dass mir Kitty jetzt schon furchtbar fehlte, dass ich plötzlich nicht mehr in der Klinik und dass es im selben Maße tröstlich wie erschreckend für mich war, wieder in meinem Elternhaus zu sein.

Und auch von meinem alten Kinderzimmer war ich überrascht. Nachdem Dad gegangen war, schob Mom, um sich so schnell wie möglich wieder schöneren Dingen zuzuwenden, den Rollstuhl durch den Flur, öffnete die Tür und rief mit leiser Stimme: »Überraschung«, weil der Raum nur noch mit Mühe wiederzuerkennen war.

Sie hatte ihn neu dekoriert und die gesamte alte Einrichtung und alles andere ersetzt. Mein Ausziehbett mit seiner pinkfarbenen Rüschentagesdecke, der geblümte Polstersessel, meine Vorhänge, mein Teppich, meine Stofftiere, die

Bücher, Fotoalben, Poster und die Nippsachen – von alldem war nichts mehr da.

»Wo sind die ganzen Sachen hin?«, erkundigte ich mich.

»Ich habe alles in Kartons verpackt«, erklärte sie. »Das heißt, zumindest alles, was sich aufzuheben lohnt. Die Möbel habe ich vors Haus gestellt, und nach zwei Tagen waren sie alle weg.«

Das war gleichzeitig gut und schlecht, denn die vertrauten Gegenstände hätten sicher etwas Tröstliches gehabt, zugleich hätten sie mich aber auch an mein altes Leben erinnert. In diesem neuen Zimmer fühlte ich mich eher wie im Hotel. Raffrollos aus teurem Leinen, eine Chaiselongue, hundert Dekokissen auf dem Bett, ein Kronleuchter, in dem sich tagsüber das Licht der Sonne brach. Spartanisch und in ihrer Lieblingsfarbe »greige«, einem Gemisch aus grau und beige. Die Einrichtung sah wie in einer Zeitschrift aus, und das gesamte Zimmer war gediegen, elegant und mir vollkommen fremd.

»Ein neuer Raum für einen neuen Anfang«, sagte Mom, und eines musste ich ihr lassen: Sie hatte tatsächlich einen ausgezeichneten Geschmack.

»Das hast du wirklich super hingekriegt.«

»Und Dad kann deinen alten Plunder jederzeit aus der Garage holen, wenn du ihn noch mal durchgehen willst«, bot sie großzügig an und holte, als ihr wieder einfiel, was passiert war, zitternd Luft. »Falls er noch mal nach Hause kommt.«

»Das wird er ganz bestimmt. Er braucht nur etwas Zeit.« Und um ihr das Gefühl zu geben, dass wir ihm was Gutes taten, fügte ich hinzu: »Die können wir ihm geben, richtig?«

»Ja, die können wir ihm geben«, stimmte sie mir nickend zu.

Unsicher, ob sie mich schon alleine lassen könnte, harrte sie noch eine Weile in der Tür des Zimmers aus. »Nun«, meinte sie nach einem langen Augenblick der Stille. »Vielleicht richtest du dich erst einmal in deinem Zimmer ein.«

Sie ging, und ich blieb eine halbe Ewigkeit in meinem Rollstuhl sitzen, ohne mich zu rühren. Womöglich stand ich unter Schock. Ich hatte keine Ahnung, ob ich eine halbe oder vielleicht eine ganze Stunde einfach nur dort saß. Ich konnte nicht begreifen, wie in aller Welt ich wieder hier in diesem Raum gelandet war. Ich brachte es nicht über mich, an die Vergangenheit zu denken, aber eine Zukunft konnte ich mir beim besten Willen auch nicht ausmalen.

Dann klingelte es an der Tür, und ich überlegte, ob Dad wohl wieder einmal ohne Schlüssel aus dem Haus gegangen war.

Ein paar Minuten später aber hörte ich, wie Mom mit laut klackernden Absätzen den Flur herunterkam, bevor sie, ohne anzuklopfen, meine Zimmertür aufriss, um mir strahlend einen Überraschungsgast zu präsentieren.

Wenn ich mich recht entsinne, sagte sie: »Du hast Besuch«, bot meinem Gast noch eine Weißweinschorle an und ließ uns, als er höflich ablehnte, allein. Mit Bestimmtheit aber weiß ich nur noch, dass ich, als ich ihn erblickte, mit einem Schlag wieder quicklebendig war.

Es war tatsächlich Ian Moffat, der in Jeans und blauem T-Shirt vor mir stand.

»Hallo.« Er schob die Daumen in die Vordertaschen seiner Jeans und sah sich um. »Nett hast du's hier.«

Ich hatte keine Ahnung, was ich sagen sollte. Keine Ahnung, weshalb er gekommen war.

»Ich bin gekommen, um mich zu entschuldigen«, erklärte er und trat von einem Fuß auf den anderen. »Ich nehme an, ich habe dir das Leben, statt es zu erleichtern, noch erschwert – auch wenn das ganz bestimmt nicht meine Absicht war.«

Schweigend wartete ich darauf, dass er weitersprach.

»Ich wollte dir nur helfen, so gesund zu werden, wie es geht.«

Okay.

»Dass ich dich irgendwann so gernhaben würde, war nicht geplant.«

Ich blickte auf. »Du hast mich gern?«

Anscheinend aber hatte ich mich auf den falschen Teil seiner Erklärung konzentriert. Statt etwas zu erwidern, starrte er den Teppich an.

Natürlich war es töricht, aber plötzlich keimte leise Hoffnung in mir auf. Vielleicht war er ja deshalb hier. Ich war nicht mehr seine Patientin, und womöglich könnten wir – *ja, was?* Uns öfter treffen? Uns noch einmal küssen? Miteinander essen gehen? Zusammen sein?

»Außerdem bin ich gekommen«, fuhr er fort, »weil ich dir sagen wollte, dass ich mittlerweile offiziell gefeuert bin. Myles hat mir meine Kündigung noch gestern Abend überreicht.«

»Ist das eine gute oder schlechte Nachricht?«

»Beides.«

Als ich lächelte, schränkte er ein: »Wobei mir meine Arbeit sicher fehlen wird.«

»Werden sie dir auch die Zulassung entziehen?«

»Ja.«

Wenn er seine Zulassung verlor, wäre auch sein Arbeitsvisum weg. »Heißt das, dass du das Land verlassen musst?«

Er kam in Richtung meines Betts und nahm an meiner Seite Platz. »Ich glaube schon.«

Ich blinzelte. »Sie zwingen dich zu gehen? Dann hat es also die Regierung auf dich abgesehen?«

Er schüttelte den Kopf. »Im Grunde hat nur Myles es auf mich abgesehen. Wobei er diesen Kampf gewinnen wird.«

»Dann wirst du dich also nicht wehren?«

»Das hätte keinen Sinn. Es ist vorbei. Deine Schwester hat das Bild bei Instagram gepostet.«

»O mein Gott! Diese verfluchte Kit.«

»Es war nicht ihre Schuld. Ich habe dich vor hundert Leuten geküsst. Nicht gerade ein privater Augenblick.«

»Aber es war nicht deine Schuld. Das alles lag nur an dem blöden Mistelzweig.«

Er schüttelte den Kopf.

»Es war ein Kuss aus Mitleid«, fuhr ich fort. »Du warst nur nett zu mir! Das gebe ich zu Protokoll!«

Er lächelte, als ob ich geistig nicht ganz auf der Höhe wäre – aber trotzdem war sein Lächeln süß.

»Vor allem warst du nicht mal mehr mein Physiotherapeut!«

»Das ist egal. Ich habe in dem Krankenhaus gearbeitet, und du warst als Patientin dort.«

Das war doch vollkommen verrückt. »Und das soll es gewesen sein? Ein Kuss und du musst ins Exil?«

Mit einem schiefen Lächeln meinte er: »Sieht ganz so aus.«

Unvermittelt spürte ich, wie nah mir Ian war. Im Grunde trennten uns nur ein paar Zentimeter, und die Vorstellung, ihn zu verlieren, brach mir das Herz. »Aber du kannst nicht einfach gehen.«

Schulterzuckend meinte er: »Ich muss. Mein Visum gilt für einen ganz bestimmten Job, den ich nach dem Verlust der Zulassung jetzt nicht mehr ausüben kann.«

»Und was wirst du jetzt tun?«

»Ich kehre heim nach Edinburgh.«

Ich spürte, wie sich meine Brust zusammenzog.

»Ich habe dort vier Brüder«, fuhr er fort. »Zwei von ihnen sind Ärzte, und der eine hat mir schon ein Vorstellungsgespräch an einem Krankenhaus verschafft.«

Ich bemühte mich um einen gleichmütigen Ton, als plauderten wir nur über das Wetter oder so. »Das ist natürlich gut.«

Statt etwas zu erwidern, nahm er meine Hand, und ich holte zitternd Luft. Doch dann ließ er sie wieder los und sagte: »Das Gespräch findet am Montag statt.«

»*Nächsten* Montag?«

Als er nickte, fragte ich: »Dann fliegst du also – wann?«

»Morgen früh.«

Panik, pure Panik. Ich konnte mir mein Leben ohne ihn nicht mehr vorstellen. Ich wagte nicht, es auszusprechen, weil das furchtbar jämmerlich geklungen hätte, aber nichts und niemand anderer hatte mich seit meinem Unfall auch nur ansatzweise glücklich machen können. Nur ihm gelang es, den Schwarz-Weiß-Film meines jetzigen Lebens mit Farbe anzufüllen.

Ich hatte kaum geblinzelt, als ich Chip verloren hatte.

Aber wenn ich daran dachte, Ian zu verlieren, schnürte sich mir die Kehle zu.

»Ich weiß, dass du dein Leben wieder auf die Reihe kriegen wirst. Du bist viel stärker, als du denkst …«

Bevor er seinen Satz beenden konnte, tat ich etwas, das für mich ein ebensolcher Schock war wie für ihn.

Ich sagte: »Lass uns heiraten.«

Er öffnete den Mund, brachte aber keinen Ton heraus.

Im Grunde war es ein genialer Vorschlag. »Wenn du mich heiratest, kannst du hierbleiben.«

»Du willst, dass ich dich heirate?«

Ich nickte stumm.

»Damit ich eine Green Card kriege?«

»Du willst doch hier in den Staaten bleiben, oder?«

»Ja.«

»Die Leute hier sind wirklich nett, es scheint das ganze Jahr die Sonne, und wir haben Tacos. Die gibt es in Schottland doch bestimmt nicht.«

»Natürlich gibt es auch in Schottland Tacos«, antwortete er. »Aber die schmecken nicht wie hier.«

Redeten wir hier etwa gerade über Tacos?

»Vor Kurzem hatte ich diese fantastische Idee, ein Feriencamp für Kinder, die im Rollstuhl sitzen, aufzumachen«, fuhr ich eilig fort, und plötzlich konnte ich es deutlich vor mir sehen. »Vielleicht könnten wir das zusammen machen – es zusammen aufbauen und zusammen leiten, meine ich. Wir könnten Partner sein. Du könntest all den Physiotherapiekram übernehmen, dort dein Ding machen und lauter neue Dinge ausprobieren. Ich könnte mich um die Finanzierung kümmern, und zusammen könnten wir ein Paradies für Kinder erschaffen, denen schon viel Leid im Leben widerfahren ist – mit einem Garten, einem Aquapark, einem Rollstuhlparcours, mit Kinoabenden und Popcorn, mit Jonglierkursen und Plätzchenbacken, mit einem Elektro-Basketballturnier, therapeutischem Reiten und natürlich einem Chor!«

Ich hatte mich in Schwung geredet. »Im Winter könnten wir auch Kurse oder Seminare für Erwachsene anbieten, Kunsthandwerkermärkte sponsern, den Leuten zeigen, wie man Schnecken strickt, und denen, die es wirklich dringend brauchen, Licht und Hoffnung und vor allem das Zusammensein mit anderen Menschen schenken, denen es genauso geht. Natürlich weiß ich, dass du irgendwann aus welchem Grund auch immer kein Interesse mehr an deinem anderen Unternehmen hattest, aber das hier wäre etwas völlig anderes.«

Inzwischen wusste ich, es könnte wirklich funktionieren.

Und, was sicher mindestens genauso wichtig war, inzwischen wusste ich: Ich hatte mich unsterblich in den Mann, der hier an meiner Seite saß, verliebt und musste es ihm auf der Stelle sagen. Ganz egal, ob ich dazu bereit war oder nicht. Wenn er am nächsten Tag das Land verließe – wenn ich ihn tatsächlich niemals wiedersehen würde –, könnte ich ihn ganz unmöglich gehen lassen, ohne ihm zu offenbaren, was ich für ihn empfand.

Ich hatte seit dem Flugzeugabsturz unzählige Male meinen ganzen Mut gebraucht, um irgendwas zu tun, aber ich schwöre, nichts davon hatte mir auch nur annähernd dieselbe Angst eingejagt.

»Ian«, sagte ich und hatte das Gefühl, als wäre meine

Lunge mit kaltem Wasser angefüllt. »Es ist ganz einfach so – ich habe mich in dich verliebt.«

Er saß da wie eine Statue, und ich sah ihm forschend ins Gesicht.

War das eine gute oder schlechte Neuigkeit für ihn? Hatte er gehofft, so was von mir zu hören, oder hatte er gehofft, dieses Geständnis bliebe ihm erspart? Wahrscheinlich sah er mich lediglich als invalide, traurige Patientin an. Aber seine Küsse – die mir regelrecht das Herz gebrochen hatten – hatten einen kleinen Hoffnungsfunken tief in meinem Inneren entfacht, der sich nicht ignorieren ließ. Ich hatte keine Ahnung, was er fühlte, und seine Miene war undurchdringlich.

Tapfer fuhr ich fort: »Ich habe mich derart in dich verliebt, dass ich Angst habe, dass mir das Herz vor lauter Liebe platzt. Ich habe mich in einem Maß in dich verliebt, wie ich es bisher gar nicht für möglich gehalten habe. Im Vergleich zu dem, was ich für dich empfinde, nehmen sich alle anderen Gefühle winzig aus. Es fühlt sich an wie heller Sonnenschein, ist furchtbar aufregend, macht alles besser – ganz egal, wie schlimm es ist – und verleiht selbst ganz normalen Tätigkeiten wie dem Zähneputzen einen Hauch Magie.«

Ich wusste nicht, mit welchem Nachdruck ich mein Anliegen noch vertreten sollte. Ebenso hätte ich sagen können: *Wenn ich nachts nicht schlafen kann, denke ich an dich, und sofort geht es mir wieder gut.* Oder: *Das, was ich für Chip empfunden habe, kommt an die Gefühle, die ich für dich habe, nicht mal annähernd heran.* Oder: *Der beste Teil von meinem Leben bist eindeutig du.*

Je länger Ian schwieg, umso größer wurde mein Verlangen, ihn anzuflehen. Ich war kurz davor zu sagen: *Bitte, Ian, bitte lass uns heiraten. Selbst wenn du mich nicht liebst!* Ich hätte mich auch mit viel weniger begnügt. Eine bloße Freundschaft hätte mir bereits gereicht. Hauptsache, er ließ mich nicht allein.

Aber das sagte ich ihm nicht, wofür ich später wirklich dankbar war. Mit einem Mal war seine Miene nicht mehr ausdruckslos, und falls ich irgendwo in meinem Inneren gehofft hatte, er nähme meinen Antrag an, war dies der Augenblick, in dem die Hoffnung starb.

Er hielt die Luft an. Atmete geräuschvoll aus. Stand auf. Wandte sich ab und fuhr sich gleichzeitig mit einer Hand durchs Haar.

»Ich hatte nicht plötzlich einfach kein Interesse mehr an meinem Unternehmen«, klärte er mich auf.

Da hatte ich ihm meine grenzenlose Liebe eingestanden, und das war das Einzige, was ihm von meiner Rede in Erinnerung geblieben war?

»Tatsächlich lief der Laden wirklich gut, und wir waren in jeder Hinsicht auf dem aufsteigenden Ast. Es war eins dieser unglaublichen Szenarien, in denen es tatsächlich nur Gewinner gab. Meine Angestellten waren glücklich, unsere Klienten waren glücklich, am glücklichsten aber waren Kayla und ich selbst. Inzwischen wohnten wir zusammen und wollten heiraten.« Er holte zitternd Luft. »Und dann fuhr Kayla eines Abends auf dem Weg nach Hause noch beim Supermarkt vorbei, um eine Packung Popcorn zu besorgen. Wir wollten an dem Abend im Fernsehen die Oscarverleihung sehen, und ohne Popcorn hätte ihr das keinen Spaß gemacht.«

Nach einer kurzen Pause fuhr er fort. »Gleichzeitig mit

ihr tauchte ein junger Mann – im Grunde noch ein Teenager – mit einem Sturmgewehr dort auf und schoss wie ein Wilder um sich. Völlig ohne Grund. Bis heute hat niemand herausgefunden, warum er an diesem Tag um diese Zeit in diesem Laden war. Er hat einen Wachmann, zwei Kassiererinnen und zwei Kunden, die bezahlen wollten, abgeknallt. Und bevor er sich am Ende selbst erschossen hat, hat er auch noch auf Kayla gezielt.«

Ich kannte den Rest der Geschichte, ohne dass er weitersprach. Ich erinnerte mich an den Überfall. Tagelang berichteten die Medien darüber.

Aber auch wenn ich mich nicht hätte erinnern können, Ians Miene sagte alles – für immer eingebrannt, unauslöschlich: Die Frau, die er liebte, die er heiraten wollte, wollte nur Popcorn besorgen und kam nie wieder zurück.

Es gibt Gesichtsausdrücke, die man heucheln kann. Man kann ein Lächeln vortäuschen, ein Stirnrunzeln und sogar Tränen, aber andere Ausdrücke sind derart unverfälscht und kommen so von Herzen, dass man sie gar nicht in Worte fassen kann. Genau so einen Ausdruck hatte Ian im Gesicht. Seine Miene drückte abgrundtiefe, quälende, unaussprechliche und unbeschreibliche Verzweiflung aus.

Ich blieb stumm. Was hätte ich auch sagen sollen? Wie in aller Welt hätte ich reagieren sollen? Ich hatte keine Worte für das Unglück, das ihm widerfahren war.

Ich durchforstete mein Hirn nach irgendeiner Möglichkeit, auf das, was er erzählte, einzugehen, und flüsterte: »Das tut mir furchtbar leid.«

Er nickte, starrte aber weiterhin auf den Boden, als würde er dort etwas völlig anderes sehen.

Nach einer Weile fragte ich so sanft es ging: »Ich erinnere mich dran. Das war vor ungefähr drei Jahren, nicht wahr?«

»Vor ziemlich genau drei Jahren«, antwortete er, ohne aufzusehen.

Jetzt war mir alles klar. »Deshalb hat dein Unternehmen dich dann nicht mehr interessiert.«

Er nickte und hing weiter seinen Erinnerungen nach. »Sie war auf der Stelle tot. Sie hatte keine Chance. Er hatte sie zweimal erwischt – einmal in der rechten Brust und Lunge und einmal im Ohr, wobei die Kugel hinten wieder aus dem Schädel ausgetreten ist. Nur ein Opfer hat überlebt. Während der Ermittlungen war der Supermarkt geschlossen, aber danach haben sie ihn wieder aufgemacht. Sie haben all das Blut vom Boden aufgewischt und vierzehn Tage später wieder aufgemacht. Ich war nie wieder dort. Ich kann nicht einmal mehr durch diese Straße fahren. Es ist ein seltsames Gefühl für mich, dass Leute dort einkaufen gehen. Sie haben keine Ahnung, was an diesem Ort geschehen ist. Sie kaufen dort ihre Doritos und ihr Bier und stehen an genau derselben Stelle in der Schlange an der Kasse, wo Kayla ihren letzten Atemzug gemacht hat. Sie ist ganz allein auf einem kalten Industrieboden verreckt. Dort, an diesem Fleck, hat alles geendet, was sie je geliebt, erhofft und wofür sie sich abgerackert hat.«

Ich sah, wie seine Brust sich unter seinen Atemzügen hob und senkte, und jetzt endlich konnte ich verstehen, weshalb er oft so schweigsam war. Wahrscheinlich war es so, dass sich diese Tragödie nicht in Worte fassen ließ. Ich dachte an die vielen Male, als er im Rehazentrum vollkommen reglos dagestanden und mir das Gefühl vermittelt hatte, als bedürfe es seiner gesamten Willenskraft, um wenigstens zu tolerieren, dass es diese Welt und all die Menschen gab. Eine Vermutung, die anscheinend durchaus zutreffend gewesen war.

Diesmal ging ich nicht gegen die Stille an, versuchte nicht, sie zu vertreiben oder mit Geräuschen anzufüllen. Stattdessen ließ ich zu, dass sie uns einhüllte, und harrte darin aus.

Nach einer Weile sah er auf und schien sich daran zu erinnern, dass er nicht alleine war.

»Ich möchte mich bei dir bedanken«, sagte er und sah mir ins Gesicht. »Du warst das einzig Gute, das mir seither widerfahren ist.«

Der Zusammenhang, in dem er diese Worte sagte, war ein völlig anderer als der, in dem ich ihn zu einer Heirat hatte überreden wollen. Mit einem Mal kam mir die Idee, ihm auf diesem Weg ein Arbeitsvisum zu beschaffen, vollkommen idiotisch vor. Ich hatte mich wie eine Närrin aufgeführt und versuchte es deshalb mit einem kleinen Scherz: »Mein Angebot der Scheinehe bleibt weiterhin bestehen.«

Ich hatte gehofft, ihm wenigstens ein leises Lächeln zu entlocken, und tatsächlich huschte wenigstens der Schatten eines Lächelns über sein Gesicht. »Ich kann dich nicht wegen einer Arbeitserlaubnis heiraten.«

Verstohlen betrachtete ich sein Profil, und plötzlich stieg bittersüße Wehmut in mir auf. Im Vergleich zu der Tragödie, die er erlitten hatte, nahmen meine eigenen Probleme sich mit einem Mal winzig aus. Sie zwang mich, einen Schritt zurückzumachen und meine Situation in einem größeren Zusammenhang zu sehen. Zwang mich festzustellen, dass ich trotz der Dinge, die mir widerfahren waren, zumindest noch am Leben war. Seit ich seinen Verlust zumindest ein klein wenig nachvollziehen konnte, schämte ich mich für das unverblümte Eingeständnis meiner Liebe – wurde aber gleichzeitig in meiner Überzeugung, dass diese Gefühle echt waren, bestärkt.

Er schien zu spüren, was in mir vorging, denn er stellte fest: »Im Übrigen bin ich mir sicher, dass du mich nicht wirklich liebst.«

Gleichzeitig mit diesem Themenwechsel änderte sich unmerklich das Licht im Raum, als wäre irgendwo nicht allzu weit entfernt die Sonne hinter einer Wand aus Wolken aufgetaucht.

»Hm«, gab ich zurück. »Ich nehme an, das wüsste ich.«

»Darüber haben wir doch schon gesprochen. Diese Gefühle sind nicht echt.«

»Aber sie fühlen sich sehr echt an.«

»Hör zu, du weißt doch, dass sich manchmal ein Entführungsopfer in den eigenen Kidnapper verliebt. Genauso geht es dir.«

»Ich leide also unter dem Stockholm-Syndrom?«

»Auf alle Fälle unter etwas in der Art.«

»Mir ist noch gar nicht aufgefallen, dass du mich gekidnappt hast.«

»Das habe ich auch nicht, aber ich war so etwas wie dein Wärter, als du in der Klinik warst. Du warst dort so was wie eine Geisel – du konntest dich nicht frei bewegen, warst von deinen Freunden isoliert und von anderen abhängig. Du hast gegen Widrigkeiten kämpfen müssen, die die meisten Leute nie erleben, und als Reaktion darauf bist du in deiner Vorstellung ein Bündnis mit einem der Menschen eingegangen, denen du dort ausgeliefert warst – um ein Gefühl von Sicherheit zu haben, nicht die Hoffnung zu verlieren und dich nicht ganz allein zu fühlen. Ein Klassiker der Selbsterhaltung.«

»Klingt, als hättest du darüber nachgedacht.«

»Und, habe ich recht?«

Offen gestanden wusste ich es nicht. Sicher konnte man es auch so sehen. »Und, *bilde* ich mir die besondere Verbindung zwischen uns nur ein?«

Er antwortete nicht.

»Empfindest du sie auch?«, hakte ich nach. »Oder gab es sie tatsächlich nur in meiner Fantasie?« Natürlich gab es hundert Gründe, aus denen ein Typ wie er nicht an jemandem wie mir interessiert wäre. Natürlich war es völlig unlogisch zu denken, dass es vielleicht anders war. Aber ich *dachte* es nicht nur, sondern ich *fühlte* es. Und hatte es schon tausend Mal gespürt.

»Ich mag dich«, sagte er in diesem Augenblick.

»Wie sehr?«

Auch darauf antwortete er nicht.

»Denn«, durchbrach ich die erneute Stille, »wenn du das, was ich für dich empfinde, nicht erwiderst, spielt es schließlich keine Rolle, ob meine Gefühle echt oder nur eingebildet sind, nicht wahr? Wenn du kein Interesse an mir hast – und, ich weiß nicht ... Manchmal kommt es mir so vor, als ob du welches hättest, aber manchmal kommt es mir auch vor, als wäre ich dir vollkommen egal. Dann können wir uns das Gespräch auch sparen. Dann brauchen wir uns nicht über Entführungen und irgendwelche Psychotheorien zu unterhalten. Dann genügt es völlig, wenn du sagst, dass du nicht interessiert bist, und das war's.«

Noch immer kein Wort.

»Sag einfach, dass du kein Interesse an mir hast, flieg zurück nach Schottland, und ich bleibe hier bei Mom, esse Spaghetti zum Abendessen, und wir werden uns nie wiedersehen.«

Nichts.

»Sag, dass du kein Interesse an mir hast«, wiederholte ich mit Flüsterstimme, während ich mit jeder Faser meines Herzens hoffte, etwas anderes zu hören.

Schließlich drehte er sich zu mir um und bedachte mich mit einem Blick, der nicht einen Hauch von Wärme oder Freundlichkeit enthielt. »Ich habe kein Interesse.«

Ich lehnte mich in meinem Stuhl zurück. Ich wusste nicht, was ich erwartet hatte, aber das ganz sicher nicht. Oder zumindest nicht auf diese unverblümte Art. Nicht, als wäre es tatsächlich *wahr.* »Nein?«

Mit ausdrucksloser Stimme wiederholte er: »Ich mag dich, und es hat mir Spaß gemacht, mit dir zu arbeiten. Du hast es momentan nicht leicht, und ich bin echt beeindruckt von dem Ehrgeiz und der Stärke, die du zeigst. Aber ich habe keine romantischen Gefühle für dich.«

Ich atmete ein paarmal langsam aus und ein. Das konnte doch nicht sein. »Und was war dann mit diesem leidenschaftlichen, olympiareifen Kuss am See?«

»Ich nehme an, dass ich einfach gut küssen kann.«

»Und was war mit dem anderen Kuss – vor hundert Leuten –, mit dem du das Ende deiner eigenen Karriere eingeläutet hast?«

Langsam hob er den Kopf und sah mir direkt ins Gesicht. »Vermutlich war ich selbst ziemlich einsam.«

»Du hast mich also aus Verzweiflung statt aus Leidenschaft geküsst?«

»So könnte man es formulieren«, stimmte er mir zu und sah beinah etwas gelangweilt aus.

»Dann war dir also klar«, setzte ich in der Hoffnung, dass mir Ian widersprechen würde, noch mal an, »dass ich mich in meine Schwärmerei für dich hineingesteigert hatte, und du hast nur deshalb nicht versucht, mich von diesem Irrweg abzubringen, weil du einsam und dazu noch notgeil warst?«

»Auch so kann man es formulieren.«

»Okay.«

Ich schämte mich in Grund und Boden, denn natürlich liebte er mich nicht.

Weswegen sollte er auch? Was hatte ich mir bloß gedacht? Er konnte tun und lassen, was er wollte, konnte sein, was immer ihm gefiel. Er konnte jede haben. Vor ihm erstreckte sich die ganze Welt, während mir selbst nur ein begrenztes Leben blieb. Ich war in meiner Lage weder aufregend noch attraktiv noch liebenswert und hatte kurzfristig vergessen, was aus mir geworden war. Wenn nicht einmal mehr Chip, der mich aus meinen besten Zeiten kannte, mich noch wollte, wie konnte ich jemals darauf hoffen, dass ein anderer Gefallen an mir fand? Ich war nicht länger liebenswert. *Merken.*

Noch einmal sagte ich: »Okay«, und meine Brust zog sich zusammen, als mir aufging, was geschehen war.

Es hätte keinen Sinn mehr, wenn ich weiter ehrlich zu ihm wäre. Und statt weiter zu versuchen, das Gesicht zu wahren, musste ich so schnell wie möglich dafür sorgen, dass er ging. Bevor die Welt um mich herum zusammenbrach.

Wir waren miteinander fertig, und kurzerhand wandte ich mich ab. »Dann wünsche ich dir morgen einen guten Flug.«

Doch er harrte an seinem Platz am Fenster aus.

»Ich habe was für dich.« Er hielt ein kleines, in Geschenkpapier verpacktes Päckchen hoch. »Im Grunde hätte ich es dir schon zum Geburtstag schenken wollen. Ich hatte es schon mit am See – aber … ich möchte trotz allem, dass du es an dich nimmst.«

»Danke, nein.«

Nach kurzem Zögern meinte er: »Ich könnte es auch einfach liegen lassen, wenn ich gehe.«

»Nimm es mit. Ich will es nicht.«

Als er sich nach wie vor nicht rührte, sagte ich: »Du solltest jetzt gehen.«

»Ich dachte, vorher tauschen wir vielleicht noch unsere Handynummern und Adressen aus.«

Weshalb zum Teufel sollten wir das tun?

»Oh«, gab ich mit aufgesetzter Freundlichkeit zurück. »Ich nehme an, das wird nicht nötig sein.«

»Ich hatte gehofft, wir könnten Freunde bleiben.«

Das war wirklich das Allerletzte! »Nein, danke«, antwortete ich.

»Und wie soll ich dann wissen, wie's dir geht?«

»Es wird mir bestens gehen«, entgegnete ich, ohne mich wieder zu ihm umzudrehen. »Denn wie hast du so schön gesagt? Ich bin viel stärker, als ich denke.«

»Vielleicht könnte ich ja wenigstens …«

»Verdammt, hau endlich ab«, fuhr ich ihn an.

Wir waren mehr als fertig miteinander.

Wortlos stapfte er zur Tür, blieb dort aber noch einmal stehen und sagte: »Tut mir leid, Margaret. Ich werde dich nie vergessen.«

»Seltsam«, erwiderte ich und wandte mich ihm zu, ohne ihm direkt ins Gesicht zu sehen. »Denn ich weiß jetzt schon nicht mehr, wer du bist.«

Am Morgen wurde ich in meinem neuen Bett in meinem neuen greigefarbenen Zimmer wach und sah ein kleines Päckchen auf dem Tisch neben der Tür. Dann hatte Ian sein Geschenk für mich also nicht wieder eingesteckt.

Der Anblick des verfluchten Päckchens weckte meinen Zorn. Hatte ich ihm nicht gesagt, dass ich es nicht haben wollte? Setzten sich denn plötzlich alle über alles, was ich sagte oder wollte, ungerührt hinweg?

Ich beschloss, das Päckchen in den Mülleimer zu werfen. Ja, genau.

Allmählich hätte ich aufstehen und mich anziehen sollen, doch das tat ich nicht. Stattdessen hing ich Kittys tröstlichen Gedanken nach. Ihr Experte sagte, ungefähr nach einem Jahr würde es mir wieder so wie vor dem Unfall gehen. Aber wäre in einem Jahr tatsächlich wieder alles in Ordnung für mich? Unwahrscheinlich.

Doch dann kam mir ein Gedanke, der genauso tröstlich war.

Okay, sagte ich mir, *ich gebe mir ein Jahr, und wenn ich mich dann immer noch nicht besser fühle, bringe ich mich um.*

Diese Überlegung munterte mich etwas auf.

Ich bräuchte nur ein Jahr zu überstehen. Ich würde meine Mutter bitten, einen Wandkalender für mich zu besorgen, und am Ende jedes leidlich überstandenen Tages würde ich den Tag mit einem dicken X markieren. Es würde besser werden, hatte Kittys Mathematiker mir prophezeit. Super.

Und für den Fall, dass er sich irrte, hätte ich einen Plan B.

Wobei es eine durchaus gute Nachricht gab: Es war für mich erheblich leichter als befürchtet, dass ich jetzt wieder zu Hause wohnte.

Obwohl Dad bisher nicht zurückgekommen war.

Seine »kurze« Auszeit dehnte sich dann auch erheblich länger aus als erwartet.

Manchmal rief er meine Mutter an und ging in dem Bemühen, auf irgendeine Weise damit klarzukommen, Einzelheiten der Geschichte mit ihr durch. Und wenn sie dann weinte und ihn anflehte zurückzukommen, brachte mich das ziemlich aus dem Gleichgewicht, denn meine Mutter weinte oder flehte nie.

Trotzdem kam er nicht zurück.

Tatsächlich rief er sie nach einem Monat an und sagte ihr, er zöge erst mal nach Connecticut, um sein Talent als Schreiner und als Konstrukteur im Auftrag eines dortigen Museums in die Restaurierung eines alten Walfängers zu investieren. Er sagte ihr, er hätte dort ein kleines Haus gemietet, und wie lange er dort bliebe oder ob er überhaupt noch mal zurück nach Hause käme, wüsste er noch nicht.

»Dein Vater zieht nach Mystic in Connecticut«, erklärte meine Mutter mir und brach in Tränen aus. »Er hat gesagt, dass er dort ehrenamtlich irgendwelche Holzarbeiten durchführen will.«

Ich hatte nie zuvor erlebt, dass meine Mutter so zusammenbrach wie in den Wochen, nachdem Dad nach Mystic gezogen war. Statt nach dem Frühstück wie gewohnt zur Arbeit zu gehen, wanderte sie weinend durch das Haus oder saß am Küchentisch und starrte Löcher in die Luft. Sie vergaß zu essen, oder sie bereitete zwar eine Mahlzeit zu, starrte dann aber nur den Teller an, bis alles kalt wurde und ungenießbar war. Manchmal saß sie auch im Lieblingssessel meines Dads, starrte den Teppich an und rieb mit einem Finger an dem Schokoladenfleck herum, den er auf der Armlehne hinterlassen hatte.

»Ich habe ihn wegen des Flecks mal angeschnauzt«, erzählte sie mir leise, als sie merkte, dass ich zusah, wie sie darüberstrich. »Ich hatte jahrelang darauf gewartet, dass er mich das Ding neu polstern lässt, und dann war der Sessel nicht mal eine Woche wieder da, als er die Schokolade auf der Lehne liegen ließ.«

Jetzt schien sie ihm deshalb nicht mehr böse zu sein.

Aber so schlimm die Zeit auch war, war sie zugleich auch gut, denn auf einmal sah ich meine Mom in einem völlig neuen Licht. Ich sah ihre Seite der Geschichte im Gesamtzusammenhang, und zum ersten Mal in meinem Leben hätte ich sie gern beschützt. Sie war immer so beherrscht und stark gewesen, war mir immer unverwundbar vorgekommen – und jetzt war sie das genaue Gegenteil von alldem.

Und noch etwas Gutes hatte diese Zeit: Dadurch, dass ich mir um meine Mutter Sorgen machte, kreisten meine Gedanken nicht mehr nur um mich.

Ich mailte meinem Vater mehrmals in der Woche, fragte, wie es ihm ging, und erkundigte mich möglichst beiläufig, ob er die Absicht hätte, noch mal heimzukommen, und falls ja, ob er schon wisse, wann. Auch meine Schwester rief ich regelmäßig an, erzählte ihr die Neuigkeiten von der Heimatfront und fragte sie – nachdem sie schon zweimal unseren Dad in Mystic besucht hatte –, wie es ihm wirklich ging.

Offiziell hatten sich unsere Eltern nicht getrennt. Mein Dad nahm lediglich eine kurze »Auszeit«, und laut Kitty traf er sich mit keiner anderen Frau. Dazu versicherte sie mir, er hätte alles andere als unglücklich auf sie gewirkt, auch wenn er allzu häufig Dosensuppen aß.

Die Zeit mit meiner Mutter stellte sich als echte Überraschung für mich heraus. Sie war irgendwie nicht mehr dieselbe, nachdem sie von Dad verlassen worden war. In der Klinik hatte sie mich während unserer Mittagessen permanent mit guten Ratschlägen und halbgaren, motivierenden Geschichten überhäuft. Sie hatte mich gepusht, wie sie mich schon als Kind gepusht hatte. Sie war voreingenommen gewesen, kritisch, gnadenlos.

Inzwischen aber hatte sie anscheinend akzeptiert, dass das Zeitfenster der möglichen Genesung zugefallen war, und war wesentlich zurückhaltender als im Krankenhaus. Wenn es nichts gab, was ich noch versuchen konnte, brauchte sie mich auch nicht mehr zu zwingen, irgendwas zu tun. Sie konnte sich entspannen und nachsichtiger sein. Wobei das Zeitfenster, in dem man Fortschritte erzielen kann, sich niemals völlig schließt. Ich fand mehrere Artikel, wonach es auch noch lange nach der ursprünglichen Heilungsphase Potenzial für neurologische Veränderungen gab.

Doch davon wusste meine Mutter nichts. Und ich würde es ihr sicher nicht verraten.

Dafür, dass wir beide völlig deprimiert waren, gestaltete sich unser Leben erstaunlich angenehm.

Auch als Mom sich weit genug erholt hatte, um die Arbeit wieder aufzunehmen, reduzierte sie ihr Pensum auf die Hälfte, um zum Mittagessen da zu sein, zu dem es Sandwiches und leckere Smoothies gab. Theoretisch hätte ich das Abendessen zubereiten sollen – aber meist bestellten wir uns was vom Italiener ein paar Häuser weiter, tranken anschließend ein Gläschen Wein, puzzelten zusammen und hörten uns mit halbem Ohr die Nachrichten im Fernsehen an.

Es ging uns beiden schlecht, und wir waren dankbar, dass wir nicht alleine waren.

Wobei natürlich alles, von dem ich angenommen hatte, dass es schwierig für mich würde, schwierig war.

Es war schwierig, als gebrochene Ausgabe von meinem alten Ich wieder in diesem Haus zu sein. Es war schwierig, dass mir hier der Unterschied zwischen Vergangenheit und Gegenwart permanent ins Auge stach. Es war schwierig, dass ich hier fast überall auf die gespenstischen Erinnerungen daran stieß, wie es war zu rennen und zu springen, seilzuhüpfen, Basketball zu spielen oder Rad zu fahren. Mir fehlten selbst die ganz normalen Alltagsdinge wie zur Tür zu gehen, mich an die Arbeitsplatte in der Küche anzulehnen oder aufrecht unter der Dusche zu stehen. Es fiel mir schwer, nicht ständig um all das zu trauern, was für alle Zeit verloren war. All die Fähigkeiten, die ich als gegeben hingenommen hatte. All die Zeit, die ich vergeudet hatte, weil mir die Bedeutung jedes unversehrten Augenblicks nicht bewusst gewesen war.

Ich will ganz ehrlich sein. Verglichen mit der Zeit nach meiner Heimkehr war die Zeit im Krankenhaus das reinste Kinderspiel für mich gewesen.

Dass ich nie wieder die Alte sein und für alle Zeit im Rollstuhl sitzen würde, wurde mir erst nach meiner Entlassung aus der Klinik richtig klar.

Ohne Kitty, Priya, Nina und – in Ordnung, meinetwegen Ian – hielt mich nichts mehr davon ab, vollends ins Elend zu verfallen.

Also ließ ich mich fallen und machte eine lange Phase grenzenloser Trauer durch. In diese Trauer mischten sich Kombinationen aus kaltem Ärger, heißem Zorn, Verbitterung, Anklagen und Selbstanklagen, Wehmut, Furcht und Einsamkeit, Albträumen, durchwachten Nächten, Wutausbrüchen, Angstattacken und dem Werfen von Geschirr. Tatsächlich wurde ich, nachdem ich einmal aus Versehen eine der Lieblingsuntertassen meiner Mutter hatte fallen lassen, derart wütend, dass ich einen ganzen Stapel Porzellan auf die Terrasse schleppte und mit Absicht auf die Steine warf.

Und dann heulte ich mir die Augen aus dem Kopf, bis Mom nach Hause kam und mich im Garten fand.

Im Grunde hätte sie mich anschreien sollen. Aber was tat sie?

Sie marschierte schnurstracks in die Küche, schleppte einen zweiten Stapel Porzellan heran und zertrümmerte ihn ebenfalls.

An dem Wochenende machte meine Mutter eine Tour zum Trödler und erstand dort Kisten voll Geschirr, das niemand mehr haben wollte und das wir zerschlagen konnten, wie es uns gefiel. Wir räumten die Scherben hinterher noch nicht mal auf, und am Ende wirkte die Terrasse wie ein riesengroßes, völlig durchgeknalltes Mosaik.

»Eigentlich sieht das wirklich hübsch aus«, stellte meine Mutter eines Tages fest.

Und damit hatte sie tatsächlich recht.

Vor Jahren hatte ich im Internet die Bilder einer Überwachungskamera von Kindern, die an einem abgesperrten Strand spielten, gesehen. Es war ein langer, flacher Strand gewesen, aber plötzlich war die Flut gekommen und hatte die Kinder mit ins Meer gezerrt. Ich war davon ausgegangen, dass sie wieder aufstehen und zurück ins flache Wasser rennen würden, doch die Strömung war so stark gewesen, dass sie immer weiter rausgezogen wurden. Sie waren hin und her getrieben, raus und rein und raus und wieder rein. Sie hatten versucht, sich aufzurichten, waren dann wieder umgefallen, hatten ihre Köpfe aus dem Wellenmeer gereckt, um Luft zu holen, waren von der nächsten Riesenwelle umgeworfen worden, wieder losgerannt und wieder umgestürzt. Automatisch hatte ich gedacht, dass die Kinder zwei Meter vom Strand entfernt ertrinken würden, und obwohl mir klar gewesen war, dass sie natürlich nicht ertrinken würden, weil das Video »Das wundersame Überleben« hieß, hatte ich mir nicht vorstellen können, dass tatsächlich eine Rettung möglich war.

Genauso ging es mir während der ersten Monate, nachdem ich aus dem Krankenhaus entlassen worden war. Ich fühlte mich wie eines der Kinder aus dem Film. Ich hatte durch ein Wunder überlebt, war mir aber sicher, dass ich unrettbar verloren war.

Zum Beispiel wollten meine alten Freundinnen und

Freunde mich besuchen, »einen Happen mit mir essen«, oder »Kaffee mit mir trinken«, doch ich wollte sie nicht sehen.

Wozu auch? Ich hatte Angst vor ihren mitleidigen Blicken und vor den Vermutungen, die sie anstellen würden, hatte Angst vor ihrem Mitgefühl und ihren Reaktionen, wenn sie erführen, wie Chip mein Leben ruiniert hatte und dann auf Tauchstation gegangen war. Ich hatte ganz bestimmt nicht vor, die Schadenfreude, die sie unter Umständen empfänden, noch auf irgendeine Art zu nähren.

Meine Mutter las im Internet, es wäre wichtig, dass »Leute wie ich« auch weiterhin Kontakt zu anderen Menschen hätten, und versuchte sogar, mich zu einem gemeinsamen Wellnesstag in einem Spa zu überreden. »Das wird sicher lustig«, meinte sie. »Wir lassen uns die Haare machen, gehen zur Mani- und zur Pediküre, und wenn du nach Hause kommst, wirst du dich super fühlen.«

»Ich werde mich nie wieder super fühlen, Mom. Ich weiß gar nicht mehr, wie das geht.«

»Ich habe außerdem gelesen, zwischenmenschliche Beziehungen wären eine gute Vorbeugung gegen Demenz.«

»Eine mögliche Demenz ist momentan meine geringste Sorge«, klärte ich sie grimmig auf.

Ich wollte nicht trübsinnig sein, und trotzdem war ich es. Wenn ich das Haus verlassen wollte, kam ich jedes Mal nur bis zur Tür, und wenn ich versuchte, mir einzureden, dass es mir im Grunde gar nicht schlecht ging, rastete ich aus. So ging es über Monate, und es war keine Änderung in Sicht. Und auch wenn ich nichts unter den Teppich kehren möchte, gibt es kaum etwas, was sich aus dieser Zeit berichten lässt. Ich wurde wach. War schlecht gelaunt. Mied jeden menschlichen Kontakt. Zerschlug Geschirr. Und fing wieder von vorne an.

So ging es jeden Tag.

Und dann, im Spätsommer, kam Kitty übers Wochenende heim.

25

Kits Freund, the Moustache, hatte den Frisör-Tattoo-Salon gegen die Wand gefahren. Die Dinge sahen schlimm aus, als sie nach New York zurückkehrte. Die immer gleichen Arbeiten wie Fegen, Müllrausbringen oder das Notieren von Terminen waren ihm schon nach kurzer Zeit langweilig geworden, weshalb Kit bei ihrer Rückkehr von erbosten Kundinnen und Kunden, schlecht gelaunten Angestellten und dazu noch einer Kakerlakeninvasion im Laden in Empfang genommen worden war.

Anders als versprochen, rief sie mich nicht täglich an, aber für tägliche Gespräche zwischen ihr und unserer Mutter reichte ihre Zeit.

Was ich ihr allerdings nicht übelnahm, denn Mom brauchte sie mehr als ich.

»Wenn du dich dazu bequemen würdest, mir auf Instagram zu folgen, könnten wir uns unsere Telefongespräche sparen«, sagte sie.

»Das ist ja wohl nicht dasselbe«, widersprach ich ihr.

Da Kit erheblich mehr Kontakt zu unserem Dad hatte als wir, hatten sie und Mom mit einem Mal viel zu reden. Selbstverständlich lösten sich dadurch die Missverständnisse,

Ressentiments, Enttäuschungen und Vorwürfe, die ihr Verhältnis jahrelang geprägt hatten, nicht über Nacht in Wohlgefallen auf, doch eines musste ich den beiden lassen: statt zu lächeln und zu tun, als wäre nie etwas geschehen, kauten sie ihre Probleme immer wieder miteinander durch, stritten, waren verschiedener Meinung und glichen ihre Sichtweisen miteinander ab.

Wenn wir uns unterhielten, legte Kitty ehrliches Interesse an meiner Gesundheit, meinen Fortschritten und meinem Alltag an den Tag. Manchmal stellte sie derart viele Fragen, dass wir gar keine Zeit mehr hatten, auch noch über sie selbst zu sprechen. Sie wollte wissen, wie ich mich seit meiner Heimkehr fühlte und wie selbstständig ich in der Zwischenzeit geworden war. Dazu schickte sie mir immer wieder Links zu Abhandlungen über Wirbelsäulengesundheit, die Genesung nach Verletzungen des Rückenmarks, über Rehaübungen, die man zu Hause machen konnte, über funktionelle Elektrostimulation und Neurogenese, die sehr anspruchsvoll und völlig anders als der eher banale Psychokrempel waren, mit dem sie mir im Krankenhaus gekommen war.

»Wo findest du all dieses Zeug?«, fragte ich sie. »Ich dachte, dass du gerade euren Laden streichst.«

»Ich habe mich von Stache getrennt«, gestand sie mir.

»Weil er den Laden an die Wand gefahren hat?«

»Weil ich glaube, dass der dicke Benjamin mir mehr bedeutet, als ich dachte. Wie es aussieht, habe ich mich tatsächlich in ihn verliebt.«

»Wir haben uns alle in ihn verliebt. Weil er einfach knuffig ist.«

»Aber eigentlich rufe ich dich nur an, weil ich nicht schlafen kann.«

»Etwa weil du dir Sorgen um mich machst? Das will ich nicht.«

»Niemand sucht sich aus, worüber er sich nachts Gedanken macht«, gab sie zurück. »Halt die Klappe und lies die Artikel, ja?«

Also ging ich die Artikel durch. Oder versuchte es auf jeden Fall. Die meisten aber druckte ich nur aus und stapelte sie auf dem Tisch. Bestimmt hatte auch Kitty nur die Überschriften überflogen, denn die Texte waren so trocken, dass sie – wenigstens für mich als Laie – praktisch ungenießbar waren.

Wie dem auch sei, Kit hatte uns im Frühsommer besuchen wollen, am Ende aber wurde es August. Was vollkommen in Ordnung war, denn vorher hätte sie keinen großen Spaß mit mir gehabt.

Aber auch wenn ich im August nach wie vor nicht besonders unterhaltsam war, tat das Zusammensein mit Kit mir gut.

Sie zwang mich, mich anzuziehen, mir die Lippen zu schminken und mit ihr in irgendwelche angesagten, neuen Restaurants zu gehen. Zwang mich, Discopop zu hören, mit ihr zu singen, nahm uns dabei auf, und eines Nachmittags fuhr sie sogar mit mir ans Meer.

»Ich mache mir Sorgen um dich«, erklärte sie und schoss ein Foto von uns beiden, während wir zusammen auf das Wasser sahen. »Du lebst wie eine alte Frau.«

»Es geht mir gut«, erwiderte ich.

Sie beugte sich zu mir herüber, schnupperte und stellte

fest: »Ich finde, dass du irgendwie nach Mottenkugeln riechst.«

Ich schlug ihr auf den Arm. »Tue ich nicht.«

»Erinnerst du dich daran, dass du achtundzwanzig und nicht achtundsiebzig bist?«

»Ich finde, ich mache meine Sache ziemlich gut«, sagte ich, denn schließlich war ich noch am Leben, oder etwa nicht? Auch wenn ich nicht bereits beim Sonnenaufgang Yoga machte, stand ich – beinah – jeden Morgen auf.

»Warum hast du nicht Autofahren gelernt?«

»Wo sollte ich denn hinfahren?«

»Warum hast du nicht nachgefragt, ob es irgendwelche Schienen für die Beine gibt, mit denen du ein Stückchen laufen kannst?«

»Weil mir mein Rollstuhl reicht. Er ist okay.«

»Ich finde, du solltest dir etwas mehr Mühe geben.«

Sicherlich meinte sie es gut, aber ich war die vielen wohlmeinenden Menschen leid. »Und ich finde, das geht dich nichts an.«

Doch das war Kit egal. »Natürlich geht mich das was an«, widersprach sie schulterzuckend. »Du bist schließlich meine Schwester und gehst mich schon immer etwas an.«

Sie machte eine Million Aufnahmen von mir für ihre Follower. Wie ich Spaghetti aß. Wie ich mir die Zehennägel in Regenbogenfarben lackieren ließ. Wie ich mit einer herzförmigen Sonnenbrille in der Sonne lag. Sie frischte meinen Haarschnitt auf und postete auch das bei Instagram. Sie zwang mich, ihren Retro-Lippenstift im Stil der 1950er zu benutzen, und postete auch das. Sogar ein Bild von meinen Schulternarben stellte sie ins Netz.

»Also bitte, Kit! Niemand will meine grauenhaften Schultern sehen.«

»Alle wollen deine Schultern sehen. Du bist ein Star, Schätzchen. Da musst du eben akzeptieren, dass die Leute alles von dir sehen wollen.«

Trotzdem musste Kit mich zwingen, aus mir herauszugehen, denn noch immer war ich völlig antriebslos.

Und dann fragte sie am Tag vor ihrer Abreise beim Abendessen, während Mom danebensaß: »Was macht im Übrigen dein Feriencamp?«

Typisch Kit, dass sie eine derart private Frage an einem so öffentlichen Ort wie unserem Esstisch stellte, dachte ich und blickte ängstlich zu meiner Mutter.

»Du willst ins Ferienlager?«, fragte sie.

»Sie will ein Ferienlager *gründen*«, stellte meine Schwester klar.

Meine Mutter richtete sich kerzengerade auf. *Etwas aufbauen? Unbedingt!*

Sie bombardierte mich mit fünfzig Fragen gleichzeitig, doch abwehrend meinte ich: »Ich habe schon seit Monaten nicht mehr daran gedacht.«

Das stimmte, doch an jenem Abend grübelte ich beim Einschlafen darüber nach. Unter dem Ansturm des realen Lebens in der echten Welt hatte ich kaum noch an das Vorhaben gedacht. Typisch Kit, mich daran zu erinnern, dass ich was aus meinem Leben hatte machen wollen.

In dieser Nacht kamen mir zahlreiche Ideen, und am nächsten Morgen rollte ich noch im Pyjama in die Küche, schnappte mir, bevor ich Kaffee kochte, einen Block und brachte die Ideen zu Papier.

Rollstuhlbowling
Lagerfeuer
Gartenarbeit
Singen
Handradfahren
Rollstuhl-Kung-Fu
Bungeejumping
Flipperautomaten
Elektro-Basketball
Rollstuhlwettrennen
Kanufahren
Seilrutschen
Tischtennis
Reiten
Rollstuhl-Hindernisparcours

»Was hat diese Liste zu bedeuten?«, fragte meine Mutter, als sie in die Küche kam und mir über die Schulter sah.

»Das sind Ideen für das Ferienlager«, antwortete ich.

»Ich habe auch darüber nachgedacht.«

»Ach ja?«

»Vielleicht könnten wir als Schild über dem Eingang deines Camps ein Mosaik verwenden. Dadurch würden all die Scherben, die auf der Terrasse liegen, positiv genutzt.«

So brachte Kitty mich dazu, mein Leben wieder in die Hand zu nehmen. Mit haargenau demselben Trick wie schon im Krankenhaus, als ich mit ihr zusammen hatte singen sollen. Wie eine Sirene ließ sie eine Melodie erklingen, der ich mich nicht entziehen konnte, weil sie stärker war als ich. Im Grunde aber hatte Kit – oder vielleicht auch Ians

Mutter – recht, denn das Nächste, was ich aufschrieb, waren die berühmten Worte der mir unbekannten Frau: *Wenn du dir selbst nicht helfen kannst, hilf jemand anderem.*

Kit flog an diesem Morgen zurück nach New York, aber das war für mich okay. Anders als ihr Fortgang, als ich aus dem Krankenhaus entlassen worden war, rief unser Abschied diesmal kein Gefühl der Panik in mir wach.

Denn jetzt hatte ich ein Projekt.

Das mich während der nächsten Wochen vollkommen in Anspruch nahm.

Ich beschlagnahmte den Tisch im Esszimmer, entwarf Gebäudepläne, konsultierte einen Architekten und erstellte Listen mit Ideen, Ressourcen sowie Leuten, die als Mitstreiter infrage kamen. Ich suchte online Grundstücke, die weit genug von Austin weg waren, dass ich sie mir leisten könnte, aber nah genug, damit sie ohne Mühe zu erreichen wären. Ich schaute mir im Internet verschiedene andere, nicht gewinnorientierte Ferienlager, deren Angebote und Vorgehensweise an, erforschte Grafiken und stellte Überlegungen zu einem Namen an. Ich machte Pläne für einen Naturlehrpfad und eine Bücherei, ein Töpferatelier, ein Handarbeitscafé, einen Schmetterlingsgarten und für eine eigene Bäckerei. Alles würde mit dem Rollstuhl mühelos erreichbar und architektonisch ansprechend gestaltet sein. Augenrollend hatte ich zugesehen, wie Mom mein Krankenzimmer umgestaltet hatte, aber nach der Wiederherstellung des ursprünglichen Zustands, als man mich entlassen hatte, hatte ich erkannt, worum es ihr gegangen war. Die Atmosphäre in dem Zimmer hatte sich verändert, und ohne die Kissen und

Tischlampen und Farbflecke, mit denen sie den Raum versehen hatte, hatte er sich leer und traurig angefühlt.

In meinem Ferienlager aber sollten sich die Menschen fühlen, als ob dort dauerhaft die Sonne schien. Ich wollte eine hoffnungsfrohe Atmosphäre schaffen. Warm und gleichzeitig kühl. Hell und schattig. Munter, aber auch ruhig. Man sollte sich dort fühlen wie in einer Zauberwelt.

»Ihr könntet euch die ›Teufelsroller‹ nennen«, schlug mir meine Mutter eines Tags beim Abendessen vor.

»Das klingt vielleicht etwas zu sehr nach einem Rockerclub.«

»Okay. Und was hältst du von ›Zaubercamp‹?«

Ich zuckte mit den Schultern. »Das klingt etwas zu sehr nach einer Ferienakademie für junge Zauberer.«

»Die Idee wäre vielleicht gar nicht so schlecht.«

»Stimmt. Am besten bieten wir auch Zauberkurse an.« Dann wandte ich mich abermals der Namenssuche zu. »Für die Kinder muss es möglichst lustig klingen, aber für die Erwachsenen zugleich auch seriös.«

Grinsend meinte Mom: »Was heißt, dass ich das ›Margaret Jacobsen Zentrum für Kinder und Erwachsene mit Rückenmarksverletzungen‹ von meiner Liste streichen kann.«

Ich sah sie von der Seite an. »Zu affektiert.«

»Und was ist mit ›Camp Hope‹?«, stellte sie zur Diskussion, aber da ich mich nicht gleich entscheiden wollte, zeichneten wir erst mal Skizzen eines Camp-T-Shirts mit dem Slogan: SO ROLLEN WIR DIE DINGE AN.

Es war mein Glück und gleichzeitig auch Pech, dass meine Mutter in der Baubranche ihr Geld verdiente, denn sie kannte unzählige Bauarbeiter, Klempner und Elektriker,

Landvermesser, Immobilienmakler, Fliesenleger, Maler, Klimaanlagenmonteure, Abrissfachleute und Baustoffhändler, wusste, ob sie gut oder schlecht waren, und auch, wie sich der beste Preis erzielen ließ. Was ausnahmslos zu meinem Vorteil war.

Auf der negativen Seite stand, dass ich, wenn ich die Sache wirklich durchziehen würde, jede Menge Zeit mit Mom verbringen würde, ob ich wollte oder nicht.

Und es sah aus, als würde ich es wirklich tun. Ich konnte an nichts anderes mehr denken und kann gar nicht sagen, was für ein Vergnügen es mir bereitete, endlich wieder meine grauen Zellen, meine gestalterischen Fähigkeiten und meine Fantasie zu nutzen und zu sehen, dass auch mein Studium nicht umsonst gewesen war. Bei dem Projekt konnte ich all das tun, was ich schon immer hatte machen wollen. Außerdem kam ich endlich wieder aus dem Haus.

Ich musste anfangen, mich nach einem Grundstück umzusehen, Leute treffen, um mit ihnen über meine zahlreichen Ideen und meine Strategie zu sprechen, und mit potenziellen Sponsoren und Partnern essen gehen. Ich hatte keine Lust gehabt, nur aus dem Haus zu rollen, um aus dem Haus zu rollen. Aber aus dem Haus zu rollen, um eine Spendenzusage über fünftausend Dollar einzuholen, bekam ich ganz problemlos hin.

Ich entstaubte meine alten Hosenanzüge und Perlenohrringe, brezelte mich auf und fuhr in schicke Restaurants zum Lunch.

Kit brachte mich sogar dazu, für Crowdfunding im Internet zu werben, postete die Seite ihren mittlerweile *sechsundsechzigtausend* Followern, und sofort gingen reihenweise

Spenden bei mir ein. Nach ein paar Wochen türmte sich das Geld auf meinem Konto, und es sah so aus, als würde mein verrückter Traum tatsächlich Wirklichkeit.

»Die Leute lieben dich«, erklärte Kit am Telefon. »Schick mir ein Bild von dir in deinem Nadelstreifenanzug von Ann Taylor, damit ich dich als erfolgreiche Geschäftsfrau zeigen kann.«

War also alles wieder gut? Oh nein.

Warfen mir die Leute in den Restaurants mitleidige Blicke zu? Immer.

War ich weiter über Stunden oder Tage hoffnungslos, verbittert, wütend, frustriert, verzweifelt, traurig, voller Selbsthass oder Selbstmitleid? Auf jeden Fall.

Und traf ich eines Tages auf Neil Putnam aus der Simtex-Personalabteilung – der mich vor meinem Unfall noch-nicht-offiziell-aber-auf-jeden-Fall für meinen Traumjob hatte haben wollen – und musste ihm erst erklären, wer ich war? Ja.

Und war das Einzige, was er dann wissen wollte: »Haben Sie inzwischen eine andere Frisur?«

Natürlich. Solche Dinge kamen vor.

Aber der Tenor meines Lebens war jetzt ein völlig anderer. Inzwischen hatte ich ein Ziel. Ich hatte einen Grund, um jeden Morgen aufzustehen. Ich hatte einen Grund, um auf mich aufzupassen. Und vor allem merkte ich, dass man, indem man anderen half, tatsächlich gleichzeitig auch etwas für sich selbst tat. Erstaunlich.

Es war ein herrliches Gefühl, dass es mir langsam besser ging, deswegen suchte ich nach zusätzlichen Möglichkeiten, meine Stimmung aufzuhellen. Ich ging in einen Chor, wurde süchtig nach Hörbüchern, strickte weiterhin grauenhafte Schals, brachte mir selbst das Backen bei, erlaubte meiner Mutter, meine Wohnung zu verkaufen, und machte von dem Geld eine Anzahlung auf ein vierzig Hektar großes Grundstück außerhalb der Stadt mit drei Hügeln, einer fast zweihundert Jahre alten Eiche sowie einem Fischteich.

An jenem Abend machte ich das dreihundertste Kreuz in meinem Kalender, doch obwohl Dad noch immer nicht zurückgekommen war und Mom selbst die Tage zählte, seit ihr Leben auf dem Kopf stand, stießen wir vor dem Zubettgehen mit Champagner an.

Trotz allem beschloss ich, dass ich wieder auf die Hoffnung setzen würde – und warf meinen pessimistischen Kalender in den Müll.

Wenn so der Rest von meinem Leben aussieht, dachte ich, *ist es okay.*

Und das empfand ich wirklich so.

26

Bis Chip beschloss zu heiraten.

Zu heiraten.

Diese verschlagene Suppenköchin Tara alias Jammerweib.

Und dann noch in Europa. In der charmanten Stadt Brügge.

Und dann ging seine Einladung auch noch genau am Valentinstag bei uns ein. Was mich zwang, drei Dinge festzustellen: Erstens, dass Valentinstag war, zweitens, dass seit meinem Unfall auf den Tag genau ein Jahr vergangen war, und drittens, dass ich vollkommen vergessen hatte, dass es Chip überhaupt gab.

Außerdem fiel mir noch etwas anderes auf: In der Einladung wurden nur meine Mom, mein Dad und Kit genannt.

Selbstverständlich hatte Mom bereits Bescheid gewusst. Sie und Evelyn waren immer noch befreundet, auch wenn Evelyn als Mutter meines Ex-Verlobten nicht mehr rüberkam, seit ich wieder zu Hause war, und meine Mutter jedes Mal, wenn sie sich heimlich mit ihr traf, behauptete, sie würde zum Einkaufen fahren.

»Ich habe kein Problem damit, wenn du und Evelyn weiterhin befreundet seid«, hatte ich eines Abends zu Mom gesagt.

»Das sind wir aber nicht!«

»Du brauchst wirklich keine Angst zu haben, dass du mich dadurch verrätst. Es geht mir gut.«

»Er hat dich betrogen und dich aufgegeben.«

»Es war schließlich eine schwere Zeit für uns alle.«

Von mir aus musste sie nicht auf Evelyn sauer sein. Ganz sicher nicht. Hatten wir nicht alle schon genug verloren?

Ich konnte sie verstehen. Wirklich. Beste Freundinnen waren dünn gesät. Also blieben sie befreundet und vermieden, über Chip und mich zu reden, bis ihr Evelyn dann irgendwann von den bevorstehenden Hochzeitsfeierlichkeiten erzählen musste.

Inzwischen hatte die Investmentbank Chip schon zum zweiten Mal befördert – was bei einem attraktiven, selbstbewussten Angehörigen der weißen, protestantisch angehauchten Mittelschicht nicht anders zu erwarten war – und ihn, um seine Karriere noch voranzutreiben, in ihr Brüsseler Büro versetzt.

»Chip lebt in Belgien?«

Meine Mutter nickte stumm.

»Aber er spricht nicht mal Französisch!«

Ich verspürte einen kurzen, aber intensiven Augenblick des Neids. Chip befördert? Versetzt nach Brüssel?? Dann ging's für ihn also auch nach dem Absturz immer nur bergauf? War für ihn wirklich alles so kinderleicht? Ich hatte dieses ätzende Gefühl, das einen stets dann beschleicht, wenn man den Fehler macht zu denken, dass es bei anderen besser läuft als bei einem selbst.

Aber schließlich holte ich tief Luft und sagte mir, es könne mir egal sein, dass Chip in Brüssel war. Weil es mir in Texas ausgezeichnet ging. Wir beiden hatten unser altes Leben hinter uns gelassen, und warum sollte es uns jetzt nicht beiden gut gehen? Um Himmels willen, wir saßen schließlich nicht auf einer Wippe, auf der es nur abwechselnd ein Oben oder Unten gab. Wir konnten durchaus beide gleichzeitig zufrieden sein.

Dass Chip nicht einen Finger hatte dafür krümmen müssen, dass ihm alles, was er jemals hatte haben wollen, in den Schoß gefallen war, hieß nicht, dass das, was er bekommen hatte, *besser* war als das, was mir zuteilgeworden war.

»Ich wusste schon seit einer ganzen Weile von dieser Hochzeit«, räumte meine Mutter widerstrebend ein. »Evelyn hatte mich vorgewarnt.«

»Aber du hast mir nichts davon gesagt?«

»Ich dachte, dass daraus nichts werden würde«, meinte Mom. »Aber anscheinend ist das Mädchen ihm einfach *gefolgt*, als er nach Brüssel umgezogen ist. Sie ist mit all ihrem Gepäck zum Flughafen gekommen und hat erklärt, sie käme mit.«

Ich zuckte mit den Schultern, aber eines musste ich ihr lassen. »Das bedeutet, dass sie echt Eier in der Hose hat.«

»Bitte keine solchen Ausdrücke beim Abendessen«, bat sie mich und fuhr fort: »Aber ein Gutes hat die ganze Sache. Schließlich findet diese Feier in Europa statt, und sicherlich geht niemand davon aus, dass wir dort hinfliegen.«

»Wusstest du, dass sie mich nicht einladen würde?«, fragte ich und zeigte ihr den Briefumschlag.

Ihrem Gesicht nach hatte sie es offenkundig nicht gewusst. »Das muss ein Fehler sein«, setzte sie an.

Die Schönschrift sah für mich nicht nach einem Fehler aus, aber bevor ich das erwähnen konnte, klingelte Moms Handy, und noch während sie den Anruf annahm, stellte sie bereits auf laut.

»Habt ihr gehört, dass Chip heiraten wird?«, rief Kit.

»Die Einladung kam heute mit der Post«, warf Mom ein.

»Ich bin nicht eingeladen«, fügte ich hinzu. »Nur ihr zwei und Dad.«

»Ich denke, das war ein Versehen«, wiederholte Mom.

»Vielleicht kriegst du ja eine Extraeinladung geschickt«, schlug meine Schwester vor.

»Wohl kaum«, gab ich zurück.

»Nun«, erklärte Kit im Ton großer Entschlossenheit. »Du kommst auf alle Fälle trotzdem mit. Zur Not als Hochzeitscrasherin.«

»Auf keinen Fall«, entgegnete ich, und meine Mutter sagte gleichzeitig: »Von uns geht niemand auf das Fest. Das würde sich nicht gehören.«

»Hört zu«, ging Kitty über unsere Antworten hinweg. »Da Evelyn natürlich weiß, dass Dad ein ›Sabbatjahr‹ in Mystic macht, hat sie ihn extra angerufen, um ihn zu der Feier einzuladen.«

»Ich hoffe doch, dass er auch nicht hingehen wird.«

»Doch«, gab Kit zurück. »Er hat schon zugesagt.«

Meine Mutter runzelte die Stirn. »Aber weshalb sollte er das tun? Er reist noch nicht mal gern.«

»Er wird auf diese Feier gehen, weil ich ihn dazu überredet habe«, gestand Kit.

»Kit …«

»Und zwar deshalb, weil er uns dort in die Falle gehen soll.«

Das mütterliche Stirnrunzeln verstärkte sich.

»Wir werden ihm nicht sagen, dass er dich dort treffen wird«, fuhr meine Schwester fort. »Und dann tauchst du dort auf, siehst rundherum umwerfend aus, und wenn der Schock ihn umhaut, fängst du ihn in deinen Armen auf.«

»Deine Argumentation ist nicht ganz logisch«, setzte meine Mutter an.

»Er spricht die ganze Zeit von dir«, beharrte Kit. »Du fehlst ihm fürchterlich, und meiner Meinung nach hindert ihn nur sein Stolz daran, zu dir zurückzukehren. Also geben wir ihm einen Grund, seinen verfluchten Stolz zu überwinden und dir endlich zu verzeihen.«

»Dann willst du also den Moment der Überraschung nutzen, um ihn dazu zu bewegen, dass er sich mit mir versöhnt?«

»Die Schockmethode hat sich schon des Öfteren bewährt.« Ich nickte zustimmend, denn die Idee war schrecklich, aber gar nicht mal so schlecht.

»Genau«, pflichtete Kit mir bei.

»Ich glaube nicht, dass ich das schaffe«, sagte Mom und kam mir schlagartig erschreckend alt und deutlich kleiner vor als sonst. Sie war stets voller Energie und immer entschieden, deshalb war es seltsam, sie mit einem Mal so zögerlich und unsicher zu sehen. Die kleinen Falten zwischen ihren Brauen wirkten tiefer als zuvor, aber auch wenn ich ihre Unschlüssigkeit als ungewohnt empfand, muss ich gestehen, dass es sie menschlicher machte. Beinahe weckte es sogar meinen Beschützerinstinkt.

»Mags und ich werden dir helfen«, meinte Kit. »Wir werden mitkommen und dafür sorgen, dass es funktioniert.«

Mom senkte ihre Stimme, als dürfte ich das Folgende nicht hören: »Das kann ich Margaret nicht antun.«

»*Hallo?*«, warf ich ein. »Ich bin nicht eingeladen.«

»Dann lass die Hochzeit eben einfach aus und komm nur mit nach Belgien«, erwiderte Kit in einem Ton, als hätte ich selbst darauf kommen sollen. »Das ist ja wohl nicht weiter schwer.«

Tatsächlich nicht? Es würde sicher schwer für mich, das Nest, in dem ich mich im letzten Jahr hier eingerichtet hatte, zu verlassen. Es würde schwer für mich, so weit zu reisen, und auf einem unbekannten Kontinent mit tausend unbekannten Größen konfrontiert zu sein, wäre sicher ebenfalls nicht gerade leicht. Ganz zu schweigen vom Flug.

Aber wenn Kit einmal etwas beschlossen hatte, brachte niemand sie mehr davon ab. »Wir fliegen alle drei nach Belgien! Keine Widerrede! Ich buche den Flug und das Hotel, und ihr besorgt euch Klamotten, die alle Männerherzen brechen werden.«

Fragend sah meine Mutter mich an, nach dem Motto: *Ist das wirklich eine gute Idee?*

Ich nickte ihr aufmunternd zu. *Verdammt, ja!*

Wobei ich mir da selbst nicht sicher war. Nicht nur für Mom erschien mir dieses Vorhaben relativ riskant. Ich hatte schließlich gerade erst meinen Kalender mit dem vorgesehen Datum meines Selbstmordes entsorgt. Nach wie vor hielt ich meinen Kopf nur mühsam über Wasser, und es bräuchte sicherlich nicht viel, damit ich abermals in Ärger,

Trauer, Zorn und Selbstmitleid versank. Würden meine Kräfte wirklich reichen, um nach Belgien zu fliegen?

Ja, vielleicht.

Denn plötzlich ging mir auf, dass Belgien ziemlich nah bei Schottland lag.

Wahrscheinlich war es gar nicht mal so schlecht, Mom zu helfen, den Streit mit Dad auf irgendeine Weise zu beenden – und danach bei einem kurzen Abstecher nach Schottland selbst einen endgültigen Schlussstrich unter eine Angelegenheit zu ziehen, die niemals wirklich abgeschlossen gewesen war.

Eine schreckliche, idiotische Idee, die mir das Herz brach, die ich aber – einmal angedacht – beim besten Willen nicht mehr aus dem Kopf bekam.

Ich ging mit der Idee zu Bett, und irgendwann riss sie mich aus dem Schlaf und zwang mich nachzuschauen, wie groß die Entfernung von Belgien nach Schottland war. Der Direktflug Brüssel-Edinburgh dauerte nicht einmal zwei Stunden. Das bekäme ich doch sicher hin.

Ich könnte für ein, zwei Tage hinfliegen und so tun, als wäre ich ›geschäftlich in der Stadt‹. Ich könnte Ian superlässig anrufen, als wäre mir ganz unvermittelt eingefallen, dass er jetzt dort lebte, könnte ihn auf einen Kaffee treffen und ihm wenigstens für ein paar Stunden nahe sein. Ich dachte kurz darüber nach und stellte mir die Szene bildlich vor.

Wahrscheinlich wäre es ein grauer, regnerischer Tag, und wir würden uns vor einem Café treffen, dessen Tür zu schmal für meinen Rollstuhl wäre. Er müsste mich alleine auf der Straße stehen lassen, während er hineinging, um uns ein Getränk zum Mitnehmen zu holen. Dann würden wir uns eine Bank in der Nähe suchen, und ich würde mich nach ihm verzehren wie ein Mensch kurz vor dem Hungertod, dem man ein frisch gebackenes Brot unter die Nase hielt, während er … ja was? Sich freuen würde, weil ich noch am Leben war? Mich aus rein professioneller Neugier fragen würde, wie es meinem Rücken ging? Höflich oder – Gott – mit aufgesetzter Freundlichkeit mit mir plaudern würde? Oder – was das Allerschlimmste wäre – sich über die Chance freuen würde, mir die hochgewachsene, unversehrte Triathletin vorzustellen, mit der er jetzt zusammen war, weil er glaubte, wir Frauen würden uns hervorragend verstehen? In Wahrheit aber würde ich geschlechtsneutral in meinem Stuhl sitzen und den beiden dabei zusehen, wie sie lächelnd und putzmunter zusammen auf der Holzbank saßen und aus Rücksicht auf die Jungfer, die ihnen mit ihren schlaffen Nudelbeinen gegenüberhockte, davon absahen, sich zu küssen und liebkosen, wie es bei Verliebten üblich war.

Das wäre mein privater siebter Kreis der Hölle. Eine Vorstellung, bei der mein Magen sich zusammenzog.

Und trotzdem wollte ich es tun. Vielleicht musste ich es sogar.

Kit war hin und weg von der Idee – sie hatte schließlich eine Schwäche für bescheuerte Ideen – und quetschte mich nach Einzelheiten aus. »Was wirst du tun – wirst du einfach zu seiner Wohnung fahren und ihn überraschen?«

»Nein. Ich werde ihn mit einem Anruf überraschen, wie ein ganz normaler Mensch.«

»Du meinst – wenn du bereits in Schottland bist? Aus einer dieser kleinen roten Telefonzellen, die es dort gibt?«

Ich schüttelte den Kopf. »Ich will dort schließlich keinen Spionagethriller drehen. Ich werde einfach anrufen und ihm erzählen, ich sei beruflich in der Stadt.«

»Super«, juchzte Kit. »Du machst ihm also etwas vor.«

»Zu mehr fehlt mir der Mut.«

»Aber wie in aller Welt willst du ihn finden?«

»Keine Ahnung«, gab ich zu und dachte kurz darüber nach. »Vielleicht frage ich Knoten-Rob, ob er mir die Adresse aus der Krankenhausdatei geben kann.«

»Dann soll also dein alter Physiotherapeut dir helfen, seinen Vorgänger zu stalken?«

»Wenn du es so formulieren willst.«

»Perfekt! Was sollte da schon schiefgehen?«

27

Drei Tage vor der Abreise kam Kit nach Texas und half uns bei den Reisevorbereitungen.

Wir verbrachten unzählige Stunden mit der Auswahl der Garderobe von Mom – sowie auch meines Outfits. Kit bestand darauf, dass unsere Mutter Grün tragen sollte, die Lieblingsfarbe unseres Vaters, und zerrte sie durch vier verschiedene Läden, bis sie etwas fand, womit sie zufrieden war. Danach verlangte sie, dass unsere Mom sich noch die Haare und die Nägel machen ließ und sich teures Make-up kaufte.

»Aber ich brauche keinen neuen Lippenstift«, setzte sich Mom zur Wehr.

»Bei dieser Reise geht's um alles oder nichts«, erklärte Kit. »Du kannst gleich zu Hause bleiben, wenn du nicht aufs Ganze gehst.«

Bei mir war es kniffliger als bei Mom. Obwohl ich nicht mal zu der Hochzeit gehen würde, investierte Kitty noch mehr Zeit und Energie in mein Erscheinungsbild. Natürlich hätte ich problemlos irgendwas aus meinem Kleiderschrank anziehen können, aber davon wollte sie nichts hören, weil die Sachen, die dort hingen, »traurig waren«. Ich bräuchte irgendwas mit Schick und Eleganz und einem

Hauch von Leck-mich-doch. Raffiniert, aber dezent. Wenn ich wirklich kurz »berufsbedingt« nach Schottland fliegen wollte, um Ian »Hallo zu sagen«, bräuchte ich Klamotten, die mich als erfolgreiche Geschäftsfrau zeigten, aber gleichzeitig so sexy waren, dass es einem Mann die »Tränen des Verlangens« in die Augen trieb.

»Das ist vielleicht etwas zu hoch gegriffen«, warf ich ein.

»Ruhe. Ich bin bei der Arbeit«, antwortete Kit.

Zwei Tage später hatte sie tatsächlich den perfekten Look für mich gefunden: einen grauen Hosenanzug und eine weiße Bluse, die zusammen vierhundert Dollar kosteten.

»Das ist es wert«, stellte sie nur fest und zwang mich dann, zum ersten Mal seit über einem Jahr Dessous kaufen zu gehen.

»Was ist, wenn du am Flughafen auf einen attraktiven Fremden triffst?«, erkundigte sie sich und zog die Schublade mit meiner Unterwäsche auf. »Du willst doch wohl nicht etwas mit ihm anfangen, während du einen Sport-BH und eine verwaschene Unterhose trägst.«

Ich funkelte sie zornig an. »Ich gebe ganz bestimmt nicht noch zweihundert Dollar für unbequeme Unterwäsche aus, die niemals jemand sehen wird.«

»Jetzt redest du wie eine alte Oma«, warf mir Kitty vor und hielt mir eine verwaschene Unterhose hin. »In Belgien werden wir uns ein Zimmer teilen, also werde *ich* auf alle Fälle deine Unterwäsche sehen. Und das hier«, meinte sie und ließ den Slip in den Papierkorb fallen, »raubt mir meinen Lebenswillen.«

Am Ende schenkte sie mir meine neue Wäsche. Gegen meinen Willen.

Sie postete die Aufnahmen von unserer Shoppingtour bei Instagram – aber die Bilder meines neuen Outfits nicht. »Dafür siehst du viel zu gut aus. Wir wollen schließlich nicht, dass deinetwegen das gesamte Internet zusammenbricht.«

Am Schluss verließ mich fast der Mut. Der Plan war verrückt. Aber dann dachte ich an Mom, die während des gesamten letzten Jahres unglücklich und viel zu still gewesen war, und redete mir ein, einen Versuch wäre es sicher wert. Ich hatte keine Ahnung, ob sie unseren Dad tatsächlich zurückgewinnen konnte. Kittys abwegiger Plan hatte durchaus das Potenzial, nach hinten loszugehen.

Aber im Grunde war das vollkommen egal. Ich musste ihr einfach helfen.

Im Übrigen hatte Mom mit ihren vielen Bonusflugmeilen dafür gesorgt, dass wir in die erste Klasse upgegradet worden waren.

Kit klappte die Kinnlade herunter, als sie davon hörte, doch mit einem gleichmütigen Schulterzucken meinte Mom: »Wir können auch gleich zu Hause bleiben, wenn wir nicht aufs Ganze gehen.«

Ich blickte meine Schwester an. »Wir sollten uns den Satz auf T-Shirts drucken lassen. Als Familienmotto ist er echt nicht schlecht.«

Trotzdem hätte ich es mir am Morgen unseres Abflugs fast noch einmal anders überlegt.

»Was habe ich mir nur dabei gedacht?«, fragte ich Kit, als wir unseren Kaffee runterkippten, weil es Zeit zum Aufbruch war. »Wie soll ich mit dem Rollstuhl in Europa überhaupt zurechtkommen? Der ganze Kontinent ist voller Steintreppen! Nur Steintreppen und hippe Leute. Das ist doch total verrückt. Die lassen mich gar nicht erst einreisen, sondern schicken mich sofort zurück.«

Aber davon wollte Kit nichts hören. »Du hast noch nie vor irgendwas gekniffen.«

Vielleicht nicht – aber an diesem Morgen hätte ich es wirklich gern getan. »Das wird das Schrecklichste, was mir in meinem ganzen Leben je passiert ist.«

Meine Mutter ging an mir vorbei, blieb dann aber kurz stehen und drückte mir die Schulter. »Nein. Das Schrecklichste, was dir jemals passieren konnte, hast du bereits überlebt.«

Und genau das war das Problem. Zum ersten Mal seit meinem Unfall müsste ich jetzt wieder fliegen, und schon bei der Vorstellung brach mir der kalte Angstschweiß aus. »Ich weiß wirklich nicht, ob ich das schaffe.«

Meine Schwester trank den Rest ihres Kaffees und knallte ihren leeren Becher in die Spüle. »Selbstzweifel sind immer gut. Die muss man akzeptieren. Aber erst mal steigen wir in diesen Flieger ein.«

In der ersten Klasse kam ich mir vor wie auf einer VIP-Party.

Dies war das erste Mal in meinem Leben, dass ich nach Europa flog, und auch das erste Mal, dass ich nicht in der Businessclass saß. Hier wurde mir bewusst, was mir bisher entgangen war. Wir wurden mit Champagner und Erdbeeren begrüßt, was nur der Anfang war. Das Einzige, was fehlte, waren ein DJ und ein Swimmingpool.

Wir flogen auf direktem Weg nach London, würden dann noch einen kurzen Satz nach Belgien machen und dort einen Zug nach Brügge nehmen. Insgesamt wären wir an die dreißig Stunden unterwegs. Trotzdem konnte ich mich nicht beschweren. Wie in einem Spa bekamen wir warme Wolldecken und dampfend heiße Handtücher für Hände und Gesichter angereicht, hatten unsere eigenen kleinen Schlafnischen mit Sitzen, die zu Betten ausgezogen werden konnten, und unsere Plätze waren gleich neben der Tür, damit ich ohne Mühe mit dem Rollstuhl bis zu meinem Sitzplatz kam.

Bei all dem Luxus aber blieb die Tatsache bestehen, dass dies mein erster Flug seit meinem Unfall war. Obwohl ich mich bemühte, mein Gehirn mit etwas anderem zu beschäftigen, wusste mein Körper ganz genau Bescheid. Meine Hände waren kalt und zitterten. Meine Augen huschten wie die eines Nagetiers, das in der Falle saß, von links nach rechts. Mein Herz stolperte wild durch meine Brust, als würde es von einem unsichtbaren Gegner attackiert. Natürlich war mir klar, dass meine Panik mir nicht weiterhalf. Ich würde fliegen, und mein Schicksal lag nicht mehr in meiner Hand. Ich hatte mich dazu entschieden, und jetzt müsste ich versuchen, diesen Flug zu überleben, ganz egal, auf welche Art.

Als wir unsere Gurte anlegten, schob meine Mutter den Arm über den Gang und drückte meine kalte Hand.

»Hast du Angst davor, wieder zu fliegen?«, fragte sie und sah mir forschend ins Gesicht.

»Ein bisschen«, gab ich zu und zog die Nase kraus.

Grinsend fragte Kit: »Weißt du noch, wie wir alle zusammen nach Hawaii geflogen sind und du tatsächlich *heil* dort angekommen bist?«

»Soweit ich mich entsinne, sind wir alle heil dort angekommen«, rief ihr meine Mutter in Erinnerung.

»Soll ich dich ablenken?«, erkundigte sich Kit und ließ mich durch ihr Nicken wissen, dass es darauf nur die Antwort gab: *Ja, natürlich, bitte, bitte!*

Ich starrte meine gräulich bleichen Hände an, aus denen zwischenzeitlich alles Blut gewichen war. »Ich wüsste wirklich nicht, wie du das machen willst.«

Kit wackelte mit ihren Brauen. »Das kriege ich sogar total problemlos hin.«

Die Motoren fingen an zu brummen, und da ich meiner Schwester gegenübersaß, beugte ich mich zu ihr vor. »Und wie?«

Sie tauschte einen kurzen Blick mit meiner Mutter aus und nickte ihr verstohlen zu, als hätten sie ein Geheimnis. Und tatsächlich wühlte Mom in ihrer Handtasche, bis sie ein kleines, hübsch verpacktes Päckchen fand, das ich sofort wiederkannte. Ians Geburtstagsgeschenk.

»He, ich habe dieses Ding doch in den Müll geworfen.«

»Und ich habe es wieder rausgefischt«, gab meine Mutter zurück.

Ich starrte das verfluchte Päckchen an.

»Willst du es haben?«, fragte Mom.

Der Pilot gab über Lautsprecher bekannt, dass wir gleich starten würden, und ich nickte knapp.

Sie drückte mir das Päckchen in die Hand, und zögernd packte ich es aus. Es war eine kleine Schmuckschatulle mit einer feingliedrigen Silberkette darin, an der ein kleiner Silberbarren mit einer winzigen Gravur befestigt war.

»Was ist es denn?«, wollte Kit wissen.

»Eine Kette.«

»Aber da ist doch was eingraviert«, meinte meine Mutter, deren Adleraugen nichts entging.

»*Mut.*«

Kit und meine Mutter sahen einander an, und schließlich meinte Mom: »Wie gut, dass ich das Päckchen noch gerettet habe, findest du nicht auch?«

Ich legte mir die Kette um, und während ich den kühlen Druck des Silberbarrens an meinem Brustbein spürte, rollte unser Flieger los.

Panik stieg in mir auf.

»Ich habe noch eine andere, noch bessere Ablenkung für dich«, sagte Kit und sah mir ins Gesicht.

»Was?«

»Die Adresse, die dir Rob gegeben hat, ist falsch.«

Okay. Das lenkte mich tatsächlich ab. »Falsch?«

Sie nickte. »Ian hat bei seinem Weggang aus der Klinik die Adresse seiner Eltern angegeben, wohnt dort aber nicht.«

»Und woher willst du das wissen?«

Mit einem geheimnisvollen *Du-ahnst-ja-gar-nicht-was-ich-dir-so-alles-zu-erzählen-habe*-Lächeln meinte sie: »Wir beide stehen miteinander in Kontakt.«

Ich zuckte zusammen. *Wie bitte?* Meine Schwester stand in Kontakt mit Ian? Sofort nahm mein Hirn das Schlimmste an. »Bitte sag mir nicht, dass du etwas mit Ian hast.«

»Was? O nein! Himmel. Ich bin wieder mit dem dicken Benjamin zusammen.«

»Aber warum in aller Welt solltest du dann Kontakt zu Ian haben?«

Erneut setzte sie dieses mysteriöse Lächeln auf. »Er hat

mich im Internet gesucht und wollte wissen, wie's dir geht.«

Das Flugzeug blieb kurz stehen und rollte wieder an. »Ach ja? Und wann soll das gewesen sein?«

»Ein paar Wochen, nachdem ich nach New York zurückgeflogen war. Er hat gefragt, ob er sich hin und wieder bei mir melden kann.«

»Und warum hast du mir nichts davon erzählt?«

»Weil er mich darum gebeten hat. Er hatte Angst, du würdest ausflippen.«

Ich versuchte, diese Nachricht zu verdauen. »Und? Hat er sich gemeldet?«

Kitty nickte. »Allerdings.«

So, wie sie es sagte, wagte ich zu fragen: »Oft?«

»Vielleicht einmal in der Woche.« Ich hörte meiner Schwester deutlich an, dass sie diese Enthüllungen genoss.

»Einmal in der Woche! Hat er dich auch angerufen?«

»Meistens haben wir uns nur gemailt. Und all die Links zu den Artikeln, die ich dir geschickt habe, erinnerst du dich?«

Das Flugzeug raste los. »Die, von denen ich mir ziemlich sicher bin, dass du sie nie gelesen hast?«

»Die waren von ihm.«

Er hatte ihr die Links geschickt! Das erklärte einiges. Aber warum? »Wie hat er geklungen?«

»Wie ein besorgter Physiotherapeut.«

»Habt ihr jemals über irgendetwas anderes geredet?«

Kitty schüttelte den Kopf. »Meistens ging es um deine Gesundheit. Lauter trockenes Zeug.«

Der Flieger reckte seine Nase in die Luft, und ich nickte knapp. »Okay.«

»Aber willst du meine ganz private Meinung hören? Er mag dich immer noch.«

»Er hat mich doch noch nie gemocht.«

»Das ist ja wohl totaler Quatsch.«

»Er hat mir unmissverständlich klargemacht, dass er niemals etwas für mich empfunden hat. Ich habe mir nur eingebildet, dass er mich genauso gernhat wie ich ihn, und er hat mitgespielt in der Hoffnung, dass mir das ein bisschen Lebensmut verleiht. Glaub mir. Wenn es einen Grund zur Hoffnung gäbe, hätte ich das irgendwann gemerkt.«

Kittys gleichmütiges Schulterzucken sagte *meinetwegen. Halt das, wie du willst.* Erschaudernd und laut klappernd hob das Flugzeug ab, und ich umklammerte den Silberbarren an meinem Hals. *Mut.*

»Aber eine Sache ist da noch«, fügte Kit hinzu, und ich sah wieder auf.

»Er folgt mir auch auf Instagram.«

Ich atmete tief durch. »Stellst du deshalb all diese Aufnahmen von mir ins Netz?«

Sie nickte und sah äußerst selbstzufrieden aus. »Und weißt du noch etwas? Er selbst hat nicht mal ein Profilbild, postet niemals irgendwelche Bilder, und er folgt auch niemand anderem auf Instagram. Ich bin die *Einzige*, an der er auf Instagram Interesse hat.«

Ich versuchte, den Gedanken zu verdauen, dass Ian ein Follower von meiner Schwester war. »Dann hat er das Bild von meinen Narben also auch gesehen?«

Meine Schwester nickte zögerlich.

»Und das Foto, das du heute früh vom Flughafen gepostet hast?«

Sie nickte abermals. »Falls er's schon aufgerufen hat.«

»Dann weiß er also vielleicht, dass wir nach Europa fliegen?«

»Könnte sein.«

»So viel dazu, dass ich ihn überraschen will.«

»Das Gute daran ist«, fuhr Kitty fort, »dass du auf diese Weise keine Mühe haben dürftest rauszufinden, wo er wohnt.«

»Ach nein?«

»Wenn wir in Schottland sind«, klärte sie mich schulterzuckend auf, »schreiben wir ihn an, damit er uns seine Adresse schickt.«

Ich nickte. »Das ist fast zu einfach.«

»Fast«, stimmte mir Kitty zu und tätschelte mir aufmunternd den Kopf.

Auch abgesehen von meiner nackten Panik vor dem Fliegen machte Reisen mich nervös. Zu Hause hatte ich meine Routine, und die Art, in der ich dort mein Leben in den Griff bekommen hatte, hatte mein Selbstbewusstsein wieder aufgebaut. Jetzt aber ging es nach Europa, und da ich nicht wusste, was mich dort erwarten würde, war ich ziemlich aufgeregt. Natürlich hatten wir im Internet vor unserer Abreise verschiedene Dinge recherchiert, und ich schleppte einen Ordner voller Ausdrucke mit mir herum. Zum Beispiel wusste ich, dass man in Brüssel nicht am Bahnhof auftauchen und eine Rollstuhlrampe für den Brügge-Zug verlangen konnte, also hatten wir bereits vor unserer Abreise ein solches Hilfsmittel für mich bestellt. Genauso hatten wir Hotelzimmer im Erdgeschoss reserviert, damit ich möglichst unabhängig war. Dazu hatte Kit noch eine Bootstour auf den zahlreichen Kanälen machen wollen, hatte dann jedoch herausgefunden, dass nicht eins der Boote in der Stadt für Rollstuhlfahrer ausgerüstet war.

Wir waren so gut vorbereitet, wie es ging, aber als wir nach Brügge kamen, waren wir trotzdem völlig überrascht. Es war die reinste Märchenstadt. Nirgends gab es grelle Leuchtreklamen oder Werbetafeln, wie sie für das einundzwanzigste Jahrhundert typisch waren. Überall nur mittelalterlich anmutende Steinbauten mit Türmchen und spitzen Giebeln, ein Marktplatz mit gotischer Kirche, Kopfsteinpflasterstraßen, Chocolaterien. Wobei am schönsten die Kanäle waren! Alle paar hundert Meter wölbten sich uralte Steinbrücken über dem stillen Wasser, auf dem eine Unzahl wunderschöner, strahlend weißer Schwäne ihre Bahnen zog.

Die Vorbereitungen hatten sich eindeutig gelohnt. Natürlich gab es auf der Reise ein paar knifflige Momente – wie als wir den Zug bestiegen, in dem sich so viele Leute drängten, dass ein paar von ihnen einen Wagen weiter gehen mussten, um uns Platz zu machen, und in dem sich Kit auf meinen Schoß setzte, weil selbst die Stehplätze schon allesamt vergeben waren. Davon abgesehen aber war es nicht so hart, wie ich befürchtet hatte. Auch wenn ich davon ausgegangen war, auf Hindernis um Hindernis zu stoßen, während ich versuchte, mich in einer Welt, die für Gesunde eingerichtet und von lauter Fremden, die Französisch oder Flämisch redeten, bevölkert war, zurechtzufinden, kamen wir überraschend mühelos zurecht.

Wir erreichten das Hotel am späten Vormittag. Da unser Jetlag-Führer sagte, dass wir erst um zehn Uhr abends schlafen gehen sollten, ließen wir Steak frites aufs Zimmer kommen und sahen in einer fremden Sprache fern. Irgendwann zogen Kit und meine Mutter los, plünderten die Chocolaterien und kamen mit einer Tüte voller dunkler, weißer, Vollmilch-, Pfefferminz- und gesalzener Karamellpralinen zurück, die mit Sahne, Nougat, Kaffee, Mandeln, Macadamianüssen, Erdnussbutter oder Fruchtpüree gefüllt waren und alle nur erdenklichen Formen besaßen, von Herzen bis zu Seesternen.

Fröhlich kippte Kit die Beute ihres Schokoladenraubzugs aufs Bett.

»Ihr seid total verrückt!«, rief ich aus. »Das können wir doch niemals alles essen.«

»Sicher können wir«, gab Kit zurück.

»Dann wird uns schlecht.«

»Mir nicht. Ich habe mir das Kiloweise-Schokolade-Essen über Jahre hinweg antrainiert.«

Am Ende aßen wir tatsächlich alles auf. Je mehr wir aßen, umso mehr kam es uns vor, als müssten wir einen Test bestehen. Wir naschten, bis uns übel war. Es war die reinste Völlerei. Hinterher lagen Mom und ich mit grünlichen Gesichtern auf dem Bett, während Kitty sich im angrenzenden Badezimmer übergab.

»Ich glaube, ich bin dehydriert«, erklärte sie und warf sich auf ihr Zustellbett, das unterhalb des Fensters stand.

Aber auch am nächsten Morgen rannte sie sofort wieder ins Bad.

»Vielleicht hab ich mir ja am Flughafen was eingefangen«, meinte sie, und auch wenn ihre Übelkeit sich bis zum Mittag legte, war sie schon am frühen Abend vollkommen erschöpft.

Als es Zeit war sich umzuziehen, lag sie wie tot auf ihrem Bett.

»Jetzt geht es dir doch wieder gut«, beharrte ich, als sie sich einen feuchten Lappen von der Stirn über die Augen schob. »Du hast seit vier Stunden nicht mehr gekotzt, und du und Mom müsst langsam los.«

Mit rauer Stimme stieß sie aus: »Ich glaube nicht, dass ich da hingehen kann.«

»Aber du musst! Schließlich hast du diesen verrückten Plan gehabt!«, rief ich ihr ungehalten in Erinnerung.

»Mir geht es echt nicht gut.«

Mom umklammerte ihre Tasche und schlug vor: »Vielleicht sollten wir alle hierbleiben.«

»Nein, du gehst«, wies Kit sie rüde an.

»Aber auf keinen Fall allein.«

»Nimm Margaret mit.«

»Ich bin nicht mal eingeladen«, protestierte ich.

»Tu so, als wärst du ich«, meinte Kit. »Schließlich gilt die Einladung für drei.«

»Aber sie wollen mich dort nicht.«

»Unsinn«, widersprach jetzt Mom. »Das war nur ein Versehen.«

Ich blickte meine Schwester an. Sie sah tatsächlich furchtbar aus.

Dann blickte ich auf Mom, und die sah fürchterlich nervös und mindestens genauso furchtbar aus.

Tatsächlich würde Kitty heute Abend sicher nirgends hingehen, und da ich meine Mutter unmöglich alleine ziehen lassen könnte, stieß ich einen Seufzer aus und sagte: »Also gut, dann hol mir Kittys Kleid.«

Zu meiner grenzenlosen »Freude« hatte Kit sich für das Fest ein scharlachrotes, trägerloses Kleid im Stil der Fünfziger mit einem Reifrock ausgesucht. Mit grimmiger Entschlossenheit zog ich als Erstes meine neue Unterwäsche an und kämpfte mich mithilfe meiner Mutter in das Ding. Ich machte mir die Haare, trug das Make-up auf, das Kit mir geschenkt hatte, einschließlich des leuchtend roten Lippenstiftes, sah noch einmal in den Spiegel, überlegte kurz, ob ich einen Schal umlegen sollte, um meine Brandnarben zu verdecken, beschloss dann aber, dass das alles nur noch schlimmer machen würde. Dann überlegte ich, ob ich zu diesem Outfit wirklich Ians vielleicht etwas zu dezente Kette tragen sollte. *Auf jeden Fall.* Ich bräuchte heute Abend schließlich allen Mut, der mir in welcher Form auch immer zur Verfügung stand.

Dann zwang ich meine Mutter durch die Tür.

Wir würden wirklich zu dieser Hochzeit gehen.

Aber mal ehrlich, wir hatten in diesem Jahr schon derart viele Dinge überstanden, wie schlimm konnte das schon werden?

Die Kapelle war nicht weit entfernt. Sie lag direkt um die Ecke unseres Hotels.

Meinen Recherchen nach war Brügge überwiegend flach und das Kopfsteinpflaster weniger ein Hindernis als höchstens etwas ärgerlich, wenn jemand gehbehindert war. Ich wusste auch, dass die Kapelle ebenerdig lag, das hieß, ich käme dort mit meinem Rollstuhl mühelos hinein. Was ich nicht wusste, bis wir unser Ziel erreichten, war, wie winzig die Kapelle war.

Im Ernst. Sie war nicht größer als ein Puppenhaus.

Die vielen Gäste, die sich vor dem Eingang drängten, passten niemals dort hinein.

Ich konnte mir nicht vorstellen, dass es in Brügge nicht noch andere Kirchen gab, die auf eine größere Zahl von Menschen ausgerichtet waren. Und ganz sicher hatte Evelyn bei den Vorbereitungen für die Hochzeit ihres Sohnes ein so wichtiges Detail wie die Größe des Gotteshauses nicht einfach übersehen. Aber je länger wir uns dort eingezwängt zwischen all denen, die nicht mehr in die Kapelle passten, befanden und die Köpfe reckten, um zu sehen, was passierte, umso sicherer wusste ich, dass Chips Mutter – offenbar in einer Geste des Triumphs über die vielen Schaulustigen – absichtlich diese viel zu kleine Räumlichkeit gewählt hatte.

»Glaubst du, sie hat gewusst, dass die Kapelle viel zu klein für all die Leute ist?«

»Wahrscheinlich.« Meine Mutter nickte. »Eine übervolle Kirche macht sich immer besser als ein leeres Haus.«

Wir fanden eine Stelle auf dem Friedhof, wo wir warten konnten, und ich bemerkte, wie meine Mutter aufgeregt die Hände rang.

Nach einer Weile fragte ich: »Was machst du da?«

Sie sah mich an. »Ich weiß nicht, was du meinst.«

»Du ringst die Hände. Bist du aufgeregt?«

»Ich ringe nicht die Hände«, antwortete sie und hörte damit auf.

Ich sah auf und stellte fest, dass sie anders als die anderen Gäste nicht in Richtung Kirche starrte, sondern ihren Blick über die Menge schweifen ließ.

Und plötzlich war ich froh, dass ich hierhergekommen

war. Sie war auf einer wichtigen Mission, bei der ich ihr zur Seite stand.

Es vergingen weitere zehn Minuten. Und dann noch mal zehn Minuten, bevor Mom beschloss, beim Küster an der Tür zu fragen, wann die Trauung seiner Meinung nach vorüber war.

So kam es, dass wir getrennt wurden. Sie bahnte sich den Weg durch das Gedränge bis zum Eingang der Kapelle – und war keine fünf Minuten fort, als die Glocken anfingen zu läuten, das Portal geöffnet wurde und das Brautpaar aus der Kirche trat.

Ja, natürlich. Dies war schließlich eine Hochzeit!

Ich machte mich so klein wie möglich, denn erst jetzt begriff ich wirklich, dass dies die Hochzeit meines *Exfreundes* war.

Am liebsten hätte ich mich irgendwo versteckt, aber noch während all die fremden Damen in ihren Glitzerkleidern und die Herren in ihren Smokings den winzigen Friedhof überschwemmen konnten, kommandierte der bestellte Fotograf die Hauptpersonen glücklicherweise zu den Hochzeitsfotos ab.

Alle anderen sollten schon mal zu einer kleinen Seitenstraße gehen, um dann weiter zum Empfang zu fahren, doch ich wartete auf Mom – die nicht mehr kam.

Schließlich rollte ich zur Kirchentür, um nachzusehen, wo sie abgeblieben war. »Ich suche eine Frau in einem grünen Kleid«, erklärte ich dem Küster, doch er schüttelte den Kopf.

»Es ist niemand mehr da.«

Suchend sah ich mich um. Hatte sie mich im Gedränge

übersehen? War sie schon zum Empfang gegangen, weil sie angenommen hatte, dass ich bereits vorgefahren war? Wartete sie zitternd und nervös darauf, mich endlich dort zu sehen? Mit einem Mal sah ich meine Mutter mit ringenden Händen vor mir, wie sie ganz allein auf dem Empfang stand.

Höchste Zeit, dass ich sie fand. Zielstrebig rollte ich den letzten Gästen hinterher.

Es dauerte nicht lange, bis ich auch sie verlor.

Dem Internet zufolge kam man mit dem Rollstuhl fast überall in dieser Stadt zurecht, doch diese Straße stellte eine eindeutige Ausnahme von dieser Regel dar. Das Kopfsteinpflaster hier war ungewöhnlich klein und eng verlegt, mit tiefen Spalten zwischen den verschiedenen Steinen. Wofür die extraschmalen Reifen meines Rollstuhls, auf die mich Dad mit stolzer Stimme hingewiesen hatte, eindeutig nicht geeignet waren. Immer wieder klemmte einer der verfluchten Reifen in den Spalten fest, und ich musste kräftig ruckeln, um mich wieder zu befreien. Es war frustrierend. Ich kam kaum voran, machte mir die Hände schmutzig, klemmte mir die Finger ein, und einmal riss der Wind am Saum von meinem Kleid, und er verfing sich in den Speichen eines Rads.

Nach einer Weile ging der schmale, holperige Weg in eine breite, glatte Straße über, wo ich deutlich schneller rollen konnte und die anderen Gäste wiedersah, als ich über die Kuppe einer alten Bogenbrücke sauste. Die Gruppe befand sich an einem Taxistand. An einem *Wasser*taxistand. Die Art von Boot, von der ich durch meine Recherchen wusste, dass sie nicht für Rollstühle geeignet waren.

Wir würden also mit dem Boot zum Empfang fahren.

Mitten auf der Brücke hielt ich an und sah den beiden Booten voller Hochzeitsgäste nach, die gerade abgefahren waren, während der Rest der Gästeschar das letzte Wassertaxi bestieg. Herausgeputzte Paare reihten sich gehorsam in die Schlange vor dem Drehkreuz ein. Ich suchte nach dem grünen Kleid von Mom, und als ich es nicht fand, nahm ich das Boot in Augenschein. Wenn mir jemand half, konnte ich es vielleicht schaffen, mit an Bord zu gehen. Ich rollte los, doch ehe ich die Ablegestelle erreichte, sah ich, dass die Straße gute zwanzig Stufen oberhalb des Wassers lag.

Zwanzig unebene Stufen wie in einem Bild des Malers Escher, dem König perspektivischer Unmöglichkeiten.

Ich hielt am Kopf der Treppe an. Die Stufen waren hoch und schmal. Ich schaffte es inzwischen, einen Bordstein und an einem wirklich guten Tag vielleicht zwei kleine Stufen runter- oder raufzufahren, aber diese Treppe wies mir meine Grenzen auf. Ich würde mir den Hals brechen.

Ich sah, wie Gast um Gast wie selbstverständlich auf zwei gesunden Beinen das verdammte Boot bestieg, und schmerzliche Verzweiflung stieg in mir auf. Was machte ich hier überhaupt? Kit hatte gekniffen, meine Mutter hatte ich verloren, und ich hatte keine Möglichkeit, allein zu dem Empfang zu kommen, zu dem ich nicht mal eingeladen war!

Tränen brannten mir in den Augen.

Ich hätte niemals hierherkommen sollen. Zeit, dass ich die Waffen streckte. Allerhöchste Zeit.

In diesem Augenblick jedoch bemerkte mich der Kapitän des Bootes.

»Est-ce que vous allez à la soirée?«, fragte er mich auf Französisch.

Er hielt mich für eine Belgierin. Wie schmeichelhaft!

»Non!«, schrie ich zurück. »C'est d'accord.« *Nein, schon gut.* Wie gut, dass ich Französisch in der Highschool hatte. War in Texas eher selten von Nutzen.

Aber der Kapitän bedeutete bereits den beiden Männern, die die Gäste in Empfang genommen hatten und die beide aussahen wie siebzig, mir zu helfen, und unbeirrt kletterten sie über die steile Treppe auf mich zu.

»Non, non.« Ich streckte abwehrend die Hände aus, als ob ich keine Hilfe bräuchte, und rief: »Mes jambons sont eclatés.« Ich wollte sagen: »Meine Beine sind gebrochen«, und erst später wurde mir bewusst, dass ich statt *jambe* für Bein das Wort *jambon* verwendet hatte, was in dieser Sprache Schinken hieß. Und statt *gebrochen* hatte ich *geplatzt* gesagt. Nach meiner kurzen Rede waren also »meine Schinken explodiert«.

Die beiden Männer blieben stehen und sahen sich verwundert an.

Dann aber kamen sie weiter auf mich zu, weil ich *eindeutig* hilfsbedürftig war.

Natürlich war ich nicht in meinem schicken Aufzug zufällig vorbeigekommen. *Natürlich* war auch ich ein Hochzeitsgast. Und wenn ich nicht alleine bis zu meinem Wassertaxi kommen konnte, würden sie mir eben helfen.

Trotz meiner Proteste hob mich einer der zwei alten, aber überraschend starken Männer aus dem Stuhl und trug mich mühelos, als täte er den ganzen Tag nichts anderes, über die Treppe bis zum Boot. Der andere klappte meinen Stuhl zusammen, trug ihn uns hinterher, und kurz darauf bestiegen wir das Boot, und ich wurde auf einen Platz im Bug des Schiffs gesetzt, auf dem ich allen Leuten gegenübersaß.

Alle anderen Plätze waren mit Blick nach vorne ausgerichtet, alle, außer meinem und dem Platz an meiner Seite, auf dem niemand saß. Auf dem Friedhof hatte mich niemand bemerkt, doch hier starrten mich alle an.

Was sollte ich jetzt tun? Ich käme nicht allein von diesem Boot herunter, und da ich auch den Platz nicht einfach wechseln konnte, starrte ich zurück. Ich kannte niemanden. Mein Rollstuhl und mein Hochzeitscrasher-Ich saßen allein auf einem Boot voll neugieriger Fremder fest. Auf einem Boot, das immer noch nicht fuhr.

Obwohl die Crew sich jetzt wieder auf Flämisch unterhielt, verstand ich, dass der Kapitän allmählich ablegen wollte, dass aber die beiden alten Männer anderer Ansicht waren. Er wies sie mehrmals an, die Taue loszumachen, doch die beiden blieben stur, und schließlich flitzte einer von den beiden abermals die todbringende Treppe rauf, sah sich nach allen Seiten um und rief dem Kapitän dann etwas zu.

Kam etwa noch jemand?

O ja.

Es kam tatsächlich noch jemand.

Das Brautpaar und die nächsten Verwandten und Freunde.

28

Sie versammelten sich oberhalb der Treppe an der Stelle, wo ich eben noch gestanden hatte, und sahen wie die Abbildung in einer Hochglanzillustrierten aus. Dies war der erste Blick, den ich auf diese Gruppe werfen konnte, und es war ein seltsames Gefühl, als ich dort Woody, Statler, Murphy, Harris – die als Chips und meine Trauzeugen geplant gewesen waren – und eine Gruppe fremder Frauen stehen sah. Noch während ich dies dachte, blähte eine aufkommende Brise wie in Zeitlupe die Röcke der Brautjungfern auf.

Dann teilte sich die Gruppe, und ich wappnete mich dafür, Braut und Bräutigam zu sehen. Aber statt Chip und seines Jammerweibs tauchten zunächst einmal Chips Eltern auf.

Ich hatte Evelyn seit unserem Streit im Krankenhaus natürlich schon des Öfteren gesehen, denn schließlich war sie unsere direkte Nachbarin.

Aber gesprochen hatten wir in all der Zeit kein Wort.

Anfangs hatte ich mich immer irgendwo versteckt, wenn sie vorbeigekommen war. Ich hatte das Gefühl gehabt, dass ich es nicht ertragen könnte, sie zu sehen, und mir deshalb erlaubt, ihr aus dem Weg zu gehen. Irgendwann war es mir dann egal, aber da hatten sie und meine Mutter sich schon nur noch heimlich getroffen. Nach einer Weile hatte meine Mutter mir erklärt, dass ihre Freundin unseren »kleinen Streit« im Krankenhaus inzwischen längst vergessen hätte, aber ich ging davon aus, dass ich aus Sicht von Evelyn die Schurkin dieses Stückes war: die verzweifelte, gebrochene junge Frau, die versucht hatte, ihrem perfekten Sohn so lange Schuldgefühle einzureden, bis er ihretwegen sein perfektes Leben aufgäbe, um nur noch für sie da zu sein. Schon früher hatte Evelyn nicht sehen wollen, dass auch Chip nicht ohne Fehler war. Ihre mütterliche Sicht der Stärken und der Schwächen ihres Sohnes war ziemlich selektiv.

Weshalb mein Name in der Einladung »vergessen« worden war.

Das war für mich okay. Es war mir vollkommen egal. Abgesehen davon, dass sie gerade direkt auf mich zukam und ich nicht flüchten konnte.

Ich fragte mich, wie sie auf meinen Anblick reagieren würde, als sie, elegant mit Perlenkette und in himmelblauem Mutter-des-Bräutigams-Kostüm, das Boot bestieg.

Wie sich herausstellte, nicht gerade positiv.

Ich habe diese Theorie, nach der wir am gemeinsten sind, wenn wir befürchten, dass uns jemand wehtun, etwas stehlen oder etwas nehmen will, was uns rechtmäßig gehört. Und als Evelyn Dunbar mich entdeckte, zeigte mir ihr Blick, dass sie *all diese Dinge gleichzeitig* zu fürchten schien.

Anscheinend dachte sie, ich wäre da, um die Hochzeit ihres Augensterns zu ruinieren. Möglicherweise hätte ich an ihrer Stelle genauso gedacht.

Sie wurde schreckensstarr, als sie mich sah. Während

Chips Vater weiterging, um ein paar Gäste zu begrüßen, beugte Evelyn sich über mich und senkte ihre Stimme um eine Oktave ab. »Was machst du hier?«

Andere Gäste sahen in unsere Richtung, und da ich ganz bestimmt nicht die Absicht hatte, ihr vor all diesen Leuten zu erklären, dass wir meinen Vater in die Falle locken wollten, sagte ich mit einem gleichmütigen Schulterzucken: »Kit ist krank, und ich vertrete sie.«

Sie sah sich um und verzog ihr Gesicht zu einem Lächeln an. »Aber du warst nicht eingeladen.«

»Das ist mir bereits aufgefallen.«

»Wir dachten, dass es etwas peinlich würde, wenn du kämst.«

»Das ist es auch.«

»Aber trotzdem bist du hier.«

»Meine Mutter dachte, dass es ein Versehen war, dass ich nicht eingeladen worden bin.«

»Das war es nicht.«

»Ich werde keinen Ärger machen«, sagte ich und reckte unschuldig die Hände in die Luft. Ich wollte sie dadurch beschwichtigen, verstärkte aber nur noch ihren Zorn.

»Wie kannst du es wagen?«, zischte sie mich an.

Was meiner Meinung nach ein wenig übertrieben war.

»Was denn?«, fragte ich zurück.

»Ungeladen zu erscheinen und dann wie ein Kobold dazusitzen und die Leute anzustarren. Das ist unheimlich.«

»Hast du gerade *Kobold* zu mir gesagt?«

»Was versuchst du, damit zu erreichen?«

»Über den Kobold komme ich schlichtweg nicht hinweg.«

»Chip sieht wieder nach vorn, und du solltest dasselbe tun.«

»Das sehe ich genauso.«

»Aber trotzdem bist du hier? Trotzdem musst du dafür sorgen, dass er sich auf seiner eigenen Hochzeit unbehaglich fühlt?«

Ich war nicht hier, damit sich irgendjemand unbehaglich fühlte, aber Wut scheint ansteckend zu sein, also konnte ich nicht widerstehen zu sagen: »Chip hat dafür gesorgt, dass ich mich bis an mein Lebensende unbehaglich fühlen werde, also sind wir jetzt ja vielleicht quitt. Wobei wir eigentlich erst dann quitt wären, wenn ich dafür sorgen würde, dass auch er im Rollstuhl sitzt.«

Evelyn riss überrascht die Augen auf, als fürchte sie, ich wolle wirklich dafür sorgen, dass dem Bräutigam dasselbe Schicksal widerfuhr wie mir selbst.

»Das ist nicht lustig«, herrschte sie mich an.

»Ich finde schon.«

»Du musst jetzt wirklich gehen.«

Manchmal musste man sich einfach eine Niederlage eingestehen. Aber nicht in diesem Fall. Ich hatte ganz bestimmt nicht so viel durchgemacht, um jetzt mir nichts, dir nichts zu gehen. Ich musste meine Mutter retten, deshalb sagte ich: »Ich gehe nicht.«

Chips Mom bedachte mich mit ihrem *Wag-es-ja-nicht-*Blick und wiederholte: »Doch, du gehst. Und zwar sofort.« Sie winkte nach den Mitgliedern der Bootsmannschaft.

Würde es so enden? Würde ich jetzt von den beiden alten Männern, die mir eben erst geholfen hatten, an die Luft gesetzt? Ich dachte kurz darüber nach, weshalb ich überhaupt nach Belgien gekommen war. Ich überlegte, wer ich sein wollte, und sagte mir, ich wolle stärker und vielleicht auch weiser als vor meinem Unfall sein. Ich wollte jemand sein, der anderen half, statt ihnen das Leben schwer zu machen.

»Es tut mir leid, dass ich nicht netter zu dir war«, wandte ich mich erneut an Evelyn.

»Wie bitte?« Sie blinzelte verwirrt.

»Letztes Jahr im Krankenhaus. Die Kraftausdrücke, die ich dort verwendet habe, waren nicht nett.«

Bei der Erinnerung verzog sie das Gesicht. Zwar wurde ihre strenge Miene immer noch nicht weich, aber zumindest hatte ich sie überrascht.

»Ich habe einfach ausgeteilt, weil es mir damals wirklich dreckig ging«, erklärte ich. »Ich nehme an, ich dachte, wenn ich anderen Leuten Schmerz zufüge, nimmt mein eigener Schmerz ein bisschen ab. Aber es ging mir nicht besser, sondern schlechter, als ich auf dich losgegangen bin. Es tut mir leid, dass ich dich derart angefahren habe, und ich will, dass du das weißt. Ich hätte netter sein sollen, als du bei mir in der Klinik warst.«

Sie blinzelte erneut, und dann traten die Bootsmänner, die sie gerufen hatte, zu uns.

Statt allerdings die Anweisung, die sie gegeben hatte, zu befolgen, machten sie ihr deutlich, dass sie endlich Platz nehmen sollte, und wiesen auf die lange Schlange hinter ihr.

Normalerweise hätte Evelyn sich das niemals bieten lassen, aber offenkundig hatten meine Worte ihre Selbstgerechtigkeit erheblich angekratzt oder sie hatte akzeptiert, dass ich friedlich sein würde. Egal aus welchem Grund, war sie mit einem Mal ganz zahm und ließ sich brav zu ihrem Sitzplatz führen.

Der Rest der Gruppe füllte die verbliebenen freien Sitzreihen und ließ nur die beiden Plätze vorne in der Mitte – direkt gegenüber von mir und dem noch leeren Sitz an meiner Seite gegenüber – für die beiden Hauptpersonen frei.

Das Gefühl des Friedens, das ich kurzfristig empfunden hatte, löste sich auf, sobald ich Chip und sein Jammerweib glamourös die Brücke überqueren und dann die Treppe herunterkommen sah.

Suchend sah ich mich nach meinem Rollstuhl um. Als könnte ich damit davonrollen, bevor mich einer von den beiden entdeckte.

Aber natürlich gab es kein Entrollen. Ich hatte keine andere Wahl, als hier auf meinem Platz zu bleiben, der denen des Brautpaars direkt gegenüberlag.

Ich wusste nicht, was ich mit meinen Händen machen – falten oder locker lassen? – und wohin ich meinen Kopf drehen sollte. Sollte ich so tun, als würde ich die Schwäne auf dem Wasser beobachten und sie gar nicht bemerken? Oder sollte ich mich zwingen, nett zu lächeln und so tun, als hätte ich nicht erwartet, die beiden hier zu sehen?

Verzweifelt griff ich nach dem Silberbarren an Ians Kette. *Mut.*

Chip sah mich erst, als er mir bereits gegenübersaß. Er legte einen Arm um das Jammerweib, stellte die Füße in gespreizter Machohaltung auf dem Boden ab, blickte auf den Kanal, und während ich noch hoffte, dass er mich vielleicht überhaupt nicht bemerken würde, drehte er sich in meine Richtung.

Er beugte sich ein wenig vor und starrte mich entgeistert an. »Margaret?«

Sofort richtete das Jammerweib sich kerzengerade auf und sah mich ebenfalls mit großen Augen an.

Das also war Chips Neue. Künstlich gebräunt und viel zu stark geschminkt.

Tara. Die ich bisher nur von Fotos kannte. Mit der Chip mich ab und zu verglichen hatte – weil ich ihr in allen Dingen überlegen war. Ich kochte beispielsweise besseren Kaffee, war humorvoller und hatte ein erheblich besseres Taktgefühl.

Und jetzt saß sie mir in Fleisch und Blut gegenüber und sah geradezu erschreckend mürrisch aus.

Ich winkte leicht und sagte: »Hi«, als hätte ich die beiden gerade erst bemerkt. »Ich gratuliere euch zur Hochzeit!«

»Ich wusste gar nicht, dass du kommen würdest«, sagte Chip, und in dem Moment wurde mir klar, dass er von meiner Nicht-Einladung nichts wusste.

Was man nicht weiß, macht einen nicht heiß. »Wir sind mit der ganzen Familie da«, erklärte ich, weil man in einer Gruppe einfach sicherer war.

Chip sah sich suchend nach dem Rest meiner Sippe um.

»Wir haben uns aus den Augen verloren«, sagte ich betont lässig.

Er schaute sich nach meinem Rollstuhl um und fragte, als er ihn nicht entdeckte: »Wo ist dein Rollstuhl? Brauchst du ihn nicht mehr?«

In einem Kinofilm hätte ich jetzt bestimmt gesagt: »Das alte Ding habe ich schon seit Monaten nicht mehr gesehen.«

Hätte mich wie eine Göttin mühelos von meinem Platz erhoben und über den illoyalen Chip, das Jammerweib, mich selbst und alle anderen, die je an mir gezweifelt hatten, triumphiert. Ich wäre aufrecht gestanden. Hätte stolz den Kopf gereckt. Und dann wäre der Abspann über die Großleinwand gerollt.

Genau ein solches Ende hatte ich ersehnt. Aber die Geschichte hatte sich auf andere Art entwickelt. Und vor allem war sie noch lange nicht vorbei.

Ich wies auf das Gepäckfach. »Da.«

»Dann bist du also noch …«

»Gelähmt.« Ich nickte zustimmend.

Vorsichtig – als ob ich bissig wäre – beugte Chip sich noch etwas weiter zu mir vor, setzte ein breites, falsches Lächeln auf und fragte mich: »Wie geht es dir?«

In dem Moment wusste ich, *ich tat ihm leid.*

Jetzt beugte auch die Braut sich vor, verschränkte ihre Arme vor der Brust und bedachte mich mit einem alles andere als mitleidigen Blick.

Ich erwiderte Chips falsches Lächeln und zeigte dabei alle Zähne. »Es geht mir supergut. Und wie geht es dir?«

Noch ehe Chip mir eine Antwort geben konnte, mischte das Jammerweib sich ein und lenkte seinen Blick zurück auf sich. »Chip!«, stieß sie mit – ganz genau – jammernder Stimme aus. »Was zum Teufel macht sie hier?«

Chip ließ sein Lächeln fahren und fragte mich in ernstem Ton: »Warum bist du noch einmal hier?«

»Das ist eine lange Geschichte«, antwortete ich.

Mit einem tiefen Seufzer meinte er: »Weil ich hier gerade einen Neuanfang versuche.«

»Das ist toll. Da wünsche ich dir alles Glück der Welt.«

»Meinst du das ironisch?«

»Nein.«

»Ich brauche keine Glückwünsche von dir, okay?«

»Zu spät.«

Aus meiner Sicht war Chip hauptsächlich verwirrt, hatte aber gleichzeitig auch Mitleid mit der armen Ex und zog voreilige Schlüsse in Bezug auf meine Beweggründe. Wohingegen seine frischgebackene Braut nur eines war: wütend.

»Hört zu«, wandte ich mich jetzt an beide. »Ich wünsche euch tatsächlich alles Gute. Ich bin keine jämmerliche Stalkerin, die ihrem Exfreund hinterherrollt, sondern habe mir ein eigenes neues Leben aufgebaut.«

Aber das glaubten sie mir nicht, und dann mischte sich auch noch Statler aus der zweiten Reihe ein und rief: »Willst du etwa die Hochzeit ruinieren, Jacobsen?«

Natürlich hatte er das nur als Scherz gemeint – um die Spannung aus der Situation zu nehmen –, aber plötzlich war mir klar, was sicher alle dachten: dass ich in der tragischen und lächerlichen Hoffnung hier erschienen war, ich könnte diese Hochzeit auf den letzten Drücker sabotieren.

»Ich bin nur zum Feiern hier«, fuhr ich fort und hob zum Zeichen, dass ich mich geschlagen gab, die Hände in die Luft.

Aber Statler lachte lediglich, denn natürlich war ich die gebrochene Ex und machte einen letzten, verzweifelten Versuch – *wozu? Mit Chip davonzurollen?* Eine andere Erklärung gab es anscheinend nicht.

Okay. Aus dem Zusammenhang gerissen wirkte es tatsächlich leicht verdächtig, dass ich extra aus Amerika zur Hochzeit meines Exfreundes gekommen war.

Bevor ich michs versah, versuchte ich zu erklären, dass es so nicht war.

»Es war ein hartes Jahr«, verkündete ich Statler, dem glücklichen Paar und all den anderen Leuten auf dem Boot. »Ich hätte dieses Leben sicher nicht gewählt, und Teile davon sind echt hart. Aber es hat auch seine guten Seiten. Ich bin klüger und freundlicher geworden und habe mit dem Stricken angefangen.«

Das konnten sie natürlich nicht verstehen. Eine bestimmte Form der Weisheit musste sich ein Mensch verdienen, und am besten hätte ich das Thema einfach fallen lassen, doch es war mir viel zu wichtig, für mich selbst einzustehen.

»Ich bin dabei, ein Feriencamp zu gründen«, fuhr ich fort. »Ich habe eine eigene gemeinnützige Organisation gegründet, habe alle Hände voll zu tun und bin so glücklich und beschäftigt, wie ich's mir nur wünschen kann. Ich habe das gefunden, wozu ich berufen bin. Meine Arbeit ist so aufregend und so befriedigend, dass ich mir wünschte, ich müsste nicht auch schlafen.«

Ihren Gesichtern nach waren sie alles andere als überzeugt.

Aber das war für mich okay.

Dadurch, dass ich einen Grund zum Weiterleben hatte finden müssen, hatte ich mir in den letzten Monaten wieder ein lebenswertes Leben aufgebaut. Ich würde niemals so weit gehen zu behaupten, dass der Unfall gut für mich gewesen wäre. Würde niemals sagen, nichts geschähe jemals ohne Grund. Tragödien hatten nämlich niemals einen Sinn.

Aber eines wusste ich bestimmt: Mit unserer Fähigkeit zu leiden nimmt zugleich die Fähigkeit zur Freude zu.

»Es gibt da was, was ihr nicht wisst – was ihr nicht wissen

könnt, solange euch das Leben nicht wirklich gebeutelt hat: Was ich durchmachen musste, hat mich stark gemacht. Ich bin seit dieser Katastrophe ein besserer Mensch.«

Die Wahrheit dieser Worte brachte mich ins Gleichgewicht.

Ich hatte das Gefühl, als hätte ich tatsächlich über all diese Leute triumphiert.

Bis mich Chips Frau mit einem ungläubigen Blick ansah und er selbst mit wenig überzeugter Stimme fragte: »Willst du damit sagen, dass du mit den alten Zeiten und den Dingen, die passiert sind, abgeschlossen hast?«

Nun denn … »Genau.«

Herausfordernd starrte er mich an. »Heißt das, dass du inzwischen auch mit jemand anderem zusammen bist?«

War das etwa sein Ernst? Gab es für ihn denn keine andere Möglichkeit, nach vorn zu schauen? Konnte man tatsächlich nur gesund werden und glücklich sein oder ein wunderbares Leben führen, wenn man mit jemandem zusammen war? Gab es keine andere Form des Glücks?

Aus feministischen Prinzipien nahm ich Anstoß an der Frage, und am liebsten hätte ich ihm einen ausführlichen Vortrag darüber gehalten, dass das Leben einer Frau auch dann von Wert sein konnte, wenn es keinen Mann an ihrer Seite gab. Das war ja wohl lächerlich! Engstirnig! Konventionell!

Fast hätte ich das laut gesagt.

Ich öffnete den Mund, doch dann kam eine andere Stimme mir zuvor.

29

»Moment! Sie dürfen noch nicht fahren!«

Als ich die Stimme hörte, fiel mir auf, dass unser Boot inzwischen losgebunden und bereit war abzulegen.

Wir wandten uns der Stimme zu, und einer der zwei Arbeiter am Ufer rief etwas auf Flämisch, was wahrscheinlich »Halt! Da kommt noch jemand!« hieß.

Ein einzelner Mann im Smoking sprintete über die Treppe auf uns zu.

Ein Mann, der Ian geradezu gespenstisch ähnlich sah.

Ein Mann, der auch beim Näherkommen haargenau wie Ian aussah.

Weil es wirklich Ian war.

Mein Ian. Nicht in Edinburgh, sondern in Brügge. Elegant und atemlos, weil er noch das Boot erreichen wollte.

Ian. Hier in Brügge, auf dem Weg zu einem Fest, zu dem er ganz bestimmt nicht eingeladen war.

Ich sah ihn, aber er sah mich nicht. Er hatte noch zu viel damit zu tun, zu rennen und fantastisch auszusehen.

Ich hatte bereits körperlich auf Chips und Taras Anblick reagiert, doch das war kein Vergleich zu meiner Reaktion, als ich jetzt Ian die steile Treppe runtersprinten sah.

Meine Lunge stellte ihre Arbeit ein, und wenn ich es geschafft hätte, den Blick von ihm zu lösen, hätte ich mir gewünscht, mich in Luft aufzulösen.

Doch ich konnte den Blick nicht von ihm abwenden. Ich bemerkte seinen neuen Haarschnitt – etwas kürzer und stacheliger –, und mir fiel auf, wie gut ihm der Smoking stand und dass man die Anzughosen in Europa offenbar etwas enger trug, so als wären sie in der Wäsche ein wenig eingegangen. Umwerfend.

Er machte einen Satz über das Drehkreuz und dann rannte – stürmte, hechtete – er direkt auf uns zu.

Das Boot hatte inzwischen abgelegt und war etwa einen Meter vom Ufer entfernt, aber Ian machte einen Satz und kam in Hockstellung direkt vor meinen Knien auf.

Einen so coolen, krassen Move à la James Bond hatte ich im echten Leben nie zuvor gesehen.

Er rappelte sich auf und wandte sich der Menge zu. »Ich hoffe doch, dies ist das Boot zu dem Hochzeitsempfang.«

Diese *Stimme.* Dieser ganz besondere Akzent. Nach all der Zeit. Ich schmolz innerlich dahin.

Der Kapitän schrie Ian wütend irgendwas auf Flämisch zu – vermutlich etwas wie: *Das war nicht cool! Sie könnten tot sein, Mann!* Doch die Fahrgäste brachen in Jubel aus. Ian klopfte sich den Staub vom Anzug, bat den Kapitän mit einer Geste um Verzeihung, winkte seinem Publikum zum Dank für den Applaus kurz zu und stellte fest, dass es anscheinend keinen freien Platz mehr in den Sitzreihen gab.

Der Kapitän gab ihm durch eine Geste zu verstehen, dass er sich setzen sollte, und wies auf den freien Sitzplatz neben mir.

Erst jetzt drehte sich Ian um und stellte fest, dass er mir direkt gegenüberstand.

Wir sahen uns an, und falls ich je vor Freude hätte sterben wollen, wäre dies der rechte Augenblick gewesen. Aber nicht mal sterben konnte ich. Ich konnte nicht mehr atmen, konnte nicht mehr denken, und wie Ian aussah, hatte er all diese Tätigkeiten ebenfalls vorübergehend eingestellt.

»Bitte nehmen Sie Platz, Sir«, bat der Kapitän ihn jetzt auf Englisch, aber Ian ignorierte den Befehl. Stattdessen sank er direkt vor mir auf die Knie.

»Du bist hier«, stieß er mit etwas atemloser Stimme aus.

Mir ging in dem Moment nur Unsinn durch den Kopf. »Nein, *du* bist hier.«

Inzwischen sahen uns alle an, doch als der Kapitän beschleunigte, konnte man uns über das Motorengeräusch hinweg zumindest nicht verstehen.

»Tut mir leid, dass ich zu spät gekommen bin«, erklärte er.

Wie kann man zu spät zu einer Feier kommen, zu der man gar nicht eingeladen ist? »Du bist nicht zu spät«, gab ich zurück.

Als Nächstes fiel sein Blick auf meine Kette, und er sagte: »Du trägst mein Geschenk.«

Ich nickte stumm.

»Ich dachte, vielleicht hättest du es weggeworfen.«

»Habe ich auch«, gestand ich ihm. »Aber meine Mutter hat es wieder aus dem Mülleimer gefischt.«

»Das hat sie gut gemacht. Gefällt es dir?«

Ich nickte abermals.

Schon seine Stimme hatte mir nach all der Zeit unendlich gutgetan, aber als ich ihm jetzt ins Gesicht sah, rief sein Anblick heiße Freude sowie ein Gefühl des Schwindels in mir wach. Da ich nicht einmal ein Foto von ihm hatte, hatte ich dieses Gesicht seit beinahe einem Jahr nicht mehr gesehen. Begierig sog ich seinen Anblick in mich auf – die dunkelblauen, immer etwas traurig dreinblickenden Augen, seinen Adamsapfel oberhalb der Fliege und das Kinn, das mir ein bisschen kantiger als vor zwölf Monaten erschien.

»Was machst du hier?«, fragte ich ihn.

»Was machst *du* hier?«, fragte er zurück.

»Ich bin wegen einer Hochzeit hier.« Ich zeigte auf die anderen Gäste auf dem Boot.

»Die Hochzeit deines idiotischen Ex-Verlobten.«

Ich musste grinsen. »Ganz so schlimm ist er nicht.«

Er nahm meine Hände, beugte sich ein wenig vor und schüttelte den Kopf. »Was hast du dir denn dabei nur gedacht?«

Ich hob die Schultern an. »Meine Eltern haben sich getrennt, und Kit und ich wollen sie wieder zusammenbringen.«

»Auf der Hochzeit deines Ex-Verlobten?« Ian runzelte die Stirn.

»Es war einfach eine Gelegenheit, die sich ergeben hat.« Ich sah ihm ins Gesicht. »Außerdem wollte ich immer schon mal nach Europa reisen.«

»Statt nach Belgien hättest du nach Schottland kommen sollen.« Sein Gesichtsausdruck war unergründlich. Wusste er etwa Bescheid?

»Das hatte ich vor.«

Er wirkte ehrlich überrascht. »Ach ja?«

»Ich dachte, wenn die Sache hier erledigt wäre, käme ich vielleicht noch kurz bei dir vorbei.«

Er sah mich forschend an. »Ehrlich?«

»Ja. Aber das wusstest du doch sicher schon. Bestimmt hat es dir Kit erzählt.«

»Nein. Das hat sie nicht.«

»Ich weiß nämlich, dass ihr auch weiter in Kontakt geblieben seid.«

Er sah zu Boden. »Ich musste schließlich wissen, wie's dir geht.«

»Nachdem du mir bei unserem letzten Treffen deutlich zu verstehen gegeben hast, dass ich dir völlig egal bin?«

»Das war gelogen.«

»Was?«

»Dass du mir egal bist.«

Ich sah ihn aus zusammengekniffenen Augen an. »Ich bin dir also *nicht* egal?«

Er sah mich wieder an. »Natürlich nicht. Ganz im Gegenteil. Leider.«

»Warum leider?«

»Weil ich immer noch nicht weiß, ob das eine gute Idee ist.«

Ich studierte sein Gesicht. Was wollte er mir damit sagen? Um es rauszufinden, sagte ich: »Vielleicht lügst du ja jetzt.«

Aber er schüttelte den Kopf, ergriff meine Hand, presste sie an seine Brust, und während ich das wilde Trommeln seines Herzens spürte, antwortete er: »Jetzt lüge ich ganz sicher nicht.«

Was ein unglaubliches Geständnis war.

»Und warum hast du mich damals angelogen?«

»Weil ich dachte, dass es besser für dich ist.«

»Aber warum? Weshalb hätte es besser für mich sein sollen, dass du mir das Herz brichst?«

Er runzelte die Stirn. »Habe ich das denn getan?«

»Auf jeden Fall.«

»Das tut mir leid. Ich hätte nicht gedacht, dass das passiert.«

»Weil du dachtest, dass du mir nicht wirklich wichtig bist?«

Er nickte. »Weil ich dachte, dass das eine Nachwirkung des Traumas ist.«

»Weißt du was? Das war es nicht.«

»Ich dachte wirklich, dass ich dir einen Gefallen tue. Ich dachte, ich wäre der Einzige, der leidet, wenn aus uns nichts wird.«

»Weshalb hättest du darunter leiden sollen?«

Er hielt meinem Blick stand. »Weil ich es schrecklich fand, von dir getrennt zu sein.«

Ich hielt erneut den Atem an.

Ich träumte sicher nur, dass ich in Kittys rotem Kleid hier saß und Ian im Smoking vor mir kniete und meine Hand hielt. Aber ich saß eindeutig in diesem Boot, spürte die Brise und hörte die Wellen, die sich an der Bordwand brachen.

Wir fuhren unter einer Steinbrücke hindurch, an der Laternen hingen, aber das nahm ich erst wahr, als jemand von der Brücke meinen Namen rief.

»Margaret!«

Ich sah auf.

»Margaret!«

Hände winkten von der Brücke. Zwei Paar Hände.

»Margaret!«

Es waren meine Eltern, die zusammen auf der Brücke standen und zu mir heruntersahen.

»Warum seid ihr nicht bei dem Empfang?«, rief ich den beiden zu.

»Wir haben keine Lust!«

»Und habt ihr auch nur einen Augenblick daran gedacht, mir das zu sagen?«

»Wir hatten keine Ahnung, wo du steckst!«

Dann legte Dad den Arm um Mom, und in diesem Moment wusste ich, *sie war okay*.

Oder, noch besser, *sie beide waren okay*.

Jetzt brauchte ich mir keine Sorgen mehr um Mom zu machen, denn die beiden hatten sich gefunden, und egal, ob sie sich jetzt wieder zusammenrauften oder bald wieder getrennter Wege gehen würden, mein Job hier in Brügge war erledigt.

Das Boot fuhr weiter, und das Bild von meinen Eltern, die mir noch kurz winkten, dann aber die Hände sinken ließen, um ihren Spaziergang fortzusetzen, verschmolz mit der anbrechenden Dunkelheit.

Auch Ian betrachtete die beiden, wandte sich mir aber schließlich wieder zu.

»Warum bist du noch mal hier?«, erkundigte ich mich.

»Um dich zu finden.«

»Du bist den ganzen Weg von Schottland bis nach Belgien gekommen, um mich zu finden?«

Als er nickte, fragte ich: »Warum?«

»Ich habe dich vermisst«, gestand er mir, und es klang wie »vermüsst«.

»Wirklich?«

Ian nickte. »Jeden Tag.«

Ich wollte diesen Augenblick noch etwas auskosten. Ich wollte Ian noch ein bisschen länger auf die Folter spannen, hart bleiben und sauer auf ihn sein. Vielleicht lag es am Stolpern seines Herzens unter meiner Hand, an seinem ernsten Blick oder dem Smoking, der wie angegossen saß – auf alle Fälle schaffte ich es nicht und räumte ein: »Du hast mir auch gefehlt.«

»Selbst nach so langer Zeit?«

»Ich fürchte, dass es mit der Zeit vielleicht sogar noch schlimmer geworden ist«, gab ich etwas widerstrebend zu.

»Ich habe mir gesagt, ich würde ein Jahr warten, bevor ich dich suchen würde – um dir Zeit zu geben, dir zu überlegen, wie es für dich weitergehen soll. Selbst meine Brüder habe ich deshalb um Rat gefragt, und sie waren alle meiner Meinung, dass ich mindestens ein Jahr lang warten soll. Und jetzt ist das Jahr um. Ich hatte mir bereits ein Flugticket gekauft, um dich in Austin zu besuchen, als Kit bei Instagram gepostet hat, dass ihr nach Belgien kommt.«

»Du hattest schon ein Flugticket?«

Er nickte.

»Aber dann dachtest du, dass du genauso gut nach Brügge kommen kannst?«

Er nickte abermals.

»Wusste Kitty, dass du kommen würdest?«

»Sie hat es wohl geahnt. Auf alle Fälle hat sie mir den Namen des Hotels und eure Flugnummer gegeben und ein

Bild der Hochzeitseinladung geschickt. Und sie hat geschworen, dass du den ganzen Abend allein sein wirst, da sie und eure Mom zu diesem Hochzeitsempfang gehen würden. Außerdem hat sie mir ein Zimmer in eurem Hotel gebucht.«

Typisch Kit! »Also warst du im Hotel?«

Er nickte. »Kit hat mich dann zur Kirche geschickt.«

»Und dort haben sie dich zur Anlegestelle geschickt.«

»Aber Kit hat mir nichts von Schottland erzählt.«

»Tatsächlich nicht?«

Er sah mich fragend an. »Und weswegen wolltest du nach Schottland?«

»Na, du weißt schon. Um Loch Ness und ein paar Highlander in ihren Kilts zu sehen.«

Eines seiner seltenen Lächeln huschte über sein Gesicht, und damit war es endgültig um mich geschehen.

Rückblickend betrachtet war es wirklich seltsam, auf dem überfüllten Boot zu sitzen, aber das Gefühl zu haben, dass wir beide ganz alleine waren. Die Motorengeräusche, all die Leute, die uns dort umgaben, selbst Vergangenheit und Zukunft traten in den Hintergrund, und es gab nur noch mich und Ian und die Gegenwart.

»Damals in der Klinik hätte ich dir helfen sollen«, setzte Ian an. »In Wahrheit aber war es genau umgekehrt. Wenn ich mit dir zusammen war, ging es mir besser, denn du hast mich aufgezogen, meiner schrecklichen Verbitterung die Stirn geboten, hast mich immer wieder überrascht und mir die Welt aus völlig anderen Blickwinkeln gezeigt. Wahrscheinlich habe ich in meinem ganzen Leben nicht so viel gelacht wie in der kurzen Zeit mit dir. Du hast mir gezeigt, dass es manchmal guttut, albern zu sein. Du hast mir gezeigt, dass man das Leben auch anders angehen kann. Du hast einen warmen, hoffnungsvollen Teil von meiner Seele wachgerufen, der wieder erkaltet ist, als ich nicht mehr mit dir zusammen war.«

Er räusperte sich kurz, dann fuhr er fort: »In Schottland ist der Himmel grau, und der Job, den ich dort angenommen habe, hat mir keinen Spaß gemacht. Trotzdem habe ich nicht mal versucht, mir etwas Besseres zu suchen, denn im Grunde ging es nur darum, die Zeit dort abzusitzen, bis ich endlich zu dir zurückkehren konnte. Ich hatte mir geschworen, dir ein Jahr Zeit zu geben – aber trotzdem war ich hundert Mal kurz davor, den Schwur zu brechen. Nur wenn du in der Zwischenzeit etwas mit jemand anderem angefangen hättest, wäre ich sofort gekommen und hätte um dich gekämpft.«

Ich sah ihn an, als wäre er verrückt. »Mit jemand anderem? Wer sollte das denn bitte sein?«

»Es kommt mir vor, als ob der Schreiner in deinem Ferienlager eine gewisse Schwäche für dich hat.«

»Auf keinen Fall.«

»Genauso wenig würde es mich überraschen, wenn der Architekt was von dir wollte. Weil er meiner Meinung nach ein bisschen zu begeistert bei der Sache ist. Dank Kit bin ich im Bilde.«

»Das ist ja wohl totaler Quatsch.«

»Und natürlich ist nicht auszuschließen, dass dein Ex-Verlobter angekrochen kommt und dich auf Knien anfleht, ihm noch einmal zu verzeihen.«

»Doch, denn schließlich ist er jetzt verheiratet.«

»Solange du also nicht angefangen hast, mit anderen auszugehen, musste ich das Jahr in Schottland ausharren.«

»Um meinetwillen.«

»Ja, damit du wieder auf die Beine kommst.«

Ich atmete vernehmlich aus. »Du meinst, im übertragenen Sinn, denn es sieht nicht so aus, als kämen meine Beine noch einmal in Schwung.«

»Vielleicht nicht, aber ich habe dich von Weitem angefeuert, und ich finde, du hast deine Sache ganz hervorragend gemacht.«

Er hypnotisierte mich geradezu, nicht nur mit seinen Worten, sondern auch mit der intensiven, eindringlichen Art, in der er sprach.

»Verstehst du, was ich damit sagen will?«, hakte er nach.

Verstand ich es? Ich konnte noch immer nicht klar denken.

»Dass du froh bist, dass es mir inzwischen besser geht?«

Er schüttelte den Kopf und gab mir dadurch zu verstehen, dass das nicht alles war.

»Dass es auch für dich ein hartes Jahr gewesen ist?«

Das traf es offenkundig ebenfalls nicht ganz.

Ich hob die Schultern an. »Am besten sagst du mir, was du mir damit sagen willst.«

Er hatte sich auf seine Fersen sinken lassen, richtete sich aber jetzt wieder auf seinen Knien auf, schob sich so dicht es ging an mich heran und beugte seinen Oberkörper noch ein bisschen vor.

»Maggie Jacobsen, ich denke Tag und Nacht an dich. Du fehlst mir so, dass ich kaum schlafen kann. Ich liebe dich und sehne mich nach dir, und diese Sehnsucht bringt mich langsam, aber sicher um.«

Diese Augen!

Ich hätte ihn einfach küssen sollen, aber ich konnte mich nicht rühren. Es erschien mir völlig ausgeschlossen, dass ich mir so schmerzlich etwas wünschte – und es auch bekam. Ich hatte mein Verlangen derart lange unterdrücken müssen, dass ich irgendwie nicht loslassen konnte.

Bis er mir eine Hand in den Nacken legte und mit sanftem Nachdruck meinen Mund zu sich herunterzog.

Dieser Kuss erweckte mich endlich aus meiner Starre.

Die Welt blieb stehen, auch wenn das Boot natürlich weiterfuhr. Vorbei an Steinhäusern mit Staffelgiebeln, deren dicht bewachsene Gärten bis hinab ans Wasser reichten, an uralten Bootsschuppen mit breiten Holztüren, an Cafés mit bunten Lichterketten und mit Kerzen auf den Tischen. Ohne dass wir irgendetwas davon mitbekamen.

Selbst als das Wassertaxi schließlich hielt und als die Braut, der Bräutigam und dessen Eltern sowie alle anderen Gäste mit verlegen abgewandten Blicken ausstiegen, bemerkten wir es kaum.

Wir blieben ganz verloren in dem einen Kuss, der allzu lange nur ein Traum gewesen war.

Epilog

All das ist jetzt zehn Jahre her.

Zu dem Empfang haben wir es übrigens nicht mehr geschafft. Wir fuhren mit dem Wassertaxi auf direktem Weg zurück und gingen von dort aus ins Hotel. Netter- und beeindruckenderweise nahm mich Ian auf dem Rückweg huckepack und klemmte sich dazu noch meinen Rollstuhl unter einen starken Arm.

Im Grunde hätten wir es langsam angehen wollen, aber daraus wurde nichts.

Wir gingen in sein Hotelzimmer – das im selben Korridor wie mein Zimmer lag – und machten dort die ganze Nacht kein Auge zu. Ich verbrachte Stunden damit, Ian zu erklären, weshalb er sich unmöglich zu mir hingezogen fühlen konnte, während er dieselbe Zeit damit verbrachte, mich zu widerlegen. Wobei seine Argumente wirklich überzeugend waren.

Beim Frühstücksbuffet am nächsten Morgen trafen wir auf Kitty, Mom und Dad und suchten uns zusammen einen Tisch. Wir wirkten alle etwas angeschlagen, aber Kitty sah am schlimmsten aus.

»Wir sollten dich zu einem Arzt bringen«, erklärte meine

Mutter und befühlte Kittys Stirn. »Du siehst aus wie eine von den Wachsfiguren bei Madame Tussaud's.«

Kit schob ihre Hand beiseite. »Mir geht's gut.«

»Falsch«, widersprach Mom. »Du bist kreidebleich und glühst. Ich bin sicher, dass es auch in Belgien Ärzte gibt.«

»Aber ich brauche keinen Arzt.«

Hilfe suchend wandte meine Mutter sich an mich. »Überzeug du sie, ja?«

»Du scheinst« – wie sollte ich es freundlich formulieren? – »nicht ganz du selbst zu sein. Warum gehst du nicht …«

»Verdammt, es geht mir gut!«, fiel meine Schwester mir ins Wort. »Ich brauche keinen Arzt.«

»… einfach zur Vorsicht trotzdem hin?«, beendete ich meinen Satz.

»Es wird ein langer Flug zurück nach Hause, und das Letzte, was du währenddessen brauchst …«, setzte mein Vater an, und gleichzeitig mischte auch Mom sich wieder ein. »Es könnte ein geplatzter Blinddarm oder Ebola oder eine bakterielle Vergiftung sein …«

Wie eine wild gewordene Horde Touristen redeten wir in dem Frühstücksraum des hübschen belgischen Hotels alle gleichzeitig auf Kitty ein, bis sie, um den Irrsinn zu beenden, schrie: »Ich bin nicht krank! Ich bin nur schwanger!«

Keiner von uns anderen sagte noch ein Wort.

»Ich habe heute Morgen einen Test gemacht. Das heißt, drei.«

Nach einer langen Pause fragte ich mit Flüsterstimme: »Und von wem ist das Kind? Vom dicken Benjamin oder Stache?«

»Ich bin für den dicken Benjamin«, stellte meine Mutter nüchtern fest.

»Ich auch«, stimmte Dad ihr zu und hob die Hand.

Auch Ian und ich waren für den dicken Benjamin. »Dann ist es also einstimmig beschlossen«, meinte ich, und Kit bedachte uns mit einem Blick, als gäbe es nichts Schlimmeres als uns.

Dann sagte sie: »Es ist von Benjamin, okay? Und jetzt muss ich kotzen.«

So nahmen die Dinge ihren Lauf, und in den zehn Jahren seit meinem Unfall hat sich bei uns allen so einiges getan.

Dad kehrte zu Mom zurück, denn er konnte anderen Menschen, ganz egal, worum es ging, auf Dauer nicht böse sein. Als ich ihn einmal nach dem Grund für die Versöhnung fragte, formulierte er es so: »Deine Mutter war noch nie perfekt, und trotzdem habe ich sie immer schon geliebt.« Ich bin mir nicht sicher, ob ich selbst an seiner Stelle es geschafft hätte, ihr zu verzeihen, aber ich nehme an, zu ihm hat es gepasst, zurückzukehren und einen Schlussstrich unter diese Angelegenheit zu ziehen. Er war der Typ, für den der Grundsatz von den guten wie den schlechten Zeiten galt.

Zwei Jahre später ging mein Vater in Rente, und einen Monat später wurde bei ihm Lungenkrebs diagnostiziert. Ausgerechnet. In seinem ganzen Leben hatte er nie geraucht.

»Das liegt bestimmt an all dem Sägemehl«, meinte er schulterzuckend, als wir anderen davon erfuhren.

Er kämpfte wie ein Weltmeister, und meine Mutter war bei allen Arztterminen und Chemotherapiesitzungen dabei.

Dazu häkelte sie ihm Kuschelsocken, las ihm laut Artikel aus *Reader's Digest* vor und kochte Steak, Spaghetti oder Frikadellen für ihn. All seine Lieblingsspeisen, immer abwechselnd.

Wenn es ihm gut ging, las er, um die Zeit zwischen den Arztterminen auszufüllen, ehrenamtlich Hörbücher ein, und schon nach kurzer Zeit erkannte er, dass er ein talentierter Vorleser war. Also erfand er einen Job für sich als Gute-Nacht-Geschichten-Vorleser in unserem Feriencamp, las jeden Freitagabend, wenn die Kids am Lagerfeuer saßen, etwas vor und ahmte dabei die verschiedenen Stimmen der Figuren und die Soundeffekte nach. Er liebte diese Tätigkeit so sehr, dass er, auch als er nicht mehr lesen und nicht einmal mehr allein zum Lagerfeuer laufen konnte, weiter jeden Freitagabend kam, um seinen Nachfolgern beim Lesen zuzuhören und ihnen zu erklären, was sich seiner Meinung nach bei ihren Auftritten verbessern ließ. Mom fuhr ihn dazu in einem Golfcart über das Gelände und brachte, da er schwerlich auf dem Boden sitzen konnte, extra Campingstühle für sie beide mit.

Eines Abends kurz vor seinem Ende fuhr ich zu ihm ins Hospiz, und er erzählte mir, dass diese letzten Jahre zwischen ihm und Mom noch schöner als die andere Zeit mit ihr gewesen wären.

»Warum?«

Mit einem etwas spitzbübischen Lächeln meinte er: »Weil sie mich jetzt wirklich zu schätzen weiß.«

Ich blähte meine Nasenflügel auf.

»Andersrum ist es genauso«, fügte er hinzu. »Und weißt du noch was?«

»Was?«

Ein schiefes Lächeln huschte über sein Gesicht. »Wenn ich so zurückblicke, dann würde ich nichts ändern wollen.« Er drückte mir die Hand und bat mich eindringlich: »Ich möchte, dass du das auch deiner Schwester sagst.«

Mein Vater wollte nicht begraben werden, sondern *eingepflanzt.* Wir begruben also seine Asche auf unserem Lagerfeuerhügel und pflanzten darüber einen Eichenbaum. Meine Mutter möchte, dass wir irgendwann direkt daneben einen zweiten Baum auf ihrer Asche pflanzen – damit sie gemeinsam wachsen können, bis die Äste eines Tages ineinandergreifen wie die Arme eines Liebespaars.

Sie spricht das Thema häufig an, und auch drei Jahre nach dem Tod von unserem Dad kommt sie uns irgendwie verloren vor. Auch wenn sie viel beschäftigt ist. Das Jahr, als mein Vater ausgezogen war, hat sie dauerhaft verändert, hat sie irgendwie bescheidener und gleichzeitig von vielen Zwängen frei gemacht. Inzwischen ist sie anderen, aber auch sich selbst gegenüber längst nicht mehr so streng, wie sie es früher immer war.

Sie führt die Bücher unseres Camps, hilft uns mit den Kindern, und nicht lange nach Dads Tod hat sie uns angeboten, seine Leseabende am Lagerfeuer fortzuführen. Außerdem ist sie jetzt Mitglied bei den *Streitlustigen Näherinnen*, einem feministisch angehauchten Nähkreis, der sich wöchentlich zum Nähen und zu politischen Gesprächen trifft. Sie macht sich immer noch zu viele Sorgen über alles und beschäftigt sich nach wie vor allzu häufig mit dem Tod – aber ich, Ian und Oprah Winfrey haben sie dazu gebracht, ein Tagebuch der Dankbarkeit zu führen, in dem sie über all die schönen Dinge schreibt, die es in ihrem Leben gibt.

Auf jeden Fall bemüht sie sich. Und das ist sehr viel wert.

Sie fragen sich vielleicht, ob ich inzwischen wieder laufen kann.

Ich kann es nicht.

Wir haben es mit Beinstützen, mit Rollatoren, mit Elektro-Muskel-Stimulanz und einer weiteren OP zwei Jahre nach dem Crash versucht, doch dann war es genug. Natürlich werden ständig neue Technologien entwickelt, und vielleicht entdeckt die Wissenschaft ja wirklich eines Tages irgendetwas, was mir helfen kann, aber allzu große Hoffnungen mache ich mir nicht. Ich durchforste auch nicht mehr das Internet nach Therapien, denn ich habe gelernt, dass Hoffnung sich aus vielen anderen Bereichen meines Lebens ziehen lässt.

Zu meiner Freude kann ich sagen, dass meine Spenderstellen wunderbar verheilt und dank der jahrelangen Einnahme von Vitamin E inzwischen fast nicht mehr zu sehen sind. Was ich von den verbrannten Stellen leider nicht behaupten kann. Teile davon sind glatt, andere knotig und gefleckt, aber selbst wenn ich kiloweise Vitamine nähme, sähen sie weiter furchtbar aus.

Weshalb ich mir am fünften Jahrestag des Unfalls dort eine Tätowierung verpassen ließ. Kitty hatte mich bereits seit Jahren angefleht, mich tätowieren zu dürfen, und sie hatte schon die ganze Zeit ein Bild davon im Kopf gehabt: einen malerischen Blumengarten, der von meinem Schulterblatt nach vorn über die Narbe wächst. Am ersten Abend zeichnete sie sämtliche Konturen und füllte sie dann langsam mit verschiedenen Farben aus. Auf einer Seite sehe ich jetzt also wie die alte Margaret aus, und auf der anderen werde ich von einem bunten Blumenmeer geschmückt.

An dem Abend meinte Mom, sie hätte auch gern ein Tattoo – aber die Entscheidung, wie es aussehen soll, fällt ihr so schwer, dass sie bis heute überlegt.

Ich will nicht lügen. Der Verlust der Fähigkeit zu gehen war das Schlimmste, was mir je in meinem Leben widerfahren ist. Das will ich nicht herunterspielen und so tun, als ob es leicht gewesen wäre. Weil es das genaue Gegenteil von leicht war.

Aber viele andere Dinge waren durchweg positiv.

Ian hatte es tatsächlich ernst damit gemeint, dass er mich liebte. Es ist mir nicht gelungen, ihm das auszureden.

Und, wissen Sie was? Wir haben sogar geheiratet.

Anfangs hatten wir noch eine Fernbeziehung, aber dann kam er zurück nach Texas, und inzwischen managen wir zusammen das Feriencamp. Er leitet dort die Physiotherapie, weil Myles ihm seine Zulassung am Ende doch nicht entziehen ließ. Anscheinend war sein Rachedurst gestillt, nachdem er Ian aus dem Land vertrieben hatte, und da er inzwischen eine neue Arbeit in Orlando hat, drücke ich beide Daumen, dass er uns einfach vergessen hat. Ich selbst leite den geschäftlichen und amüsanten Teil des Unternehmens: Origami, Malen mit Fingerfarbe, Schneckenstricken, Kuchenbacken, Fahrten mit dem Heuwagen und *Sound-of-Music*-Karaoke bis zum Abwinken.

Dass Camp Hope ein solcher Erfolg werden würde, hätte ich niemals gedacht. Wir hatten beinah doppelt so viel

Spenden sammeln können wie erwartet, teilweise, weil Kittys Follower auf Instagram sehr großzügig waren – aber auch wegen meines eigenen unermüdlichen Engagements.

O ja. Ich hatte meine Sache wirklich gut gemacht. Wir alle hatten unsere Sache wirklich gut gemacht.

Nach der Rückkehr meines Vaters hatten meine Eltern innerhalb von zwei Minuten meine Pläne aus der Schublade geholt, sich über die Entwürfe unterhalten, und Dad hatte sich wie der Profi, der er war, ins Zeug gelegt. Plötzlich sah ich ihn und Mom in einem völlig neuen Licht, denn zum ersten Mal im Leben arbeiteten sie tatsächlich als Team. Der Perfektionismus meiner Mutter war zwar gnadenlos, doch als nicht mehr ich selbst, sondern das Vorhaben im Mittelpunkt ihres Interesses stand, erkannte ich, wie kraftvoll und wie inspirierend er mitunter war. Vor allem glich der gutmütige Pragmatismus meines Vaters diese Seite meiner Mutter aus, und selbst wenn sie sich bei der Arbeit stritten, stritten sie auf konstruktive Weise.

Offenbar fällt der Design-Apfel nicht weit vom Stamm, denn bei der Planung stellte sich heraus, dass Mom und ich genau dieselben Dinge lieben: große Fenster, steinerne Kamine, Kitsch in Form von Retro-Western-Lampen und Wagenradzäunen, ausladende Veranden, Deckenventilatoren, klare, moderne Linien mit klassischen Farmhauselementen, aber auch jede Menge Flitterkram.

Wir kamen wirklich prima miteinander aus.

Inzwischen läuft das Camp seit sieben Jahren. Es ist ein geschäftiger, blühender Ort, sonnig, warm, mit Stein- und Stuckhäusern mit Blechdächern, wie sie in Texas üblich sind, riesigen Veranden, schattenspendenden Bäumen, Wiesen voller wilder Blumen, Naturlehrpfaden und selbst einem Baumhaus, das problemlos über eine Rampe mit dem Rollstuhl zu erreichen ist. Dazu haben wir verschiedene Künstler aufgetan, die zauberhafte Wandgemälde, Brunnen und Skulpturen für uns angefertigt haben. Wir haben das von mir und meiner Mom zerbrochene Geschirr in Mosaike links und rechts der Eingangstore eingebaut und halten regelmäßig Mosaikkurse mit unseren Kindern ab, in denen sie erst selbst das Porzellan zerschlagen dürfen, um es dann in ihre Kunstwerke zu integrieren.

Wir bieten während des gesamten Sommers Kinderferienlager und im Winter Kurse für Erwachsene an. Wir halten Kinoabende, Backwettbewerbe und Wohltätigkeitsbasare ab. Wir haben ein Ressourcen- und Empfehlungsnetzwerk aufgebaut, bieten Frisch-Versehrten-Kurse sowie Unterstützung für die Angehörigen. Wir helfen Menschen, damit klarzukommen, wo sie stehen, und zeigen ihnen auf, wohin es für sie gehen kann.

Natürlich wird bei uns für die Betroffenen nicht alles wieder gut, aber zumindest sorgen wir dafür, dass es ihnen besser geht.

Nach diesem Motto richte ich inzwischen auch mein eigenes Leben aus. Ich würde nie behaupten, dass es sich nicht lohnen würde, im Leben große Pläne zu schmieden und diese auch zu verfolgen. Aber man muss nun mal das Leben leben, das man hat. Man muss sich durch die Kämpfe inspirieren lassen, aus der Mühsal, die das Leben bietet, Freude ziehen, und genau das versuchen wir in unserem Camp. Wir bieten dort dem Leid mit fröhlichem Gelächter, Kuscheldecken und Umarmungen, mit Karaoke, Picknicks in der Sonne, Schokoladenplätzchen und Wildblumen die Stirn. Denn mehr kann man nicht tun. Man kann das Elend schultern, wenn es sein muss, und das Glück genießen, ganz egal, in welcher Form es sich auch zeigt.

Weil es im Leben immer, immer beides gibt.

Wobei das Glück in ganz banalen Dingen wie verrückten Chili-Kochduellen, Karaoke- oder Freiluftkinoabenden, Reifenrafting, Spaziergängen durch die Natur, Lagerfeuern, Kekssandwichs mit Marshmallows und Schokoladenstücken, bemalten Blumentöpfen oder Fahrten mit dem Heuwagen bestehen kann. Wir haben den Spruch von Ians Mutter in den Balken über der Bürotür geschnitzt und halten die Kinder einerseits zur Selbsthilfe und andererseits zur Hilfe für die anderen an. So betreuen sie sich häufig gegenseitig, springen in den Kunstkursen als Lehrer ein, helfen im Garten und beim Putzen, basteln Valentinskarten für die Freunde, die das Krankenhaus noch nicht verlassen dürfen, backen Muffins für Seniorenheime, striegeln unsere Pferde und trainieren unsere Servicehunde mit. Sie lernen durch Erfahrung – weil es anders nicht erlernbar ist –, dass man sich selbst am besten hilft, indem man anderen zur Seite steht.

Und natürlich bekommt jedes Kind ein T-Shirt mit dem Aufdruck: SO ROLLEN WIR DIE DINGE AN.

Und was wurde aus Kitty und dem dicken Benjamin? Nach unserer Rückkehr aus Europa kamen er, sein Bäuchlein und sein Hipster-Bart sofort angestürmt, um Kitty einen Heiratsantrag zu machen.

Sie lehnte ab, weil das nicht ihrem Stil entsprach.

Stattdessen schworen sie sich feierlich, dass sie ihr Leben

lang zusammenbleiben würden, was aus meiner Sicht so ungefähr dasselbe war. Dazu tätowierte sie sich seinen Namen auf den Arm, er zog zu ihr nach New York, wo er ihr als wirklich süßer, fürsorglicher Partner treu zur Seite stand. Ein paar Monate später brachte Kit ein goldig rundwangiges Mädchen auf die Welt, das gegen unseren ausdrücklichen Rat den unglücklichen Namen Pandora bekam.

Aber man kann eben nicht alles richtig machen.

Irgendwann beschlossen wir, der Spitzname »dicker Benjamin« wäre gemein, und tauften ihn »süßer Benjamin«, obwohl er meinte, dass ihm sein alter Name besser gefallen hätte. Am Ende wurde aus dem »süßen Benjamin« der »Süße« oder »Sweetie«, was ihm noch viel weniger gefiel.

Pandora konnten wir nicht anders helfen, als dass wir sie »Dorie« nannten, aber damit kommt sie gut zurecht. Inzwischen ist sie zehn und mindestens so groß wie ihre Mom. Da Kitty und der Süße ungewöhnlich fruchtbar waren, kamen, bis Dorie fünf war, noch zwei Brüder nach, und die Familie kehrte aus New York in ihre alte Heimatstadt zurück.

Wie schon bei Dorie waren Kitty und Sweetie taub für unseren Rat, weshalb ihre Söhne mit den Namen Wolfgang und – noch schlimmer – Sokrates geschlagen sind. Natürlich ziehen wir die armen Kinder niemals damit auf, aber abends, wenn sie schlafen und nur wir Erwachsenen noch im Garten sitzen, Spiele spielen, Wein trinken und Onkel Sweetie anflehen, sich endlich zu rasieren, nehmen wir ihre Eltern deshalb regelmäßig auf den Arm.

Oh, und auch ich selbst brachte zwei Kinder zur Welt. Wir hatten uns um eines bemüht, aber zu unserer Überraschung wurden Zwillinge daraus. Die Schwangerschaft, Geburt und auch die ersten Jahre waren alles andere als leicht, aber inzwischen sind die beiden sechs Jahre alt, und Ian und ich hoffen, dass das Gröbste überstanden ist. Es sind ein Junge und ein Mädchen und wir haben sie Captain und Tennille getauft.

War nur ein Witz.

Sie heißen nach unseren Eltern Andrew Clifford und Elizabeth Linda und spielen den ganzen Sommer mit ihrer Cousine und ihren Cousins in unserem Camp – schwimmen im See, füttern die Pferde, »helfen« uns im Garten und im Haus.

Ist jetzt alles perfekt? O nein. Es ist das reinste Chaos. Ein totales, irres, herzzerreißendes Chaos.

Man kann nicht alles geradebiegen. Nicht mal ansatzweise.

Aber trotzdem gibt es immer Grund zur Dankbarkeit.

Man muss nur danach suchen.

Oder mehr als das, man kann selbst Gründe schaffen, dankbar zu sein.

Das habe ich aus alledem gelernt. Der Crash vor all den Jahren hat das Leben, das ich vorher hatte, ein für alle Mal zerstört, aber die Bruchstücke ergeben ein sehr schönes Mosaik. Ich schätze, das ist Kunst: Aus den Dingen, wie sie waren, etwas anderes zu machen, was womöglich einen völlig neuen Sinn ergibt. Auch in meinem Leben ist nichts mehr, wie es früher war. Weshalb es vielleicht ebenfalls ein Kunstwerk ist.

Mit Bestimmtheit weiß ich nur: Wir haben jede Menge Spaß.

Am 1. April feiern wir immer eine Valentinsparty, weil

wir nie vergessen wollen, dass *die Liebe einen immer treffen kann.* Auch diesen Spruch haben wir zu einem Mosaik gemacht.

Denke ich manchmal noch an den Unfall? Frage ich mich jemals, wie mein Leben wohl verlaufen wäre, wenn ich Chip (der inzwischen schon die zweite Frau hat) geheiratet hätte, oder wenn es diesen Unfall nie gegeben hätte und ich immer noch das rundherum perfekte Mädchen wäre wie vor all den Jahren?

Im Grunde eher nicht.

Ich weiß, dass es nichts bringt zurückzuschauen. Ich weiß, dass man sich stets bemühen und nach einem Rückschlag abermals bemühen muss. Ich weiß, dass plötzlich alles anders sein kann, als es bisher war. Ich weiß, dass man jede Liebkosung, jede morgendliche Runde durch den Swimmingpool, jedes Kitzeln, jede Mahlzeit, jedes warme Bad und jeden Augenblick, in dem man über irgendetwas lachen kann, genießen soll.

Vor allem aber weiß ich, dass man sich dafür entscheiden muss, das Beste aus den Dingen zu machen. Dass man nur dieses eine Leben hat und dass man nur vorwärts, aber niemals rückwärts leben kann. Und dass es wirklich verschiedene Formen von Happy Ends gibt.

Dank

Für diese Geschichte musste ich umfänglich recherchieren, und ich danke all den Menschen, die mir bei dem Bemühen geholfen haben, alles möglichst richtig darzustellen. Ich umarme meine Freundinnen und Freunde, denen ich Kontakte zu verschiedenen Fachleuten verdanke, die auf meine unzähligen Fragen freundlich und geduldig eingegangen sind: Vicky und Tony Estrera, Jennifer Hamilton, Eve Lapin, Mark Poag und J.J. Spedale.

Herzlichen Dank all den Menschen aus der Gesundheitsbranche, die sich die Zeit genommen haben, mich zu unterstützen, als es um die Darstellung von Margarets Behandlung ging. Dr. Darrell Hanson hat mich auf einen Kaffee getroffen, um Margarets Verletzung mit mir durchzugehen, mir die chirurgischen Eingriffe und die Möglichkeiten der Genesung zu erklären, und hat mir obendrein noch den Begriff Lenden-Darmbeinmuskel beigebracht. Dr. Forrest Roth hat mir Verbrennungen und das Vorgehen bei Hauttransplantationen erklärt, der Physiotherapeut Robert Manning hat sich netterweise einen ganzen Morgen Zeit genommen, um mich durch die Intensivstation und die Reha-Abteilung des Houston Methodist Hospitals zu führen, und Ross

LaBove und all die anderen Leute des in Houston ansässigen Project Walk haben mich einen Tag mit ihnen verbringen lassen, um zu sehen, auf welch kreative und inspirierende Weise sie den Menschen helfen, an einer Verbesserung ihres gesundheitlichen Zustands zu arbeiten.

Danke auch Jeff Scott und Wesley Branch, die beide so großmütig waren, die Geschichten ihrer Rückenmarksverletzungen mit mir zu teilen und mir ausführlich über ihr anschließendes Leben zu erzählen. Dazu bin ich froh, dass ich auf zwei ehrliche und inspirierende Erzählungen über das Leben mit Rückenmarksverletzungen gestoßen bin: Mark Halls *Across the Street from Hell* und Pamela Henlines *Walk, Don't Run,* wobei mir auch die Christopher & Dana Reeve-Stiftung geholfen hat.

Ich danke Mollie Gordon, die mir ihren Vater Alan Gordon vorgestellt hat – der so freundlich war, in seiner Cessna einen Flug mit mir nach Galveston zu unternehmen, mich sogar einen Augenblick lang selber »fliegen« ließ und mir, als wir wieder sicher auf der Erde waren, gezeigt hat, wie man diesen Flieger am besten zum Absturz bringen kann. Dank auch John Marino, der mir über einem Kaffee von seinen grauenvollen – aber gleichzeitig auch witzigen – Erfahrungen bei einem Flugzeugabsturz berichtet hat.

Ein kurzer Dank meinem Freund Sam Nichols für den Abend im Cherry Blossom in Fishkill, New York, an dem er um ein Haar gestorben wäre, weil er wegen einer Wette einen Riesenklumpen Wasabi gegessen hat.

Schon seit Jahren bewundere ich die Zähigkeit der Freundin meiner Mom, Jan Myers, die zusammen mit ihrem Ehemann ein Feriencamp für Kinder mit gesundheitlichen Problemen gegründet hat, nachdem ihr junger Sohn John Marc an Krebs gestorben war. Auf die Idee zu dem in diesem Buch beschriebenen Camp Hope – das wohlüberlegte, aber gleichzeitig auch fantasiereiche Design und die Entschlossenheit, die tagtäglichen Kämpfe der Kids dort durch Freude aufzuhellen – hat mich das Camp John Marc gebracht.

Dazu muss ich all den Freundinnen und Freunden für ihre Unterstützung danken, die sich mit mir über Bücher unterhalten und mir ein ums andere Mal beim Schreiben dieses Buchs und durch die Verbreitung der Nachricht, dass ich es geschafft habe, geholfen haben: Brené Brown und Steve Alley, Chris und Connie Seger, Jenny Lawson, Sheryl Rapp, Vicky Wight, Faye Robeson, Andrew und Katherine Weber, Bryn Larsen, Maria Zerr, Tracy Pesikoff und Dale Andrews. Ebenso danke ich meiner Spaßfamilie – Bill Pannill und Molly Hammond, Shelley und Matt Stein (und Yazzie), Lizzie und Scott Fletcher sowie Al und Ingrid Center – dafür, dass sie immer so begeistert ist, wenn's um meine Arbeit geht.

Meine wunderbare Mom, Deborah Detering, und Gordon Center, mein phänomenaler Ehemann, machen immer eine Million Punkte, weil sie mir bei meinen Schreibversuchen selbstlos und mit unzähligen Hilfsdiensten zur Seite stehen. (Ein besonderer Dank an Gordon dafür, dass er das Französische so wunderbar verhunzt und den Ausdruck »meine Schinken explodieren« erfunden hat.) Auch meine Kinder, Anna und Thomas, bekommen eine Million Punkte, einfach dafür, dass sie derart lieb und lustig sind.

Dank den Leuten bei St. Martin's Press für die tolle Zusammenarbeit und die Unterstützung dieses Buchs: Rachel

Diebel, Lisa Senz, Jessica Preeg, Erica Martirano, Brant Janeway, Jordan Hanley, Olga Grlic, Elizabeth Catalano, Devan Norman und Janna Dokos.

Nicht zuletzt gilt mein herzlicher Dank meiner Agentin Helen Breitwieser, die mir inzwischen seit zehn Jahren die Treue hält, und meiner Lektorin, der brillanten Jen Enderlin, bei der ich mich nie genug dafür bedanken kann, dass sich mich an Bord genommen hat. Mir fehlen die Worte, um zu sagen, wie groß meine Dankbarkeit euch beiden gegenüber ist.